Marco Fe

Tutta quella brava gente

Rizzoli

Pubblicato per

Rizzoli

Da Mondadori Libri S.p.A.

ISBN 978-88-17-13989-2

Prima edizione: settembre 2019

Tutta quella brava gente

She used to say: “All those good people
down on Jubilee Street, they ought
to practice what they preach…”

NICK CAVE & THE BAD SEEDS, *Jubilee Street*

0.

Elena Bachman è furiosa, anche se sa bene che il termine adatto è ferita. Imbocca la salita a velocità sostenuta. Conosce la strada. La percorre da oltre quindici anni tutte le mattine e tutte le sere per andare e tornare dalla sede del credito cooperativo. Da qualche mese è la direttrice della filiale. Pensava che la promozione fosse una benedizione e invece non c'è denaro al mondo che possa comprare la tranquillità. Dopo il terzo tornante comincia un rettilineo in piano. Appena superata la curva, ingrana in sequenza la terza e la quarta. È un gesto automatico. Preme sull'acceleratore. Sente il motore della Mini aumentare di giri, l'auto è incollata a terra, preme ancora. Questo non è un gesto automatico, è frutto della frustrazione. Si pente quasi subito e ritorna alla solita velocità.

Il bosco scorre nero oltre il guardrail. I catarifrangenti ammiccano ai margini del campo visivo. Fruga nella borsa sul sedile del passeggero, ha tempo prima delle prossime curve. La pendenza aumenta. Sfiora il pacchetto di fazzoletti, tasta il portacipria, inciampa nel contenitore dell'assorbente interno e alla fine trova le sigarette. Col pollice apre la scatola. Ce ne sono tre. Non ha mai fumato in macchina. Sulle labbra avverte ancora il sapore di whisky dei suoi baci. Cerca con lo sguardo l'accendisigari, non ricorda l'esatta posizione, ma lo individua abbastanza in fretta. L'orologio segna le due e diciassette. Aspetta che la resistenza si scaldi. Quando accende la sigaretta prova una sensazione strana, un piccolo brivido di trasgressione. L'abitacolo si satura di fumo azzurrognolo. Apre il finestrino a metà.

La notte è fresca, la pioggia ha smesso di cadere da un'ora. Il manto stradale non ha drenato bene l'acqua, ma lei monta ancora le gomme invernali. Tiene le mani sul volante e a ogni sterzata la brace traccia piccole parentesi arancioni. *Stronzo. Non ci si comporta così. E stronza tu che ti sei fatta prendere in giro.* Non vede l'ora di arrivare a casa, lavarsi via il suo odore e andare a letto. Fa un tiro a pieni polmoni. Imbocca la serie di curve dolci prima dei tornanti al di là del bivio. Non ha acceso l'autoradio. Non ci ha nemmeno pensato. Allunga la mano, abbassa lo sguardo, la musica classica riempie l'auto. I fari illuminano il bosco, l'asfalto scintilla. Osserva il numero della frequenza, riporta gli occhi sulla strada, li spalanca. Serra le mascelle, irrigidisce le braccia e frena, frena con tutta la forza che ha in corpo. La Mini sbanda, sfiora il guardrail con la parte posteriore della fiancata. Elena riesce a riportarla in mezzo alla carreggiata e a fermarsi. Le ronzano le orecchie, la bocca è secca. La donna in mezzo alla strada ha il volto coperto di sangue.

Il bosco si illumina di azzurro a intermittenza. Le sirene della polizia e dell'ambulanza sono fuori sincrono e lasciano spazio al bagliore giallastro dei segnalatori d'emergenza. L'area è stata delimitata, il paramedico le punta una luce negli occhi. Elena sta bene, trema ancora, ma sta bene e lo lascia fare. L'uomo sorride e ha mani gentili, legge il suo nome sul cartellino. Quattro lettere. Forse dovrebbe scegliere uomini dai nomi corti. Gli agenti della Stradale si infilano nel folto della boscaglia, passando attraverso il guardrail squarciato, scendono la china con cautela, assicurati con delle cime ai ganci dei fuoristrada. I fasci delle torce frugano il bosco. L'ambulanza con a bordo la donna che le è apparsa davanti è partita rapida. Da quanto ha capito, c'era qualcun altro con lei e adesso deve essere laggiù nella scarpata tra larici, abeti e rovi.

Quando si sveglia, sono passate diciannove ore. Almeno così le dice il medico, una bruna severa dalla pelle olivastra e gli occhi da cane, mentre consulta la cartella clinica. Non ci sono danni permanenti, un paio di costole incrinate, una piccola frattura all'altezza del polso, qualche ematoma, e un taglio appena sopra l'attaccatura dei capelli, ma tutto sommato, considerando la sua età, è in forma e ha retto l'urto molto bene.

Pian piano mette a fuoco il luogo in cui si trova: le pareti carta da zucchero, il triangolo per tirarsi su appeso sopra la testa, i macchinari, gli altri tre letti di cui due vuoti, un armadio a muro e un tavolo con la borsa che spunta da sotto un panno. Qualcuno deve averla recuperata dall'auto. Sembra sporca di sangue, a giudicare dall'angolo scoperto.

La dottoressa sbircia il secondo foglio della cartella e inarca un sopracciglio, è un gesto rapido, quasi impercettibile, ma anche se un po' confusa è abituata a cogliere le espressioni sui volti degli altri. Deve aver letto il tasso alcolemico. Non si tratta di biasimo, ma di esitazione. Con un gesto, il medico congeda l'infermiere. Lancia uno sguardo alla paziente addormentata all'altro lato della stanza. Si schiarisce la gola, si siede inaspettatamente sulla sedia accanto al letto. La sua voce ha qualcosa di dolce, in fondo, molto in fondo.

Cerca di ricordare. La cena con la sua migliore amica, la strada per tornare a casa, le due bottiglie di vino, l'auto che sbanda, il vuoto, lo stomaco in gola, lo schianto e il silenzio. Poi nulla. Sta per chiedere di lei, ma la mano che stringe la sua le ha già risposto.

Piange.

La voce del medico giunge da lontano: «Signora Z'Graggen? Signora Z'Graggen...».

Una ragnatela di rughe le imprigiona lo sguardo.

Dalla finestra al nono piano dell'ospedale cittadino di Zurigo si può vedere il fiume.

1.

Il bar puzza di fritto e di un sentore che a Tanino Barcellona ricorda i turni in mensa al servizio militare. Sotto le armi, mensa e cucina erano le corvée più odiate, lo schifo dei depositi di pasta brulicanti di scarafaggi, le carni congelate vent'anni prima, e su tutto, almeno per lui, quell'odore che si attaccava addosso, un misto di sugo di carne decomposta e detergente. Non è un tipo schizzinoso, ma quell'odore era davvero offensivo, era la promessa di una cosa buona come il sugo della mamma tradita dalla corruzione del mondo e trasformata in parodia, nella sua versione malvagia. Ragù di zombi, lo chiamavano. Ecco, questo bar puzza di fritto e di ragù di zombi.

È una bottega dozzinale dalle parti di piazza Colonna, uno di quei posti che non avrebbero ragione di esistere senza il flusso incessante di turisti con pochi soldi in tasca. Tanino Barcellona non è un turista, ma ha solo dieci minuti prima che il turno cominci e questo schifo di bar almeno è a un passo da Montecitorio. Guarda ancora il supplì e si decide ad addentarlo.

«Perché quella faccia?» Il collega seduto davanti a lui rigira il coltello nella piaga.

Tanino agita lento il supplì smozzicato davanti al volto dell'altro, mentre il formaggio fuso gli cola sulle dita. «Lo vedi questo, Raffae'? Sai cos'è?»

«Non è un supplì parmigiano e mozzarella?»

Barcellona dà un altro morso poco convinto e il volto florido gli si altera in una smorfia. «Questa è una caricatura. La caricatura di un prodotto culinario di altissimo livello e nobile tradizione, tipico della mia terra, che si chiama arancino. L'arancino in Sicilia è una religione, è ammissibile mangiarlo solo in due modi, al ragù e al burro. Tutto il resto è volgare imitazione, come questa porcheria fradicia di olio, che mi ammazza il fegato e mi piglia pure per il culo. Supplì ai quattro formaggi, supplì alla zucca, ai gamberi, al pesto. Usanze da barbari.»

«Perché non hai preso la pizza come me, allora?»

Tanino occhieggia il trancio salsiccia, pomodoro e funghi, pensando alla focaccia tipica della sua città: pomodoro fresco, scarola, tuma e acciughe. Si sente impotente e solo.

«Che ne vuoi capire tu che sei del Nord?»

«Che Nord e Nord, so' di Pescara, io!»

«E perché, rispetto alla Sicilia non sta a nord?»

Lungo via del Corso, Barcellona si asciuga ancora le dita unte sul retro dei calzoni del completo. In pochi minuti raggiungono le due Alfa blindate, una bianca e una blu, in una via laterale rispetto alla Camera dei deputati. Il caposcorta e il maresciallo Gianvito sono già arrivati, figurarsi. Gli altri quattro si materializzano poco dopo.

Il caposcorta si chiama Pellecane Rodolfo, di Bergamo, ed è un cacacazzi. Molto bravo, molto attento, ma un cacacazzi. Gianvito è bravo uguale e preciso quanto e più di lui, ma non si sogna di passarti in rivista come un sergente dei marines. Pellecane, invece, lo fa ogni volta che si presentano in servizio.

«La cravatta, Barcellona.»

«Tenente, ce l'ho.»

«Barcellona, non mi rispondere come un carabiniere, che qua i carabinieri siamo solo io e il maresciallo. Il nodo... stringilo.» Pellecane è un cacacazzi, ma almeno ha il senso dell'umorismo e le battute sui carabinieri se le dice da solo, senza aspettare che gli altri sei agenti di scorta, che invece sono poliziotti, gliele facciano alle spalle.

Tanino si aggiusta appena il nodo della cravatta e si accende una Marlboro, appoggiandosi al bagagliaio dell'Alfa bianca. Dalla falda della giacca semiaperta, riluce la placca del distintivo appesa alla cintura. Sono le due e gli smontanti si sono già eclissati. Il Presidente, a quanto ne sanno, non si muoverà ancora per un pezzo; li attende un lungo sabato pomeriggio.

La radio dell'auto gracchia, Pellecane rivolge un cenno agli altri. «Cambio di programma. Lo andiamo a prendere adesso.»

Le due macchine si muovono insieme, lente, fino a emergere in piazza Montecitorio, e infilano una dopo l'altra l'ingresso principale, fermandosi poco più avanti nella corte interna dove la Thesis con la portiera posteriore aperta attende il Presidente, che dopo qualche secondo sbuca dal portone.

Il terzetto di auto parte sgommando. Barcellona guida l'Alfa blu che chiude la colonna. Mentre le auto accelerano a sirene spiegate, alla radio la voce di Pellecane dice: «Piazza del Gesù. Percorso tre».

In corso Rinascimento una moto si mette in scia. L'agente Baldini, il più giovane del gruppo, seduto dietro, si volta a controllare. «Ma che vuole questo?»

Raffaele, dal sedile del passeggero, si volta anche lui. «E che pensi che vuole? Usare a sbafo la sirena e levarsi un po' di traffico davanti, il coglione. Tira fuori la pistola e puntagliela addosso, vediamo se capisce.»

Il ragazzo esita. «Dici che è il caso?»

«Lascia perdere, Baldini.» Tanino Barcellona accelera, sempre col motociclista dietro, e quando sono ancora a duecento metri dalla svolta in corso Vittorio frena di colpo, senza apparente motivo. La moto sbanda, pattinando con la ruota posteriore, il centauro evita il parafango dell'Alfa per un pelo, scartando a destra, e viene risucchiato dal traffico. Barcellona riguadagna in pochi secondi la distanza corretta dalla Thesis del Presidente.

«Con le buone maniere si ottiene tutto.»

«Prendi un imbecille come quello di prima. Lo spavento che s'è pigliato credi che gli ha insegnato niente?»

«Il nostro Tanino... sempre che vuole insegnare a campare a tutti quanti.» Il maresciallo Gianvito ammicca all'indirizzo di Baldini, seduto in auto con la portiera aperta che ascolta senza intervenire le chiacchiere dei colleghi più anziani. Il Presidente è in riunione alla sede del partito e l'affare sembra andare per le lunghe. Mezz'ora prima si è affacciato dal balcone il tenente Pellecane e gli ha indirizzato un gesto con la mano come a dire qua facciamo notte.

«Maresciallo, io vivo e lascio vivere, altro che, ma se a uno gli pare normale mettersi nella scia di una scorta di polizia solo per arrivare prima dalla fidanzata, o magari posteggiare a cazzo di cane, insomma se non riesce a vedere la differenza fra la libertà e i propri comodi alle spalle degli altri... be', la volta che finisce col culo per terra io certo non piango per lui.» Barcellona cerca uno sguardo di approvazione in Baldini. Lui e il maresciallo sembrano avere tacitamente eletto il ragazzo ad arbitro della discussione, senza chiederglielo.

Ma quello, per tutta risposta, fissa le finestre dei palazzi intorno.

«Baldini! Qua non ce ne stanno cecchini, che ne pensi tu?» domanda Tanino.

Gianvito toglie il giovane dall'imbarazzo: «E che ne deve pensare? Hai combinato una bella cazzata, ma non te lo vuole dire perché è troppo educato».

«Io?!»

«E chi, io?» replica il maresciallo. «Un conto è ridersela quando un cretino prende una culata per terra, altro è speronarlo con l'auto di servizio mentre sei di scorta al Presidente, non credi?»

«Non ho speronato nessuno.»

«Avresti potuto.»

«Semmai era lui che mi tamponava e secondo il codice della strada...»

«Me stai a cojona'?» Quando Gianvito vira al romanesco è segno che bisogna smetterla.

Tanino alza le mani in segno di resa. «A Milano me ne dovevo rimanere, altro che. C'avevo la Mobile nella sacchetta, c'avevo. Operativo a tremila, invece come un minchia mi sono lasciato convincere e ora devo giocare alle belle statuine, manco lavorassi al ministero.»

Gianvito ride. «Eh, è arrivato Tomas Milian...»

Baldini ci aggiunge il carico: «Be', tecnicamente lo fai».

«Cosa?»

«Lavorare al ministero. Sei un impiegato del ministero degli Interni.»

Barcellona si passa la mano sulla guancia ispida di barba. «Baldini, io ti voglio bene. Ma dimmi un'altra volta impiegato e parola mia ti sparo in un ginocchio.»

***

«Ma certo che ti amo, ciccina. Sei la gioia della vita mia.»

Barcellona guarda giù dal balcone di casa parlando al cellulare. Un condominio popolare fra ponte Milvio e Tor di Quinto, panni stesi anche sulla facciata esterna e orticelli sui balconi. Il marito della dirimpettaia, detto Cinquina, gran giocatore di biliardo e vecchia conoscenza della questura per trascorsi di reati contro il patrimonio, posteggia la sua Honda Enduro inzaccherata. Alla domenica, Cinquina, se non ha tornei al Bar Sport, se ne va a fare motocross, con buona pace della mogliettina, povera donna.

Bella vita, pensa fra sé Barcellona mentre si prodiga nell'ennesima rassicurazione a distanza.

«Stai tranquilla, ciccina. Vedrai che tempo due mesi mi danno il trasferimento. E una volta che torno in Sicilia diventa tutto più facile. Vedersi... Pensare, certo, anche più seriamente a...»

La giornata è stata molto calda, ma ormai, a pomeriggio inoltrato, l'aria è fresca, per cui Barcellona taglia corto, visto che è in mutande sul balcone da ormai dieci minuti. «Vabbò, piccola, ora devo andare che monto di turno... Eh sì, pure la domenica, che ti credi che la polizia di domenica è in vacanza? Vabbò, dài, ciao ciao, cià cià. Ti chiamo io, ti chia... sì cià cià.»

Fa scorrere la porta a vetri e rientra nella stanza massaggiandosi il collo. La camera da letto è disordinata come se ci avesse appena messo mano una banda di topi d'appartamento. Il televisore acceso su un programma sportivo ronza in sottofondo, Loredana dorme ancora, nuda sopra le coperte. Barcellona ammira sovrappensiero il suo sedere florido e lunare in contrasto con le lenzuola di cotone rosso. Si mette a cercare i pantaloni.

Quando è vestito, schiaffeggia la luna piena della donna per svegliarla. «Lolò è tardi... Devo andare a lavorare.»

Loredana si stira piano, biascicando appena contro il cuscino: «E allora vai, no?».

«Appunto, sbrigati.»

«E famme sta'. Che è, non te fidi? Magari te riordino pure un pochetto.»

«Ma che c'entra, Lolò, devi andare pure tu che sennò tuo marito...»

«Quello sta ancora a festeggia' coll'amici, che la Lazio ha vinto.» Annuisce verso il televisore mettendosi seduta. Sembra che la schiena le si incurvi in avanti per il peso del seno.

Tanino ha un moto di fastidio che dissimula sedendosi sul bordo del letto per allacciarsi le scarpe.

«È che tu non vuoi condividere er quotidiano. Vado bene solo pe' scopa'...»

«Che dici, Lolò? Che t'è presa, la depressione domenicale?» Si sporge all'indietro, prendendole il viso tondo fra le mani. «Solo non voglio che ti ficchi in qualche guaio a causa mia...»

«Tanto io lo lascio, a quello.» Loredana mette su il broncio come una bambina.

«Va bene, ma devi essere tu a decidere come e quando, da una posizione di forza, ne abbiamo già parlato, no? Se invece ti becca che lo tradisci, tutto si complica e finisce a schifio.»

«E me pijo pure un sacco de botte, che non lo so?»

«Ci avissi a pruvari e ci fazzu passari a valìa.»

«Quanto me piaci quando parli siciliano, me dai sicurezza. Ma che hai detto?»

Barcellona riformula: «Se ci prova, tu me lo riferisci, ci parlo io e vedrai che certe idee non gli vengono più. Adesso però vestiti».

«Lo vedi che me dai sicurezza? Se solo te 'mpegnassi un po' di più con me...»

Tanino si alza: «E come la mettiamo col lavoro mio? Te l'ho spiegato che da un momento all'altro mi trasferiscono in Sicilia».

«E tu non ci andare, chi ti porta, in Sicilia c'è la Mafia, no?»

«Ma quale Mafia e Mafia, non lo sai che la vera Mafia sta a Roma? E poi ormai va di moda la Camorra. Da noi si sta belli tranquilli e ti puoi fare il bagno pure a dicembre.»

***

Nel cortile di Villa Tevere, nonostante sia domenica, uomini e auto di servizio vanno avanti e indietro come ogni altro giorno della settimana. *Quasi* come ogni altro giorno della settimana, due colleghi ne prendono in giro un terzo per questioni calcistiche: «Anvedi 'sto laziale, c'ha pure core de vantasse...». E giù sghignazzi.

Barcellona quelli che stanno tutto il tempo a parlare di calcio non li capisce. A calcio ci ha giocato pure lui e gli piace. Guardare le partite, al limite, arriva a capirlo, ma parlarne per ore che senso ha? Tanino è diverso, il suo cibo è la curiosità per la vita altrui. Ed è anche lavoro, visto che un poliziotto di mestiere si occupa degli affari degli altri.

Supera il trio e si sente chiamare da Valastro, il capo dell'ufficio personale davanti al quale è appena passato. Ritorna indietro.

«Dottore, comandi.»

Valastro, un casertano tarchiato ben oltre i cinquanta, che emana costantemente una pungente fragranza di pecorino e sapone, gli sventola davanti agli occhi un foglio di carta.

«È arrivato, Tanino.»

«Cosa, dottore?»

«Il trasferimento che aspettavi. Alla fine è arrivato.»

Barcellona perde un battito. «Mi mandano in Sicilia?» chiede, quasi timido.

Valastro scuote la testa e con il dito indica verso l'alto.

«Di nuovo a Milano?»

«Bolzano. Effetto immediato.»

A Barcellona sembra che Valastro pronunci quelle tre sillabe con un certo compiacimento. Per un attimo nemmeno comprende, poi un fuoco gli si accende nel petto e dietro le tempie. Figli di puttana.

2.

Mentre guida tra le stradine di campagna attorno all'aeroporto, la radio sintonizzata su una stazione folk, Werner Meinl bestemmia tra sé perché il buio non è più quello di una volta.

La zona artigianale deborda, la fiera, le concessionarie d'auto e i supermercati si espandono come una palude luminosa e, da quando gli aerei più grossi solcano il cielo, anche il silenzio è meno silenzio. Fino a poco prima, da quelle parti non c'era nulla, solo una scalcagnata pizzeria e il bar del maneggio e anche quelli erano già troppo. Troppo traffico. Troppa gente. Italiani. Alla sua età non ci pensa nemmeno a cercare casa da un'altra parte e poi non avrebbe i soldi per farlo, anche vendendo la sua, che ormai cade a pezzi. Getta un'occhiata al sacchetto della spesa buttato sotto il cruscotto dal lato passeggero. Una spesa magra. La pensione non basta mai. Passa davanti alla fattoria dei Tschurtschenthaler. È tardi per le uova. Tornerà domani. Anche se la mattina trova sempre Maria la pettegola. Lui taglia corto e lei ormai sa che non è il caso di insistere con le chiacchiere, ma è lo stesso. Lo infastidisce. Come lo infastidiscono tutti gli altri. Le loro uova sono buone, però. Ne ingoia due, crude, fresche, ogni tre giorni, accompagnate da pane nero, burro e una strofinata d'aglio. Col caffè ha chiuso da quasi un decennio, si ostina a comprare il tè del discount anche se fa schifo. «Risciacquatura di piedi» mormora ogni santa mattina mentre lo butta giù. L'altro, quello buono, costa troppo.

Il vecchio Maggiolino color caffellatte, imbocca una strada secondaria, le gomme lisce pattinano in curva sull'asfalto gelato. Una foschia densa galleggia sopra il canale che corre lungo la carreggiata. Non ci sono più lampioni e il faro destro è andato.

Werner rallenta, avvicina la fronte al parabrezza e stringe gli occhi. Abbassa il volume della radio, come se la musica gli impedisse di concentrarsi sulla guida. Un paio di svolte sullo sterrato, un rettilineo che parte da una piccola edicola dedicata alla Madonna, cinquecento metri ed è a casa.

Le luci dell'aeroporto sono un esile pulsare spalmato tra i filari di meli imprigionati dalla galaverna. I passi scricchiolano sulla brina e l'umidità attraversa i vestiti, si insinua sotto la pelle, fa vibrare le ossa fino al midollo. Il fiato condensato nell'aria gelida della sera è un fuoco fatuo. Appoggia la borsa della spesa davanti all'ingresso e sfila il guanto per cercare le chiavi dalla tasca del vecchio montone rattoppato. Sono anni che l'autunno non pesta così duro. Anni in cui ci si è quasi dimenticati di essere nella città più a nord d'Italia, quella che tutti credono fredda anche d'estate, neanche fosse in Groenlandia, e che invece ad agosto è una fornace. Il portachiavi è un lembo di stoffa lercio avvolto in due elastici induriti con un anello e troppe chiavi. Alcune non sa nemmeno a cosa servano.

Quando entra in casa, non accende la luce. Si toglie le pedule inzaccherate e le lascia all'ingresso accanto al portaombrelli vuoto, c'è una tela di ragno che lo collega all'angolo del muro, non l'ha mai spazzata via. A che servirebbe? Da quando non c'è più sua moglie perché dovrebbe togliere le ragnatele, spolverare, tenere in ordine? Quel poco che c'è da tenere in ordine. Ogni oggetto in quel luogo gli ricorda lei. La casa stessa era sua. Werner si muove ancora come un ospite e un ospite non rassetta, al limite fa il letto, per pudore.

Va in cucina. Il riscaldamento è spento, il freddo è troppo intenso, forse ha lasciato la finestra aperta in bagno. Gli sembrava di averla chiusa. Anche la memoria non è più quella di una volta. Lascia la spesa sul tavolo, le chiavi nel vecchio posacenere di plastica verde con la scritta "Forst" in bianco un po' scrostata. Non ha mai fumato e nessuno fumerà mai lì dentro. Apre il frigo e ripone con cura i finocchi, la lattuga e i pomodori. Mette le patate nel cassetto più basso della credenza, la birra analcolica rimane nel sacchetto accanto al mobile. È meglio tiepida. Si muove a suo agio nell'oscurità.

È ora di controllare la finestra. Basterebbe un colpo di vento e il nastro adesivo marrone da pacchi con cui si tiene assieme cederebbe. Trova l'interruttore con le dita, la lampadina a risparmio energetico si accende piano, illumina il bagno di un lucore biancastro e freddo. La finestra sbatte, ma è ancora sui cardini. Accosta le ante. Il legno gonfio e putrido lascia uno spiraglio largo quasi due dita. Ci vuole altro nastro adesivo. Domani mattina.

Ora ha solo voglia di scaldarsi, sedersi in poltrona con un catino d'acqua in cui infilare i piedi. Accende la tv. Nemmeno il tennis è quello di una volta, ma tanto non c'è altro. Ruota la manopola, il clac della scintilla si ripete quattro volte e la stufa a gas parte. Mette a bollire l'acqua e prepara la bacinella davanti alla poltrona. Il punteggio è di quindici-zero al decimo gioco del terzo set. Quando infine si siede e mette i piedi a mollo è salito a quaranta-quindici.

Werner ha giocato da giovane, ha vinto anche un torneo provinciale con numeri da record, ma quando è arrivato il salto di categoria e gli hanno chiesto di iscriversi a un torneo nazionale è andato su tutte le furie.

«Quale nazione?» ha risposto. Ha buttato la racchetta sulla terra rossa e non si è più fatto vedere.

Oggi si limita a masticare amaro. Non è per il tennis in tv, non è per la nazione, e nemmeno per la miseria in cui è sprofondato. Non sa nemmeno lui perché. Ha solo voglia di sparire. Al quarto set sente gli occhi pesanti. L'acqua nel catino è tiepida, tira fuori i piedi, li strofina con un asciugamano logoro. Non ha fame. Sprofonda di nuovo in poltrona e lascia che il torpore lo avvolga, la testa ciondolante. Il sonno arriva e come sempre non porta nulla con sé. Spera sempre di rivedere la moglie nelle terre del sogno, ma non succede mai.

Si sveglia di soprassalto, la partita è finita, sullo schermo scorrono le immagini di un terremoto lontano. Qualcosa gli stuzzica il pomo d'Adamo e gli accarezza il collo. Non capisce se è sveglio o se per una volta il sogno è venuto a trovarlo. In questo caso, non è nulla di piacevole. Porta le mani alla gola, la bocca è secca e gli occhi bruciano. Quando il cappio si stringe, lui prova ad afferrarlo, ma non ha presa. La morsa aumenta.

Spalanca la bocca affamato di un'aria che non riesce a trangugiare. C'è qualcuno lì dietro, alle spalle della poltrona.

Qualcuno che stringe. Werner scalcia, i polmoni sul punto di esplodere. La poltrona vola all'indietro e l'ultima cosa che vede, tra le fitte al petto, è un'ombra scontornata dal bagliore dello schermo.

No, il buio non è più quello di una volta, ma fa paura lo stesso.

3.

La padrona di casa lo precede per il corridoio stretto e lungo, sul quale si affacciano diverse porte, che divide l'abitazione in senso longitudinale a partire dall'ingresso fino a una cucina munita di elettrodomestici che avranno almeno vent'anni; il frigo forse trenta. L'appartamento è grande. La luce livida filtra dalle cortine verdi dietro il piano cottura e viene assorbita dagli stipetti in noce scuro, mentre la fantasia antiquata delle piastrelle del rivestimento sopra i fornelli sbiancati dall'uso non basta a rallegrare l'ambiente. Ci sono centrini grigiastri lavorati a uncinetto sotto le brutte cornici delle foto e sotto il vasellame ammassato sulle mensole e sul tavolino accanto al divano di chintz.

La donna recita la sua aspra litania esplicativa in tedesco anche se Tanino ha subito messo in chiaro che non lo parla. Sono tutti bilingue qui, di sicuro anche lei, e non le sarebbe difficile essere un poco più ospitale, ma non sembra importarle niente. Aprendo e chiudendo il frigorifero, elenca con cura istruzioni che di certo riguardano gli orari della colazione e le regole sull'utilizzo dei cibi e delle bevande a disposizione degli ospiti. Gliene importa assai, a lui, se la vecchia crucca dovesse prenderla male quando le scolerà per sbaglio l'ultima bottiglia di aranciata. Tanto l'aranciata manco gli piace.

Tutte le foto esposte ritraggono una ragazza giovane e bruttina, forse la figlia della signora. Data la grana delle immagini e il taglio anni Novanta dei vestiti della ragazza, Tanino scommette che non è più giovane da un pezzo ma che è rimasta bruttina. A gesti la padrona lo invita a risalire il corridoio. Bofonchia qualcosa a proposito di "*Zimmer*", non ci vuol molto a capire che sta per mostrargli la sua camera. In effetti, quando è arrivato a Bolzano, stamattina, dopo una corsa notturna in auto da Roma (ci ha messo tre ore e mezzo dalla Salaria a Modena e altre due ore scarse per farsi l'Autobrennero fino a Bolzano Sud), ha cominciato a vedere alcune insegne gialle e nere con la scritta "Zimmer" e ha tradotto d'intuito: la sua prima lezione di tedesco.

La stanza è pulita e abbastanza ampia, c'è anche uno stretto scrittoio sotto la finestra e una tv a schermo piatto appesa al muro. Il copriletto di lana spessa e colorata in stile peruviano si può anche perdonare, in fondo. Il bagno è proprio di fronte alla porta della camera e, a quanto capisce, non deve dividerlo con nessuno.

«Ihr Zimmer verfügt über ein eigenes Bad mit Toilette.»

L'ultima parola non riserva sorprese, sul resto Tanino ha qualche dubbio ma chi se ne frega.

Rimane solo, finalmente, e si butta sul letto. Ha giusto un'ora per riposare prima di presentarsi in questura. Appena prima che gli si chiudano gli occhi, dalla finestra affacciata su un cortile interno gli sembra di intravedere corpuscoli leggeri che vengono giù. Ma siamo a novembre, possibile che nevichi a novembre?

Non sono nemmeno le nove ed è di nuovo per strada. Stretto nel giubbotto di pelle troppo leggero per la temperatura di Bolzano, Tanino supera spedito ponte Loreto, il vento che soffia sull'Adige lo prende a schiaffi, supera un sexy shop all'angolo con piazza Verdi, e imbocca una via punteggiata di bar, botteghe di pakistani e un negozio di strumenti musicali. Via Marconi. *Marconistrasse*.

La questura è a pochi minuti a piedi. Su indicazione di un collega ha prenotato il B&B della vecchia proprio per questo motivo: costa troppo per quel che vale, ma è in buona posizione e lui non aveva voglia di trascorrere i primi giorni di servizio in un alloggio in caserma. Le nuvole color acciaio sono basse sulle montagne che sovrastano la città, danno claustrofobia. È strano provare questo tipo di oppressione all'aria aperta, eppure gli accade. Infila la mano nella tasca interna del giubbotto per prendere una sigaretta e si accorge di avere già le dita intirizzite e insensibili. Non ha mai portato i guanti, qui gli toccherà comprarsene un buon paio. Ed è ancora novembre, diocristo. Se pensa che due giorni fa stava in mutande sul balcone di casa a Roma, gli viene da bestemmiare.

«Sei il nuovo collega?»

«Già.»

Un tipo smilzo, sui quaranta, movimenti rapidi e sorriso facile, lo inquadra ancora prima che abbia fatto tre passi nella stanza o chiesto di parlare col dott. Guidi, il capo della Mobile, a Bolzano. Mai visto né sentito, ma i colleghi di Roma gli hanno detto che "ha le palle", però lo hanno detto con un'espressione che lasciava intendere altro. Tanino ha concluso che il dott. Guidi dev'essere un rompicoglioni.

Lo smilzo si alza dalla scrivania d'angolo mentre gli altri tre agenti, impegnati al telefono o al computer, lo degnano appena di uno sguardo.

«Tullio Pavan, piacere. Ti stavamo aspettando.» La mano di Pavan rimane a mezz'aria un istante di troppo mentre Tanino tira fuori la sua dalla tasca del giubbotto.

«Gaetano Barcellona. Trasferito da Roma. Ero al servizio scorte.»

«Sappiamo, sappiamo.» Pavan sorride sghembo, sembra un piccolo predatore. *Che cavolo credono di sapere questi qui?*

La sede della seconda sezione della Mobile di Bolzano, alla quale Barcellona è stato assegnato, è un open space di medie dimensioni, attrezzato, più che arredato, con una decina di scrivanie componibili di plastica grigia di varie dimensioni, orrende e molto ordinate, tutte munite di computer a schermo piatto e raccoglitori colorati. Alla parete opposta sono addossati schedari di metallo verniciato bianco, sui quali campeggia un grosso poster incorniciato con la foto pubblicitaria di un agente pacioso che passa una bottiglietta d'acqua a un ragazzo di colore dall'aria sbattuta. "Esserci sempre" è la frase stampata a caratteri cubitali con sotto il logo della Polizia di Stato.

«Loro sono l'ispettore Antonio Moretti, Martin Seelaus e Giulia Tinebra.» Pavan indica uno a uno i tre colleghi, ancora seduti alle loro scrivanie, che rispondono con un cenno della mano, come richiamati da un appello scolastico. Moretti abbassa il telefono e si alza anche lui. È il più anziano, calvo come un uovo, probabilmente è il caposezione in attesa di promozione con passaggio ad altro incarico, oppure di prepensionamento. È basso, ben piantato, e ha occhi chiari e freddi. Stringe la mano di Tanino con vigore ma lo sguardo non trasmette nulla, come se pensasse ad altro.

La seconda a presentarsi è Tinebra, una riccia rossa atletica dal volto aggraziato. Bella senza fascino.

Barcellona le si avvicina e commette l'errore di accennare una specie di baciamano. È una mossa che fa da sempre, l'ha ereditata dal padre. Ai suoi tempi funzionava (così almeno lui gli ha sempre raccontato), ma con le donne poliziotto è meglio andarci cauti.

«Che fai, sfotti, Barcellona?» Appunto.

«Non mi permetterei mai, perdonami. Una vecchia abitudine...»

«Sei di Roma, tu?» Anche Seelaus alla fine solleva gli occhi dalla schermata alla quale era intento e Barcellona sente un brivido sulla nuca. Le iridi gli si muovono a scatti a destra e a sinistra, senza un attimo di posa, sembra una specie di rettile. Non si alza, né mostra di volerlo salutare in modo più tradizionale.

Tanino se lo annota mentalmente, ma sa che il primo giorno di lavoro bisogna sorridere a tutti, dunque sorride. «Ero in servizio a Roma. Sono siciliano. I miei sono di Messina, ma ho vissuto un po'...»

«Meglio siciliano che romano.» Seelaus lo liquida e riporta i suoi occhi impressionanti allo schermo.

Pavan gli mette una mano sulla spalla. «Martin è entrato in polizia perché l'hanno bocciato alla prova pratica del concorso per diplomatico.» Nessuno ride alla battuta. «Se ti serve forzare un sistema informatico, lui è il tuo uomo, ma se vuoi chiacchierare, lascialo perdere. Vieni, ti presento al capo.»

In corridoio, Tanino non resiste alla curiosità: «Che cavolo ha Seelaus?».

«Boh, lo picchiavano da piccolo forse, ma non badarci, alla fine è un buon ragazzo.»

«No, dicevo agli occhi.»

«Ah quello? Iridoqualcosa, non ricordo, lui dice che è una roba genetica, ma secondo me è per tutto il tempo che passa al computer.»

Nella stanza del primo dirigente Guidi si apre un'ampia vetrata sulla pista ciclabile e il torrente che costeggia il retro dell'edificio. Dovrebbe essere una vista riposante e luminosa, invece l'effetto è tetro. I toni cupi del cielo si riflettono sull'acqua e riverberano nell'ambiente assorbiti dai mobili imponenti: una scrivania di noce lavorato con un piano di vetro nero, un'étagère in radica appesantita da faldoni catalogati in ordine alfabetico e un armadio d'epoca con ante a vetri giallo scuro.

Guidi congeda con un gesto Pavan e a Tanino fa cenno di accomodarsi sulla sedia di fronte alla scrivania, mentre rimane in piedi davanti alla finestra. Controluce, Barcellona può apprezzarne la figura alta, elegante e davvero troppo sottile, ma i lineamenti rimangono in ombra. Guidi di certo lo sa e va bene così.

«Non mi perdo in giri di parole, Barcellona, se ne accorgerà. Ma posso dirle che questa squadra funziona come un orologio perché ognuno dà il meglio e sta al suo posto. E la seconda sezione alla quale lei ha avuto la fortuna di essere assegnato vanta alcuni fra i nostri migliori poliziotti. Mi dicono che è un elemento valido, dunque ci sono le premesse perché si trovi bene con noi e noi con lei.»

La voce è inequivocabile e quando Angelica Guidi si muove ed esce dal cono d'ombra, Tanino finge di non essere sorpreso. «La ringrazio, dottoressa.»

«Mi dicono pure che non ha chiesto lei il trasferimento qui, però. Anzi: che voleva andare da tutt'altra parte.»

«Evidentemente non c'era la disponibilità...»

«Disponibilità un corno, Barcellona. Lei sta qua per il dispetto di qualcuno che l'ha voluta punire. Qualcuno che ne aveva il potere. Il che può significare che questo suo ex superiore è vendicativo e prepotente, o che lei se l'è meritato, oppure entrambe le cose.»

Tanino apre la bocca per ribattere senza avere idea di cosa dire, la Guidi lo frena con un gesto della mano. «Sono affari suoi, comunque. Qui ritrova una nuova città, un nuovo incarico, un nuovo inizio e ho tutta l'intenzione di concederglieli. Solo una cosa: se mi accorgo che non collabora o che pianta grane, la sbatto a Malles a indagare sui furti di capre, chiaro?»

«Come il sole, dottoressa.» *Sorridi, Tanino, sorridi.*

Di ritorno alla seconda sezione, Moretti lo mette di turno alle intercettazioni telefoniche. «Scusa se ti do questa rogna per ora, ma siamo sotto organico...»

«Ci mancherebbe.» La trafila la conosce: è appena arrivato e nessuno si fida, ovvio. Tanino sorride ancora, ma cominciano a girargli.

A metà mattina si sfila le cuffie alzandosi dalla postazione che gli hanno assegnato ed esce dalla saletta intercettazioni per andare alla finestra del corridoio a fumare una sigaretta. Un tipo che sembra una via di mezzo fra Serpico e un cowboy lo supera ed entra alla seconda sezione senza nemmeno degnarlo di uno sguardo. In un altro contesto, a uno così conciato chiederebbe i documenti, ma Barcellona sa bene che se in questura vedi un tizio che sembra un delinquente insieme a uno con la faccia pulita, nove su dieci quello con la faccia pulita è il delinquente e l'altro è il collega che lo ha fermato. Se invece quello che sembra un delinquente è solo, allora è un collega di sicuro.

Indugia qualche secondo appena fuori dalla porta della sezione e vede che il cowboy si rivolge a Pavan: «Faina, chi è il perticone vicino alla sala intercettazioni?».

«Quello nuovo.»

Faina?

4.

Il legno è morbido, ma ostinato. Le schegge continuano a punteggiare le assi. È quasi un anno che lo leviga a mano nei ritagli di tempo. L'odore della resina del larice è buono. Ha un che di ancestrale. Sa di casa. Di una casa prima delle case. I vetri tagliati in quattro dalla croce della finestra hanno un alone cristallizzato di brina. L'acqua per il caffè bolle sulla stufa di ghisa. Si ferma. È da mezz'ora, dalle sei, quando si è svegliato, che si accanisce su un pezzetto di pavimento vicino alla stube. Un angolo che lavora di fino tra carta vetrata, spatola e scalpello perché, sull'impiantito, vicino alla parete, è stata marchiata a fuoco una data: 1667. L'anno di costruzione della piccola baita. Anche se il proprietario del maso e dei terreni circostanti, da cui l'ha avuta in usufrutto a vita, gli ha raccontato un'altra storia. Una storia di streghe, di roghi. E di fantasmi.

Ma Karl Rottensteiner ha già i suoi di fantasmi e si è limitato a firmare il contratto. Disabitata da sempre, in cambio dell'usufrutto si è impegnato a ristrutturarla. Con calma. Sono quasi vent'anni che ci lavora da solo, Elke non era nemmeno nata. La prima modifica che ha fatto è stata un'apertura sul tetto, una finestra proprio sopra la stube dove si riposa.

Heinz gli aveva proposto una piccola impresa edile di amici suoi, o perlomeno di procurargli una levigatrice a nastro. Ma Karl ha i suoi fantasmi e i fantasmi in qualche modo vanno esorcizzati. Vent'anni. In vent'anni ne sono successe tante. Si sfila i guanti da lavoro, versa l'acqua nella tazza grande, aggiunge il caffè e mescola. La polvere marrone ruota come una galassia. Aspetta qualche minuto che si raffreddi, butta giù la pillola quotidiana con un bicchiere d'acqua di sorgente. Chiude il bocchettone dell'aria della stufa in modo che si spenga. Di roghi in quei boschi ne è bastato uno, quello di trecentocinquanta anni prima.

Il sentiero tra gli alberi è scivoloso, la terra sotto gli stivali e gli aghi di pino dura, quasi congelata. Risale il piccolo sterrato serpeggiante con sicurezza tra sassi e radici senza guardare dove mette i piedi. Dormire lassù, nel silenzio, specialmente quando comincia a fare freddo, gli piace, anche nei momenti più difficili. Come gli ha detto sua figlia quando studiava Kant a scuola: «Il cielo stellato sopra di me...», anche se lo vedi da una finestrella tra le assi del tetto.

La vecchia Volvo lo aspetta, duecento metri più in su, nell'ansa di un tornante sotto una tettoia di rami. Il cellulare, che ritrova il segnale solo lì, risuona nella tasca del giubbotto. In pochi secondi gli arrivano i messaggi della sera prima. Due sono di Elke per ricordargli che il weekend lo passeranno insieme e per dirgli che gli vuole bene: poche lettere, punti e parentesi che nel tempo ha imparato a decifrare.

L'auto parte al terzo colpo, come sempre quando è troppo fredda. Un altro messaggio è un avviso di chiamata dall'ufficio. Risale la strada nel bosco fino a incrociare la provinciale che collega Bolzano a San Genesio. La cassetta nell'autoradio è bloccata da anni. A volte Karl si sintonizza su qualche stazione locale, a volte si limita a consumare e consumare ancora quel nastro. Anche se ogni tanto fa male. Memoria della prima estate passata con lei.

In venti minuti è in città. Nel posteggio della questura, la sua è l'unica macchina immatricolata prima del secondo millennio. Nessuno si è mai permesso una battuta, anche se le occasioni non sono mancate. Si stringe nel giubbotto di jeans. Forse è ora di cambiare guardaroba. I tacchi consumati degli Stetson rimbombano sulle scale. Forse è ora di cambiare anche quelli.

Alla finestra di fronte alla stanza delle intercettazioni c'è uno sconosciuto alto e ben piantato che fuma.

Karl entra in sezione. Pavan sembra su di giri, più del solito.

«Faina, chi è il perticone vicino alla sala intercettazioni?»

«Quello nuovo.»

Non gli serve e non gli interessa sapere altro e passa oltre, deludendo il collega.

«Karl, finalmente.» Moretti gli rivolge un cenno dalla scrivania in fondo all'open space. Non ricorda di aver mai sentito il vecchio accostare il suo nome a quell'avverbio. Martin Seelaus è attaccato allo schermo del computer e le sue dita volano sulla tastiera, più rapide del solito. Giulia sorseggia un tè da un bicchiere di carta alla scrivania, ha il viso e il corpo tesi, sembra un cane che ha fiutato l'usta.

Quando Rottensteiner si avvicina, Moretti volta lo schermo

del computer verso di lui. La foto di un uomo che potrebbe avere tra i sessanta e i settant'anni occupa un quarto dello spazio. Il volto smunto, poche rughe, ma profonde, una corona d'alloro di capelli bianchi.

Karl sfila il giubbotto e lo appoggia sullo schienale di una sedia. Inclina la testa verso la spalla destra e osserva l'immagine. La Tinebra finisce il tè, getta il bicchiere nel cestino, ma tiene il cucchiaino di plastica tra le labbra. Il ticchettio dei tasti alla postazione di Seelaus si ferma per un istante, poi riprende a ritmo meno serrato. Moretti esita, aspetta una reazione che non c'è. Rigira lo schermo, armeggia col mouse e torna a mostrarlo a Karl. Il volto è lo stesso, ma ha gli occhi semichiusi e l'espressione trasfigurata dalla sofferenza. Una fascetta serracavi stretta attorno al collo. Moretti cerca ancora lo sguardo di Karl, si aspetta qualcosa, qualunque cosa. Un commento, una domanda, una risposta, ma Rottensteiner si limita a tacere. Quando Moretti, sbuffando, sta per chiedere, Karl dice solo due parole: «Meinl Werner».

Moretti non lo capisce, non lo capirà mai. Quel posto è una gabbia di matti, ma Karl li batte tutti. La telefonata che lo ha svegliato la mattina alle cinque e che l'ha trascinato nelle campagne attorno all'aeroporto lo ha messo di malumore. Che si trattasse di omicidio, lo ha scosso e preoccupato. L'identità della vittima e il suo passato, prontamente verificati da Seelaus, lo hanno lasciato a rimuginare a lungo sulla faccenda. Mentre andava in questura ha avuto la tentazione di chiedere la pensione anticipata. Gli manca un anno e cos'è un anno davanti a una vita di lavoro? Ma finirlo così, con un morto ammazzato in un posto dove non succede quasi nulla... *Perché proprio a me?*

Il poliziotto al volante aveva la voce impastata: «Come? Mi ha chiesto qualcosa?».

«Eh? No, niente, niente.»

«Cosa crede sia successo?»

«Pensa a guidare.»

«Scusi.»

La Guidi lo aspettava nel suo ufficio, impeccabile nel tailleur giacca e pantaloni, i capelli corti corvini, quasi blu alla luce della piantana. Il sole a spingere via con debolezza la notte fuori dalla finestra sul fiume.

«Moretti, tra poco avrò "Corriere", "Alto Adige", "Dolomiten", "FF" e compagnia cantante alla mia porta. Quanto ti ha riferito Seelaus al telefono basta da solo a scatenarli. Parla con Rottensteiner e fatti… Moretti? Fatti dire tutto quello che c'è da sapere.»

Perso nei primi riflessi del sole sull'acqua, l'ispettore aveva esitato, come se stesse valutando un'opzione poco piacevole: «Potrebbe essere complicato».

«E tu semplifica. Voglio Rottensteiner sul caso.»

«Ma…»

«Vai.»

«Sissignore.»

«Signora.»

«Signora. Sissignora, signora.»

Uscendo dall'ufficio della dirigente, Moretti ha pensato per qualche istante, e per la prima volta in oltre trent'anni di onorato servizio, di mettersi in malattia. E adesso, davanti all'espressione indecifrabile di Rottensteiner, pensa che forse potrebbe licenziarsi. Si passa un fazzoletto sulla pelata, sa che deve cominciare lui. «Questa mattina, verso le cinque, è arrivata una chiamata da una certa Maria Tschurtschenthaler. Sembra che la signora sia andata da Meinl per portargli delle uova fresche e per chiedere se avesse bisogno di qualcosa, perché erano quattro giorni che non ne aveva notizie. A quanto sostiene la signora, Meinl ultimamente non stava tanto bene, ma passava dalla sua fattoria ogni due giorni, di mattina presto proprio, per le uova... Non vedendolo, ha inforcato la bicicletta ed è andata a casa sua. Ha bussato, la porta era aperta e lo ha trovato in poltrona... Al momento la Tschurtschenthaler è ancora sotto shock ed è ricoverata. E... Karl?»

«Sì?»

Moretti cerca con lo sguardo l'aiuto della Tinebra, che si toglie di bocca la palettina, la spezza in tre e lancia i pezzi sulla scrivania. Ha la voce roca, sensuale ma fredda: «Dalle ricerche che abbiamo svolto con Martin è venuto fuori che eri coinvolto in due operazioni che riguardavano Meinl...». Stacca un post-it dalla cornice del suo schermo. «La prima nel 1988 e la seconda...»

«Nel 1992. Era un'operazione legata al terrorismo irredentista. Meinl era sospettato di militare in un *Kampfgruppe*, una cellula armata.»

«Questo lo sappiamo. Quello che vogliamo capire è se...»

«È se sono in grado di collaborare alle indagini.»

Giulia Tinebra annuisce.

Moretti la anticipa: «La Guidi ha chiesto espressamente che tu sia della partita».

«E tu pensi che non sia il caso. Il mio stato di servizio eccetera eccetera.» Scrolla le spalle. «Il fatto è che nessuno di voi c'era e magari posso davvero dire la mia. Se mi volete, bene. Altrimenti con la Guidi parlo io.»

Moretti non cerca più lo sguardo di nessuno. È affaticato e forse un po' depresso, ma l'uomo davanti a lui ha ragione. Loro non c'erano. Questo però non significa che Rottensteiner non vada tenuto col guinzaglio corto. L'ispettore gli indica di nuovo la foto sullo schermo, quella scattata sul luogo del delitto. «Qualcuno lo ha sorpreso in casa, probabilmente nel sonno. Viveva da solo in una villetta isolata vicino all'aeroporto. È stato strangolato con una di quelle fascette di plastica che servono a tenere insieme cavi, tubi o fili elettrici, hai presente? Solo, un modello un po' più grosso. Infili una delle due estremità nella fibbia che c'è all'altro estremo e tiri. Le tacche della scanalatura passano sotto la fibbia e non vanno più indietro. L'assassino deve avergliela sistemata mentre Meinl si era addormentato sulla poltrona, poi ha dato uno strattone ed è rimasto lì a vederlo soffocare.»

«Senza nemmeno fare la fatica di stringere.» Rottensteiner conclude impassibile il ragionamento. «Voleva godersi lo spettacolo.»

«Allora siamo d'accordo. Io e te ci muoveremo insieme, un po' di azione gioverà anche a me.» Moretti pronuncia l'ultima frase in tono più leggero, quasi a cercare un contatto, ma l'altro lo gela.

«Lavoro da solo, lo sai.»

Moretti sospira come se si aspettasse l'obiezione. Ne ha già abbastanza e non hanno nemmeno cominciato. «Nessuno indaga da solo su un caso di omicidio, Karl. Mica siamo al cinema.»

«Collaborerò alle indagini, ma mi muovo da solo. Con me funziona così.»

L'ispettore si alza in piedi irritato. «Non costringermi a mettere in campo la mia posizione.»

Karl avanza di un passo. «E tu non costringermi a ricordarti che abbiamo lo stesso grado.»

«Fosse per me non avresti più neanche il distintivo.»

«Ragazzi, ragazzi...» Il Faina allarmato si avvicina temendo il peggio, ma Rottensteiner spezza la tensione girandosi di tre quarti e sedendosi di colpo alla sua scrivania.

«Vedi che lo pensi pure tu? Non avete bisogno di me, io vado bene per puttane e zingari, non dite sempre così?» Il tono è canzonatorio, l'espressione amara.

Stavolta è il Faina a intervenire: «Andiamo Karl, adesso sei ingiusto. Ti stimiamo tutti e abbiamo bisogno della tua esperienza, ma la Guidi è stata chiara: per i casi delicati ci si muove sempre e solo in coppia».

«Se il problema sono io» concede Moretti, che in realtà ha intravisto una scappatoia, «scegliti un altro.»

Rottensteiner non si cura di rispondergli.

***

Fine turno. Dopo aver infilato la moneta nel distributore automatico, Tanino schiaccia il pulsante dell'espresso, ma non accade nulla. Schiaccia di nuovo, niente. Dà una bottarella, uno scossone più forte e uno ancora più forte.

«Permetti?» Il Serpico vestito da cowboy che prima ha solo intravisto di sfuggita gli sfila accanto e tocca un pulsante che lui non aveva notato.

«Se scegli il caffè, prima di selezionare la bevanda, devi mettere l'acqua in pressione con questo.» Il bicchierino di carta appare finalmente nella sua sede e un filo di liquido marrone schiumoso comincia a scendere.

«Karl Rottensteiner.»

Ora che può guardarlo meglio, Tanino si accorge che il tipo è più vecchio di quel che sembra, sui cinquanta, ma in forma. È molto più basso e compatto di lui, ma ha la sensazione che se ci dovesse fare a botte il risultato sarebbe tutt'altro che scontato. «Gaetano Barcellona. Sono...»

«Quello nuovo, sì, mi hanno raccontato. Sei arrivato per direttissima da Roma, giusto?»

«Col Terronia express, sì.»

Rottensteiner scrolla le spalle. Lo indica e poi indica se stesso. «Terroni, tedeschi, italiani, zingari, immigrati... Ognuno è il negro di qualcun altro...»

Tanino annuisce ma non ha capito un granché.

«Sei arrivato stamattina, giusto?»

«Partito ieri a mezzanotte da Roma. Alle sei ero qua.»

Rottensteiner lo studia di sottecchi mentre recupera il suo tè. «Hai fatto in fretta. Ti arriverà un bel ricordino dalla Stradale.»

«Non a me. Big Babol sull'ultimo numero di targa. Niente tutor.»

«E se ti fermano?»

«Li ringrazio. Maledetti ragazzini che tirano questi scherzi idioti.»

«Se la bevono?»

«Magari no, ma sono un collega…»

«Ti hanno piazzato alle intercettazioni?»

«Ultimo arrivato, lavoro di merda. So come funziona.»

Rottensteiner annuisce mentre lo osserva assorto. Poi alza il bicchiere. «Salute.»

Tanino beve e una smorfia gli segna il volto. «Questo caffè è una merda.»

L'altro risponde serissimo: «Per questo ho preso il tè».

5.

«Te lo ammazzo quel cane, ci do la polpetta, ci do!»

«Non ti permettere! Mi tiene tanta compagnia, mica come te...»

Sono da poco passate le due del pomeriggio e Tanino si sbatterebbe la testa al muro. È così annoiato da non riuscire nemmeno a trarre sollievo dalla fine del turno. Sfila le cuffie e viene fuori dal cubicolo dove ha trascorso le ultime otto ore, poi va dritto in bagno a svuotare la vescica con le orecchie ancora calde che gli ronzano per quel tempo di ascolto inutile. Delle indagini all'origine delle intercettazioni gli è stato detto poco e niente, per cui fatica a distinguere cosa potrebbe essere significativo e cosa no, ma ha trascorso gli ultimi ottanta minuti della sua vita ad ascoltare una donna litigare con la madre perché il cane di quest'ultima insiste a pisciare nel suo giardino, e lui dubita che la cosa sia rilevante.

In sezione c'è poca gente, nessuno di quelli con cui in questi primi giorni è riuscito a instaurare un minimo di empatia: né Tinebra né il Faina.

Quando ha chiesto a Pavan perché lo chiamassero Faina, lui

ha sorriso. «Va' a sapere» si è limitato a rispondere. È probabile che c'entri col suo aspetto: piccolo, magro, bruno, veloce nei gesti e nelle parole.

Barcellona non ha fame, nonostante l'orario. Vorrebbe un caffè, ma si guarda bene dal fermarsi alla macchinetta di fronte all'ascensore che fa l'espresso peggiore di tutti gli uffici pubblici che abbia girato in vita sua. No, no, meglio andare al bar. Che poi è una parola, bar. È a Bolzano da una settimana, c'è un bar ogni dieci metri e non ne ha ancora trovato uno decente.

Fuori dalla questura, attraversa il ponte sul Talvera e viene colto da una folata gelida. La temperatura è prossima allo zero, e questo dovrebbe essere il momento più caldo della giornata. Scuote la testa e attraversa senza aspettare il verde pedonale. Le mani in tasca, si stringe nel giubbotto e scende lungo viale Druso. Anche se si trova a poca distanza dal centro, questa zona della città è diversa. È tutto sempre molto pulito e ordinato, come dappertutto, del resto, ma gli edifici sono più popolari, dai dozzinali colori pastello, e a Tanino, per qualche motivo, non dispiace. Questo posto gli risulta più riposante e familiare del salotto buono attorno alla piazza principale.

Dopo un paio di traverse percorse con la testa sempre più incassata nelle spalle per lo sferzare del vento, adocchia un bar affacciato ad angolo. Due vetrine ampie e spoglie espongono solo tre vetuste bocce di cioccolatini e caramelle Rossana. Non pensava nemmeno esistessero più, non le vedeva da quando era bambino. Forse è per questo particolare inatteso che si decide a entrare, o forse è solo per il freddo bastardo.

L'interno del locale non smentisce l'aspetto esteriore: è proprio un barazzo che sembra uscito da una macchina del tempo, ha persino i tavolini rotondi a tre gambe e le sedie di plastica in finta paglia intrecciata. Manca solo che diano da giocare la schedina del Totip e l'effetto sarebbe completo.

Tanino sta per ordinare un caffè quando nota il bancone dei gelati in fondo. Prendere un gelato mentre fuori ci sono tre gradi non lo farebbe mai, una cosa da tedeschi, come il cappuccino dopo pranzo, ma viene attirato ancora una volta dal tono dimesso della mercanzia. Niente vaschette giganti con schifezze dai colori accesi e innaturali. Qui ci sono solo anonimi pozzetti d'acciaio con i coperchi stagni che non hanno nulla dell'artificialità industriale comune a qualunque gelato prodotto sopra Caserta. Decide di rischiare: del resto deve pur buttare giù un minimo di sostanza.

La cassiera ha l'aria stanca e i capelli in disordine ma i tratti del viso sono delicati e la pelle è perfetta. Tanino indugia di proposito nei suoi occhi azzurri un attimo di troppo prima di sorridere e ordinare un cono.

La ragazza risponde al sorriso, abbassa lo sguardo e dice: «Due euro».

A quel punto scatta la prova del nove e lui dopo qualche secondo di pausa aggiunge: «Con panna».

Il sorriso della cassiera rimane inalterato mentre batte lo scontrino e si ravviva una ciocca dietro l'orecchio. «Sempre due euro.»

A Tanino quel gesto aggraziato della giovane piace molto e gli piace ancor di più che lei non gli chieda di pagare un supplemento per la panna, pretesa che nessuno si sognerebbe di avanzare in Sicilia ma è prassi nei luoghi che lui ritiene barbari.

Non è per i cinquanta centesimi, è una questione di stile. Questa gente sa campare, pensa.

Ne ha la conferma quando il barista, un signore occhialuto di mezza età con l'aplomb di un prestigiatore e la faccia di un contabile che dà l'impressione di non aver mai fatto altro nella vita, usando un cucchiaio di legno mette la panna sotto e sopra la crema gelata senza chiedere. Ovunque abbia imparato il mestiere di gelataio, non è stato in Alto Adige.

Tanino non ha nemmeno bisogno di assaggiare la gianduia per capire che è buonissima; dà la prima leccata chiudendo gli occhi e si ritrova trasportato nel tempo e nello spazio alle estati di Falcone, un paesino della costa tirrenica dove villeggiava con i genitori: ha di nuovo tredici anni e gira per il complesso Rainbow in costume da bagno in sella al vecchissimo Garelli dello zio, portando la fidanzatina stretta dietro a prendere il cono al bar King in piazza. Il King non era meno squallido di questo posto e il gelato sembra uguale. Purtroppo adesso il suo problema non è convincere Giusi a mostrargli le tette, ma trovare una sistemazione più stabile ed economica dell'esoso B&B della vecchia crucca.

Si siede a uno dei due tavolini del locale, rivolgendo un cenno del capo all'unico avventore all'altro tavolo: un vecchio con più solchi in faccia di una cartina geografica, insaccato in un completo marrone senza cravatta. Ha un collo rugoso, rosso d'irritazione per la rasatura e il pomo d'Adamo guizza nel colletto della camicia abbottonato ma troppo ampio. Sembra la testa di un bulldog trapiantata sul corpo di un pollo spennato.

Tanino tira fuori di tasca una copia dell'«Alto Adige» piegata in quattro e la apre sul tavolino alla pagina degli annunci;

comincia a cerchiare e sottolineare quelli che gli appaiono abbordabili.

«Cercate casa, compare?»

La voce del vecchio è sottile, cortese, ma ha un che di artificiale, come se il bulldog/pollo sia un pupazzo parlante: le labbra si muovono ma la voce è registrata. Tanino ci mette qualche secondo ma alla fine capisce. Il vecchio deve aver subito un intervento alle corde vocali, o forse una radioterapia, il che spiegherebbe l'arrossamento e la magrezza eccessiva rispetto all'abito.

Sceglie di rispondere a tono, usando lo stesso rispettoso "voi" che, insieme all'accento, denuncia le origini calabresi del suo interlocutore: «Avete ragione, cerco casa, ma non è facile. Sotto i seicento euro qua non si trova niente».

L'altro sorride. «Bolzano è un buon posto per vivere, gran bella città, ma ci vogliono i piccioli.»

«Quelli ci vogliono dappertutto.»

«Quando sono arrivato qui io, cinquant'anni fa, un figghioleddu ero, le cose funzionavano diverse, ve lo assicuro. Se uno aveva voglia di lavorare ed era sveglio si portava avanti, ma ormai...» Agita la mano in un gesto vago. «Io sono sempre in questo bar e di gente ne passa, tanti giovani, ma di voglia di lavorare ne vedo sempre meno.»

Tanino, ritenendo esaurita la discussione, torna ai suoi annunci.

«E di dove siete?»

Barcellona rialza lo sguardo, rassegnato. Il vecchio evidentemente non ha niente da fare.

«Sono siciliano, ma ormai sono in giro da tanto tempo.»

«Per lavoro, eh? Rappresentante?»

«Dipendente pubblico.»

«Nostalgia?»

«Qualche volta... E voi siete in pensione?»

Il vecchio fa un breve segno circolare con l'indice della mano destra. «Titolare. Santino!»

Prima che Tanino possa scusarsi della piccola gaffe, il vecchio chiama il barista e quello si materializza al suo fianco.

«Don Salvo, ditemi.»

«Scrivigli al ragazzo l'indirizzo di Michele.» E piegando la testa verso di lui spiega: «Questo mio cugino affitta appartamenti a Oltrisarco. La zona, mi scuserete, non è granché, ma la palazzina è nuova e col prezzo vi mettete d'accordo. Mi consentite di chiamarlo?».

Un'ora dopo Tanino ha già affittato un trilocale con servizi per trecentocinquanta al mese e ne ha preso possesso. La zona si trova a est dell'autostrada del Brennero e del fiume Isarco. Come diceva il vecchio, è popolare, però l'appartamento è rifinito e anche sommariamente ammobiliato, giusto una branda, un tavolo, un armadio e qualche sedia, ma per cominciare va bene.

Giù in cortile, mentre esce dal portone, incrocia un tizio sui cinquanta che cammina storto, lo sguardo demente, barba e capelli lunghi, cappellino da baseball e giacca di nylon rossi. Col tempo che c'è dovrebbe crepare dal freddo, ma è così fatto e da talmente tanto tempo che non ci bada. Non è certo di freddo che creperà, comunque. Tanino lo segue con lo sguardo mentre il tossico si avvia per le scale.

«Cominciamo bene» si dice, ma in fondo c'era da aspettarselo per trecentocinquanta euro...

La branda non è poi così scomoda e quando si alza si sente riposato. Il panorama non è dei migliori. La montagna è troppo vicina e soffocante. Forse in primavera andrà meglio. Per ora è solo un ammasso scorticato di rocce e chiazze grigioblu. Dovrebbe mettere una tenda. Cerca nella credenza, ma non trova la moka. Osserva, perplesso, le piastre elettriche della cucina. Pensa alle bollette della luce. Non era meglio mettere il gas? I termosifoni sono caldi. Se non gli aumentano lo stipendio, la vita potrebbe diventare grama in poco tempo.

Il bagno è lungo e stretto, tutto sommato confortevole. Mentre si rade prende un appunto mentale sui prodotti da comprare per la casa. Meno male che ieri sera si è ricordato di prendere qualche rotolo di carta igienica. Il minimarket gli stava chiudendo in faccia alle sette precise e la ragazza alla cassa gli ha fatto pesare ogni secondo di indecisione e di ritardo. Ma dove cazzo è finito?

Quanto al vestiario, deve comprare un giaccone o un piumino. Per ora si accontenta di mettere l'orrendo dolcevita di cashmere color zucca che gli ha regalato Lolò sotto la giacca verde scuro. Non riesce nemmeno a guardarsi allo specchio. Prima di partire per Bolzano aveva preso in giro Loredana per quel regalo. Non era arrivato a dirle quel che pensava, ossia che non lo avrebbe indossato manco morto, quello no, ma si era limitato a ironizzare sul clima siberiano a cui stava andando incontro. Lei si era offesa lo stesso, ma poi erano finiti a letto e tutto si era sistemato; sapevano entrambi che sarebbe stata l'ultima volta, perché rovinarsela per un motivo tanto sciocco? Lolò di sicuro non capiva nulla di mariti e abbinamenti di colore, ma adesso deve concederglielo: quanto al freddo aveva ragione da vendere.

È inutile, per quanto tenti di allargarselo con le dita, il collo di questa camurria di maglione lo soffoca. Uscito dall'ascensore, incrocia la vecchia del pianterreno che rientra. Un donnino impettito e grinzoso come un tacchino. È appena arrivato, ma quella, la sera prima, gli ha già raccontato vita morte e miracoli di tutti gli abitanti del quartiere, sciorinando la sua visione dell'universo e cercando di carpire informazioni su di lui, tenendolo nell'atrio del condominio per più di mezz'ora con il pacco di carta igienica sotto l'ascella, l'urgenza di pisciare e di strangolarla.

Ma Gaetano Barcellona è un galantuomo, come suo padre e come suo nonno prima di lui, e così si è limitato ad annuire, a sollevare gli occhi al cielo e smozzicare qualche parola, subito interrotta dall'adorabile vecchietta.

Quando la vede, fa buon viso a cattivo gioco. Scandisce un buongiorno tonante e avanza spedito dando l'impressione di chi ha molta fretta, nella speranza di non lasciarsi placcare.

«Ha sentito dall'Agostinelli che rumore?» domanda la vecchia schermandosi una parte del volto all'altezza della bocca con il dorso della mano raggrinzita. «L'è un drugà, quel lì...» Abbassa di nuovo il braccio. «Sempre un gran chiasso quando ci si mette con quella sua radio là. Ma io l'ho già detto all'amministratore. Un sacco di volte, ma ora sento il proprietario sento, e dopo vedremo...»

«In realtà non ho...»

«Vedremo, dopo, vedremo se ha ancora voglia di schiamazzi.»

«Mi scusi sono un po' di fretta.»

«Sì, vada, vada.»

Come se avesse bisogno del suo permesso. Ma pur di troncare la questione si limita a un arrivederci.

«Ah, le han fatto la multa, le han fatto. Certo, se parcheggia sulle strisce bianche senza il bollino…»

Cristo.

***

«Ti conviene lasciare l'auto qui fino a quando non ti danno la residenza e il bollino per parcheggiare nel tuo quartiere.» Faina, con una giacca tecnica e una sciarpa che gli arriva alle labbra, smonta dalla bicicletta e la spinge alla rastrelliera in fondo al posteggio interno.

Tanino, incazzato, è partito senza togliere il foglio plastificato da sotto il tergicristallo della Golf.

«O procurati una di queste. Un mio amico ne ha una elettrica da vendere.»

«Piuttosto vengo a piedi, grazie per il pensiero Pavan.»

«Se cambi idea…»

Barcellona prende la multa e la infila in tasca. Il maglione che preme sul collo pizzica e non gli dà tregua. Lascia Faina alle prese con il lucchetto e la catena. Entra in questura, imbocca il primo bagno, si toglie la giacca e sfila il pullover, rimanendo in maglietta. Lascia scorrere l'acqua, prende una salvietta di carta dal distributore e prima di passarsela sul collo la inumidisce. È tentato di buttare l'indumento nel cestino, ma ripensa a Loredana e gli sembra uno sgarbo troppo grosso. Lo terrà in un cassetto in fondo all'armadio. Quando arriva in sala intercettazioni, seduto al suo posto c'è Rottensteiner, le braccia incrociate dietro la testa, lo schienale pericolosamente reclinato all'indietro, gli stivali da cowboy sul bancone. «Non ti sei rotto di marcire qui dentro?»

«Pensavo di dover passare ancora un bel po' di tempo in purgatorio. Moretti ha deciso diversamente?»

«Moretti non ha deciso niente. A lui ci penso io. Vieni con me.»

«La Guidi che dice? Ci pensi tu anche a lei?»

«Vieni o no?»

Tanino si stringe il setto nasale tra medio e pollice, increspa le labbra e risucchia l'aria. Poggia il maglioncino sul tavolo accanto alle cuffie. Con ogni probabilità se ne pentirà, ma peggio di così non può andare. O no?

«Posso farti una domanda?»

Nessuna risposta. Silenzio assenso. Se ha capito bene.

«Non hai freddo?»

Risalgono via Dante, sorpassano i carabinieri e il carcere. Tanino rabbrividisce nel giaccone. «Non avevo capito che saremmo andati a piedi.»

«Non è distante.»

«Non è distante… Senti un po', mettiamo in chiaro qualche dettaglio…»

«Non ce n'è bisogno, non per il momento.»

Barcellona avrebbe bisogno di capire se andare dietro a

Serpico significa rischiare cazziatoni, note di demerito o addirittura di farsi sparare addosso, ma in fondo forse ha ragione lui, per ora va bene così. Sempre meglio che marcire in sala intercettazioni, e in fondo peggio di finire a Bolzano che gli può succedere? Poi ripensa alle capre di Malles. «Ok, non mettiamo in chiaro i dettagli, ma almeno spiegami dove stiamo andando.»

«A incontrare una persona nella sede della Aurora, una cooperativa per il reinserimento di ex carcerati. Immagino che tu abbia saputo dell'omicidio di Werner Meinl.»

«Ho letto il giornale al bar e orecchiato qua e là in questura. Che c'entra la cooperativa?»

Al museo d'arte contemporanea svoltano verso il parco. Un paio di ciclisti sfrecciano rapidi e scampanellano: Tanino sta camminando sulla parte di strada riservata a loro.

«Ho fatto qualche chiamata, la persona con cui voglio parlare si trova lì proprio ora.»

Barcellona si arresta di colpo. «Con le pinze devo tirarti fuori le informazioni... Se vuoi che ti accompagni, dimmi almeno con chi stiamo andando a parlare.»

Rottensteiner si ferma anche lui e fissa l'ingresso del bar del museo. Si passa una mano sulla barba ispida di qualche giorno. «Entriamo. Offro io.»

I tavolini e le sedie di design in cartone sono più comodi di quanto possa sembrare. Le grandi vetrate si affacciano sul parco. Sono gli unici clienti, a parte un vecchio che sembra sfogliare all'infinito il «Dolomiten» al prezzo di una spuma corretta al vino rosso. Il caffè di Tanino non è male, la pasta integrale con la crema biologica lascia un po' a desiderare. Il tè di Karl fuma nella tazza. Aspetta che il collega finisca di mangiare. Barcellona prova ad abituarsi ai suoi silenzi e non cerca la conversazione.

Alla fine Rottensteiner parla: «Stiamo andando a scambiare quattro chiacchiere con Frank Martell, uno che ha passato quattordici anni in carcere senza fiatare».

Tanino fischia tra le labbra. «Quattordici sono un sacco di tempo.»

«Martell apparteneva a una cellula terroristica attiva negli anni Ottanta. Hanno fatto saltare in aria un bel po' di cose da queste parti. Lui era l'artificiere, confezionava gli ordigni e li piazzava.»

«Terrorismo?»

«Irredentista, per l'indipendenza del Sudtirolo dall'Italia. Non ti annoierò con una lezione di Storia, per quello ci sono i libri.»

«Morti?»

«Non per le bombe di Martell.»

«E allora sono davvero tanti tutti quegli anni. Tecnicamente, dico. Fosse per me, coi terroristi butterei via la chiave.»

«Non ha collaborato. Mai detto nulla. Mai denunciato nessuno.»

«Perché dovrebbe cambiare ora? E Meinel, Meiln, come cazzo si chiama, che c'entra?»

«Meinl c'entra perché era il portavoce politico del movimento. Non un giorno di carcere che sia uno.»

«E perché?»

«Quelli come lui sono finiti in consiglio provinciale.»

«Ecco, vedi, come fa l'Alto Adige a volere l'indipendenza

dall'Italia se succedono le stesse identiche cose... E 'sto Meiln era anche lui in consiglio?»

«No. Meinl è uno di quelli che ha preferito non finire sotto i riflettori.»

«Secondo te la sua morte è legata in qualche modo al terrorismo irredentista?»

«Non lo so. La cellula di Martell era davvero piccola e Meinl era l'ideologo di riferimento di molte realtà dell'epoca. Alla fine, quando Martell è stato preso, Meinl ha disconosciuto lui e il suo gruppo.»

«E gli altri di questo gruppo?»

«Appena hanno potuto si sono dissociati, hanno lasciato Martell da solo e lui si è preso tutta la colpa.»

«Pensi a una vendetta?»

«Anche questo non lo so. È passato un decennio da quando Martell è uscito. Perché aspettare tanto?»

«Com'è che si dice? La vendetta è un piatto che va servito freddo. E poi da qualche parte si deve cominciare, no?»

Rottensteiner finisce il tè e paga il conto.

Imboccano il ponte pedonale che corre accanto a quello ciclabile. Entrambi sinuosi, di vetro e acciaio. Il Talvera scorre impetuoso. Solo a guardare l'acqua, a Barcellona si gela il sangue e ci si mette pure il vento. Sospetta seriamente che Lolò gli abbia regalato il pullover di una mezza taglia più piccola apposta, per torturarlo a colpi di prurito, ma adesso si pente di averlo lasciato in questura. Un dubbio gli ronza in testa e prima di scendere le scale che portano in via Fiume alla sede della cooperativa vuole toglierselo. «Scusa se sono brutale. Ho sentito una parte di quello che vi siete detti con Moretti... Quello che non capisco è perché la Guidi abbia insistito per volerti nell'indagine. Perché poi tu voglia tirarmi in ballo resta un mistero, ma tant'è...»

«Anni fa ho indagato sui movimenti terroristici indipendentisti. Prima che Martell venisse incarcerato. La Guidi sa il fatto suo, tiene aperta ogni possibilità di indagine. Ha sommato due più due e ha collegato Meinl, tra le altre cose, al passato. Io appartengo a quel passato, lo conosco...»

«Meglio di chiunque altro.»

«Ma non abbastanza. Il passato non finisce mai.»

6.

La sede della cooperativa Aurora per il reinserimento lavorativo e sociale dei detenuti occupa l'intero piano terra e una parte di quello superiore di un palazzo dai muri azzurro pallido e i balconi zafferano. Gli altri piani sono occupati da uffici e sedi di onlus. Quando entrano, l'odore di detergente che aleggia nell'atrio è stranamente piacevole. Davanti alla porta con la targa c'è uno zerbino largo dalle setole coriacee. Karl striscia la suola degli stivali e suona il campanello. Un rumore elettrico accompagna l'apertura della porta. Tanino segue il collega e si pulisce le scarpe a sua volta. Un ragazzo saluta Karl con esitazione da dietro il bancone formato da listelli di legno diverso che, allineati alla perfezione, formano figure geometriche armoniose. I led incastonati come diamanti in anelli d'acciaio che pendono dal soffitto illuminano l'ambiente di una luce pulita, rassicurante.

«Le chiamo subito Elke.» La voce del giovane si è ispessita da poco. I peli radi sulle labbra e sul mento suscitano tenerezza. Solleva la cornetta e mormora due parole.

«Elke è la responsabile?» domanda Tanino guardandosi attorno. I quadri astratti alle pareti, i divani in pelle, il tavolino in cristallo e un costante profumo di cannella e agrumi. Più che una cooperativa per ex carcerati sembra uno studio di commercialisti. Bolzano è un posto davvero strano.

«È mia figlia. È volontaria qui.»

Barcellona non fa in tempo a replicare, che una porta senza cornice si apre. Una ragazza con un caschetto castano e occhi a mandorla color ambra va incontro a Rottensteiner e lancia un'occhiata a Tanino. Esita un secondo, poi bacia sulla guancia il padre, gli dice qualcosa in tedesco e sorride. Karl annuisce e risponde sempre in tedesco indicando Tanino col pollice.

La ragazza allunga la mano, Barcellona d'istinto la pulisce sui pantaloni, anche se non è né sporca né sudata.

«Piacere, Elke.»

«Gaetano Barcellona. Ma chiamami Tanino. Sono arrivato da poco.»

«Da dove?» Le guance arrossiscono all'improvviso, ma il colore passa così come è arrivato, in un attimo.

Tanino porta una mano dietro la nuca. Si sente lievemente in imbarazzo e non sa bene perché. Karl intanto si è diretto al bancone dove il ragazzo finge di fissare lo schermo del computer.

«Da Roma. Ma in realtà sono siciliano.»

«Sono stata in vacanza a San Vito Lo Capo, due anni fa. Bellissimo.» Abbassa il tono della voce e conclude la frase: «Con mamma. E Roma è ancora più bella. Non mi dispiacerebbe frequentare l'università lì».

Tanino cerca di sconfiggere lo strano senso di disagio che gli stringe lo stomaco, come un padre davanti a una figlia troppo bella e troppo cresciuta. Si sforza di conversare, mentre con un orecchio vorrebbe captare che sta dicendo Karl al giovane del bancone, ma è impossibile perché parlano in tedesco. Quando il collega ritorna, lo trova incartato tra una conversazione sulle facoltà universitarie romane di cui non sa quasi nulla e un elogio delle spiagge del trapanese che non vede da anni. Karl lo interrompe, dice qualcosa a Elke, sempre in tedesco, lei saluta entrambi e torna da dove è venuta.

Al piano di sopra, in una sala riunioni dalle poltrone in pelle nera e tubolari d'acciaio, li aspetta un uomo con un grembiule blu spruzzato di segatura e schegge di legno. Le mani appoggiate sul tavolo, come fosse abituato a doverle tenere in vista. La sinistra è monca di tre dita. La figura massiccia sembra piegata dagli anni, ma c'è una certa fierezza nel modo in cui è seduto. I capelli grigio ferro sono folti, tagliati corti e pettinati di lato. Ha gli occhi azzurri, ma uno dei due è chiaro, troppo chiaro, quasi spento. I baffi sono bianchi e le rughe attorno alla bocca e sulla fronte hanno molte storie da raccontare. C'è un che di solenne e triste, ma pacifico, in Frank Martell. La galera lascia il segno. Tanino non riesce a immaginarlo da giovane. È uno di quegli uomini che sembrano nati già vecchi. Karl si siede di fronte a lui, scosta una poltrona per far accomodare il collega e fa la domanda di rito: «Tedesco o italiano?».

«Se c'è una cosa che ho imparato per bene in galera è l'italiano. Un corso lungo quattordici anni. Quando sono uscito ho imparato a meditare.»

«Meditare?» Tanino non riesce a trattenersi. Crede di averlo pensato e invece lo ha detto.

Karl si passa la lingua sui denti e gli scocca un'occhiata che Barcellona non riesce del tutto a decifrare. Martell solleva la mano sana, la voce è sul punto di spegnersi da un momento all'altro. Fa un accenno di sorriso. «Sì, niente di mistico. Pensare tra sé... È un po' come parlare con un morto.» Il sorriso si allarga del tutto, quasi si stesse prendendo in giro da solo. A Tanino il vecchio è simpatico. Sarà che ha scelto l'italiano solo per farsi capire da lui, sarà che gli ricorda un po' suo nonno. Anche lui coriaceo ma cortese. Segnato dal tempo e dalla vita, ma con uno strano senso dell'umorismo un po' macabro, difficile da capire. Lascia che sia Rottensteiner a proseguire: «Sa dirmi dove si trovava la sera dell'altroieri?».

«Certo.»

A Tanino il vecchio Frank piace sempre di più. Il dialogo con Karl sembra lo scambio tra due sfingi.

«Dove?»

«Qui.»

«Fino a che ora è rimasto? C'è qualcuno che può confermarlo?»

«Sono rimasto in falegnameria con altri due utenti fino alle otto, otto e mezzo, abbiamo tirato tardi per finire gli ingranaggi di un orologio a cucù... Ho saltato la mia seduta, ma la dottoressa era ancora da queste parti, si è offerta di recuperarla e così sono rimasto fino alle undici. Le ho fatto fare gli straordinari.»

Tanino vorrebbe chiedere altro, ma Karl si alza. «Bene. Grazie mille.»

Rottensteiner è già sulla porta, Barcellona sta per alzarsi a sua volta, ma le parole di Martell risuonano come cartavetrata:

«Ho letto i giornali. Se pensate che tutto questo c'entri con gli anni dell'irredentismo, sbagliate».

Tanino non esita. Simpatico sì, ma lasciarsi prendere per il culo, no. «E lei che ne sa?»

Martell abbassa la testa e rimane in silenzio qualche secondo. Proprio mentre Barcellona sta per incalzarlo, riprende: «Il movimento è morto e sepolto, non importa più a nessuno. Chi mai si metterebbe ad ammazzare un vecchio militante? Ormai siamo tutti europei, no?».

«Magari un altro vecchio militante aveva qualche antico conto da saldare» provoca Barcellona. «E magari il suo alibi non regge come sembra a prima vista. Se sa qualcosa, deve parlare adesso, o preferisce tornare in cella?»

Martell sorride, sembra davvero divertito. «Sono fuori da quasi dieci anni, ma credo che starei ancora meglio dentro.»

Non gli andrebbe di ammetterlo, però la risposta lo diverte. Barcellona continua: «Che rapporti aveva con Meinl?».

Il vecchio scrolla le spalle. «Nessuno. Anche prima che mi mettessero dentro non ci frequentavamo quasi per niente. Io ero, come dire, più operativo, sono certo che conoscete le mie specialità. Lui era un politico. Sempre a misurare le conseguenze di questo e di quello, sempre a stringere accordi, creare correnti, progettare scissioni. Non è il mio genere. E comunque quella mezza sega di Meinl potevo accopparlo appena uscito, senza aspettare tutto questo tempo, così me ne tornavo subito tra le mie quattro pareti invece che starmene a blaterare da solo come un povero vecchio. Chiedete ai volontari giù di sotto, chiedete alla dottoressa, chiedete a chi volete. Io ero qui.»

Elke ha il giubbotto sotto il braccio e sta chiacchierando con una donna sulla sessantina, capelli candidi dal taglio corto e moderno, occhi vagamente orientali, neri come l'onice, labbra sottili e rassicuranti. Tanino smania per una sigaretta, ma segue Karl nella hall della cooperativa sospirando. La ragazza si illumina quando li vede e la donna si volta verso di loro.

«Dottoressa, le presento mio padre e il suo collega, il signor Barcellona.»

Stringe la mano a entrambi. «Sonja Keller. Molto piacere.» Le sue erre sembrano appena uscite dalla mola dell'arrotino e il suo italiano è un po' ingessato. «Elke, vuoi scusarci...»

«Certo. Stavo per andare. Papà?»

Karl la guarda come non ci fosse nient'altro al mondo.

«Sabato pomeriggio posso venire con Marika, che dobbiamo studiare?»

«Certo. Se vuoi può fermarsi a dormire da noi. Magari vi preparo...»

«I suoi non la lasciano. Pizza da asporto?»

«Pizza, ma non da asporto.»

Quando Elke solleva la mano, la salutano tutti in coro, Karl, Tanino, la dottoressa Keller e il ragazzo dietro il bancone che distoglie subito lo sguardo da quello torvo di Rottensteiner.

L'ufficio della Keller non è molto grande, ma è ben illuminato. Il bovindo si affaccia su un cortile interno con due alberi sempreverdi e lo scheletro di un glicine che si arrampica sul muro di fronte, la scrivania e le tre sedie poggiano su un tappeto afgano. Alla parete, cui è addossata una greppina con accanto una poltrona in pelle verde rivettata, campeggia un tanka tibetano. Nell'angolo opposto, sul lato della porta, sotto una piantana dal paralume crema, c'è un portaombrelli dall'aspetto di un vaso cinese con dentro un paio di bastoni per la montagna decorati da piccoli scudi di metallo. La libreria è ordinata, volumi, soprammobili, qualche foto di vette e passi.

I due poliziotti aspettano che la psicologa della cooperativa si sieda per accomodarsi a loro volta. È lei la prima a parlare: «So che siete venuti per il signor Martell...».

Karl è silenzioso. Per Tanino il tempo del basso profilo è più che scaduto. «Dottoressa, può confermarci quanto ci ha detto Martell? La sera del 3 novembre tra le ventuno e le ventitré circa si trovava con lei?»

La Keller inforca gli occhiali che porta appesi al collo con una cordina bordò. «Degli orari non sono sicura, ma vediamo subito.» Fissa lo schermo piatto del computer attraverso le lenti rettangolari sulla punta del naso, muove il mouse e digita qualcosa. Quindi sposta un portapenne di legno con un paio di stilografiche d'argento e due foto incorniciate, la prima recente, con lei in tuta da sci, la seconda, molto più vecchia, che ritrae due adulti e due bambine con la sagoma inconfondibile del Cervino sullo sfondo. Poi ruota lo schermo verso i poliziotti. «Ecco.» Con indice e medio indica un foglio di calcolo su cui sono riportati nomi, commenti, date e orari. «Questo è il registro generale della cooperativa. Come vedete, non solo il signor Martell era in seduta insieme a me quella sera, ma è arrivato qui già nel primo pomeriggio per aprire la falegnameria di cui è responsabile. Aspettate un secondo...» Solleva la cornetta e chiama un numero interno. «Andreas, caro, potresti portarmi il registro delle entrate e delle uscite del mese in corso, per cortesia. Grazie mille. »

Il tocco sulla porta è delicato. Il ragazzo appena entrato guarda negli occhi solo la dottoressa, le porta il registro e si ritira con modi impacciati, quasi avesse paura di inciampare nel tappeto o di farsi notare troppo da Rottensteiner, ottenendo il risultato opposto.

Le mani punteggiate di macchie color ruggine sfogliano le pagine con sicurezza.

«Ecco. Ha firmato l'entrata alle quindici e venti, una prima uscita alle diciotto e quaranta. È rientrato un quarto d'ora dopo, sarà andato a mangiare un panino o a prendere un po' d'aria. Quando ha finito in laboratorio, è venuto da me e si è trattenuto fino alle ventitré circa. Vediamo un po'... C'era proprio sua figlia nel pomeriggio, all'accoglienza, mentre la sera c'era Andreas. Potete chiedere anche a lui.»

Tanino non aspetta l'eventuale appoggio di Karl. «È normale che qualcuno si fermi fino a quell'ora?»

«No, ma qualche volta succede. C'è chi sente il bisogno di parlare e io sono qui anche per ascoltare.»

«E di cosa doveva parlarle Martell che non potesse aspettare il giorno dopo?»

«Questo, naturalmente, non posso dirglielo.»

«Capisco. Si ferma spesso fino a tardi?»

«Alle volte. La cooperativa di solito chiude alle sette. Certe sere però ci sono le riunioni programmatiche e durante le riunioni chi lo desidera può fermarsi.»

«A fare che?»

«Socializzare, giocare a carte, leggere un libro, terminare un lavoro, combattere la solitudine, per farla breve.»

«C'era una riunione quella sera?»

«Sì. Ho incontrato il signor Martell mentre usciva dalla falegnameria subito dopo che era terminata, gli ho chiesto se voleva recuperare una seduta che avevamo perso.»

«Non socializza molto? Intendo dire, non sembra uno che si mette a giocare a calcio balilla con gli altri...»

La Keller solleva un sopracciglio. «Il signor Martell, come di certo saprete, ha passato molti anni in carcere e anche se ne sono trascorsi quasi altrettanti da quando ha scontato la pena le cose per lui non sono semplici. Stare in mezzo alla gente non è semplice.»

Rigira lo schermo. Sistema foto e portapenne. Lancia uno sguardo all'orologio sottile col cinturino di pelle bianca che porta al polso. «Dovete scusarmi, ma ho una seduta con un altro utente tra cinque minuti. Spero di esservi stata utile in qualche modo. Se avete bisogno di me, mi trovate sempre qui.»

Li accompagna fino in corridoio e stringe loro la mano, stanno per imboccare la porta a vetri che dà sulla hall, quando la Keller richiama Karl. Gli sorride con dolcezza. «Elke è una ragazza intelligente, un vero tesoro.» Lo dice in italiano, in modo che anche Tanino capisca. E Tanino, anche se l'ha appena conosciuta, non può che essere d'accordo.

«Mi piace tua figlia.» Un attimo di esitazione. «Cioè, nel senso, insomma, hai capito, no?»

Rottensteiner non sembra farci caso. I due poliziotti sono in piedi uno di fronte all'altro a qualche metro dall'ingresso della cooperativa, ma è come se Tanino fosse trasparente, tanto che solleva una mano e, prima che Karl torni a vederlo, deve muoverla davanti al suo viso come stesse pulendo un vetro.

«Scusa, cosa hai detto?»

«Lascia stare. Senti un po', io di mettermi a studiare i libri di Storia, come dici tu, non ho tempo né voglia. Il terrorismo, l'irredentismo e compagnia bella, per voi saranno anche pane quotidiano, ma io non ci ho capito un granché.»

Rottensteiner scuote appena la testa, impassibile, e Barcellona si blocca: «Che c'è?».

«Niente. Sei educato. Pensavo che avresti detto che non ci capivi una minchia.»

Tanino si ingobbisce appena. Di nuovo non riesce a stabilire se Karl ci è o ci fa. «Ma secondo te uno deve dire "minchia" ogni quattro parole solo perché è siciliano? Allora se ero veneto ci mettevo una bestemmia?»

«Se eri veneto ce ne mettevi due, una all'inizio e una alla fine della frase. Fidati degli stereotipi, sono veri quasi sempre.»

Ci fa, questo ci fa. «Vabbè, non perdiamo il filo. Il nonnetto si è fatto tre lustri di galera, manco fosse dell'Isis, ma non ha ammazzato nessuno. Quell'altro, quello morto, hai detto che era una specie di ideologo. Ma che sono, le Brigate rosse? E poi qua non dovrebbe succedere mai niente, no? Non è la città dove si vive meglio in Italia? Forse se sopravvivi a bombe e assassini…»

«Bomben Jahr.»

«Bomben che?»

«L'anno delle bombe.»

«Ah... Facciamo una cosa. Tu mi hai offerto la colazione e ora ti offro qualcosa io.»

Da Picchio, il bar in via San Quirino, preparano anche da mangiare. La saletta interna è appartata e confortevole. Alla luce del lampadario addobbato di forchette colorate, Tanino ordina un piatto di trofie con salsiccia e tartufo e un quartino di Gewürztraminer. Karl si limita a un panino e un bicchiere d'acqua *del sindaco*. La pausa pranzo non è ancora scoccata, anche se è dietro l'angolo, e per il momento sono soli.

«L'anno delle bombe, dicevi.»

«*Genau*. Il 1961.»

«Ghenau...»

«Vuol dire "proprio così"...»

Tanino prende un taccuino dalla tasca del giubbotto appoggiato sulla panca e scrive la parola sotto *Zimmer, camera*. Da qualche parte deve pur cominciare. Karl batte l'indice un paio di volte sulla tovaglia sopra il bordo del libretto. «Senza "h". *Genau*.»

La ragazza che serve le bevande ha dita lunghe e affusolate. Si muove con disinvolta eleganza e sembra capire al volo che nessuno dei due ha voglia di perdere tempo. Allinea vino e caraffa d'acqua alla perfezione e sparisce nel corridoio che porta alla cucina, così come è arrivata.

«Vuoi imparare il tedesco?»

«Perché no? Non c'è fretta, comunque. Quella è l'acqua del sindaco? A me sembra acqua normale... Ma torniamo al Bomben Jahr.»

L'angolo destro della bocca di Karl si solleva, lo sguardo

perso per lunghi secondi nella trama della tovaglia come per raccogliere le forze e la volontà in vista di uno sforzo al di sopra delle sue energie.

Barcellona sta per riprendere la parola, quando il collega si riscuote: «L'acqua del sindaco è acqua del rubinetto... Quello è stato l'anno in cui tutto è cominciato per davvero. Prima erano saltati in aria monumenti, tralicci e cantieri, ma nel '61 gli attentati si sono moltiplicati e il 12 giugno durante la festa del Sacro Cuore sono esplosi quaranta ordigni e ci è scappato il morto, un civile».

«Minchia, quaranta bombe in un giorno solo? Non ne sapevo niente...» Rottensteiner all'esclamazione del collega solleva un sopracciglio. Tanino giurerebbe di averci visto una certa soddisfazione.

«Due settimane dopo, di morti ne sono scappati altri quattro, un alpino e tre militari di una squadra speciale antiterrorismo. Da quel momento le cose sono cambiate in peggio.»

«Perché proprio nel '61?»

«Quale migliore occasione per un gruppo separatista che sabotare i festeggiamenti per il centenario dell'unità d'Italia? Questo posto, in cui tutti pensano non succeda mai niente, è stato nel raggio d'azione della guerra fredda per decenni. E da ancora prima è dilaniato da dissidi etnici e sociali.»

La cameriera porta i piatti. Le trofie hanno un aspetto invitante e il sapore non delude. Alla seconda forchettata, Tanino è già deciso a chiedere il bis.

Rottensteiner non ha ancora toccato il panino. Non sembra in grado di fare due cose contemporaneamente se una delle due è parlare. Quando rialza lo sguardo dalla momentanea distrazione culinaria, trova il collega che lo guarda fisso, in attesa. Tanino alza le mani in segno di scusa: «Non intendevo…».

«Lo so» taglia corto Rottensteiner. «Dopo la caduta di Mussolini, il Sudtirolo è rimasto all'Italia perché gli americani hanno deciso così. L'Unione Sovietica avrebbe potuto invadere l'Austria con uno schiocco di dita, ma al Brennero avrebbe trovato un confine naturale, difficile da superare. Così lasciarono le cose com'erano e la temperatura sociale continuò a salire fino agli attentati dinamitardi degli anni Sessanta. A questi risposero, in modo altrettanto feroce, alcuni gruppi italiani di estrema destra foraggiati da Gladio e, in buona sostanza, dagli Stati Uniti.»

«Stai dicendo che la strategia della tensione l'avete inventata in Alto Adige?»

«Lo hai detto tu. E in fondo lo dicono anche i libri di Storia, quelli che non vuoi leggere, ma anche le sentenze e gli atti dei processi che ho letto e riletto.»

«Ai tempi della tua indagine?»

«Già. Conosci il tuo nemico…»

«Mi sfugge qualcosa però. Martell era attivo negli anni Ottanta e tu…»

«Ho cominciato a indagare dopo. Dagli anni Sessanta ai Novanta, gli attentati non si sono mai fermati. Nel 1988 cinque bombe nella notte hanno svegliato la città. Una alla sede della Rai poco distante da qui, due nella sede dell'azienda statale di telecomunicazioni e due in un rione popolare a maggioranza italiana. Nel frattempo anche la linea ferroviaria all'altezza di Ora era saltata in aria. Niente morti, ma solo per miracolo. Dopo quella notte, venne avviata l'operazione.»

Karl si ferma. Sposta il piatto con il panino che non ha nemmeno sfiorato e finisce l'acqua. Barcellona sta per chiedere, ma viene anticipato.

«Fino al '92...»

«E poi?» Tanino spazzola le ultime due trofie con soddisfazione e raccoglie il sugo dal piatto con il pane nero.

Rottensteiner scuote la testa, ma sembra più un pensiero intimo che una risposta. «Poi basta. Niente più attentati. Solo... altre storie che non c'entrano niente.»

Barcellona resta col pane a mezz'aria tra il piatto e la bocca.

7.

Mariano Agostinelli, detto Ago per fin troppo ovvi motivi, prova per la terza volta a infilare la chiave nella toppa, ma le mani tremano e la serratura gli appare sfocata. Dalla fronte bassa, il sudore scende copioso sugli occhi, e annebbia la vista. O forse è la luce troppo tenue della scala, maledetto amministratore terrone di merda, appena lo piglia alla prossima riunione lo attacca al muro, maledetto lui e maledette chiavi e maledetta pure la luce che adesso si spegne del tutto lasciandolo nell'oscurità. Gli viene da piangere, quasi quasi si rannicchia e si fa qui, alla faccia dell'amministratore e dei dirimpettai e della vecchia rompicoglioni del piano terra sempre a lamentarsi, cazzo vogliono pure loro.

Si farebbe qui sulle scale, chi se ne frega, ma al buio la vena non la piglia e l'interruttore chissà dove l'hanno messo. Si prende la testa fra le mani e tira i capelli lunghi e arruffati, tanto per aggrapparsi a qualcosa. Dopo un secondo la luce si riaccende, colpo di culo, nessuno però chiama l'ascensore e a lui non va proprio di incontrare per le scale qualche bravo vicino. Ritenta con la chiave e stavolta va liscia come l'olio. Si precipita dentro e si sistema sulla poltrona vicino alla finestra, quella col tavolino e il paralume giapponese accanto, il suo angolo di paradiso. Gira al massimo l'interruttore a reostato della lampada e strappa la bustina sulla stagnola già piazzata nell'angolo del tavolino più vicino al bracciolo. Accanto alla stagnola attendono il loro turno una bottiglietta d'acqua, un cucchiaio, un coltello e un limone.

Le due stanze con angolo cottura e servizi sono sporche e l'aria è viziata di chiuso e fumo di sigaretta, ma nulla è fuori posto. Sulle librerie del soggiorno, libri, fumetti e dischi sembrano allineati con righello e compasso, i soprammobili su mensole e cassapanche sono pochi, funzionali. Le uniche tracce di disordine compaiono sul letto con le lenzuola arrotolate e le federe macchiate, oltre che sul tavolino al quale Ago è affaccendato.

La scatola delle ipodermiche è vuota, per cui si alza bestemmiando per andarne a recuperare un'altra in bagno. Anche l'interno del mobiletto a specchio sopra il lavandino pare appena rassettato: spazzolino e dentifricio a sinistra, spazzola al centro, medicine sopra e tre scatole di siringhe a destra. Richiude lo sportello e si ritrova davanti il riflesso del proprio volto appesantito dagli anni e dalla dipendenza. Barba e capelli lunghi e grigi, guance scavate da due profondi solchi verticali che arrivano sotto gli occhi cerchiati di viola. È in eroina da quasi vent'anni, potrebbe andare anche peggio, ma ormai nemmeno ci pensa più. La faccia nello specchio è solo quella di un altro rompiscatole che non ha voglia di vedere. Uno spettro come tanti fra quelli che affollano il suo passato.

Torna a sedere e stringe il laccio emostatico al braccio sinistro. Buco, pistone su, pistone giù, immersione…

C'è una ragazza nuda seduta sulla sua faccia, vede solo la pelle bianchissima dell'interno delle cosce, il pube gli preme sulla bocca. Sarebbe pure bello se lei lo lasciasse respirare un poco, se avesse la fica meno asciutta, invece è secca come una pietraia e continua a stargli addosso, immobile e pesante. Quando rinviene, la gola è un inferno infuocato e avverte un'oppressione al petto, fatica a respirare, ormai anche i sogni erotici diventano incubi.

Ago ha ancora gli occhi chiusi e la sensazione di soffocamento non diminuisce. Per un istante pensa a un'overdose, ma sa di essere sveglio e allora non è possibile. Ci è già andato in overdose e questa roba qui non ci assomiglia nemmeno. Solleva le palpebre collose e riconosce appena la stanza, la luce della lampada adesso è al minimo. Cerca di alzarsi ma qualcosa lo trattiene. La musica risuona nel salotto. Abbassa lo sguardo sul braccio: la siringa penzola dall'incavo del gomito, piena per un terzo. Non è nemmeno riuscito a premere lo stantuffo fino in fondo. Gli viene voglia di farlo adesso per cancellare questa sensazione orrenda, ma non riesce a muovere neanche le braccia. Ed è allora che si accorge del nastro adesivo telato, largo e grigio, che ferma gli avambracci sui braccioli della poltrona. Poi arriva quella specie di fischio strozzato dalla trachea mentre cerca di succhiare dentro aria. È un rumore disgustoso e il fatto che provenga dal suo corpo lo spaventa ancora di più. Si dimena disperato ma il nastro non cede e sente una stretta costante serrargli il collo, ha un male cane ai polmoni.

Un'ombra gli passa davanti e una mano bianchissima come le cosce della ragazza del sogno si avvicina alla sua gola, forse una speranza c'è ancora. La mano dà uno strattone secco e la stretta aumenta. Vede la mano avvicinarsi alla siringa, la vede esitare. *Almeno fammi 'sto favore, dài!*

La mano rimane immobile.

8.

Risalendo per la via che porta al condominio di Oltrisarco, Tanino Barcellona guida piano pensando al mezzo appuntamento che ha appena avuto.

Daniela è una brava ragazza, un po' timida ma sveglia. Al primo tentativo è stato più saggio scegliere il terreno neutro e breve di un aperitivo. È sempre meglio dare la sensazione di non aver fretta, tanto più con una come lei: una vita che si riduce al lavoro di cassiera al bar di don Salvo e al volontariato alla parrocchia di Cristo Re. Questa cosa della parrocchia in principio lo aveva smontato, però non bisogna fermarsi alle apparenze. La ragazza ha il diploma magistrale, finora usato solo per aiutare coi compiti i bambini disagiati del convitto, e ha anche un bel po' di potenzialità inespresse delle quali lui spera di approfittare quanto prima. Gli ricorda la sua fidanzata in Sicilia, Giusi, in una versione meno rompiscatole, almeno per ora, ma questo non vuol dire: certe caratteristiche vengono fuori solo alla distanza. Comunque è andata bene, l'aperitivo si è allungato in un pranzo a base di canederli in una birreria di piazza Erbe, la classica ex bettola trasformata in locale tipico ma moderno, con un ampio bancone e panciuti serbatoi di birra color rame. In una delle sale da pranzo con i muri ricoperti di pannelli di legno, appeso al muro c'era un crocifisso piazzato sotto un gran paio di corna di cervo. Bolzano è un luogo di impasti sincretici con il gusto dell'assurdo, dai canederli ai cristi cornuti.

Dopo l'ultima curva, vede le due volanti ferme all'ingresso del condominio. L'agente davanti al portone lo riconosce e sembra un po' stupito. Dice solo: «Sono già su». E lo lascia passare.

Tanino è abbastanza certo di non avere ancora combinato nulla di così grave da meritare che lo vengano a prendere con due auto, ma non si sa mai. Della vecchia ficcanaso non c'è traccia. Starà osservando tutto dallo spioncino.

Sale lento per le scale e non trattiene un sospiro di sollievo quando al secondo piano si imbatte in una porta aperta presidiata da colleghi: quale che sia il motivo, non sono lì per lui. Nell'ingresso dell'appartamento vede Karl Rottensteiner, che a sua volta lo nota e si affaccia sulla soglia. «Che ci fai qua?»

«Ci vivo. Al quarto piano. Ma che è successo?»

Rottensteiner lo squadra e gli porge un paio di soprascarpe sterili. «Non toccare niente, la Scientifica deve ancora arrivare.»

Barcellona infila le mani in tasca. «Nemmeno dovremmo entrare, se è per questo.»

«La prima impressione è preziosa. La scena è calda: sfruttiamo la possibilità.»

Rottensteiner lo precede nel soggiorno, dove il corpo senza vita è assicurato all'unica poltrona con strisce di robusto nastro telato. Braccia, torace, caviglie. «Come vedrai, le modalità del delitto ci interessano parecchio.»

A Barcellona si blocca la mascella quando nota che la gola irsuta dell'uomo è stretta da una fascetta serracavi nera. Gli occhi sono fuori dalle orbite per lo sforzo, una siringa attaccata al braccio sinistro. Il volto non ha più espressione e sembra impossibile che mai ne abbia avuta una, solo una smorfia di dolore. Ha già visto quest'uomo, lo riconosce dal giubbotto di nylon rosso buttato sulla spalliera più che dalla faccia barbuta. È il tossico incontrato davanti al portone la prima volta che è stato qui.

Non ci sono tracce di lotta in giro. Sulle mensole basse della libreria in soggiorno una collezione di «Alan Ford» è sistemata in ordine cronologico, più in alto ci sono due file compatte di cd: Bob Marley, Doors, Eros Ramazzotti. Più sopra ancora, decine di volumi.

Tanino osserva nomi e titoli impressi sulle costine ma non ne conosce nessuno, a parte Tolkien di cui ci sono una mezza dozzina di libri dall'aria vissuta. Si annota a mente qualche altro nome, tanto per farsi un'idea dei gusti della vittima: Evola e Spirito sono i più ricorrenti. Controllerà dopo su Google.

Nell'angusta camera da letto, l'armadio a giorno alleggerisce l'ambiente. Le lenzuola sono appallottolate, ma i pochi vestiti sui ripiani sono piegati con cura. Si tratta perlopiù di magliette da grande magazzino e pantaloni con molte tasche. Barcellona apre i due cassetti del mobile tirandoli con una penna. Dentro il primo trova mutande, nel secondo c'è un kimono da judo, ingiallito ma ben ripiegato. La targhetta cucita sotto il risvolto del collo raffigura un drago nero stilizzato e una scritta recita "Kokuryū". Non esce sul balcone per non confondere eventuali tracce, ma non gli pare ci sia molto da vedere. Il panorama dà sulla montagna, sull'autostrada e sull'arginale e su un piccolo campo nomadi a poche centinaia di metri di distanza. Lo stesso che si vede dalla sua camera due piani più in alto. In realtà più che un accampamento sembra una sorta di residence.

La vecchia del piano terra gli ha detto con livore che la provincia assegna loro degli chalet nei quali lei vivrebbe volentieri, un assegno da settecento euro al mese e, se vogliono, pure un lavoro, ma non vogliono. Vedi tu 'sti zingari, roba da matti.

In bagno, Giulia Tinebra osserva il contenuto dell'armadietto con la stessa discrezione: scatta una foto senza rovistare né toccare niente. La ruga di concentrazione che le solca la fronte la rende più interessante di quanto Tanino non l'avesse considerata finora. Forse pensare rende belli.

Giulia richiude lo sportello a specchio con la mano guantata di latex e Barcellona per un istante intercetta il riflesso della propria espressione corrucciata accanto al volto della collega. No, pensare rende più belli solo i belli, mentre incupisce tutti gli altri.

Di ritorno Rottensteiner gli fa un cenno verso la porta con la testa. Escono sul pianerottolo e muovono qualche passo fino alla finestra protetta dalla grata che dà sul pozzo luce.

«A che ora sei uscito stamattina? Hai notato niente?»

«Erano circa le undici, ma ho preso l'ascensore, perciò, anche se ci fosse stato qualcosa da notare qui, non l'avrei visto. Sotto ho incontrato solo la ficcanaso del piano terra che sembra mi aspetti al varco ogni volta che entro ed esco. Oggi non mi ha detto nulla, ma ieri si lamentava della musica che veniva da qui. Io non ho sentito niente. Quando l'hanno trovato?»

«Abbiamo ricevuto la chiamata un'ora fa, tredici e cinquantadue.»

A Barcellona passa un pensiero fugace per la testa: a Roma nessuno avrebbe mai detto tredici e cinquantadue. Rottensteiner prosegue: «L'amministratore dello stabile era passato per riscuotere la quota condominiale e ha trovato la porta spalancata. Appena arriva la Scientifica andiamo a sentirlo in questura. Tu che mi dici di Agostinelli?».

«La vittima? Manco sapevo come si chiamava. L'ho incrociato una volta sola davanti al portone, era un tossico.»

Per la prima volta da quando lo ha conosciuto, il volto del collega sembra attraversato da una specie di sorriso, ma è solo un attimo. «Non mi dire...»

Barcellona alza una mano a trattenere il sarcasmo di Karl. «Intendo che si intuiva a un chilometro di distanza. Non lo penso solo adesso dopo aver visto la siringa, l'ho capito subito che era uno sballato perso. Stava in piedi a stento.»

Rottensteiner rimane assorto per un momento, poi dalla tromba delle scale sale un tramestio di passi e compaiono le tute bianche della Scientifica.

Karl non guida come un poliziotto. Non guida come una vecchietta, ma nemmeno come un poliziotto. Quando lo ha invitato a montare sulla Volvo blu – un'auto che dev'essere stata immatricolata quando Tanino era ancora alla scuola elementare e ha l'aspetto di un rifugio notturno per barboni – si aspettava che il cowboy si mettesse a fare il rodeo, magari che guadasse l'Isarco senza passare da un ponte o quantomeno che procedesse a strattoni e sgasate infischiandosene di motore e carrozzeria, ma non va così.

Escono dal parcheggio a passo d'uomo e prima di imboccare via Claudia Augusta un suono insistente invade l'abitacolo. Karl mette la freccia e svolta imperturbabile. «La cintura. O la lasci allacciata e ti ci siedi sopra oppure la metti.»

«Ci tieni alla sicurezza dei tuoi passeggeri, eh?» Barcellona si allaccia la cintura e indica l'autoradio antidiluviana. «Bell'impianto.»

Rottensteiner fa scivolare gli pneumatici come bilie su un biliardo, manovra lo sterzo con una dolcezza quasi irritante, accelerazioni e cambi di marcia sono talmente progressivi da sembrare programmati da un computer connesso con il centro di controllo del traffico urbano. Per forza che la macchina gli è durata così a lungo. Eppure Barcellona ha l'impressione che ci sia qualcosa di studiato, quasi di trattenuto, in ogni movimento del pilota. Forse perché quello stile di guida stride con lo stile dell'uomo.

Quasi a giocare un tiro alla guida pacata del collega, una buca del manto stradale fa sobbalzare l'avantreno e inavvertitamente avvia il mangianastri dello stereo. Le note di *Dancing Queen* degli ABBA riempiono l'abitacolo per qualche istante, fino a che Rottensteiner spegne l'aggeggio con un pugno ben assestato: «Scusa. È incastrata lì da anni».

Segue un silenzio che a Tanino pare imbarazzato.

«Non mi hai ancora spiegato che ci fai in quel condominio.»

«Te l'ho detto, ci abito.»

«Questo l'ho capito, ma perché proprio lì?»

«Lì o altrove che cambia, scusa?» Gli ABBA ripartono e vengono zittiti di nuovo da un'altra manata.

«A parte che per la tempistica di questi omicidi potrei quasi sospettarti...»

«Cosa?»

«Qui succede di tutto, come ovunque, ma gli omicidi sono rari. Arrivi tu e la mattina stessa vien fuori il primo morto. Al secondo, ti trovo addirittura sul luogo del delitto. Non è strano?»

«Mi pigli per il culo?»

Rottensteiner lo guarda di sottecchi mentre guida e non risponde. Tanino si domanda di nuovo se questo tizio ci è o ci fa.

«E poi c'è il condominio. Come sei finito lì?»

«C'è questo vecchietto di un bar di via Druso, poco dopo il ponte, che mi ha dato il contatto di un suo cugino che...»

«Lasciami indovinare: Salvo Macedonia?»

Barcellona ha l'immediata sensazione di avere combinato una cazzata. Risponde con un filo di voce: «Sì».

«E lo sai di cosa si occupa la famiglia Macedonia oltre che di ristorazione?»

«Porcatroia.»

«Esatto. La 'ndrina più potente del Sudtirolo e non solo. Tutto il traffico di stupefacenti fra Nord Italia e Germania passa da lì. E tu, appena trasferito alla questura di Bolzano, la prima cosa che fai è andare in affitto da loro. Bella mossa.»

Barcellona non sa dove guardare e la cintura di sicurezza gli va stretta all'improvviso. «Che ti devo dire, non ho scusanti.

Sono finito in questo bar, erano gentili, meridionali, sarà stata la nostalgia di casa…»

Serpico sbuffa con ostentazione. «Come si dice? Chi si assomiglia si piglia, eh?»

«Senti, Karl…»

«Che dovrei pensare? O sei colluso o sei uno sbirro coglione. La terza non la vedo.»

«In effetti.»

«Cos'è meglio?»

«Meglio sbirro coglione.»

«Vada per sbirro coglione.» Rottensteiner accelera.

Barcellona guarda fuori dal finestrino, il cielo d'acciaio liquido cola sulle montagne. «Poi ci vado a dire due parole io, a don Salvo.»

9.

Giulia Tinebra ha appena finito di battere qualcosa al computer, probabilmente una relazione su quanto visto e registrato a casa di Agostinelli, con allegate le foto scattate in giro per l'appartamento. Il rapporto della Scientifica arriverà più in là, ma intanto, come sosteneva Rottensteiner, la prima impressione è preziosa.

La rossa si volta non appena percepisce la presenza di Tanino in piedi che sbircia sopra le sue spalle. Lo fissa con aria interrogativa, quasi infastidita. Lui non è uno che si fa mettere in imbarazzo con facilità, ma questa ragazza è troppo seria per la sua età. Ha un'intensità della quale Tanino non è affatto sicuro di volere approfondire l'origine. Suo nonno ripeteva sempre: «*Cu si fa l'affari soi campa cchiu 'ssai*». Una massima che, col suo lavoro, è costretto a disattendere di continuo.

L'ufficio freme di attività connesse al ritrovamento di Agostinelli, i telefoni squillano e le tastiere ticchettano, ma quando lei parla è come se tutto il resto fosse avvolto da una bolla di rumore bianco. Si era sbagliato sul suo fascino, non le manca affatto, è solo un po' schivo.

«Che ti serve, Barcellona?»

È abbastanza certo di non essere attratto davvero da Giulia, non più di quanto non gli capiti con qualunque altra donna giovane e bella comunque, ma ne subisce in qualche modo l'influenza. Come un oscuro centro di gravità. Non sa bene cosa rispondere alla domanda, perciò improvvisa, indicando il thermos sulla sua scrivania: «Dopo pranzo non ho avuto tempo di prendere il caffè con quello che è successo e visto che qui fa schifo mi chiedevo...».

Giulia prende in mano il contenitore e comincia a svitare la tazza, recupera un bicchierino di carta da un pacco già aperto nel cassetto alla sua destra, versa e glielo porge. Il liquido è marrone, ma l'odore è strano.

Tanino non chiede zucchero, tanto lui lo prende amaro. «Che impressioni hai avuto a casa della vittima?»

Giulia lo guarda per un secondo prima di rispondere, quindi si stringe nelle spalle. «Tossico fino al midollo, ma metodico. Si faceva sempre nello stesso posto dell'appartamento, l'unico dove c'era un po' di disordine, ma nemmeno troppo, un disordine sistematico, direi. L'assassino non deve aver avuto difficoltà a prevedere le sue mosse.»

La ragazza è sveglia assai. «Idee sul killer?»

«E tu? Facciamo un po' per uno.»

Appunto. Sveglia assai. «Mah... Le modalità analoghe al caso Meinl lasciano pensare a un seriale, ma non precipiterei troppo questa conclusione. Di certo è uno che sta cercando di dimostrare qualcosa. Ho la sensazione che non siano scelte casuali, le sue.»

«Poco ma sicuro.»

Tanino manda giù d'un fiato il caffè e dal palato gli arriva una fucilata, un sapore amarissimo e minerale. «G-grazie» biascica, cercando di celare una smorfia che Giulia finge di ignorare. Poi sbotta: «Ma che è?».

«Caffè. Di cicoria.»

«Ah… vabbè grazie, ora devo…» Accartoccia il bicchiere e si allontana. Caffè di cicoria. Malanova 'sti montanarazzi.

Le ore colano via liquide. Barcellona si appoggia allo schienale della poltroncina distogliendo lo sguardo dallo schermo del computer. In attesa che gli venga assegnata una postazione, Rottensteiner gli ha ceduto momentaneamente la sua. *Tanto non la uso mai*, e in effetti sulla scrivania non c'è molto che ricordi il suo collega, a eccezione della foto di una bambina nelle cui fattezze Tanino non ha avuto difficoltà a riconoscere Elke.

Mentre il collega si occupava di riferire alla Guidi degli ultimi sviluppi e della deposizione dell'amministratore di condominio che ha rinvenuto il cadavere di Mariano Agostinelli, Barcellona ha approfittato della quiete dell'open space semideserto – l'ora di cena, secondo le assurde abitudini di questi montanari, è passata da un pezzo – per andare su Wikipedia e farsi un'idea degli autori dei volumi che ha notato nella libreria della vittima. È rimasto stupito solo fino a un certo punto quando ha scoperto trattarsi di filosofi di destra. Ad andare più in profondità nella dottrina dei due intellettuali, Tanino manco ci pensa: già gli è bastata la lezione di Storia di Rottensteiner, figurarsi se si mette pure con la filosofia. Non le studiava a scuola e non intende cominciare adesso. Ne approfitta invece per passare alla medicina e cercare informazioni sulla patologia agli occhi di Martin Seelaus. L'*iridoqualcosa* di cui parlava il

Faina si chiama in realtà iridodonesi. Fa impressione ma non dovrebbe essere grave. Anche qui però non approfondisce troppo, non gli interessa davvero e non ne avrebbe il tempo, perché il suo nuovo compagno di giochi riappare sulla soglia con una domanda più che mai appropriata: «Non hai fame?».

Dieci di sera, puzza di fritto e grasso. I tavoli di legno all'aperto sono sporchi di briciole e avanzi di cibo. Karl torna con due cartocci e due lattine, una di Forst e una di Pepsi. Si siede a cavalcioni della panca di fronte a Tanino, la punta d'argento dello stivale riflette la luce dei lampioni del parcheggio. Poco più in là, un uomo dal volto rosso, divorato dall'alcol, osserva la puttana nigeriana seduta davanti a lui mangiare le patatine fritte ricoperte di maionese con avidità. Parlano in dialetto tedesco, le bestemmie sono in italiano.

Tra l'ingresso del parcheggio e le siepi che lo costeggiano, appoggiati a uno squalo Citroën color oro, tre ragazzi e una ragazza sorseggiano birra e fumano una canna. Hanno tutti i capelli lunghi. L'odore dell'hashish, anche se vago, arriva fino al loro tavolo. Dalla radio dell'auto, con la portiera del conducente aperta, provengono le note di *In Zaire* di Johnny Wakelin. La ragazza ride, porta una mano alla bocca. Uno dei giovani fa una piroetta e si inchina di fronte a lei. Karl spinge il cartoccio con il currywurst, le patate fritte e la Forst verso il collega. Il vapore che vien su dal cibo assume una consistenza più spessa del normale a causa della temperatura. Ci sarà qualche grado sopra lo zero, ma nemmeno un refolo. Tanino ha tirato su fino al collo la cerniera del piumino nuovo e scruta con invidia e sospetto il collega che nemmeno si cura di abbottonare la giacca di pelle.

«Specialità della casa.»

«Madò, ancora würstel? Canederli e würstel, würstel e canederli. E birra. Per forza che hanno tutti la cirrosi, qua. Non è cirrosi, è legittima difesa del fegato.»

«No. La specialità della casa è la fauna notturna che la frequenta.» Karl segue con lo sguardo l'incedere lento di una berlina blu che entra nel parcheggio e posteggia nell'angolo più lontano, oltre i ragazzi che fumano. Poi torna al volto dai tratti marcati di Tanino che sta disegnando un arabesco nella maionese con una patata. «Allora, che ne pensi di Agostinelli?»

«È presto per azzardare ipotesi, però ci sono dettagli che mi lasciano perplesso.»

«Oltre al fatto che è stato ammazzato nello stesso modo di Werner Meinl? In questura già si parla di omicida seriale. E non sarebbe la prima volta, qui.»

Barcellona registra rassegnato l'informazione: dopo il terrorismo adesso ci manca solo il serial killer. Rottensteiner fa fuori la sua salsiccia in tre rapidi bocconi e prende un sorso di Pepsi, mentre lui sbocconcella la sua razione con parsimonia, nella speranza che mangiar piano renda il würstel meno indigesto. Dopo due settimane di cucina tirolese, comincia a sentirsi la bocca impastata un po' troppo spesso, non potevano tornare da Picchio?

«Quello non lo definirei un dettaglio, no? Anzi, è proprio il genere di elemento che rischia di spazzare via il resto...»

«Tutti a guardare il fuoco e nessuno che nota il fiammifero. Continua.»

«Non ho molto da aggiungere, in realtà. Certo, a prima vista le vittime non hanno niente in comune. Werner Meinl era un pensionato ex benestante ed ex attivista politico indipendentista...»

«Di' pure ex terrorista.»

«L'esperto sei tu. Ex benestante, ex attivista politico, ex terrorista indipendentista, che dopo la morte della moglie viveva come un barbone misantropo in casa sua. Agostinelli invece non ha mai avuto una lira e quel poco che aveva se l'è sparato in vena. Vent'anni meno di Meinl. Dagli esami clinici, e pure da quello che ho visto io l'unica volta che l'ho incrociato, risulta una dipendenza da eroina molto prolungata. Tossico da una vita e dunque con ogni probabilità vita da tossico. I tizi non avevano frequentazioni o abitudini simili, a parte il dato, molto comodo per l'assassino, che vivevano entrambi da soli.»

«Il serial killer dei single, quindi.»

«Potrebbe essere un buon titolo per i giornali. Però...»

«Però ci sono quei dettagli di cui parlavi.»

«Esatto. Hai notato l'appartamento di Agostinelli? Ti è sembrata la casa di un tossico da vent'anni che vive da solo? Io all'Antidroga ci sono stato poco, ma ho visto più merda lì che in tutta la mia carriera. Una volta ho fatto una perquisizione a Quarto Oggiaro in un buco di casa, un basso di dieci metri quadrati dell'ALER dietro la stazione dove stavano in tre, una coppia e un bambino di neanche quattro anni. Il piccolo giocava coi topi come fossero gattini. I buchi nei quali si rifugia questa gente sono il peggio del peggio, sono gli unici esseri del creato che cacano dove mangiano senza nemmeno porsi il problema. Non hanno rispetto per se stessi, cosa vuoi che gliene importi del luogo in cui vivono? L'abitazione di Agostinelli invece era più ordinata della mia.»

«Dal che deduci...»

«Che a Bolzano i tossici sono molto ordinati o hanno la donna di servizio. Oppure che quel tipo doveva essere un fissato. Solo uno con l'ossessione della disciplina arriva a controllare la propria dipendenza da eroina pur di tenere ordinata la libreria. Se poi in quella libreria ci trovi saggi di Julius Evola e Ugo Spirito...» L'ha buttata lì con nonchalance proprio per farla pesare. Non riesce a trattenersi dallo sfoggiare le quattro nozioncine appena apprese in rete. A Messina, dov'è nato, lo chiamerebbero *buddaci*, a Bologna, Milano e Roma, dove ha prestato servizio, sborone, ganassa e cacini. Imparerà anche la parola che usano a Bolzano.

Rottensteiner però non gli dà grande soddisfazione: «Che hanno di speciale quei libri?».

«Sai chi erano gli autori?»

«No, ma sono sicuro che stai per dirmelo.»

Sgamato. «Julius Evola era un filosofo, scrittore ed esoterista molto in voga nel dopoguerra in ambienti neofascisti. Una specie di esteta bastian contrario un po' frocio, con l'aspetto da cattivo dei film di 007... Il tipico pensatore di destra, insomma. Ugo Spirito era meno pittoresco ma anche lui esponente di spicco della cultura fascista.»

«Agostinelli era un fascio, insomma. Perché leggeva Evola ed era ordinato.»

«Mettici pure che conservava pulito e piegato un kimono da arti marziali...»

«E magari era pure *frocio*, visto che non era sposato né fidanzato. Gli estremisti di destra scava scava sono tutti *froci*. Prendi Evola...»

Tanino ha di nuovo quella sensazione di essere preso in giro, ma Rottensteiner, a chiusura del suo commento sarcastico, non accenna nemmeno lontanamente a un sorriso. Non che lo abbia mai visto sorridere, in effetti. «Oh, mi hai consigliato tu di fidarmi degli stereotipi. E sempre tu mi hai chiesto che ne pensavo. Uno parla per parlare, butta dentro idee, *brainstorming*, no? Comunque se è vero che Agostinelli era un fascista, e secondo me ci sono grosse probabilità, allora un legame con l'irredentista c'è. Son fascisti anche quelli, no?»

Rottensteiner scola la lattina di Pepsi e l'accartoccia, fissando assorto un punto oltre la spalla destra di Tanino: «Non hai la benché minima idea di dove ti abbiano mandato, vero? Cercherò di farla breve. Gli irredentisti potrebbero pure in astratto essere catalogati come estremisti di destra da un politologo, ma se ne metti uno nella stessa stanza con un fascista italiano, ti assicuro che i mobili di quella stanza non rimarranno interi a lungo. Non è gente che va in giro insieme, ci puoi scommettere». Rottensteiner valuta l'espressione interdetta e un po' delusa di Tanino, e continua: «Questo è uno Stato in miniatura. Ha le sue regole e le sue dinamiche come ogni altro Stato. È una storia complicata, te lo ripeto. Dopo la Prima guerra mondiale questi territori sono stati tolti all'Austria e concessi all'Italia. Mussolini ha cercato di azzerare ogni tradizione e traccia della cultura precedente con un'italianizzazione forzata. Migliaia di italiani fatti venire qui e il tedesco che non poteva più essere insegnato a scuola in tutta la provincia. I cognomi andavano italianizzati, anche quelli dei morti sulle lapidi. Da un giorno all'altro i sudtirolesi di lingua tedesca sono diventati peggio degli appestati».

«Eh, addirittura...»

«Ti racconto una cosa. C'erano delle scuole clandestine, le *Katakombenschulen*, le scuole nelle catacombe, dove veniva insegnato il tedesco in segreto. Mio nonno, il padre di mio padre, che all'epoca aveva tredici anni, ne frequentava una vicino a Salorno. Una sera, alla fine delle lezioni, venne accerchiato da cinque o sei coetanei italiani e massacrato di botte e pietrate. Solo perché studiava tedesco. Vivo per miracolo, ma perse un occhio. Il suo insegnante fu mandato al confino. Non era uno scherzo vivere qui nel 1935 e chiamarsi Rottensteiner o Kofler. Oggi è diverso, coi soldi cambia tutto, anche se le particelle di tedeschi e italiani sembrano vibrare ancora a ritmi diversi, è come se occupassero lo stesso tempo, ma non lo stesso spazio, come se vivessero in dimensioni parallele che ogni tanto si sovrappongono. Ma una cosa te la posso garantire: irredentisti del Sudtirolo e fascisti italiani non li vedrai mai insieme, mai.»

Barcellona si pulisce le mani sui pantaloni e pesca una sigaretta dal pacchetto, ne offre una al collega, che rifiuta. Accende e sbuffa via il fumo con forza. Intanto si guarda intorno. Il silenzio calato dopo l'ultima affermazione viene rotto sempre da Rottensteiner: «Guarda il tizio al bancone, quello sceso dal macchinone blu. È uno dei Macedonia, i tuoi padroni di casa. È qui per riscuotere».

Barcellona tira un'altra boccata e osserva il tizio. «Dei calabresi non bisogna fidarsi mai, manco se sono preti. È che io sono troppo buono... Secondo te potrebbero sapere qualcosa di questa storia?»

«Non è il loro campo. Sono qui per riscuotere, ma non

come pensi tu. Bert si è giocato il brat in una bisca del clan e ha perso. Salvo Macedonia gli sta rivendendo la baracca. A rate e con interessi *ragionevoli*.»

«Brat?»

«Il baracchino dei würstel.»

«Ah. Vabbè, comunque si chiami scommetto che ne approfittano pure per usare il locale come base di spaccio e per riciclare, giusto?»

Rottensteiner si limita a fissare la brace della sigaretta.

«Appunto, compare, tutto il mondo è paese. Senti un po', io prima di venire trasferito non pensavo che in Alto Adige c'erano solo granduchi e contessine, manco così però, che finiva a mignottazze e panini con würstel. Ti va se cambiamo panorama?» Tanino spegne la cicca in un posacenere crepato con la scritta "Cinzano".

Alzandosi dalla panca, Karl si alliscia i jeans lisi all'altezza del ginocchio, tira fuori le chiavi dell'auto e fa roteare l'anello del portachiavi attorno al dito. «È l'ora giusta. Ti porto al Country Club.»

Escono dal parcheggio con la Volvo a passo d'uomo e imboccano via Resia. Superano la caserma dei pompieri e il corpo d'armata. Incrociano solo un'auto. Il semaforo è lontano e pulsa di luce arancione, ma Rottensteiner rallenta. Con il pollice indica un edificio basso, incastrato in diagonale tra due capannoni. «Casa mia.» Poi accelera e prosegue lungo il viale che taglia in due la città.

***

«Country Club, eh?» Barcellona bestemmia fra sé e alza lo sguardo sull'edificio imponente e orrendo che si allunga a forma di esse su via Garibaldi. Negli anni Sessanta doveva essere una costruzione all'avanguardia, ma allora c'era un'idea di progresso molto lontana nelle linee e negli intenti da quel che poi il progresso dimostrò in effetti di essere. Ormai, così annerito dal tempo e superato nello stile, questo prospetto ondulato mette solo una specie di mal di mare urbano. Gli altri palazzoni, a destra e a sinistra, anche senza onde nelle linee architettoniche, fanno vomitare pure loro.

Rottensteiner va per primo su per il giro scale dondolandosi senza fretta alla ringhiera di ferro. Evidentemente non è la prima volta che viene qui.

«Questo posto lo ha comprato anni fa un riccone austriaco che ha in progetto di demolirlo e costruirci un centro commerciale, ma fino a quando non ottiene tutti i permessi, continuano ad abitarci abusivi di ogni tipo, soprattutto tossici, spacciatori e puttane.»

«Ottimo, continuiamo con l'alta società.»

«Se volevi Wimbledon dovevi fare il tennista, non lo sbirro.» Il collega in modalità Serpico lo brucia senza nemmeno girarsi. «Ci restiamo lo stretto necessario, non ti preoccupare. Conosco qualcuno che può esserci utile, qui.»

Al terzo piano bussano a una delle tante porte di legno scorticato, ricevendo un invito rauco dall'altra parte: «Venite in pace, trovate aperto». La porta, in effetti, è aperta.

L'appartamento è minuscolo, reso ancor più angusto dalla suddivisione antiquata dei locali che si aprono a destra e a sinistra di un corridoietto centrale illuminato da un neon scarico. Nella penombra della prima stanza a sinistra, Barcellona intravede una figura accovacciata in un angolo con la testa china, forse una donna o un ragazzo con i capelli lunghi. Non ne è certo, perché Rottensteiner piega a destra entrando rapido nella seconda stanza, Tanino lo segue, sganciando d'istinto la sicura della fondina che porta alla cintura. Una lampadina nuda pende da un filo al centro del soffitto. Le pareti sono ricoperte di disegni e graffiti dai tratti infantili, quella roba che tanto piace ai galleristi e che lui cancellerebbe con una bella mano di vernice senza pensarci due volte. Niente mobili, solo cuscini per terra. Un omino scheletrico dal volto segnato da rughe profonde che emerge da un cappotto di foggia militare di almeno un paio di taglie più grande è seduto con la schiena al muro su un cuscinone dal colore indefinibile, accanto a un braciere fumigante annerito dall'uso che satura l'ambiente con un odore speziato. Barcellona non riconosce l'aroma, però è abbastanza sicuro trattarsi di sostanza poco legale. Rottensteiner si china e posa una mano sulla spalla dell'omino. Un informatore, pensa Tanino, e allontana la mano dalla fondina.

«Come ti senti oggi, Farouk?» domanda Karl.

«Una meraviglia. Di questo passo sarò guarito in tempo per il mio funerale.» L'uomo sorride e con la destra indica i cuscini in un gesto di invito. L'aspetto e il nome mediorientale contrastano con l'italiano preciso senza inflessioni. «Cosa posso fare per te?»

Mentre Barcellona rimane in piedi sulla soglia, Rottensteiner si accomoda e tira fuori dalla tasca della giacca un ingrandimento della fototessera di Mariano Agostinelli.

Farouk alza le mani. «Sono due settimane ormai che non esco da qui, non saranno notizie fresche.»

«Non importa. Se è come penso, questo qui l'hai visto spesso in giro.»

L'altro guarda la foto per un attimo. «Gli piace l'eroina, solo quella. Da molti anni.»

«Non gli piace più.»

L'uomo annuisce in silenzio per qualche secondo. «Che la pace sia con lui. Non so altro, a parte che in genere si riforniva da Günter.»

«Günter il Bersagliere?»

Farouk annuisce di nuovo. «Primo piano, interno 4.»

Per le scale Tanino non si trattiene: «Ma qua spacciano pure i bersaglieri?».

La schiena di Rottensteiner continua a scendere in silenzio, ma Tanino insiste con la conversazione: «Che ha il tuo camoscio? Aids?».

Stavolta la risposta arriva: «Lupus. Ultimo stadio. E non è un camoscio».

«Non li chiamate così qui? Certo, qua i camosci ci sono davvero... Intendevo un informatore. Il Lupus cos'è? Si contagia con le siringhe?»

Rottensteiner si ferma sul pianerottolo del secondo piano e si gira. «Farouk non ha mai toccato una siringa in vita sua e il Lupus è una malattia genetica, la droga non c'entra. È laureato in lettere e filosofia. Finché ha potuto, ha fatto il mediatore culturale, è un'autorità indiscussa tra gli extracomunitari di Bolzano. Quando non è riuscito più a lavorare, si è messo a dirigere il traffico in questo posto, una specie di via di mezzo fra un portiere, un amministratore di condominio e un dirigente abusivo di questa casa popolare abusiva. Stabilisce lui chi entra e chi deve andare via, conosce tutto di tutti. Camoscio si dice anche qui, ma non è il suo caso: non è un confidente.»

«Però con te ha parlato.»

«Mi deve un favore.»

«Uno solo?»

Rottensteiner riprende a scendere. «Uno grosso.»

«E il Bersagliere?»

«Quello non mi deve un cazzo. Dovremo sudare un po'.»

Arrivati all'interno 4 del primo piano, Rottensteiner fa cenno al collega di bussare mentre lui prosegue per le scale. Tanino obbedisce, una voce risponde subito in tedesco: «*Wer ist da?*».

«Sono Gaetano.»

«Gaetano? *Was willst du denn?*»

Barcellona strascica un poco la voce: «Mi manda Karl, hai qualcosa per me?».

La voce passa all'italiano: «Niente per te. Non ho niente per nessuno». Tanino cambia tattica: «Apri, Günter, polizia!». Dopo trenta secondi di silenzio, estrae la Beretta e tira un calcio alla porta. Dentro è buio, si fa guidare dalla corrente d'aria fino a una portafinestra aperta, appena in tempo per individuare un'ombra appesa alla ringhiera che si butta giù con un tonfo nel cortile interno. Barcellona impreca, mette via la pistola e si prepara a saltare pure lui, mentre l'ombra sta già inforcando una bici, ma non ce n'è bisogno. Rottensteiner sbuca dall'androne, solleva di peso il fuggitivo con tutta la bici e lo sbatte contro il muro. Deve ricordarsi di non farlo incazzare, Rottensteiner.

Tanino scende le scale con calma e raggiunge il collega che intanto sta addosso all'uomo: uno spilungone butterato con la testa rasata di circa trent'anni, mezzo disteso sulle scale col polso sinistro ammanettato al passamano. Ha una voce stridula, petulante: «Io non ho fatto niente, che volete?».

«Se non hai fatto niente, perché saltare dalla finestra?»

«La polizia ce l'ha sempre con me.»

Tanino interviene: «Chissà come mai, eh?».

«Parlate in tedesco! È un mio diritto!»

Rottensteiner taglia corto: «Non mi rompere i coglioni, Günter, e guarda questa foto. Dicci chi è e siamo tutti contenti».

L'uomo scruta la foto e scuote la testa. «Mai visto.»

Tanino sbotta: «Facciamo una cosa, ora torniamo su e io mi metto a cercare. Nella cassetta del cesso, nella tappezzeria del divano, sotto le mattonelle se mi gira, tanto non ho fretta. E sono sicuro che qualcosa trovo... E se non trovo niente, torno qui domani. E dopodomani. Ti tengo d'occhio finché non ti sgamo. Non è un segreto che gli passavi l'eroina e sai cosa? Non ce ne fotte niente, non cerchiamo te. Prima ci rispondi, prima ce ne andiamo».

La pausa non è troppo lunga, Günter è solo un piccolo spacciatore, non un duro vero: «Lo chiamano Ago, non conosco il nome vero. Passa ogni tre, quattro giorni, ma la metà delle volte non ha abbastanza soldi e io non faccio credito. Gli dico di andare dai pakistani, su al settimo: roba di merda a prezzi di merda, ma quello insiste sempre. "Dai negri manco morto" dice. Un giorno mi ha raccontato che a vent'anni stava col Fronte della Gioventù e quelli li prendeva a calci. Poi si è incazzato e mi ha urlato che pure io, che ero un tamocco di merda, dovevo stare attento».

«Uno tutto d'un pezzo.»

«Sì, come no. A parte quando va coi trans brasiliani al parco. Lì la fissazione della razza gli passa…»

Tanino incrocia lo sguardo di Rottensteiner con un'espressione tipo "Te l'avevo detto", e quello abbozza.

«Nomi di questi trans?»

«Gli piace una che si fa chiamare Manola.»

Appena fuori dal portone, Tanino nota del movimento. Tre o quattro persone che parlottano. «Meglio che ci leviamo di qui.»

10.

Nella sala riunioni regna un certo nervosismo. Nessuno scambio di parole, nessun frusciare di carte. Le tazze e i bicchieri vuoti. I telefoni spenti. Qualche sedia spaiata, presa dall'ufficio più vicino per far accomodare tutti. L'orologio sopra la testa della Guidi procede a scatti, la lancetta dei minuti si ritrova presto sull'attenti. Sono le otto in punto e quando la porta a vetri si apre le teste si voltano all'unisono.

È arrivato da Torino ieri sera, sembra riposato. È rasato di fresco, sa di dopobarba al muschio e more e di sigaro toscano. Appende il loden verde bottiglia all'attaccapanni e sfoggia una giacca a quadri scozzesi cioccolato e glicine, in pendant con i pantaloni. Sulla camicia bianca campeggia un vistoso papillon mattone. Estrae dal taschino un paio di minuscoli occhiali dalla montatura d'oro che sembrano provenire dalla bancarella di un rigattiere. Le luci al neon si riflettono sulla calvizie. Unisce le mani davanti alla bocca, all'altezza dei baffetti neri, assomiglia a una mantide religiosa, e si siede accanto alla dirigente. Tutti sanno chi è, in molti lo hanno visto in televisione, qualcuno ha letto i suoi libri. In tv sembra più basso.

Bruno Biondi non è un criminologo è *il* criminologo. Un esperto di omicidi seriali con un curriculum talmente lungo che potrebbero tappezzarci l'intera sala riunioni. Un paio di lauree, master di livello internazionale, docenze in Europa, una cattedra a Torino e, si mormora, una consulenza per Quantico in Virginia, FBI. Angelica Guidi lo introduce con un tono solenne, adatto alle circostanze.

Biondi si versa un bicchiere d'acqua gasata e lo scola in due sorsi. Schiocca le labbra e piega il flessibile in metallo del microfono per avvicinarlo alla bocca. Le sedie e le poltrone cigolano.

Tanino osserva i volti dei presenti. Pendono tutti dalle labbra del profiler, tutti tranne Moretti, la Guidi e Rottensteiner, che scarabocchia senza costrutto sul blocco note.

La telefonata di convocazione gli era arrivata alle sei. Poche parole con le quali Rottensteiner aveva sintetizzato quel che c'era da sapere: «Riunione alle otto in questura. Il ministero ci manda la cavalleria».

«Per due poveracci ammazzati?»

«I poveracci sono stati promossi a vittime. Di un serial killer.»

Le dita della dirigente si muovono su un tablet collegato allo schermo di un proiettore multimediale. Le fa scorrere e mostra le prime pagine dei quotidiani locali e nazionali. «Lo strangolatore di Bolzano. Incubo serial killer. La città nella morsa dell'assassino. E amenità varie che avrete già letto. Abbiamo gli occhi di tutti puntati addosso. Molti di voi conoscono il dottor Biondi che ha accettato l'incarico del ministero di rinfrescarci la memoria sugli omicidi seriali.»

Barcellona intercetta lo scambio rapido di sguardi tra la Guidi, Moretti e Rottensteiner.

Il suono di un rutto trattenuto dalle labbra rimbomba in sala. La voce di Biondi è affilata, quasi femminile: «Gli omicidi seriali sono rari, più rari delle stelle alpine nel deserto, anche se qui da voi sembra che le cose non vadano proprio così…». Si riempie di nuovo il bicchiere. «Chissà forse è l'acqua.» Ride tra sé. «Non vi vedo scrivere…»

I colleghi più giovani si precipitano sui blocchetti degli appunti da bravi scolari. Tanino non sa bene che fare, ma gli sembra tutto ridicolo e nonostante le mascelle tese della dirigente decide di lasciar perdere.

Biondi prosegue: «Non c'è una scienza esatta che possa aiutarci a capire il fenomeno a fondo e a prevenirlo. In questo caso, comunque, è già troppo tardi e non ci resta che curarlo. Dobbiamo individuare il movente o la pulsione sessuale che spinge l'assassino».

«Sessuale?» Karl Rottensteiner non fa complimenti.

«Sessuale, sì. La maggior parte delle volte, l'impulso di morte è legato a un impulso sessuale. Lo…»

Karl solleva la penna, come volesse alzare la mano a scuola.

Biondi sembra indispettito, ma si contiene. «Sì?»

«1996. L'ultimo serial killer attivo in zona. Prendeva a fucilate la gente solo perché parlava italiano. Niente di sessuale. A meno che nell'odio razziale lei non individui una componente di tipo erotico.»

L'ultimo? Perché quanti ce ne sono stati? Tanino credeva di aver scoperto il cuore nero della più noiosa delle città, e invece c'è molto altro, ma quel pensiero lo tiene per sé. Queste cose funzionano così. Il pezzo grosso parla, gli altri stanno zitti. Che dica minchiate o meno.

Moretti si lascia sprofondare nella pelle della poltrona. Sa che Karl ha ragione e Biondi non lo ha mai sopportato, con quella faccia da schiaffi e la spocchia insopportabile, sarà che sono decenni che fa quel mestiere e di merda ne ha vista tanta, ma così tanta da poterci riempire una fila di autocisterne da lì fino a Verona, ma per una volta non può che essere grato a Rottensteiner per essere il rompicoglioni che è. Anche la Guidi sembra in sintonia con Karl, ma evidentemente il questore le ha imposto l'intervento di Biondi. Tra tutti i profilatori, proprio lui. Bravo è bravo, ma il sospetto è che la sua presenza sia dovuta anche al carico di popolarità mediatica che si porta dietro. Ai piani alti vogliono combattere il fuoco col fuoco.

«Il fucile è un chiaro simbolo fallico, potrebbe risponderle chiunque. Ma sono solo interpretazioni dozzinali. La questione che a noi interessa, oltre alla possibilità della pulsione sessuale che lo spinge, è se l'uomo, e sottolineo la parola uomo, che cerchiamo sia uno psicopatico o un sociopatico.» Le penne volano sui fogli. «Ma se ci basiamo solo sui precedenti non caveremo un proverbiale ragno dal buco. Ogni caso ha delle peculiarità, ogni caso è, per così dire, una novità assoluta. Quanto sto per spiegarvi ci tornerà utile per costruire una cornice, ma il dipinto che apparirà sulla tela, nessuno può prevedere che aspetto avrà. Se mi è consentito, andrei avanti... Bene, ho parlato di un uomo: singolare, maschile, e aggiungo sociopatico. Questo ci complica la vita ancora di più, se possibile. Andiamo nel dettaglio. La statistica ci dice che è maschio, la modalità con cui compie il suo rituale ci rivela che agisce quasi di sicuro da solo.» Biondi si alza in piedi, anticipando qualsiasi obiezione, va alla lavagna e con un pennarello nero traccia dei punti e delle linee per collegare delle parole. «Per ora sto ipotizzando, il tempo è tiranno, ma vedrete che non andremo tanto lontano da questo schema. Mi preme puntualizzare che non si tratta» sottolinea il termine vergato con calligrafia pulita «di uno psicopatico. Lo psicopatico, perlopiù, è un emarginato, uno sbandato con problemi sociali che, di solito, ha già avuto guai con la giustizia. Uccide in preda al delirio e lascia una scena del crimine caotica con diverse tracce forensi: impronte, DNA eccetera. Una volta scoperta la sua identità, nessun vicino di casa si dimostrerà sorpreso. Il sociopatico, invece, è l'esatto contrario. È il dirimpettaio gentile, un uomo rispettabile, di cultura medio alta, poco appariscente anche se di successo. Quando agisce è organizzato, uccide in preda alla smania di potere. La sua scena del crimine implica controllo totale: non lascia tracce. Avete visto *Dexter* o *Hannibal*? Ecco. È un insospettabile, lo si coglie con le mani nel sacco oppure...»

Giulia alza la mano. «Mi scusi, dottor Biondi.»

«Tinebra, giusto?» O ha studiato nomi e volti di tutti la notte prima o ha la sfera di cristallo. Bravo è bravo.

«Sì, agente scelto Giulia Tinebra. Insomma il nostro uomo rientrerebbe nella seconda categoria?»

«Direi di sì. La scena del crimine che si lascia alle spalle è pulita e i suoi sono omicidi pianificati. Non si ammazza qualcuno in quel modo così su due piedi, in preda a un raptus. Bisogna studiare le abitudini della vittima, in questo caso di due vittime quasi in contemporanea, entrare in casa mentre è assente, curare ogni dettaglio, aspettare che sia inerme, la prima volta addormentato, la seconda ottenebrato dagli stupefacenti... Ritengo che in entrambi i delitti, abbia lasciato loro il tempo di risvegliarsi prima di stringere il cappio. Ed ecco la pulsione sessuale. Li ha osservati mentre la vita li abbandonava. Per Meinl, vista l'età e lo stato di salute della vittima, non è stato necessario usare il nastro telato per immobilizzarlo, deve aver stretto il cappio appena ha aperto gli occhi. L'altro omicidio non è andato così... È come se avesse voluto spingersi oltre. E non è mai un buon segno. Il rapporto dice che l'impianto stereo era acceso e i vicini si sono lamentati della musica, la qual cosa non era una novità. Secondo il mio modestissimo parere, l'assassino ha acceso la radio per coprire gli eventuali rumori che Agostinelli avrebbe fatto al risveglio muovendosi sulla poltrona per divincolarsi. Un tossicodipendente, appena rientrato a casa, pensa a una sola cosa e non è la musica. Uno psicopatico non calcolerebbe mai un aspetto del genere. E ora veniamo alla pulsione erotica di cui chiedeva conto l'ispettore Rottensteiner, l'ho pronunciato bene?»

Karl non si scomoda a rispondere, ma rincara la dose: «Dei tre assassini che hanno terrorizzato la città tra gli anni Ottanta e Novanta, una volta scoperti, chi li conosceva si è dichiarato allibito. Li abbiamo presi con le mani nel sacco. Secondo quanto sta sostenendo erano tutti psicopatici, ma le assicuro che non è stato affatto facile individuarli e prenderli, anzi».

«Non ho detto che prendere uno psicopatico sia facile, ma è più facile che prendere un sociopatico. Credo però che alcuni elementi possano giocare a nostro favore e, per quanto i film sui serial killer siano divertenti, la realtà è diversa. Il metodo con cui il nostro uomo officia il suo rituale indica che si tratta di un esempio di ipossifilia portato alle estreme conseguenze, ed ecco che la pulsione erotica si trasforma in pulsione di morte, la pulsione che spinge il soggetto a dominare il partner attraverso il controllo del respiro, limitando l'afflusso di ossigeno al cervello e provocando uno stato di euforia per prolungarne l'orgasmo. È un dominatore, e cosa c'è di più sublime dell'indurre uno stato orgasmico dionisiaco totale in cui mantenere la vittima fino alle estreme conseguenze? Insomma cosa c'è di più potente di trasformare la piccola morte nella morte tout court? Parliamo di potere, potere assoluto.» Biondi cerca di mantenere la calma, ma le vene turgide che gli pulsano sulle tempie, tradiscono lo sforzo di contenere l'entusiasmo. «Il soggetto va cercato nei circoli gay più esclusivi, dediti al sesso estremo, in regione e nelle zone limitrofe, o nelle liste dei clienti di servizi specializzati in accompagnatori maschili, travestiti o trans con cui, forse e se siamo fortunati, qualche volta si è fatto scappare un po' la mano riuscendo a fermarsi per un soffio... Magari qualcuno ha aneddoti da raccontarci in merito o si ricorda qualcosa, magari un cliente è finito all'indice. Parlo di omosessualità ma, nella vita di tutti i giorni, potrebbe avere una moglie e una famiglia ed essere eterosessuale. Veniamo alle fascette... Potrebbe averle già usate durante rapporti consensuali o a pagamento. Sono rapide, pulite e sicure, come le vittime che ha scelto fin qui, un tossicodipendente e un anziano: prede facili. Non escludo ci possa essere un'escalation e una scelta delle vittime sempre più azzardata, più fresche e appetibili. Se questo dovesse succedere, e Dio non voglia, prima che lo prendiate, sarei portato a ipotizzare che si possa trattare di un individuo prestante, atletico, attento all'igiene personale, forse non più giovanissimo, anche perché deve aver sviluppato la sua ossessione negli anni, passo dopo passo, cappio dopo cappio, rapporto dopo rapporto, come una crisalide che si trasformi molto, ma molto, lentamente. Se posso permettermi un suggerimento, ma credo lo abbiate già fatto, verificherei anche il tipo di fascette che usa. A cosa servono, dove si trovano? Non sono un esperto e forse non servirà a nulla, ma tentar non nuoce. Domande?»

Nessuna mano in aria.

Biondi si deterge il sudore dal labbro inferiore, ingolla un altro bicchiere d'acqua, si volta prima verso la dirigente, poi con un gesto plateale verso tutti i presenti. «Signora, signori, spero di esservi stato utile. Seguirò gli sviluppi da Torino, mentre traccerò un profilo dettagliato e sistematico più velocemente possibile date le circostanze. Resto a disposizione per qualsiasi altro chiarimento, è naturale. E coraggio, via quelle facce da funerale, lo prenderemo. In bocca al lupo a tutti.»

***

Si sfila le scarpe, anche se il tacco non è alto le fanno male. Le lascia accanto alla piantana. Accende la macchina. Il caffè è pronto in mezzo minuto. Ne prepara uno solo. Sul lato opposto alla scrivania ci sono due poltroncine e un tavolino alto e circolare di vetro. Accavalla con eleganza le gambe, il pantalone del tailleur gessato si solleva, mostrando la caviglia inguainata nei collant neri.

«Non ti offro niente, perché da me non accetteresti niente... Ironia. Un po' melodrammatica, ma pur sempre ironia.»

Karl si siede con stanchezza. «Che vuoi, Angelica?»
«Sempre dritto al punto, quando si tratta di lavoro.»
«Angelica...»
«Voglio solo sapere che ne pensi.»
«Di cosa? Del caso? Di Biondi?»
«Di tutto questo casino che ci è piombato addosso.»
«Immagino che Biondi sia un regalo in arrivo con i complimenti dal ministero.»
«Sì, via questore. Karl, conosci il meccanismo. Finché c'è merda da spalare manda avanti me, poi quando c'è da prendersi il merito va avanti lui.»
«E tu vorresti mandare avanti me e Gaetano.»
«Non ti ho chiesto io di portartelo dietro.»
«No, ma hai ordinato tu a Moretti di tirarmi in ballo.»
La Guidi scavalla le gambe, i piedi allineati sulla moquette. Si sporge in avanti, i pugni stretti sulle braccia conserte. «E ho fatto bene. Guardati, finalmente sembri interessato a...»
«A che? A lavorare? Indagare?»
«A vivere.» Il gorgogliare bronzeo dell'Isarco arriva attutito attraverso la vetrata. «Scusa. Dico solo che... Ero certa che ti saresti interessato all'ultimo arrivato e l'ultimo arrivato ha credenziali interessanti. Lo hanno spedito qui perché...»
Karl solleva una mano. «Non voglio saperlo. Non mi interessa e non mi frega niente delle sue credenziali, Barcellona è abituato a lavorare in modo diverso. Vede la realtà da un'altra prospettiva ed è tutto quello di cui abbiamo bisogno, non di star televisive che ci suggeriscano a chi dare la caccia.»
«Non posso farci niente. Non hai idea del corteo di giornalisti che bussa alla mia porta. Ieri ho dovuto tenere a bada tre,

e dico tre, telegiornali nazionali. E almeno abbiamo un punto di partenza.»

«Allora che vuoi da me?»

«Niente. Solo che tu e Barcellona teniate le antenne dritte.»

«Mi stai chiedendo di battere ufficiosamente altre piste?»

Il caffè è tiepido. La dirigente lo butta giù in un sorso. Amaro. «Io non ti sto chiedendo nulla. Sei partito in quarta senza guardare in faccia nessuno, hai seguito il tuo intuito che ti ha portato in un vicolo cieco.»

«Mi hai voluto sul caso per quello, no? Il passato di Meinl era l'unico elemento che ancora lo collegava al resto del mondo. Non aveva più famiglia né amici e le colpe di ieri hanno ombre lunghe. Non è una questione di intuito, ma di logica. Martell apparteneva a quel passato, tutto lì, e forse poteva aiutarmi a capire.»

«Non è l'unico.»

«No, ma gli altri o non ci sono più o si sono rifatti una vita.»

«E ti ha aiutato a capire?»

«No.»

«Ti è servito, almeno?»

«Solo a scoprire che un vecchio disperato ha una cosa fondamentale e gliene manca un'altra altrettanto fondamentale...»

«Karl... Karl che parla per enigmi.»

«Non ero quello che va dritto al punto? Frank Martell ha un alibi e nessun movente. Questione chiusa.»

La Guidi si massaggia la fronte, emicrania in arrivo. «Ma inchiesta aperta, apertissima. Mentre tu mi parli di ombre del passato, io mi ritrovo con un casino devastante che sta per scoppiarmi tra le mani. Hai sentito cosa ha detto Biondi? Stiamo parlando di un serial killer, non di ladri di polli. Come faccio a spiegarlo a Fabian e Verena quando me lo chiederanno? Quando mi vedranno in tv e sui giornali, quando mi vedranno i loro compagni, i loro amici… Non porto mai il lavoro a casa, cerco di essere una mamma normale e non uno sbirro, vado alle partite di tennis e ai saggi di danza hip-hop, li accompagno al cinema anche quando muoio di sonno e cucino ogni volta che posso e forse dovrei lasciare perdere, visti i risultati, ma questo, tutto questo, potrebbe travolgere l'intera città, compresi loro.»

«Ce la farai, come sempre. Non puoi tenerli sotto una campana di vetro solo perché vuoi essere una mamma normale. Non è così. I genitori normali non esistono. Lasciatelo dire da chi ha sbagliato tante volte.»

La Guidi si fissa le dita smaltate dei piedi sotto il velo delle calze. È un colore scuro, sobrio. «Biondi la fa facile.»

«Troppo. Siamo d'accordo.»

«Non dirlo in giro.»

«Chi, io? Quello troppo diretto che parla per enigmi? C'è qualcosa che non mi torna: perché Meinl? Capisco Agostinelli, un tossico non è poi così difficile da trovare, ma quel vecchio misantropo…»

«Be', proprio perché era vecchio, solo e viveva isolato.»

«Sì, però il nostro individuo maschio omosessuale ma non omosessuale, prestante, né giovane né vecchio, di successo ma anonimo dirimpettaio, come ha conosciuto il vecchio e perché lo ha cercato in quella stamberga dimenticata da dio? Da quelle parti non ci finisci per caso.»

Le viene quasi da sorridere. Quasi. «Chissà. Può averlo visto un po' perso al supermercato o per strada e averlo seguito… Karl, per favore, non ti chiedo di farlo per me, perché peggiorerei solo la situazione… Anzi, non ti chiedo proprio niente, perché questi sono ordini e non richieste.»

«Di chi? Tuoi? Del questore o del ministero?»

«Ti voglio, vi voglio, tu e Barcellona, in prima linea.»

«Allora ho ragione, se c'è merda da spalare mandi avanti me… ma *antenne dritte*, ti devo pure guardare le spalle. Angelica, non posso essere in due posti allo stesso tempo.»

Rottensteiner si alza e si alza anche lei; gli posa una mano sul petto. La voce è aspra come il miele. «Puoi provarci.» Le sue labbra continuano a muoversi, ma non esce alcun suono. Restano così per un istante, il telefono squilla. Lei toglie la mano e Karl se ne va, chiudendo la porta senza far rumore.

11.

Martin Seelaus ha predisposto sulla rete interna un foglio di calcolo condiviso nel quale, a mo' di bacheca di sughero, possano essere attaccati memo e brevi riflessioni sui filoni dell'indagine messi a nudo da Biondi. A Barcellona hanno finalmente dato un computer ma, per motivi di spazio, la scrivania è grande più o meno come un banco di scuola e lui, incastrato lì dietro, in ultima fila tra il Faina e Rottensteiner, sembra un grosso scolaro ripetente. Va su e giù col cursore, sudando un po'. Nel file per ora c'è la colonna relativa al profilo del killer: "maschio, igienista, omosessuale, dominatore, sadico, sociopatico, di successo, non appariscente". C'è quella dedicata alle vittime: "maschi, single, addormentati al momento dell'aggressione, classi sociali diverse, no elementi comuni". E anche quella sul modus operandi: "soffocamento con fascetta serracavi, scena pulita, preparazione meticolosa, niente ferite *post mortem*, niente abusi sessuali, niente tracce organiche, ridotto al minimo ogni contatto". Non un granché.

Tutta la seconda sezione è stata coinvolta nel briefing condotto dal criminologo torinese, ma in prima linea ci si sentono quelli che hanno già preso parte attiva alle indagini. È per questo che quando il commissario Gabriele Freni si avvicina alla postazione di Seelaus e gli chiede di vedere se in rete riesce a trovare informazioni sull'azienda che produce le fascette serracavi, per battere subito la prima pista suggerita da Biondi, Tanino drizza le orecchie.

Freni è un tipino magro come una sciagura, con baffetti spioventi che si tormenta in continuazione lisciandoli verso il basso in un gesto compulsivo e una zazzera di ricci neri che, se non tenesse a bada, si svilupperebbe in un cespuglio afro. Veste sempre completi impeccabili e calza scarpe dall'aria costosa.

Barcellona lo ritiene fin troppo elegante per essere un poliziotto: certi ruoli sociali, secondo lui, necessitano di un contegno appropriato. Un poliziotto azzimato gli fa lo stesso effetto di una commessa di reparto abbigliamento sciattona: non va bene. Mentre Freni è chino sulla spalla di Seelaus, la giacca del gessato blu notte gli rimane aperta scoprendo una fondina ascellare in cuoio color biscotto. Pure la fondina ha di marca, questo qui.

Quando il commissario si allontana, Tanino attira l'attenzione del Faina: «Ma 'sto baffino?».

«Freni? Immagina di avere una nocciolina salata incastrata nel buco del culo e di non avere le mani.»

«Lui è la nocciolina?»

«Lui è quello che si offre di togliertela solo per infilarci dentro un dito. E farsi pure dire grazie.»

Tanino fissa il commissario allontanarsi. «Hai reso l'idea. Ce n'è uno in ogni ufficio, a quanto ne so.»

«Ha uno stato di servizio ridicolo, ma è bravissimo a ficcarsi in tutte le indagini più esposte sui giornali.» Il Faina si alza per prendere il solito caffè alla macchinetta. Barcellona, il caffè della macchinetta, non vuole vederlo nemmeno in fotografia e prosegue il discorso con l'altro "compagno di banco": «Ma non c'è una linea di comando per questo caso? Che fa, viene qui e spara ordini come gli gira?».

Rottensteiner risponde senza alzare gli occhi dal fascicolo che sta consultando: «In via ufficiale il caso lo segue direttamente la Guidi, che a livello operativo delega me, Moretti e *baffino*, come l'hai chiamato tu. Angelica ne farebbe a meno, penso, ma lui è il protetto del questore...».

Un lampo attraversa gli occhi scuri di Barcellona. «Angelica?»

«La Guidi.»

«La chiami Angelica?»

Karl si tormenta la barba di cinque giorni. «È così che si chiama.»

«Lo so come si chiama. E tu sai cosa intendevo.»

«Ci conosciamo da decenni. Risparmia l'istinto investigativo per l'indagine.»

«Ne ho in abbondanza di quello. Hai visto per Agostinelli? Fascista e finocchio. Due su due.»

«Quella storia dobbiamo verificarla. Il Bersagliere non è una fonte attendibile.» Rottensteiner prende tempo, ma è evidente che lo fa per non dare soddisfazione.

«A proposito, perché Bersagliere?»

«Prima di finire a spacciare elemosinava girando per i quartieri in bici e suonando la tromba.»

Tanino ha un'aria perplessa. «Strano posto, sempre più strano.»

Mentre il Faina torna col suo caffè bruciato, Seelaus alza il braccio per richiamare l'attenzione di Freni in fondo alla sala. Gli si avvicinano anche gli altri e in pochi secondi attorno alla postazione di Martin è subito capannello. La fama di mago del computer è meritata se ha davvero fatto così in fretta. Appena si avvicina il commissario, Seelaus inizia a esporre i risultati della sua rapidissima ricerca.

«Forse ho trovato qualcosa di utile. Di fascette serracavi sul mercato ce ne sono tantissime, ma perlopiù si tratta di sottili strisce di plastica per tenere ordinati i cavetti di cablaggio dei computer, fermare tubi per impianti domestici o roba del genere. Quelle utilizzate dall'assassino sono più larghe e robuste e le produce la Rodon, un'azienda specializzata in equipaggiamento nautico. Sono fasce larghe due, tre centimetri e lunghe anche più di mezzo metro, molto resistenti, di solito usate per le cime d'ormeggio, e infatti qui a Bolzano sono distribuite in tutti i negozi che trattano sport nautici.»

Freni annuisce assorto, tirandosi i baffi. «E se il nostro uomo avesse la barca?»

Tanino si volta incredulo verso Rottensteiner e bisbiglia: «La barca, a Bolzano? Ma che fa, piglia per il culo?».

Moretti si intromette: «È una traccia, certo, ma un po' vaga. Andiamo dall'armatore all'ultimo inserviente trimestrale di un circolo velistico».

Freni prosegue: «In teoria. Ma ricordate la bozza di profilo di Biondi: l'assassino potrebbe essere agiato ed è certo un uomo d'iniziativa, il che combacia col possedere un'imbarcazione, avere il denaro per gestirla, il carattere per affrontare il mare».

Tanino bisbiglia ancora: «Il carattere per affrontare il mare... Ma che cazzo dice, questo?».

Durante le speculazioni del commissario, Seelaus non smette per un attimo di picchiare sulla tastiera e incrociare banche dati, finché non riprende la parola, voltando lo schermo del computer verso i colleghi: «Guardate qua». Quel che ha trovato non può più essere definito una traccia vaga.

Nella sala riunioni stavolta le sedie sono disposte a semicerchio e al centro Angelica Guidi, in piedi, fissa lo schermo del proiettore multimediale che al momento mostra solo un campo blu con una S evidenziata da un'aureola bianca. Seelaus, seduto in un angolo con un portatile sulle ginocchia, muove veloce il dito sul trackpad e in pochi secondi sullo schermo si apre una finestra nella quale appare il volto serafico di Bruno Biondi.

Il capo della Mobile salta i convenevoli, che deve aver sbrigato prima parlandogli al telefono, e procede all'aggiornamento: «Dottore, sulla falsariga dei suoi suggerimenti i miei uomini hanno già messo in evidenza una pista che apre uno spiraglio sul quale siamo ottimisti».

Biondi sorride con metà della bocca. «L'ottimismo è l'atteggiamento più indicato, ma sono sicuro che c'è molto di più di quello.»

«Non l'avrei disturbata altrimenti» riprende la Guidi. «Abbiamo scoperto che le fascette usate per gli omicidi sono molto comuni in ambiente nautico. Abbiamo dunque ipotizzato che l'assassino possa essere un appassionato, iscritto a un circolo, possessore di un'imbarcazione o qualcosa del genere.»

L'espressione di Bruno Biondi gli illumina sempre di più il viso. «Questo combacia perfettamente con le caratteristiche che avevamo ipotizzato. Il soggetto in questione appartiene quasi di sicuro a una classe sociale elevata, ha potere e la consapevolezza di averlo e di saperlo usare. Ha possibilità economiche, è di base un uomo d'azione, anche se con ogni probabilità la sua attività professionale non rispecchia questo lato, diciamo così, avventuroso. Dedicarsi a un hobby come quello della navigazione è perciò un perfetto surrogato dell'azione che gli serve per ottenere l'adrenalina che il quotidiano gli nega. Andare per mare è impegnativo, significa sottoporsi a sfide continue, a pericoli, e diventa cruciale la capacità di programmare le uscite nei dettagli, verificare il meteo al secondo per azzerare gli imprevisti. Insomma, senz'altro una passione degna di una personalità dominante e ossessionata dal controllo.» Mentre il criminologo parla con concitazione crescente, il commissario Freni sembra diventato più alto di dieci centimetri e si guarda intorno in cerca di sguardi di approvazione.

Angelica Guidi prosegue senza commentare: «E non è tutto. A Bolzano c'è un unico circolo nautico e chi vuol prendere la patente in genere passa da lì, avremo modo di fare una verifica più approfondita nei prossimi giorni. Dovremo sentire anche le capitanerie di porto. Ma potrebbe non servire. Questa città, come può immaginare, non è certo un covo di lupi di mare. Negli ultimi anni sono state rilasciate novantotto patenti nautiche. Da un controllo incrociato abbiamo appurato che, tra le persone in questione, quattro hanno carichi pendenti e una ha precedenti per violenza privata e molestie sessuali. Si tratta di una denuncia poi ritirata. Il soggetto di cui parliamo è benestante, potrebbe aver pagato per il ritiro della denuncia. Inoltre, una delle telecamere sulla strada per l'aeroporto, a pochi chilometri dalla deviazione che conduce alla villetta di Meinl, la prima vittima, il giorno dell'omicidio ha ripreso un'auto che potrebbe appartenere al sospettato. Le prime cifre della targa, le uniche che si vedono purtroppo, coincidono».

«Hai notato il sorriso di Biondi mentre parlava la Guidi? Pareva lo Stregatto.»

Mentre ritornano in stanza, il Faina stuzzica Barcellona, che non si fa pregare: «C'è da capirlo: barca, alta società, ricco, sadico. Tombola ha fatto. A quest'ora sarà chiuso in bagno a menarselo davanti allo specchio e a ripetersi: "Sei bellissimo"».

«Madonna che immagine orrenda. Dici che è il tipo?»

«Come minimo. Ma te lo immagini quello a quindici anni in classe, al momento dell'appello, le gran prese per il culo? Biondi Bruno… e giù pernacchie. E adesso è pure calvo, pensa la frustrazione. Uno con un nome così, solo il criminologo o il serial killer poteva fare.»

Rottensteiner interrompe la chiacchiera brusco come al solito: «Muoviamoci. È arrivata l'autorizzazione del magistrato per la sorveglianza».

12.

Da due mesi a questa parte l'architetto Christian Troi ha un chiodo fisso: portare a casa il contratto per la riqualificazione in bioedilizia del museo d'arte moderna di Klagenfurt. Il suo studio ha le carte in regola, le certificazioni e le competenze per sfidare la concorrenza internazionale e, soprattutto, ha un ingrediente che agli altri manca: la passione. La stessa che lo anima e che pretende dai suoi collaboratori e dipendenti, che siano soci o stagisti. Precisione, competenza e passione. Il motto di suo padre, architetto prima di lui, che non gli ha lasciato nulla, che ha liquidato lo studio, venduto le proprietà e se n'è andato a vivere in Costa Rica con una venticinquenne. Ma Christian Troi non ce l'ha affatto con lui. Anzi, ancora oggi ogni tanto lo sente al telefono per chiedergli qualche consiglio, più per amore filiale che per necessità, perché gli è grato di avergli impartito la lezione più importante e cioè che un vero uomo deve farsi da solo. E lui si è fatto da solo, eccome. Se si trova dove si trova adesso, lo deve solo a se stesso e alla dura scuola del padre che gli ha insegnato a tenere una squadra in mano e la schiena dritta.

Dallo studio Troi e associati in centro città alla villetta del primo Novecento a Gries ci vuole un quarto d'ora di bicicletta, anche meno. È in discesa, ponte a parte. La pioggia è una gelida nube di vapore, ma anche se nevicasse, non prenderebbe mai l'auto per andare al lavoro. Pedalare, come correre, tonifica il corpo, aiuta a prevenire il diabete e schiarisce la mente. Basta avere una giacca a vento e i copripantaloni adatti. Entrambi gli indumenti sono nello zaino, con la mascherina antismog, il casco in fibra di carbonio, un paio di guanti in gore-tex sottile come seta e un cavetto d'acciaio con lucchetto ultraleggero a prova di forzatura. Per ogni oggetto la sua tasca interna, la rete o lo scomparto impermeabile.

Gli AC/DC in cuffia e arriva a casa in otto minuti. Il cancello automatico che dà sul cortile si apre all'unisono con la porta del garage al piano terra quando si trova a venti metri di distanza, miracoli della domotica. Appende la bicicletta sulla rastrelliera tra quella da corsa e la mountain bike. Sfila la giacca a vento, le scarpe e i copripantaloni prima di varcare la soglia che conduce alle scale interne. Sistema gli indumenti accanto alla porta nella struttura di design fatta di tondini di ferro, legno di faggio e ganci di una vecchia macelleria di Silandro. Quando l'ha comprata ne era entusiasta, poi ha cambiato idea e l'ha relegata nell'ampio garage. Alle cose bagnate ci penserà Evi domattina. L'occhio gli cade su un fastidioso graffio che corre lungo il parafango posteriore della Bmw grigia. Deve portarla in carrozzeria, ma il contratto gli sottrae ogni secondo libero della giornata. Appena avranno firmato, provvederà e si concederà un po' di svago. Una gita al casinò di Seefeld, qualche brivido calcolato, prima di andare al Kaspar, il sauna club per soli uomini. Qualche altro brivido. E poi, perché no?, un weekend in barca al Lago di Garda. Ma prima vuole vedere l'autografo del governatore della Carinzia su quel pezzo di carta. Questione di giorni. Non può allentare la tensione ora, anche se una partita a tennis con Manfred o Giulio ci starebbe, con Giulio soprattutto. L'ultima volta se lo è portato a casa. Due passi a piedi, una doccia assieme, una scopata, quattro chiacchiere e un bicchiere di vino. Non si è voluto spingere oltre, non gli ha mostrato le meraviglie della sua umile dimora. L'ultima volta che ha voluto affrettare le cose non è andata come sperava e si è beccato una denuncia. Niente che non potesse risolvere con un indennizzo adeguato, forse un po' caro per *un'incomprensione*, ma i soldi a che servono se no? Da allora ha deciso di andarci piano con gli inviti, ma Giulio è Giulio.

Christian compulsa il cellulare appoggiato sul bancone bar della cucina, ha voglia di chiamarlo. Prende un respiro profondo. Meglio evitare. Lasciarsi andare agli istinti è un piacere da spendere al momento giusto. Apre il frigo. Evi gli ha lasciato la cena pronta, deve solo scaldarla. La calligrafia della donna è fatta di svolazzi eleganti. Il post-it sul forno ha la precisione delle istruzioni per l'uso di un satellite della NASA. Apprezza l'efficienza, la precisione e la discrezione di Evi, ma il suo sancta sanctorum è inaccessibile anche a lei. Avvia il forno con l'applicazione del telefono collegata alla centralina della casa, controlla la posizione di cottura (ventilata), la temperatura (180 gradi) e il tempo (dieci minuti). Si versa un bicchiere d'acqua. Il pensiero del giovane tennista lo tormenta. Il calore si irradia dal basso ventre a circoli concentrici. Dieci minuti gli bastano. Posa un panno pulito sul morbido divano di pelle nera, si siede con un fazzoletto di cotone in grembo, cala i pantaloni alle caviglie e accende la tv. Il canale richiede un pin per l'accesso, lo digita con freddezza sul telecomando e si rilassa. Quando ha finito, anche il forno ha quasi finito. Odore di salmone ai semi di sesamo nero e verdure gratinate.

***

Le strade di Gries sono deserte, l'asfalto umido di via Segantin è pelle d'anguilla. Gli alberi attorno al Tennis Club sono scheletri neri irradiati dal bagliore aranciato dei vecchi lampioni, l'edera resiste aggrappata con ostinazione ai muri delle case. L'intero quartiere sembra addormentato e la villetta non è da meno. Le luci si sono spente alle dieci e mezzo. Il parabrezza della vecchia Volvo è tempestato di gocce. La quinta notte di appostamento tocca a loro. Barcellona, stretto nel piumino nuovo, è irrequieto. Guarda l'orologio ogni dieci minuti. L'una e quarantatré. L'una e cinquantatré. Le due e zero tre. Ha voglia di tornarsene sotto le coperte, magari con Daniela; ha voglia di una sigaretta. Karl è stato chiaro: niente cicche in macchina. A Elke dà fastidio l'odore. Il nastro degli ABBA sporge dall'autoradio spenta. I pomelli sono occhi, la cassetta un accenno di lingua. La voce di Rottensteiner è carta vetrata che raschia il silenzio: «C'è un uomo».

«Dove?»

«No. Immagina che ci sia un uomo.»

«Cos'è, una specie di aneddoto per passare il tempo?»

«Un tipo qualsiasi, uno che lavora in fabbrica.»

«Ok. E quindi?»

«Un bel giorno, il capo si convince che il tipo lo stia derubando e perciò, ogni sera, all'uscita, ordina agli addetti alla sicurezza di controllargli la carriola. E quelli, puntualmente, non ci trovano nulla.»

«E perché non perquisiscono lui, invece?»

«Fanno anche quello. Lo spogliano di tutto, scarpe e calzini compresi, ma niente.»

«Non è lui quello che cercano. Non è lui a rubare...»

«Invece sì.» Karl tace, abbassa di due dita il finestrino. Non piove più. Il respiro si caglia nell'aria e il freddo si inasprisce nell'abitacolo.

Tanino regola il sedile, lo abbassa di qualche grado. «Le carriole.»

«*Genau*. Ruba le carriole.»

«Ma che c'entra?»

«Questo per dire che a volte le risposte sono talmente ovvie da passare inosservate a chi ne cerca di troppo complicate.»

«Secondo te Biondi cerca risposte troppo complicate?»

«O siamo noi a non porre le domande più ovvie.»

La luce al piano superiore della villetta si accende. Si zittiscono entrambi, ma poi tutto torna come prima.

«Sarà andato a pisciare. Io schiaccio un pisolino, va'. Sempre che non voglia dormire tu.»

Lo schiocco della lingua sul palato è eloquente.

«Svegliami in caso.» Tanino abbassa ancora il sedile, si volta come può sul fianco e stringendosi ancora di più nel giubbotto si addormenta. Quando Karl lo sveglia sono le sei del mattino. È ancora buio, un camion della nettezza urbana si ferma poco più avanti per svuotare le campane del vetro. Barcellona bestemmia a denti stretti: «Sveglieranno tutto il quartiere...».

Rottensteiner punta l'indice verso il portone della villetta. Troi esce, copriorecchie, giacca a vento fosforescente, pantacalze nere e scarpe in tinta con la giacca. Ha occhi grandi e sporgenti, da ipertiroideo, che gli conferiscono un'espressione stupita. Scende i tre gradini in granito. Saltella sul posto, poi si allontana a passo di corsa leggera. Karl sta per aprire lo sportello, quando Barcellona, dal sedile reclinato e con gli occhi ancora annebbiati, si schiarisce la gola. «Quanto starà via secondo te?»

«Sta andando verso la passeggiata del Guncina. Non ci sono molti altri posti da quella parte. È lunga e in salita. Anche se non dovesse percorrerla tutta, perlomeno una ventina di minuti.»

«Stando ai rapporti, Evi Gronauer, la governante, arriva alle sei e mezzo.» Tanino rimette il sedile in posizione, si osserva nello specchietto del parasole e cerca di pulirsi gli occhi dal sonno con le dita. «E quindi abbiamo un po' di tempo.»

«L'ordine è di sorvegliare. Non credo significhi quello che hai in mente tu. Qualunque cosa sia.»

«Eh, già perché tu volevi scendere dalla macchina per sorvegliare, no?»

Escono dall'abitacolo insieme. Tanino si sgranchisce le gambe, il camion della spazzatura ha combinato un baccano d'inferno. I residenti o sono abituati o hanno i doppi vetri a prova di bomba.

«Guardami le spalle.» Barcellona non aggiunge altro e, cellulare in mano, lascia Karl imbambolato accanto alla Volvo. Si avvicina al cancello che dà sul cortile con il garage, un'occhiata e passa oltre. Sta per salire i tre scalini ma si ferma, una telecamera è puntata sull'ingresso. Il raggio d'azione è circoscritto. Zumma col telefono sulla placca con il quadrante alfanumerico incastonata tra le pietre coperte d'edera attorno al vecchio portone restaurato. Inquadra la tastiera e scatta. Inquadra il logo dell'azienda costruttrice e scatta. Karl lo aspetta a braccia conserte appoggiato alla fiancata. Lui torna sui suoi passi con calma. «Ora dobbiamo solo capire come entrare.»

«Potevi farlo stanotte.»

«Questione di ispirazione, cogli l'attimo. E poi metti che gli scappava da pisciare di nuovo o che fosse sveglio. Magari è uno che se ne sta al buio a fissare fuori dalla finestra per tutta la notte come la madre di *Psycho*. Meglio così.»

«La madre di *Psycho* era un cadavere mummificato.»

***

A proposito di mummie, Daniela ha insistito tanto per portarlo a vedere Ötzi, quasi fosse una reliquia sacra da mostrare a un devoto pellegrino, ma Tanino ha la testa da un'altra parte, anche se è il suo secondo giorno libero. Dell'uomo del Similaun non gli frega niente. Di cosa viveva, cosa mangiava, cosa faceva, come è morto… Tutti muoiono, che sia tra le montagne dell'età del rame o in uno squallido buco con una fascetta di plastica al collo o nell'arsura della campagna siciliana con un colpo alla testa e le mani legate dietro la schiena. Tutti muoiono. Punto. E il tempo, proprio come il ghiaccio eterno, ricopre ogni cosa, lenisce ogni ferita, o quasi, e l'unico appiglio a cui aggrapparsi è una domanda a cui è impossibile dare una risposta definitiva: "Perché?".

Il perché ha la forza di una trivella con la punta di diamante e la determinazione dell'ossessione. Prima scalfisce la superficie del ghiaccio, poi comincia a ruotare su se stessa e va in profondità, sempre più addentro, eppure il fondo, il vero fondo, rimane inaccessibile. Ci si può avvicinare, si può osservare il risultato del carotaggio, ma il cuore di tenebra resta, appunto, nelle tenebre.

Daniela è felice, si sente come una bimba che ha condiviso una nuova esperienza con un altro bimbo. Che sia il sapore delle fragole o il mondo intero. Tanino non rinuncia a un grammo della sua galanteria e cerca di interessarsi a quello che dice, cerca di ridere alle sue candide battute più che può e quando lei, indicando la prima pagina del «Corriere» in una pasticceria del centro, gli rivela di essere spaventata a morte per quello che sta succedendo, lui la rassicura in tutti i modi, e ci riesce.

Il cellulare gli vibra in tasca, si scusa ed esce dal locale, lasciandola davanti a un tè al bergamotto e una focaccia di pasta lievitata con la marmellata di albicocche.

Un'acquerugiola fredda avvolge l'ambiente circostante. Le ruote degli autobus che passano davanti all'università fanno esplodere le pozzanghere. Tanino risponde senza guardare il display e trova riparo all'imbocco della galleria commerciale accanto alla vetrina di un negozio di scarpe. La voce di Giusi non è quella che si aspettava di sentire. La telefonata dura meno di cinque minuti, anche se lei ha voglia di chiacchierare, lui amorevolmente taglia corto e promette di richiamare.

Quando rientra nella pasticceria, finisce la sua porzione di dolce e ne annota il nome sul taccuino, sotto una colonna di parole in tedesco che parte con *zimmer* e *genau*. Daniela gli fa notare che si scrive con la "b", non con la "w": Buchteln. E con la "ch" come in libro: Buch. Tanino annota pure quello. Quando va alla cassa, scopre con sommo sbigottimento che ha già pagato lei. La riaccompagna a casa. Aslago è il quartiere popolare che si arrampica sulla montagna a ridosso di Oltrisarco, oltre il campo d'atletica. I casermoni crescono impietosi e razionali in verticale e proliferano tra i castagni. Tutte le strade sono in salita.

Barcellona posteggia la Golf a una ventina di passi dal condominio di Daniela. Prende l'ombrello dalla tasca della portiera, le dice di non azzardarsi a scendere. Gira intorno all'auto e le apre lo sportello. La accompagna fino ai gradini del portone, lei gli si stringe al braccio sotto l'ombrello e gli chiede di salire. Si sarebbe aspettato che avvampasse alle guance pronunciando quelle parole, ma questo non accade e lui, forse, ci rimane un po' male. La suoneria del cellulare è puntuale e inopportuna come la morte. È tentato di non rispondere. Si stringe nelle spalle e con un'espressione da scolaro impreparato prende il telefono dalla tasca del piumino. Lo schermo è impietoso: KR. Solleva l'indice. Sono due giorni che aspetta quella chiamata. Un minuto. Risponde. Lei si bacia la punta dell'indice e glielo posa sulle labbra. La sua voce è un sussurro: «Un'altra volta».

Tanino vorrebbe fermarla, dirle che ci metterà davvero solo un istante, ma lei sparisce nell'androne. Il tono di Karl all'altro capo del telefono è sornione. La telefonata si conclude davvero in un attimo, ma intanto la prospettiva di trascorrere qualche ora tra le braccia di Daniela è andata a farsi benedire. Un'altra volta.

***

Barcellona ha dormito poco, la vecchia del piano terra ha smesso di rompere le palle da quando hanno accoppato Agostinelli e si è barricata in casa, ma il caffè bruciato e la pasta alla crema rancida dell'unico bar aperto alle cinque a Oltrisarco gli hanno causato acidità di stomaco. Ha buttato giù due aspirine per il mal di testa: altra benzina sul fuoco delle sue viscere. Si sta chiedendo se trangugiare un paio di pasticche di magnesia, tanto per coronare una bella colazione a base di pasta frolla andata a male e chimica, poi decide che è meglio prendere un bel respiro e sorridere. Sorride al barista al quale ha chiesto l'acqua per le aspirine e che lo ha trattato con la stessa cortesia con cui si saluta l'avvento di un grappolo di emorroidi. Sorride agli spazzini che per scaldarsi ingollano Montenegro tra una barzelletta sui terroni e un commento poco garbato su un certo Mohammed che, da quanto ha capito, è il loro capo. Sorride al tipo silenzioso che ha sorbito l'infame caffè accanto a lui scoreggiando tutto il tempo e soprattutto sorride a se stesso nello specchio unto dietro al bancone. Sorride perché Karl sarà anche un mezzo matto, come ha sentito dire a Moretti, ma sa il fatto suo. Eccome.

Quando si incontrano, alle sei meno dieci davanti al Tennis Club di Gries, molto più puntuali del camion della nettezza urbana, ha smesso di piovere da ore. Gli alberi scheletrici sbavano brina. A quindici macchine di distanza, oltre l'ingresso della villetta, nell'autocivetta ci sono Pavan e un certo Rondinelli.

Karl indica col mento nella loro direzione. «Faina mi ha mandato un messaggio. Il collega che è con lui russa da tre ore.»

«Pavan sa?»

«Sì e no.»

«In che senso?»

«Sa e non sa.»

«E che…»

«Minchia.»

«Minchia, sì.» Gli posa una mano sul petto e lo spinge indietro, oltre l'angolo del club. «Eccolo.»

Si appiattiscono accanto all'entrata e lasciano che la giacca a vento gialla fosforescente sfolgori nella direzione opposta verso la passeggiata, dando loro le spalle.

«Andiamo.»

Tullio si fa loro incontro mentre si avviano al portone. Rottensteiner e Barcellona attraversano la strada, Pavan va all'incrocio di via Segantin e via Knoller.

«La telecamera entra in funzione solo se si suona il campanello.»

«Ah. Potevo anche avvicinarmi di più… Ma chi te l'ha detto della telecamera? Siamo sicuri?»

«Le foto andavano bene lo stesso. Mi sono informato da chi installa il sistema. Ho inventato che ne volevo mettere uno a casa mia.»

«Sì, ma come entriamo?»

«Lascia perdere adesso. Abbiamo mezz'ora. Troi torna dopo che arriva la Gronauer… Pulisciti bene le scarpe, prima.»

Rottensteiner digita sicuro 2-6-0-4-9-9 sul tastierino. Un ronzio elettrico e la porta si apre. Barcellona rimane di sasso ma si affretta dietro il collega.

L'androne è spazioso, l'arredamento minimale ed elegante. Un passaggio a destra, accanto a una centralina domotica, e uno a sinistra, cucina e sala, una porta a scomparsa senza cornice e le scale ampie che si arrampicano verso l'alto. Il lampadario sembra una goccia di miele gigante rovesciata e pende da una catena nera che scende dall'ultimo piano, esattamente al centro della casa. Tanino si infila i guanti di lattice che gli porge Karl, apre la porta. Una rampa in discesa. Le scale portano in garage: un tavolo da lavoro, un armadio portautensili chiuso con un lucchetto, un appendiabiti un po' strano. Una BMW canna di fucile lunga come un transatlantico. Quando Tanino risale, Rottensteiner ha già fatto il giro di sala, cucina, ripostiglio e bagno di servizio. Salgono al piano nobile. Altri due passaggi. Karl va a destra: una stanza da letto con bagno. Barcellona a sinistra: uno studio con un balcone che dà sul retro e un'altra porta a scomparsa. «Karl.» La voce è poco più di un sussurro.

Rottensteiner si affaccia, Tanino ha l'espressione di chi ha vinto alla lotteria. «Guarda qua.»

Un fragore ovattato li fa voltare verso la finestra. «Il camion del vetro... Cazzo che spavento.» Il rumore è attutito dagli infissi speciali, ma è come se qualcuno stesse facendo una lavatrice di panni sporchi e bicchieri. Fuori, lo sanno bene, c'è un casino tremendo.

Dietro la porta si snoda un corridoio di mattoni bianchi, largo e corto, fino a un'altra porta, chiusa. Non c'è serratura, non c'è tastiera alfanumerica, solo uno schermo, simile a quello di un telefono. Karl riprova con la combinazione che ha usato all'ingresso. Niente. Tanino bussa per saggiarne la consistenza. Se non è blindata, poco ci manca. Scatta qualche foto. Poi vanno di sopra, un open space e un'altra stanza da letto.

«È ora di andare.»

«Lasciami fare qualche altro scatto.»

«Muoviamoci.»

Si chiudono la porta alle spalle e scendono i tre gradini mentre il cellulare di Karl ronza. Sono già sul marciapiede quando legge il messaggio di Pavan. Si allontanano. Rondinelli, appoggiato al tetto dell'autocivetta alle loro spalle, li osserva con occhi sgranati e prende il telefono dalla tasca del cappotto.

Faina cammina piano lungo via Knoller, Troi lo supera di corsa senza degnarlo di uno sguardo, la Gronauer è appena scesa dalla bicicletta davanti alla villa.

Karl e Tanino sono a un paio di svolte di distanza. «Dove hai parcheggiato?»

«Dalle parti della piazza. Ma senti un po', la combinazione?»

«Guarda che ti multano. Te lo spiego dopo. Io ho la macchina qui dietro.»

«Come sapevi che Troi torna dopo mezz'ora quando arriva la governante?»

«Perché così è andata negli ultimi due giorni.»

«Hai letto i rapporti?»

Karl va verso la Volvo. Saggia con un piede la gomma posteriore. «Devo montare quelle invernali. Sì, ho letto i rapporti, ma ho preferito verificare di persona.»

«Come si dice a Roma: "A Rottensta', nun ce sto a capi' un cazzo!".»

«Sono venuto qui anche ieri e l'altroieri.»

«Quando c'erano di turno lo smilzo coi capelli rossi e quello alto alto e...»

«Non mi hanno visto.»

«Ecco.»

«Mi sono rannicchiato dietro al muretto del Tennis Club lungo il marciapiede.»

Al solo pensiero a Tanino si ghiacciano le viscere. Karl non è mezzo matto, è completamente matto. «Per due notti... Ok, quindi hai verificato gli orari, ma la combinazione?»

«La combinazione... Mi sono portato il binocolo da montagna. Ho visto la Gronauer che la digitava. Sempre la stessa.»

«Ma allora le mie foto non sono servite a niente. Ho rischiato di combinare un casino per...»

«Sono servite a capire che la telecamera entra in funzione solo se suoni alla porta.»

«Vabbè... Meno male che hai visto bene cosa digitava...»

«Più o meno, la Gronauer è mancina, copre la tastiera col dorso della mano. Sono riuscito a vedere solo le ultime tre cifre in due giorni. 499.»

«E quindi?»

«Potevo tornare qui ancora e ancora sperando di vedere gli altri numeri o facevo qualche ricerca usando quelli che avevo e il nome Christian Troi. Ho provato in rete, ma niente, e allora ho chiesto a Martin di darmi una mano con alcune banche dati...»

«Faina, Seelaus e chi altri?»

«Sanno e non...»

«Sanno. *Genau*. Lasciamo perdere... E quindi?»

«I numeri evidentemente corrispondevano a una data. Mancava solo il giorno. Il 26 aprile 1999 lo studio Troi ha firmato il suo primo contratto.»

«Minchia, con le pinze.»

«Eh?»

«Niente, niente, andiamo va' che mi ci manca solo un'altra multa.»

13.

«Porca puttana, Karl.»

«Buongiorno anche a te.»

La Tinebra lo aspetta appoggiata al muro accanto al portone che dà sul parcheggio della questura, il viso incorniciato dal cappuccio con il bordo in pelliccia di lapin del giubbotto blu notte, la mano destra che stringe la mentoniera del casco con i guanti dentro, l'altra nella tasca all'altezza del petto.

«Tu e il tuo nuovo socio avete combinato un casino.» Gli fa cenno di seguirlo sotto la tettoia delle biciclette, come non volesse lasciarsi cogliere da sguardi indiscreti.

Giulia è più alta di lui e gli anfibi non c'entrano. Un ricciolo arancione fiamma sbuca dal pelo di coniglio. Abbassa il cappuccio. Le lentiggini sciamano agli angoli degli occhi: due bottoni smeraldo in pozze di latte orlati da palpebre scure che la rendono un po' esotica e un po' insoddisfatta. Il naso si arriccia e le labbra si assottigliano.

«Senti, Giulia, Barcellona non...»

«Stammi a sentire tu, Karl. Il magistrato ha saputo che siete entrati a casa di Troi e ha revocato l'ordine di perquisizione.

La Guidi è intervenuta, non so cos'abbia detto ma almeno la questione non ha avuto troppi strascichi. Immagino non abbiate lasciato tracce e immagino che il magistrato stesso avrebbe fatto una figura di merda colossale se la notizia fosse trapelata. E ora c'è Freni a capo delle indagini. Complimenti. Non potevate aspettare?»

«Ah.»

«Ah? Solo questo? Ah? Non sai dire altro?»

«Cosa vuoi che ti dica, Giulia?»

Camminando all'indietro, la ragazza si ritira verso l'angolo più riparato, lontano dallo sguardo del piantone, accanto alla bici di Pavan. «Di sopra sono tutti incazzati con voi. Moretti è arrivato in maniche di camicia, era talmente fuori di sé che è uscito di casa senza cappotto. Tossisce come un cammello isterico. La Guidi si è barricata nel suo ufficio, sarà attaccata al telefono a cercare di salvarvi il culo. Non so bene che avete combinato, ma avete rischiato, anzi avete mandato tutto a farsi fottere. E...»

«Chi?»

Un sorriso precario carico di disprezzo le guizza sulle labbra. «Rondinelli. Cazzoni che non siete altro. Ivo Rondinelli.»

Rottensteiner si passa le mani sul viso, tirandosi le guance ispide e le labbra verso il basso, fino a mostrare i denti. Uno scatto dello zigomo gli fa serrare un occhio, come fosse un tic. Sbuffa dalle narici. Sembra un ghiottone rabbioso. La tettoia di plastica verdemare ondulata è sporca, in trasparenza si vedono le sagome delle foglie marce trasportate dal vento e le striature nere di acqua stagnante. Per un momento c'è solo il gorgogliare feroce del fiume in piena.

La nuvola di rame che cinge la testa di Giulia sembra sfidare la forza di gravità. «È un uomo di Baffino.» Le voci circolano alla velocità della luce in questura e i soprannomi sono ancora più rapidi. «Vi ha visto uscire dalla villetta di Gries.»

«Il camion del vetro.»

«Cosa?»

Rottensteiner non si rivolge a lei, parla tra sé. «Lo ha svegliato il camion del vetro...»

«Potrebbe averlo svegliato anche lo spettro di Lemmy Kilmister in persona sceso dal cielo delle rock star a ballare la tarantella sul cofano dell'autocivetta, ma questo non cambia nulla. Siete stati imprudenti, vi ha visti e la prima cosa che ha fatto è stata andare di filato da Freni.»

«Perché me lo stai dicendo?»

«Perché? Non so, chiamami Santa Giulia da Bolzano... No, non ho la vocazione di salvare i cazzoni dai guai, ma di sicuro ho quella di non sopportare le teste di cazzo e soprattutto non mi va che questa scaramuccia tra voi abbia mandato a male l'indagine. Per cui Karl, tu e quell'altro simpaticone dal baciamano facile dovrete rimediare e se avete visto o trovato qualcosa di sospetto là dentro dovete tornarci, vi costasse il posto.»

Karl solleva un sopracciglio, aspira l'aria gelata e marcescente che viene dall'Isarco. Giulia lo lascia lì impalato e si dirige verso il portone, poi si ferma e senza voltarsi parla a voce bassa mentre un collega si avvicina in bicicletta. «Immagino che questo lo abbiate già messo in conto senza che venissi a dirvelo io, non è vero? Quello che non sai è che Troi da domani non sarà a casa per un paio di giorni.» Non gli lascia il tempo di rispondere e si allontana, mentre il collega lega la bici alla rastrelliera. Karl però non le concede che qualche passo, prima di richiamarla.

«Santa Giulia?!» La rossa si gira mentre lui la raggiunge. «C'è qualcos'altro che puoi fare per me.»

***

Le due ore che seguono non sono piacevoli. Tutti lo guardano in cagnesco, masticano amaro, biascicano tra i denti e bestemmiano. Moretti sbraita tra un colpo di tosse e l'altro, i vaffanculo volano e lo sguardo della Guidi vale l'intera filippica che gli tocca sorbirsi. Non vengono sospesi solo perché il profilo va tenuto basso, così basso che deve scivolare tra la cera e il pavimento. Angelica Guidi ha smosso mari e monti, oliato gli ingranaggi, fatto orecchie da mercante e ha impiegato molti altri modi di dire figurati perché le sanzioni disciplinari per Karl e Tanino venissero rimandate, ha sottolineato la parola "rimandate". Il questore ha messo al timone Freni. Quando Rottensteiner esce dall'ufficio della dirigente, sa bene di avere ancora mano libera per battere piste alternative, la Guidi non rinuncerebbe all'opzione *cane sciolto* per nulla al mondo, ma questa volta è senza rete e in fondo a lei va meglio così. Se salta fuori qualcosa si prende il merito, se va tutto a puttane se ne lava le mani. Angelica, la manipolatrice. Freni gliel'ha servita su un piatto d'argento, anzi d'oro, e lei si è limitata a fare un gran baccano come da copione. Barcellona subirà lo stesso iter. Toccherà a lui spiegargli le regole del gioco, Gaetano dovrà solo scegliere da che parte stare. Karl ha un'idea precisa di come andranno le cose. Incrocia Rondinelli sulle scale. «Ivo.»

L'uomo abbassa lo sguardo. «Ispettore Rottensteiner.» Imbocca la porta, anche se non è quella che deve imboccare.

Nell'open space, Giulia non lo degna di uno sguardo, Martin è attaccato allo schermo, Moretti non c'è.

Faina gli racconta gioviale che è tornato a casa a recuperare il cappotto. Pavan non sembra turbato e lo avvicina come tutti gli altri giorni. «Karl, stasera mia moglie prepara la testina di vitello, che ne dici? Passi a cena da noi? Porta anche Barcellona...»

«Grazie Tullio.» Niente Faina per oggi. «Stasera non posso, c'è mia figlia.»

«Porta anche lei. I miei due saranno felici di vederla.»

«Volentieri, ti ringrazio, ma sarà per un'altra volta, davvero. Ringrazia Clara da parte mia per l'invito.»

«Oh, be', non lo sa. Ma la nostra porta è sempre aperta e la tavola si può sempre allungare...»

Quando Freni entra, accompagnato da cinque colleghi, avvolto in un gessato marrone, con scarpe bicolore e i capelli lucidi di lacca, sembra un gangster d'altri tempi. Attraversa la stanza a passi strascicati e si siede a mezza chiappa sulla scrivania di Moretti. Gli altri si sistemano su alcune sedie sparse.

«Nonostante qualche incidente di percorso» non guarda nessuno in particolare, anche se sembra indugiare un po' troppo sul collo pallido della Tinebra, «le indagini proseguono. L'autorizzazione alla sorveglianza è stata prorogata. Ho letto tutti i rapporti. Troi di notte non è mai uscito. Va a letto presto, si alza presto, va a correre e va a lavorare. Rientra per cena e via così. Tutti i giorni, puntuale come un orologio svizzero. La bagarre sollevata dai giornali deve averlo messo sul chi vive.»

«Sempre che sia lui.» La voce di Martin Seelaus sorprende tutti.

Freni esita un secondo, poi prosegue: «Certo, d'accordo, dobbiamo considerarlo innocente fino a prova contraria eccetera, ma gli indizi sembrano inchiodarlo». Con modi teatrali prende un foglio piegato in quattro dalla tasca della giacca. «E questo, Seelaus, lo ha trovato proprio lei, no? Patente nautica e certificato di proprietà di una barca a vela ormeggiata a Sirmione sul Garda.» Inforca un paio di occhiali dalla montatura bicolore, fuori rossa, dentro bianca. «La Cobalto; se non fosse per l'incidente di cui sopra forse avremmo potuto perquisirla e forse avremmo trovato le fascette.»

Il Faina si passa una mano tra i capelli e si schiarisce la gola. «Pavan?»

«Be', sono fascette usate in nautica, potremmo perquisire tutte le barche del lago e trovarle su ognuna di esse, no?»

«Sono fascette usate *anche* in nautica.» I presenti si voltano verso Giulia che a braccia incrociate si dondola sulle gambe posteriori della sedia facendo leva sulla cassettiera. «Credo che Martin abbia qualche novità.» Lancia un'occhiata rapida in tralice a Karl.

Freni scende dalla scrivania. «Seelaus?»

Martin lo fissa, mettendolo a disagio. Martin, quando non fissa lo schermo, fissa sempre tutti e l'iridodonesi gli dà un'aria sinistra. «Un'Ansa di stamane. Troi e partner si sono aggiudicati un appalto per la riqualificazione del museo d'arte moderna di Klagenfurt.»

«E quindi? Non vedo come questo possa essere di interesse per le indagini.»

La tosse di Moretti è catrame, catarro e bile. Appende il cappotto. «È di interesse perché potrebbe cambiare la routine del nostro caro architetto. Il contratto andrà firmato, no? È un appalto importante, Troi dovrà andare in Austria di persona.» Prende un foglio da un cassetto della sua scrivania. «Ecco. Casinò, locali equivoci, bordelli. È capitato che ci portasse alcuni clienti importanti e quando lo ha fatto ha rendicontato tutto come spese accessorie da scaricare. Ho parlato con Franz, all'Agenzia delle entrate… Assurdo, ma è così. È un precisino, l'amico. La lista era lunga, ma alcuni nomi sulle fatture e sugli scontrini saltavano all'occhio… voglio dire… Club Passion di Innsbruck? Soi Cowboy di Graz? E chissà quante altre volte ci è andato da solo a rimorchiare senza rendicontare, se…»

Freni spazzola un invisibile granello di polvere dal risvolto della giacca. «Se dovesse venirgli la fregola, come dice Biondi, mentre è in Austria… Roba da Interpol… Devo parlare col questore.»

Moretti si siede, i bronchi gorgogliano, e inchioda lo sguardo in quello di Karl.

14.

«No, ma che ti devo dire, questi a volte mi sembrano pazzi. La città è bellina, pulita e tutto quanto, ma la gente è strana... Bevono assai, certo, e urdi di carattere, mica come noi, ma questo lo sapevo già. Figurati che l'altro ieri ho offerto il caffè a un collega e quello mi ha guardato come se gli stavo passando una mazzetta. Non mi ha manco ringraziato. Questi a volte ti guardano fisso e non ti rispondono e chissà che pensano. Mi fanno sentire strano magari a me. Sarà che sono montanari, boh?»

Tanino è disteso sul letto, con le cuffie del cellulare alle orecchie, intontito per la chiamata mattutina, ma non certo a corto di argomenti. Giocherella con una catenina d'oro dalla quale pende un ciondolo piatto, anch'esso d'oro, delle dimensioni di una moneta da due euro. Lo fa dondolare e poi, con una pressione del pollice, apre e chiude il castone a molla che protegge la fotografia in bianco e nero di una donna. Ancora e ancora, senza smettere di parlare.

«No Giusi per ora è escluso, a parte che nell'appartamento dove sto non c'è niente, per comodino mi sono dovuto mettere lo sgabello del bagno vicino al letto, anzi, manco un letto a due piazze c'è... E poi per ora nemmeno cinque minuti mi posso prendere coi due morti ammazzati che... stai tranquilla, nessun rischio, cose di ricchioni...» Il citofono suona due volte e Tanino si affretta a chiudere la comunicazione. Non c'è bisogno di rispondere per conoscere l'autore di quelle scampanellate nervose. «Devo andare gioia, il lavoro, lo sai, sì, pure io certo, ciao ciao cià cià cià...» Lascia il ciondolo sullo sgabello accanto al letto e si tira su.

Appoggiato alla portiera della Volvo, Rottensteiner allunga la mano verso la maniglia senza nemmeno salutare, ma Barcellona lo trattiene per il braccio: «Tu sei sicuro che è il caso?».

Il collega si volta appena e abbassa gli occhi sulla mano, che Tanino ritira subito. «Non siamo a Roma, qui, e neppure a Milano. Seguimi.»

Tanino prende un respiro profondo e si avvia alla sua auto. Ha appena il tempo di mettere in moto che l'altro è già in fondo alla strada. Questo mi fa fare una cazzata e poi me ne pento, pensa, ma ormai è in ballo. Si accoda ai fanali posteriori della Volvo e abbassa il finestrino per accendere la prima sigaretta della giornata. L'aria che lo investe è talmente fredda da tagliare la faccia, il cielo è basso, attraversato da banchi violacei di nuvole, che coprono buona parte della montagna. Dietro la coltre, in lontananza, i tuoni hanno il suono sordo di pietre che rotolano dentro un'impastatrice. Di nuovo, quella incomprensibile sensazione di claustrofobia lo coglie, incastrato tra cielo, roccia e boschi, una sensazione di incombenza, di pericolo costante che lui attribuisce al fatto di essere un uomo di mare intrappolato in questo circo dell'assurdo per boscaioli svitati che è il Sudtirolo. Rinuncia a fumare e tira su il finestrino costeggiando il campo d'atletica e imboccando una strada che sembra senza uscita sotto il costone del Virgolo, per poi infilare il tunnel sull'arginale. Una volta fuori, il traffico è fluido e silenzioso sull'asfalto bagnato, almeno fino all'Isarco, poi rallenta. Attraversano il ponte sul fiume e tornano indietro lungo via Mayr Nusser verso ponte Loreto. I lungofiume sono sempre trafficati, in ogni città. La Volvo si ferma sul retro di un distributore di benzina in disuso dove c'è un gommista, Rottensteiner scende e si avvia all'officina piena di pneumatici impilati senza aspettarlo. Tanino parcheggia proprio lì davanti e scende pure lui.

Venti minuti dopo, i due sono entrambi sulla Volvo.

«Minchia, quattrocentocinquanta euro.»

«L'hai detto, alla fine.»

«Cosa?»

«Minchia.»

Tanino si volta verso Karl intento alla guida, indecifrabile nell'espressione, e sempre la solita domanda gli si affaccia alla mente: ci è o ci fa? Non sa più cosa pensare.

«Minchia, sì, quattrocentocinquanta euro per le gomme invernali quando potevo tenermi le mie come ho sempre fatto. Tanto ho le catene nel bagagliaio.»

«Quattrocentocinquanta euro e ti regola pure equilibratura e convergenza. Senza contare che si tiene gli altri pneumatici in deposito senza chiederti altri soldi perché mi deve un favore. Non avresti trovato di meglio in tutta Bolzano.»

«Cani e porci che ti devono favori a te, manco a Roma quando ero di scorta agli onorevoli li vedevo tutti 'sti favori...»

«Diciamo che io riscuoto in modo diverso.» Per un attimo il viso di Rottensteiner sembra attraversato dall'ombra di un sorriso. «E comunque qui non è mica come nel resto d'Italia. Non nevica spesso, ma può succedere e le strade sono ghiacciate. Pensa se ti trovi a pattinare con l'auto nel mezzo di un'operazione...»

Barcellona sospira rassegnato. «Sempre quattrocentocinquanta euro sono. Perché non hai girato, non andiamo in questura?»

«Dopo.»

***

Il refettorio della casa di accoglienza Asilum è ampio e luminoso rispetto ai locali destinati a scopi simili che Barcellona ha visto nel corso della sua carriera. La vetrata dà su un parcheggio, ma è già tanto che ci sia, una vetrata, e che non si tratti di uno scantinato. La casa ha una trentina di posti letto e assicura anche la prima colazione. Per avvalersi dell'ospitalità bisogna possedere la cittadinanza italiana oppure avere il permesso di soggiorno in regola, un contratto di lavoro e pagare duecentosessanta euro al mese. In fondo non è meno strano delle villette che la provincia assegna ai nomadi.

Ad attenderli all'entrata, appollaiata sulla sua Yamaha, hanno trovato Giulia Tinebra. Lei ha bofonchiato un "Ciao" rivolto a Tanino mentre con Rottensteiner si sono appena scambiati un cenno senza salutarsi davvero. In testa al trio, all'accettazione, Giulia si è fatta chiamare la direttrice.

Dopo qualche minuto è apparsa una donna bassa, magra

e grigia con un volto accigliato tutto spigoli e modi sbrigativi. Non appena ha riconosciuto Giulia, i lineamenti le si sono addolciti in un sorriso. «Ma che bella sorpresa» ha detto e le ha subito messo una mano sulla spalla, dandole del tu e chiedendole come stava una tale Giorgia.

Tinebra ha risposto laconica, chiamandola sempre dottoressa e dicendo che non vede questa Giorgia da un po'. A Tanino è sembrato che abbassasse la voce di un tono.

Quando la collega ha spiegato il motivo della loro visita, la donna ha scosso il capino borbottando: «Lo sai che fuori fanno quello che vogliono, ma qui dentro cerchiamo di proteggere i nostri ospiti da ogni ingerenza esterna. Questa è un'isola».

A queste parole Giulia ha rivolto alla dottoressa quello sguardo perforante che Tanino non sa ancora come gestire e ha detto con voce ferma: «Nessuno lo sa meglio di me, ma ne va della sua sicurezza e di quella di molte altre persone».

E la donna ha capitolato.

Mentre aspettano che Alfredo Cesar Ribeiro, meglio conosciuto in altri ambienti come Manola, li raggiunga a uno dei tavoli in formica bianca, bevono un caffè che dà molti punti a quello della questura.

«Pensi di mettergli più pressione, qui?» chiede Tanino.

«Cosa?»

«Sa che sappiamo dove trovarlo e che possiamo farlo cacciare.»

Giulia scuote la testa. «A nessuno in questo posto verrebbe in mente di cacciarlo per quello che fa di notte. La retta deve pur pagarla e come fattorino alza quattrocento al mese se va bene.»

Rottensteiner completa il ragionamento: «E poi Ribeiro si ricorda benissimo che lo abbiamo messo noi, qua. L'ho arrestato io la prima volta ed è stata Giulia a trovargli questo posto».

«Lasciami indovinare: un altro favore...»

«Sono anni che alla Mobile mi occupo quasi solo di prostituzione e reati connessi. Il sottobosco lo conosco bene. Sentirlo qui significa esporlo meno. Si evita che qualche suo compagno o protettore lo veda parlare con noi. Sarà più disponibile. E rispettiamo la sua dignità...»

«Come mai facevi solo prostituzione?»

Rottensteiner non risponde, si limita a fissare un ragazzino sottile e flessuoso come una foglia di ficus che si avvicina con un vassoio e siede al tavolo. Ha lineamenti delicati, aristocratici. Zigomi alti e labbra sottili. Sorride a Giulia e ignora Barcellona, con Rottensteiner basta un cenno degli occhi. Karl appoggia sul tavolo la foto di Agostinelli e la spinge verso di lui.

Lo sguardo di Ribeiro considera l'immagine senza apparente emozione. «Viene ogni due, tre settimane. Uno stronzo. Ogni volta chiede di non usare il preservativo, ma è un tossico.» L'accento strascicato e la voce spessa creano un contrasto ambiguo col fisico minuto.

«*Era*. Non li leggi i giornali?»

«No. Ma anche senza preservativo non valeva niente. Troppa eroina. E allora mi metteva due dita in culo e me lo prendeva in bocca. Prima di pagare insultava sempre. Pezzo di merda.» Ribeiro ha il tono indifferente che un idraulico userebbe per parlare delle guarnizioni di uno sciacquone.

«Lo hai mai visto con qualcuno?»

«Mai.»

«Magari con questo qui.» Rottensteiner fa scorrere attraverso il tavolo un'altra foto, scattata col teleobiettivo a Christian Troi.

Ribeiro fa cenno di no. «Mai insieme.»

«Però lo conosci. Viene con te anche lui?»

«Niente trans per lui. Gli piace maschio. Lui è gentile, un gran signore.» Sorride mostrando una distanza eccessiva, quasi infantile, fra gli incisivi. «Chiedete a Murat.»

«Ci scommetto che conosci pure Murat.»

Dopo aver lasciato Giulia alla casa d'accoglienza, Rottensteiner è tornato a guidare come la prima volta che Barcellona è salito in auto con lui: lento peggio di una vecchia. Dev'essere un effetto collaterale del suo essere sovrappensiero. E infatti ci mette parecchi secondi a rispondere, ma quando si decide è molto esauriente.

«Murat Faias. Profugo curdo iracheno, prestante, ex campione di lotta greco-romana del suo villaggio. Molto richiesto tra i marchettari.»

«Andiamo a parlarci?»

«Si è trasferito in Germania dal fratello il mese scorso.»

«Sei meglio dell'anagrafe.»

«Te l'ho detto, ormai sono uno specialista.»

«Però non mi hai spiegato perché.»

Rottensteiner scrolla le spalle. «Preferisco quello a molti altri incarichi. A proposito di gente con cui dovremmo parlare e non possiamo: l'autore della denuncia poi ritirata a Troi si chiamava...» controlla sul taccuino che trae di tasca mantenendo un occhio alla strada, «Apollon Tarus, moldavo. Risulta irreperibile, forse ha lasciato l'Italia, il che potrebbe significare qualcosa o anche niente.»

«Ma la denuncia?»

«Disse di essere stato ammanettato a un palo per ore e sottoposto a giochi erotici contro la sua volontà. Un paio di giorni dopo ritrattò con tante scuse, sostenendo di essersi sbagliato perché ubriaco. E tanti saluti. Anche qua, può essere tutto e niente, questa storia.»

Dopo una pausa un po' troppo lunga, riempita solo dal respiro lento di Karl e da qualche colpo di tosse di circostanza, Tanino si decide a domandare: «E Giulia?».

«Giulia cosa?»

«Credevo che preferissi lavorare da solo. Già ti viene il mal di pancia a portarti dietro me, perché pure lei adesso?»

«Ha un ascendente sulla direttrice dell'Asilum. Senza di lei rischiavamo di perdere tempo.»

«Com'è che ha 'sto ascendente?»

«Sono affari suoi, no?»

«E dài, dovrò pur cominciare a conoscere i miei colleghi. Se non me lo dici tu, prima o poi il Faina me lo racconta. Visto che non dobbiamo perdere tempo...»

«Chiedilo a lei, se ci tieni tanto.»

Dal gommista la macchina non è ancora pronta, però Rottensteiner lo lascia lì lo stesso perché ha un appuntamento. La questura è a due passi, ma Tanino decide di approfittare della pausa per regolare una questione.

***

Nel bar di Salvo Macedonia, le focacce non sono all'altezza del gelato, ma sono quasi le undici ormai e Tanino si decide a ordinarne una, che sembra fissarlo di sbieco dal piattino servitogli dal barista. Si è seduto al bancone dando le spalle a don Salvo, assiso al solito tavolino. Daniela lo ha salutato con un sorriso, che lui ha ricambiato strizzandole un occhio, senza però fermarsi a chiacchierare. Il vecchio gli ha fatto un cenno avvicinando la mano alla fronte, come a toccarsi in segno di rispetto la tesa di un cappello immaginario, Barcellona ha replicato reclinando appena la testa. Mangia in silenzio, ma non dovrà aspettare molto, e lo sa.

«Non sedete al tavolo, compare, avete fretta oggi?» La voce è sempre roca e sottile, sempre artificiale nel tono e nella cortesia.

Tanino si gira di tre quarti. «L'uomo di oggi ha sempre fretta. Perché non è più padrone del suo tempo.»

Don Salvo annuisce pensoso. «Cosa vera e cosa brutta mi dite. Chi non è padrone del suo tempo non è padrone manco a casa sua.»

«Essere padroni non è destino di tutti» ribatte Barcellona. «Io mi accontento di servire il mio… che è lo Stato, e mi va bene così. E voi? A chi appartenete voi, don Salvo?»

Il vecchio guarda fuori dalla vetrina. A Tanino sembra che il collo del titolare sia diventato ancora più rosso del solito e spera sia per l'incazzatura. Quando la faccia da bulldog torna a fissarlo ne ha la certezza.

«Jeu? Jeu sunnu patruni a casa mei.»

***

Il chiosco nei pressi dei giardini della stazione olezza di salsicce alla griglia e kebab. Andrea Gobbetti, un metro e novantacinque per un quintale abbondante, barba folta, occhi acquosi come ostriche, loden nero abbottonato stretto, sta tracciando un ideogramma con una patata fritta nella vaschetta di cartone colma di maionese. Il bancone è pulito. Emil, il rumeno che gestisce il posto, ci tiene e passa lo straccio di continuo. Lucida l'acciaio, scrosta il legno, disinfetta la formica e il cibo non è poi così male. Chiacchierano del tempo, della temperatura dell'olio, di cosa si mangi a Sibiu. Quando Rottensteiner si avvicina, il ragazzo gli fa un cenno e Andrea allontana quello che resta del suo spuntino.

«Andreas.»

«Carlo.»

«Che prendi? Offro io.»

«Un tè caldo.»

«Non so se Emil, qui...»

«Emil fa il tè migliore della città. Solo che nessuno glielo chiede mai.»

«Allora un tè per il mio socio, Emil... Karl, Karl, è un po' che non ci facciamo due chiacchiere come si deve io e te... A proposito, te l'ho mai chiesto se...»

«No, non mi hanno chiamato così per Marx, anche se da mio padre questo e altro. Cos'hai per me?» Rottensteiner gli indica la barba e Andrea prende a tamponarla con un tovagliolo di carta.

«Ancora?»

«No. A posto...»

Emil porta a Karl una tazza di porcellana decorata di rose e bordata d'oro piena di un liquido color mogano dal vago sentore di agrumi. Gobbetti sta per parlare, quando delle urla fanno voltare entrambi. Un uomo attraversa di corsa il giardino, una donna gli grida contro e due carabinieri lo inseguono. Passa poco lontano dal chiosco, ha tratti nordafricani. Uno dei carabinieri aumenta la falcata. Sono rapidissimi, volano sull'aiuola bruciata dal gelo, saltano la siepe affiancati e quasi all'entrata della stazione delle autocorriere il militare lo placca, l'altro è rimasto indietro, col fiatone. Quando il collega li raggiunge, ha già incassato tre pugni in faccia mentre tenta di tenere il fuggitivo a terra. Alla fine riescono a bloccarlo e ammanettarlo. Il primo sputa sangue, il secondo si riprende con le mani sulle ginocchia, mentre l'uomo a terra strilla insulti in arabo.

Andrea sghignazza. «Siamo invecchiati. Il Karl che conoscevo non ci avrebbe pensato un attimo a partire in quarta. Uno sgambetto, un paio di calci ben assestati ai reni... I carabinieri sarebbero arrivati troppo tardi per salvare quel poveretto dalle tue grinfie. Che ti è successo?»

«Ne hai parlato tu, di vecchiaia, no? Senti, che mi dici di Agostinelli?»

«Oh, be', negli archivi cartacei su di lui c'è un bel fascicoletto. Roba vecchia. Sono dovuto andare a rovistare un po'. Pane per i denti nostri... della Digos, intendo. Il tipo è stato un militante di estrema destra, parliamo dei tempi di massimo splendore del MSI, anche se il nostro interesse verso di lui riguardava altre frequentazioni: destra extraparlamentare. Andava e veniva da Roma, aveva contatti diretti con quelli di Movimento Politico e Meridiano Zero, insomma un fascista duro e puro. Ordine e disciplina. Dio, patria e famiglia e compagnia bella.

Non guardarmi così. Ha bazzicato per un certo periodo anche l'area neonazista veneta… Poi ha trovato la sua vera vocazione politica: l'eroina. A volte la vita, eh? Comunque è tutto qui.» Gli porge una decina di fogli fotocopiati.

Karl finisce il suo tè. Andrea fa un cenno come a voler dire di lasciar stare il portafogli e paga per entrambi. «A che punto siete con lo strangolatore?»

«È una questione di carriole.»

La risata di Gobbetti è contagiosa, tanto che anche Emil all'altro capo del bancone sorride, mentre un ragazzo dai capelli lunghi e unti solleva una lattina di birra nella loro direzione.

«Il solito Carlo, altro che invecchiato.»

I carabinieri caricano in macchina l'uomo che scalcia e sbraita.

15.

Mentre l'ascensore viaggia verso il quarto piano, Tanino tiene gli occhi chiusi, le spalle e la nuca appoggiate alla parete accanto alla pulsantiera. Sono passate da poco le sette del mattino e Rottensteiner lo ha appena lasciato a casa dopo un'altra notte di appostamento inutile sotto la villa di Troi. Vuole solo buttarsi a letto a quattro di spade e cadere in coma. Tira fuori il cellulare per mandare un messaggio a Giusi, non ce la fa a chiamarla adesso, ma all'apertura delle porte scorrevoli cambia idea. Digita svelto un messaggio al collega, ripone il telefono ed estrae la Beretta.

La porta di casa è socchiusa e a terra ci sono schegge di legno. Scarrella lentamente con la mano sinistra per mettere il colpo in canna, poi allarga lo spiraglio infilandosi dentro. Le gocce di luce che filtrano dalle fessure delle serrande abbassate bastano a mostrargli che i pochi arredi delle tre stanze sono sottosopra, i cassetti dell'armadio rivoltati, i vestiti sparsi per tutta la camera da letto. Ci mette tre secondi a capire che non c'è più nessuno, ma adesso la tensione si muta in rabbia. Lo sgabello che usava come comodino è stato scagliato dall'altra parte della stanza. Barcellona rimane fermo a respirare col naso, quasi volesse fiutare l'aria per percepire l'odore dei ladri, per respirare l'anidride emessa dai loro polmoni, il feromone del loro sudore, quindi alza la serranda e spalanca la finestra. La tramontana lo investe, ma non ci bada, si inginocchia e controlla il pavimento palmo a palmo, ma sa già che non troverà quello che cerca.

Pochi minuti dopo scende per le scale fino al pian terreno e suona il campanello dell'unica porta. La targhetta d'ottone reca inciso un nome che finora Barcellona aveva beatamente ignorato: "Ved. Nives Lugnani". Che razza di persona può usare la vedovanza come un titolo da mettere sulla porta?

«Chi è?» La voce della signora Nives si materializza dietro l'uscio senza essere preannunciata da alcun rumore, come se la donna fosse già lì a osservare dallo spioncino, il che Tanino oggi spera vivamente.

«Sono Barcellona, del quarto piano, signora, ricorda?»

La porta si apre. «Son vecia, miga rimbambita. Certo che mi ricordo. Il poliziotto.»

Figurarsi se non lo sapeva, anche se Tanino non le ha mai detto che mestiere fa. «Esatto. Sono appena smontato dal servizio, peraltro. Ho bisogno di sapere se da ieri sera, più o meno dalle undici in avanti, fino a stamattina ha notato qualcosa di strano nei dintorni. Di certo lei non è tipo da andare in giro di notte, ma se avesse visto...» Non deve aggiungere altro.

«Quei là non me la contavan giusta, lo savevo mi.»

«Chi signora?»

«Ne abbiam già parlato, quei là, zigagni, rom sint quel che i lé, zingari. Potevan essere le due stanotte, lei è giovane e ancora non può capire, ma alla mia età non si dorme più come una volta. C'era il programma, quello dei bambini che cantano in tv sa, me piase tanto ma 'l finisce tardi e me son assopita sul divano. Quando me son svegliata era l'una, programma finito, veda che fregatura uno aspetta tutta la settimana....»

Barcellona sta per urlare, ma ha la saggezza di mordersi forte l'interno delle guance.

«Comunque son andata a letto e lì n'altra fregatura, il sonno l'era scomparso. L'è 'na bruta bestia la vecchiaia, ghe lo digo mi. Gira che ti rigira nel letto, alle due me son alzada per ber un bicier d'acqua e dalla finestra della cucina, che dà sul parcheggio del condominio, g'ho visto quest'auto.»

«Che auto, signora?»

«Una di quelle macchine tedesche tutte ammaccate che i gà quei là.»

«Una Mercedes?»

«Bravo, una Mercedes marrom. Con una botta grossa così sul cofano, come se ci avessero tirato una martellata.»

La vecchia è più precisa di una cartella esattoriale e per una volta Tanino se ne rallegra. «Come ha fatto a vederla così bene alle due di notte?»

«Ghe lo digo mi come g'ho fatto, perché l'altr'anno all'assemblea di condominio li ho convinti io a metter su un lampioncino sempre acceso tutta la notte davanti al portone, che qua fra drogai e scippatori mica solo le povere vecchie come me rischiano. È un problema generale. Ben, alla fine l'han messo, il lampioncino, e fa 'na luce bella forte, così g'ho visto bene. Son scesi in due, han suonato a un citofono e poi si son messi a trafficare col portone, ma dopo due secondi si è aperto, mi son detta che dovevano averci aperto quelli che gli avevan suonato... Non era mica solo l'Agostinelli l'unico drugà qua, sa? Così ho bevuto e son tornata a dormire... per modo di dire, insomma.»

«Ma perché è sicura che sono zingari?»

«Eh perché. Perché l'altra mia finestra, quella della camera da letto, le g'ho pur ditto l'altra volta, la dà sul loro campo e quella Mercedes marrom col cofano martellato la vedo sempre lì, la vedo. Ma cosa i g'ha fatto de mal, me diga?»

Barcellona sente un'onda di furia travolgerlo. «Si sono messi contro la persona sbagliata.»

Percorre i trecento metri che separano il condominio dal campo nomadi senza accorgersene, trascinato dal proprio peso in discesa lungo la strada che conduce, oltre il campo d'atletica, al piazzale occupato da una decina di casette prefabbricate in legno e un caravanserraglio di roulotte e vari mezzi di trasporto. Più che un campo nomadi, sembra un piccolo campeggio sgarrupato. Fra le auto, Tanino nota subito la Mercedes *marrom* ammaccata sul cofano. La vecchia Nives è più sveglia di molti suoi colleghi, questo va detto. Da un manipolo di uomini che bivacca accanto a un tavolino di plastica appena fuori la roulotte più vicina se ne staccano due e gli si fanno incontro, resi evidentemente guardinghi dal suo incedere deciso.

«Cerchi qualcuno?» A parlare è il tizio più anziano, sui quaranta portati male, barba e capelli lunghi grigi, giubbotto a scacchi rossi e neri da boscaiolo. L'altro è un ragazzino di non più di vent'anni con una smorfietta di sfida sul volto glabro che a Barcellona ispira come minimo due schiaffi.

«Cerco il proprietario di quell'auto.»

L'uomo sorride e prosegue scandendo lento le parole: «Qui tutto è di tutti, siamo comunisti noi. Io mi chiamo Moreno, tu chi sei?».

Il ragazzo parla prima che Barcellona possa rispondere: «Chi arriva a casa degli altri dovrebbe presentarsi prima di chiedere, no?».

Tanino prende un respiro profondo serrando le mascelle. «Se chiami casa questo cesso è un problema tuo. A casa mia la prima regola è non fottersi l'argenteria. Io mi chiamo Tanino e di cognome figlio di puttana. Dimmi di chi è quella macchina o ti faccio scoprire perché.»

I due avanzano di un passo e Barcellona allarga le gambe per prepararsi allo scontro.

«Moreno!» Una voce conosciuta squilla dietro le spalle di Tanino, mentre l'espressione di Moreno, al richiamo, vira da truce ad amichevole e un po' stupita. «Avete già conosciuto il mio collega, vedo.» La mano di Rottensteiner si posa sulla spalla di Barcellona e la trattiene, pesante come una pressa da fonderia. La parola "collega" è stata pronunciata chiara e forte a bella posta. I due uomini salutano il nuovo arrivato con calore ma è chiaro che la tensione, pronta a esplodere solo qualche momento prima, non può essersi sciolta del tutto. Ci sono questioni da affrontare, prima di bere qualcosa assieme.

«Possiamo parlare con Basko, per piacere?» domanda Karl.

Il più anziano si stringe nelle spalle, nell'espressione del ragazzo compare un'ombra di preoccupazione. «Non so se a quest'ora...»

«Moreno, te lo chiedo come un favore personale, vallo a

chiamare.» La voce di Rottensteiner è ancora cordiale ma inflessibile. Il volto di Moreno si fa rassegnato e i due si allontanano lasciando i poliziotti soli nel piazzale.

Karl parla rapido continuando a guardarsi attorno: «Cos'è successo di preciso? Qui come ci sei arrivato?».

«Tu come ci sei arrivato?»

«Ero ancora in zona quando ho ricevuto il tuo messaggio: "Effrazione a casa mia. Entro". Già hai commesso un'imprudenza perché dovevi aspettarmi. Per fortuna, ti ho visto da lontano mentre ti dirigevi qui come un toro imbizzarrito e ti sono venuto dietro. Allora?»

«A casa mia era tutto per aria, porta forzata. La vecchia del piano terra li aveva visti armeggiare al portone stanotte, ha riconosciuto la Mercedes ammaccata, così sono venuto.»

«Da solo e senza nemmeno qualificarti. Complimenti.»

«Mai piaciuti quelli che si nascondono dietro il distintivo per risolvere questioni personali.»

«Meglio prendersi una scarica di legnate, vero? Che ti hanno rubato?»

«Di preciso non so ma non me ne fotte niente di niente, tranne per un medaglione d'oro... Era di mia madre.»

Un uomo alto due metri vestito da capo a piedi di nero di età indefinibile e con una vaga somiglianza con Frank Zappa si avvicina in mezzo ai due di prima. Karl gli sorride e senza muovere le labbra ringhia al collega: «Non dire e non fare niente, chiaro?».

Tanino abbassa la testa e risponde a mezza voce: «Come vuoi, ma se non viene fuori il medaglione gli brucio tutto a 'sti stronzi».

Basko si avvicina a Rottensteiner serio in volto e senza una parola. Il poliziotto gli si mette davanti. Invece di stringersi la mano, posano le mani ciascuno sulle spalle dell'altro, senza una parola, guardandosi negli occhi, fino a che lo zingaro spezza il silenzio: «Che ti serve, Karl?».

Rottensteiner lancia uno sguardo circolare ai presenti e prende a braccetto l'uomo allontanandolo dal gruppetto. I due parlano piano, Basko china la testa di lato per raccogliere le confidenze del poliziotto, molto più basso di lui. Barcellona e gli altri due evitano di guardarsi. Passano i minuti in un'atmosfera surreale. Adesso Tanino si accorge che, tanto per cambiare, fa un freddo bastardo. Mentre ispezionava il suo appartamento aveva tolto il giubbotto, dimenticando di rimetterlo prima di uscire, e ora rimpiange la sbadataggine.

Quando i due tornano dal loro abboccamento, cinque minuti più tardi, Rottensteiner si avvicina a Barcellona e dice a voce alta: «Andiamoci a prendere un caffè».

«Io non mi muovo da qui se...»

«Andiamo a prenderci un caffè.» L'espressione di Rottensteiner non lascia alternative.

Poco dopo, in un bar minuscolo con le pareti ricoperte da mensole cariche all'inverosimile di liquori d'ogni genere, la maggior parte dei quali risulta sconosciuta al siciliano, i due si scrutano da sopra le tazzine.

«Come dicono nei film americani, tu hai più palle che cervello, lo sai, sì?»

«Se è un complimento...»

«È una constatazione.»

Tanino sorbisce la bevanda d'un fiato e si passa la mano

sulla guancia ispida di barba incolta. Non si rade dal giorno in cui sono entrati nell'appartamento di Troi, non ne ha avuto il tempo né la voglia. «Quando avevo dodici anni, mia madre mi chiamò da parte, nella sua camera da letto. Da più di un anno non faceva che entrare e uscire da ospedali e cliniche di ogni parte d'Italia.» Barcellona fa una pausa che il collega non ritiene di dover riempire. «Non era tanto il ricovero in sé, quanto i viaggi. Gli ospedali vicini non erano abbastanza attrezzati o forse i miei genitori non si fidavano, non lo so, certo a me non davano spiegazioni. Ogni volta c'erano solo queste partenze con pochissimo preavviso e i ricoveri e noi sballottati in residence orrendi nella periferia Sud di Milano, per esempio, con la campagna che puzza di concime e miliardi di zanzare. Stanchi e sfiduciati ancora prima di cominciare. Quella volta, mia madre mi disse che dovevo prepararmi, e io già pensavo di dovermi fare di nuovo la borsa, pensavo che sarebbe ricominciato tutto. Invece la mamma mi spiegò che sarebbe andata da sola. Mi diede quel medaglione, che era appartenuto a sua madre, e mi abbracciò. Non è una questione di palle o di cervello, è una questione di sangue. Tu che avresti fatto?»

Rottensteiner annuisce. «Anch'io una volta avevo quel sangue… Poi ho imparato a mie spese.»

Il non detto che segue spinge Barcellona a spiegarsi meglio: «Quando quel ragazzetto rom mi ha pure preso in giro, c'è mancato poco che…».

«Sinti, non rom.»

«Sempre ladri sono.»

«Non proprio, ma lasciamo stare. Basko mi ha detto una cosa.»

«Pure lui ti deve un favore? Ma tu passi il tempo ad aiutare tutta la gentaglia di questa città?»

«Curo le pubbliche relazioni, è una comunità numerosa e molto più utile di quanto pensi. E poi te l'ho già detto, meglio loro di tanti altri.»

«Che ti ha confidato 'sto Basko? Che non l'hanno fatto apposta?»

«Che hai fatto incazzare il tuo padrone di casa. Don Salvo Macedonia.»

Barcellona alza il mento e perde lo sguardo nel soffitto del locale. «Figlio di sua madre!»

«Era un avvertimento. Per una serie di ragioni che puoi immaginare, non potevano rifiutargli il servizio. Però...» Davanti all'entrata del bar si ferma un motorino con due ragazzetti magri come fiammiferi. Quello dietro scende ed entra, avvicinandosi a Rottensteiner. Gli porge un piccolo involto, una specie di pezza sporca, e se ne va senza una parola. Rottensteiner lo passa a Barcellona, che controlla il contenuto e poi se lo mette in tasca.

«Ti tocca traslocare.»

«Lo so, sarà contenta la signora del Bed & Breakfast.»

Karl ha una lieve esitazione, poi si decide a parlare, guardando fuori dalla vetrina: «Puoi stare da me fino a che non trovi un'altra sistemazione. Ho tanto spazio e spesso sono pure via perché sto su alla baita. Se ti accontenti...».

Tanino guarda il collega come lo vedesse per la prima volta. Sembra quasi imbarazzato. «Mi sa che mi sono appena aggiunto alla lista dei tuoi debitori.»

16.

La telefonata di Giulia dura meno di un minuto. Troi è diretto al Brennero, si è fermato per una sosta in autogrill prima del confine.

La Volvo svolta l'angolo del Tennis Club e accosta poco oltre il portone della villetta. Non c'è nessuno in giro, troppo freddo anche per portare il cane a pisciare, eppure la luce della cucina è accesa. La Gronauer è arrivata puntuale pure oggi. Da Bolzano a Klagenfurt ci vogliono più o meno quattro ore. Anche se Troi dovesse rientrare subito dopo la firma del contratto, senza fermarsi a festeggiare, avrebbero tutto il tempo del mondo, ma devono aspettare il tardo pomeriggio quando la governante, come al solito, se ne va. Fanno colazione in una pasticceria di piazza Gries e si danno appuntamento un'ora prima che la donna finisca il suo lavoro in casa Troi. Tanino sale su un autobus e ne approfitta per andare a recuperare la Golf in questura per poi passare da Oltrisarco a prendere le ultime cose da portare via e magari ci scappa pure uno stuzzichino con Daniela.

***

Questa volta, oltre ai guanti in lattice, Karl ha portato con sé anche qualche sacchetto di plastica per coprire le scarpe. Una volta entrati, li infilano e annodano i manici alle caviglie. Prima di salire al piano di sopra, fanno di nuovo un giro della casa. Nell'enorme garage, di fronte a un appendiabiti costruito con ganci da macelleria, accanto al tavolo da lavoro c'è un armadio degli utensili. Per aprire il lucchetto da quattro soldi non ha bisogno dei grimaldelli che gli ha dato Rottensteiner in un astuccio di cuoio, basta la lima del coltellino svizzero. All'interno pinze, martelli, punteruoli, scalpelli, una valigetta di viti, divise per grandezza e calibro, scatole di chiodi ordinati per tipo, un saldatore a stagno, un trapano superaccessoriato, una piccola cassaforte e una confezione da cento fascette serracavi aperta. Barcellona la fotografa, ne sfila un paio, le mette nella tasca del giubbotto e richiude l'armadio.

Quando, infine, si ritrovano davanti alla porta blindata e al codice della serratura, Karl prende un foglio dalla tasca dei jeans. Seelaus gli ha fornito una dozzina di combinazioni possibili, basate su alcune date fondamentali per Troi e per il suo studio. Barcellona si siede a terra, si sfiora le nocche della mano destra col pollice sinistro e fa un cenno verso la tastiera numerica con il mento. Rottensteiner digita il primo codice, il più semplice, la data di nascita. Un breve ronzio, un led intermittente. Rosso, verde, rosso e sul display appare la scritta: "4 verbleibende Versuche".

«Immagino dovrò aggiungere al mio taccuino qualcosa come "quattro tentativi rimasti"?»

«Immagini bene.» Gli occhi di Karl percorrono la lista di

cifre avanti e indietro, poi passa il foglio a Tanino. «Qualche idea?»

«No. Forse, e sottolineo forse, escluderei la data di nascita e di morte dei genitori. Voglio dire, non so cosa ci sia là dentro, ma se dovessi fantasticare non assocerei niente del genere all'idea dei miei.»

«Ne restano nove allora. Quattro di troppo.»

«Sempre che la combinazione sia tra queste. La domanda è un'altra...»

«Se le sbagliamo tutte e scatta un allarme?»

«Sì.»

«Dubito.»

«Non intendo un allarme collegato a una qualche agenzia di sicurezza, ma al cellulare di Troi per esempio.»

La testa di Karl è una soffitta infestata di pipistrelli. I pensieri volteggiano e sbattono. «Scheiße.»

«Già, Scheiße. Ma ormai siamo qui e più nella merda di così... Prova con questa.» Il dito di Gaetano indica la data della laurea di Troi.

Rosso, verde, rosso. "3 verbleibende Versuche".

Rottensteiner si gratta la barba che ha smesso di radere da un pezzo. Preme gli indici contro gli zigomi e poi, all'improvviso, digita un codice che sul foglio non c'è.

Rosso, verde, verde. Un ronzio e la porta si apre sul buio.

Quando la mano trova l'interruttore, una luce soffusa illumina la stanza dal pavimento. Una fila di led corre lungo il perimetro delle quattro mura. Le pareti sono rosse, attrezzate con gli stessi ganci da macellaio che ci sono in garage. Una decina di corna d'acciaio per parete a cui è appeso un intero catalogo di frustini, corde di diverse lunghezze e spessori. Dal soffitto pendono alcuni anelli dalla circonferenza di una bottiglia e sulla parete di fondo si staglia in nero una croce di sant'Andrea, ogni braccio dotato di una cinghia di cuoio. Barcellona scatta diverse foto, poi si avvicina a un mobile in ferro nero con vetrine cremisi al cui interno campeggia una teoria di accessori da far impallidire una baldracca navigata. Mentre si sofferma a osservare un oggetto di cui non riesce a intuire l'uso, sotto lo sguardo vacuo di una maschera di cuoio con una cerniera sulla bocca, Karl gli mette una mano sulla spalla provocandogli un sussulto. Quando si volta, Rottensteiner tiene l'indice sulla punta del naso, mentre indietreggia verso l'entrata. Si sporge col busto e, a un suo cenno della mano, Tanino si avvicina con cautela: escono entrambi e restano in ascolto. C'è qualcuno al piano di sotto.

Barcellona mette mano alla fondina. Il collega intanto attraversa lo studio, verso le scale. Tintinnare di bicchieri e bottiglie, il televisore che si accende e la voce della governante che parla al telefono.

Karl torna sui suoi passi e sussurra: «Lascia stare». Indica la mano di Barcellona nella giacca. «È la Gronauer. Si gode la casa mentre l'architetto non c'è.»

Gaetano aggrotta la fronte. «È che minchia facciamo?»

«Aspettiamo che se ne vada o ci caliamo dal balcone?»

Al piano di sotto una risata esplode e copre il rumore della tv.

«Sempre che non venga al piano di sopra.»

«E perché mai? Ha pulito tutto, non vorrà sporcare di nuovo. In caso ci chiudiamo nella stanza dei giochi. Togli la suoneria del cellulare, va'...»

A Barcellona viene quasi da ridere. «Non vedevo l'ora. Ma dimmi tu in che cazzo di situazione... Ma la combinazione?»

«Cosa?»

«Quale hai usato?»

«La data di oggi.»

Altra risata, poi la voce della governante viene inghiottita dalle voci del telegiornale austriaco.

«Ma non...»

«No, non era sulla lista. Ho immaginato fosse importante. Il più grande contratto mai firmato. Deve averla cambiata stamattina prima di partire, oppure appena ha saputo di aver vinto l'appalto, ho pensato alla combinazione della porta d'ingresso, più è importante la serratura da aprire, più è grosso il suo successo.»

«Tu sei matto.»

«Be', ha funzionato e poi non era nemmeno l'ultimo tentativo rimasto, no?»

«Matto. Completamente matto.»

Restano seduti a terra, accanto alla scrivania. Non possono fare altro che contare gli occhielli del legno sul parquet sbiancato oltre i bordi del tappeto e aspettare. Barcellona gioca a un solitario sul cellulare, Karl appoggia la testa al muro e chiude gli occhi. Il campanello suona e i due si irrigidiscono. Di sotto si sente una nuova voce femminile.

«La Gronauer deve avere invitato qualcuno.»

«Ci mancava solo questo.»

Karl si avvicina carponi alla porta dello studio e rimane in ascolto. Quando torna verso Barcellona scuote la testa. «Credo si stiano preparando un aperitivo.»

«Non deve essere poi così alto.» Tanino indica la portafinestra che dà sul balcone. Sembra pensarci sul serio. «Tutto questo ci costerà la carriera, lo sai vero? E dopo Bolzano dove potranno mai spedirmi?»

«Di che ti preoccupi?»

«E me lo chiedi pure?»

«Tanto c'è Angelica.»

«Chi?»

«La Guidi.»

«Ah.»

«Se non fosse per lei saremmo già saltati.»

«Cos'è? Una a cui devono più favori che a te?»

«Mettiamola così, anche se non li chiamerei favori. È una che ti dà corda libera, tanto da impiccarti. Se siamo qui è perché a lei conviene.»

«Ma non lo sa.»

«Forse non lo sa, ma di sicuro lo immagina. Anche se, arrivati a questo punto, ci scaricherà più che volentieri se qualcosa andasse male. E poi c'è Giulia...»

«La Tinebra?»

«Stiamo facendo esattamente quello che vogliono che facciamo, tutti quanti. La Guidi e il magistrato.»

«Pure Baffino?»

«Freni è solo un arrivista che si è messo di traverso grazie al questore. In passato sono stati commessi molti errori in casi simili. Ci si è mossi con troppa cautela e le conseguenze sono state...»

«Insomma, sbrighiamo il lavoro sporco ma contiamo quanto il due di coppe quando la briscola è a mazze. Ci hai mai pensato che Troi, nonostante l'attrezzatura lì dietro, potrebbe non entrarci niente?»

«Prima lo scopriamo, meglio è. Non possiamo sorvegliarlo per sempre. Se rimaniamo concentrati, andrà tutto bene. Altrimenti, be', altrimenti ci faranno sputare sangue.»

«Tu ti diverti così, non è vero?»

«Nessuno ti ha chiesto di venire, è stata una tua libera scelta. Mi sa che qui ci divertiamo entrambi.»

Nessuno dei due sorride.

Ci vogliono un paio d'ore prima che l'ospite lasci la casa. Un paio d'ore di tedio, tra solitari e poche parole. Dalla cucina provengono rumori d'acqua, di stoviglie che cozzano, di un piccolo aspirapolvere. Quando infine la Gronauer spegne la tv, Karl e Tanino tirano un sospiro di sollievo. La luce che proviene dal lampadario a goccia nel vano scale si spegne. Il suono della porta che si chiude è un balsamo per i nervi. Dalla finestra dello studio, Karl scorge la donna allontanarsi, tutta intabarrata, in bicicletta. «È andata.»

«Fammi scattare qualche altra foto prima di muoverci... 'Azz.»

«Che c'è?»

«Devo tornare in garage. Ho dimenticato di richiudere il lucchetto dell'armadio degli attrezzi. Ci vediamo alla macchina.»

Barcellona scende di corsa le scale, Karl guarda dallo spioncino della porta, non sembra esserci nessuno, apre uno spiraglio. Un ciclista arriva contromano, aspetta che passi e poi esce, rapido ma senza correre. Percorre via Segantini verso la

Volvo posteggiata poco più avanti, sale a bordo e accende il motore per scaldarla. La cassetta degli ABBA parte con un fruscio, ma è alla fine e non c'è alcun suono. Prima che la radio faccia scorrere il nastro al contrario per riprodurre l'altro lato, Rottensteiner la spegne. Prende il cellulare dalla tasca del giubbotto, è spento, non è tipo da gingillarsi in rete o con qualche gioco. Non l'ha più guardato, la batteria doveva essere al minimo e gli si è scaricato in tasca. Lo attacca al caricatore portatile della macchina. Ci mette mezzo minuto ad accendersi. Ci sono tre nuovi messaggi. Un'offerta della compagnia telefonica, un messaggio di Elke e uno della Tinebra. È il primo che apre: "Troi ha appena superato il confine". Appoggia la testa al sedile, quanto ci mette Barcellona? Legge il messaggio della figlia: va a mangiare una pizza con i ragazzi della cooperativa e la dottoressa Keller. Cancella il messaggio promozionale. Una scossa elettrica gli sale lungo la spina dorsale. Il collo scatta. Riguarda il messaggio e capisce che è arrivato mentre erano in casa. Osserva l'ora. Manda un messaggio a Tanino: "Sbrigati sta tornando". Se ha fatto bene i conti... Anche troppo bene, in quel momento i fari allo xeno della BMW voltano l'angolo e illuminano di azzurro la strada. Prova a chiamare, ma Tanino deve avere ancora la suoneria staccata. La luce gialla intermittente del cancello che si apre.

Se riusciamo a fare le cose a modo andrà tutto liscio. Sì, come no...

Barcellona aspetta che Karl esca e si avvia verso le scale che portano in garage. Prima di scendere si sofferma a osservare nell'androne alcune foto che campeggiano su una consolle. Il volto di Christian Troi, anche mentre sorride, irradia freddezza aggressiva, condita da un po' di disgusto per il mondo. Oltrepassa la porta di metallo, che si chiude dietro di lui. Non accende la luce e si avvia all'armadio con la torcia del telefono, non riesce a fare il quinto passo che il basculante del garage comincia ad aprirsi. Le luci bluastre s'insinuano assieme a un refolo d'aria. Il meccanismo d'apertura ronza, la catena e i pistoni tirano e spingono, il basculante è a metà altezza. Tanino è inondato di uno sfolgorio allo xeno. Il muso della BMW è una manta che nuota in acque gelate. Con un gesto rapido ficca in tasca il telefono per occultarne la luce. Arretra di un paio di metri. Galleggia nel bagliore azzurrognolo. Altri due passi. Con la mano sente lo stipite e il metallo freddo sulla schiena, cerca la maniglia, quando la trova e l'abbassa, la BMW è entrata. Le cellule fotovoltaiche fanno scattare le applique che illuminano a giorno l'autorimessa. Tanino infila la porta. Troi lo ha visto, di schiena, ma lo ha visto. Ne è certo.

Barcellona sale le scale a due a due e quando nell'androne sta per imboccare la strada verso il portone d'ingresso uno dei sacchetti che porta ai piedi si lacera, e lo fa inciampare sul tappeto. Si rialza con una bestemmia a denti stretti, dietro di lui rumori attutiti arrivano dal seminterrato. Pensa Tanino, pensa! Meglio un ladro che un poliziotto senza mandato, senza autorizzazione, senza una minchia di niente in casa. Abuso d'ufficio, indagine che salta, avvocati che festeggiano con cappellini colorati, trombette, mignotte e champagne. E se quella faccia da *maravigghiatu da rutta* fosse davvero l'assassino? Vada per il ladro. Corre su per le scale e rovescia tutte le foto sulla consolle. Che fa Troi? Deve essere rimasto in garage a chiamare gli sbirri. Che ironia. Entra in camera, apre le porte dell'armadio e tira giù le lenzuola dal letto. Nello studio, butta la sedia per terra e ribalta il computer sulla scrivania, quindi esce sul balcone dalla portafinestra. Il salto, al contrario di quanto aveva immaginato, è davvero troppo alto, ma calandosi dal glicine che si arrampica fin lì dal giardino interno…

«Fermo!» La voce di Christian Troi è come la mannaia per il tacchino. Proprio quello di cui aveva bisogno. C'è un fremito, un'esitazione, una vibrazione carica di paura nelle sue corde vocali. «M-mani in alto.» Lo dice come lo direbbe chi lo ha sentito solo nei film.

Tanino ha una gamba fuori, per un attimo valuta di saltare. Il sacchetto di plastica è un ridicolo fantasmino che dondola nella notte. Poi, d'istinto, si tira su il cappuccio della felpa che porta sotto il giubbotto, sperando di nascondere il volto, e rimane immobile nell'oscurità del balcone. La luce dello studio si accende. Barcellona si volta lo stretto necessario per osservare in tralice la scena.

Christian Troi, completo royal blue, camicia bianca, fronte sudata e occhi vuoti come la lente di una macchina fotografica, ha la mano sinistra ancora sull'interruttore della luce, mentre nella destra stringe in un lieve, pernicioso tremolio un revolver, troppo grande per la difesa domestica, probabilmente da poligono e probabilmente preso dalla cassaforte nell'armadio in garage.

Complimenti Barcellona Gaetano da Messina, come lo chiamava il professore di diritto penale alla Scuola Allievi Agenti di Alessandria, hai fatto tutto da solo. E adesso?

Rimane fermo. Non sa se dire qualcosa o meno. L'uomo

che ha di fronte è scosso, l'espressione del volto ricorda davvero quella del *maravigghiatu da rutta*, la statuina del pastorello stupito del presepe. Non ci vuole niente che gli parta un colpo e addio. Religioso è una parola davvero grossa, ma se la Madonna gli concedesse la grazia di non finire con una pallottola in un polmone ad agonizzare in un giardino ghiacciato in questo buco di culo di città abitata da psicopatici potrebbe quasi riconsiderare le sue posizioni in materia di fede. Poi Tanino accenna un timido sorriso sotto il cappuccio, forse non serviranno voti, il suo santo in paradiso è appena sceso dal cielo, anzi ha appena salito le scale. Solo se lo immaginava diverso. San Karl, patrono dei bisognosi di favori.

Il colpo alla nuca è calibrato e potente. Christian Troi si affloscia come una marionetta abbandonata, l'arma ha ancora la sicura inserita. Fuori dalla finestra dello studio il cielo è luce spezzata, azzurra. L'architetto ha chiamato la cavalleria. I due poliziotti si guardano per un lunghissimo istante, poi è Karl a parlare: «Per prima cosa levati quella felpa da delinquente e falla sparire. Non stavamo sorvegliando l'appartamento, ma direttamente Troi, quindi non abbiamo visto entrare nessuno. Siamo entrati dal garage che ha lasciato aperto solo quando dalla Centrale ci è arrivata la segnalazione di un'effrazione in casa del sospetto. Lo abbiamo trovato svenuto, probabilmente colpito da un ladro. La camera blindata era aperta e piena di indizi sufficienti per un fermo che collimano col reato di cui Troi è sospettato. Che te ne sembra?».

Barcellona si toglie la felpa. «E che me ne deve sembrare? Sempre meglio della verità, no?»

Dabbasso già i colleghi fanno irruzione.

17.

Armin Rech non è riuscito nemmeno a buttare giù un boccone in tutto il giorno. Quattro riunioni una più inutile dell'altra con aziende che non si sono ancora decise a convincersi della riduzione dei costi di riscaldamento fruibili grazie al modello contrattuale proposto dal suo Consorzio energia. Eppure non dovrebbe essere così difficile, pensa Rech mentre apre il portone. Che ci vuole a capirlo? I costi degli interventi di ottimizzazione dell'impianto vengono anticipati dal fornitore e restituiti attraverso il risparmio accumulato mese dopo mese. Nessuna somma da pagare e risparmi via via sempre più consistenti. Forse è lui a sbagliare, forse l'età e la stanchezza rendono i suoi discorsi meno convincenti di quando era giovane. Di quando parlava solo di argomenti in cui credeva davvero, e allora sì che aveva influenza sulle persone. La mente lo riporta a lontane assemblee nelle quali con ben altro vigore arringava i presenti col fuoco della sua passione politica. Ma quel fuoco è spento, e i meeting al Consorzio sono tutto ciò che gli resta.

Appena entrato in casa si dirige alla portafinestra per controllare se il vento, che ha soffiato forte nel pomeriggio, abbia danneggiato le camelie giapponesi piantate da poco, ma sul terrazzo sembra tutto in ordine. Le camelie sono a posto nei larghi vasi, e ciclamini ed erica adornano come di consueto col loro rosa delicato il parapetto che gira attorno all'appartamento su via Beato Arrigo. Da quando Elide se n'è andata portandosi via i suoi due figli e la sua vecchia vita, il giardinaggio è l'unica attività che lo rilassa. Sono passati diciassette anni, ormai. Non è molto bravo, ma le piante invernali non sono poi così difficili da trattare e gli trasmettono un senso di permanenza che gli infonde fiducia: quelle almeno non lo lasceranno.

Rientra in soggiorno e si toglie il cappotto di cammello abbandonandolo sul divano di rattan, troppo ordinario per l'ambiente ma comodo, quindi torna indietro a chiudere l'imposta. La maniglia però si inceppa; Rech riprova due o tre volte prima di accorgersi che il passetto non entra nella guida a causa di un lieve disallineamento dei profili delle due ante, forse per un rigonfiamento del legno dovuto all'umidità. Sbuffa spazientito; dovrà chiamare qualcuno per metterla a posto, ma nei prossimi giorni c'è da fare il giro della Val Venosta per formalizzare le nuove adesioni di sei enti locali al Consorzio, e tempo non ne avrà. È diventato un piazzista, un commesso viaggiatore, un borghese benestante del tutto disinteressato al contesto sociale che lo circonda. Tale e quale a suo padre, che ha passato la vita a occuparsi solo dei fatti propri e a curare gli interessi di una piccola azienda vinicola, senza avere mai la voglia o la curiosità di alzare la testa. A vent'anni lo detestava e ricorda ancora la sensazione di potenza di quando ha lasciato la casa di famiglia sbattendo la porta. Oggi ha quasi sessant'anni, il padre è morto da tempo e ha l'impressione di assomigliare molto di più a lui che a se stesso, o meglio al se stesso che aveva avuto il coraggio e la spocchia di sbattere quella porta. Poco a poco, senza nemmeno accorgersene, è diventato ciò che un tempo ha odiato.

Prima di controllare in frigo cosa può mettere insieme per cena, va a svuotarsi la vescica nel bagno della camera da letto. Non accende neanche la luce: quando si vive soli non se ne ha bisogno, non c'è nulla in quell'ambiente, nessun oggetto o arredo, di cui non conosca a menadito la posizione e l'ingombro nello spazio, e non c'è nessuno che in sua assenza possa aver modificato la situazione. Un tempo Elide lasciava in giro catini di indumenti a mollo nel detersivo nei quali inciampava con regolarità, ma di quello almeno non deve più preoccuparsi.

Il buio è riposante, ma al buio le ombre formano un tutt'uno indistinguibile e Armin Rech non può accorgersi che un ispessimento oscuro si muove dalla cabina armadio per poi fermarsi in attesa davanti alla porta del bagno. Adesso gli basterebbe accendere la luce dello specchio sopra il lavandino mentre si lava le mani per notare la presenza estranea, ma ancora una volta sceglie di non vedere. Ed è l'ultima cosa che sceglierà.

***

Il papillon giallo cadmio di Bruno Biondi sembra animato di vita propria e indipendente. Ingigantito nell'immagine restituita dal videoproiettore della sala riunioni, pare quasi che respiri da solo, sfacciato e incongruo sulla camicia lilla del criminologo, che a sua volta appare animato da un dinamismo a stento contenuto e incanalato dalla parlantina sciolta e dal completo inglese di tweed color prugna.

«La soddisfazione per il rapido esito della nostra indagine non deve frenarci dal continuare a esaminare il quadro clinico del sospetto, almeno fino a che non avremo trovato elementi oggettivi a suo carico, ma in proposito sono senz'altro ottimista. Christian Troi corrisponde perfettamente all'idea che ci eravamo fatti. È una personalità dominante e un maniaco del controllo, è ordinato, accurato e se avesse avuto l'occasione di andare avanti avremmo assistito a un'escalation, a un progresso di sicurezza e ardimento nel suo modus operandi. È partito con una vittima debole, anziana, inerme. Ha proseguito con un uomo più giovane, certo indebolito dalla dipendenza, ma che non ha avuto remore a legare, intervenendo in maniera significativa sulla scena del delitto. Correggetemi se sbaglio, ma non mi sembra che finora, tra i materiali rinvenuti nella sua… camera segreta, ce ne siano di identici a quelli utilizzati per gli omicidi. Questo però non mi stupisce più di tanto. Come dicevo, il soggetto è un *control freak* ed è plausibile che non abbia voluto contaminare la sua casa, il suo rifugio, con oggetti e trofei provenienti dalle sue imprese.»

«Nemmeno la, come l'ha chiamata, camera segreta?» La domanda della Guidi è più che appropriata, pensa Barcellona stravaccato in una poltroncina d'angolo nella penombra della sala. Quando mai si è visto un serial killer che non conserva alcuna traccia materiale del suo operato?

«Intendiamoci, non sostengo che Troi non abbia nascosto da qualche parte ben più di un elemento trattenuto dai luoghi dove ha realizzato le sue fantasie. Sappiamo tutti che la scelta e la conservazione di feticci è un dato ricorrente nelle modalità d'azione degli assassini seriali, ma qui abbiamo a che fare con una personalità assai complessa, poliedrica e controllatissima. La camera blindata nella sua abitazione era per lui una sorta di santuario, un luogo in cui sublimare le proprie perversioni attraverso una ramificata serie di rimandi e simboli che gli richiamavano alla mente, quasi fossero un codice, i ricordi più esaltanti, ma da mantenere rigorosamente vergine, per intenderci. Ciò che accadeva lì dentro, accadeva solo nella sua testa grazie a oggetti e atmosfere che gli rammentavano quel che aveva commesso senza però essere mai stati contaminati davvero dalle sue azioni.»

«Una specie di album di figurine?» azzarda Moretti.

«Allo stesso tempo di più e di meno. Nessun riferimento diretto, solo simboli. Le fascette serracavi che abbiamo trovato, per esempio. Non sono dello stesso modello o marca di quelle usate per strangolare le vittime, ma di certo prendendole in mano e accarezzandole, Troi poteva rivivere memorie piacevoli...»

«Peccato che le fascette le abbiamo trovate in garage e non nel *santuario*.» Rottensteiner sibila stizzito il suo commento all'indirizzo di Barcellona.

In effetti le fascette serracavi rivenute a casa del sospetto sono diversissime da quelle usate dall'assassino e assai più piccole, e qualunque avvocato d'ufficio avrebbe gioco facile a smontare una teoria accusatoria basata su elementi così esili. Il commissario Freni, però, in conferenza stampa c'è andato giù pesante. Baffino era rimasto vago sulle motivazioni che avevano portato la polizia a fare irruzione, guardandosi bene dal precisare che l'aveva chiamata proprio Troi, ma non aveva resistito a citare il ritrovamento di "oggetti assimilabili a quelli usati per commettere i delitti", come aveva strombazzato frettolosamente davanti ai microfoni. E ora a loro toccava far stare il sacco vuoto all'impiedi.

«Sono sicuro» prosegue Biondi «che ci sia un altro luogo, un altro rifugio, un magazzino, una rimessa da qualche parte, anche dislocato lontano dalla sua abitazione, dove Troi ha nascosto quello che cerchiamo. Dovete solo trovarlo, è questione di tempo, ma ci riuscirete.»

Barcellona sorride: certo, facciamo, abbiamo, indaghiamo... e poi dovete. Il repentino passaggio dal noi al voi è scontato se si tratta di farsi il mazzo.

La Guidi si alza in piedi per sciogliere la riunione, quando nella stanza irrompe Seelaus serissimo in volto che, come al solito, non si perde in convenevoli: «Dottoressa, ne hanno trovato un altro».

18

Barcellona rientra nel suo nuovo alloggio usando le chiavi che gli ha dato Karl e viene subito investito da una voce colma di sollievo e aspettative che però non sono rivolte a lui.

«Vati?!»

Elke, la figlia del suo collega, gli si fa incontro rapida lungo il corridoio profondo che divide in due metà strette e lunghe la casa di Rottensteiner, ma non appena lo vede da solo il suo tono vira all'inquietudine: «Non era con te?».

Tanino si stringe nelle spalle. «Non nelle ultime tre ore.» Non sa cosa il collega sia abituato a condividere della propria professione con la figlia e dunque evita di scendere nei particolari. Portarsi a casa il lavoro, per un poliziotto, è spesso un fardello ingombrante e molti preferiscono non dividerlo con le persone che amano di più. Un modo come un altro per far durare i matrimoni. Elke non è una moglie, ma la sostanza non cambia.

«Lo aspettavo per cena. Gli ho mandato un messaggio, ma non si è fatto vedere e ha il cellulare staccato.»

Tanino guarda l'orologio e si trattiene dal dire che in fondo sono solo le nove. Bolzano non è Palermo, nessuno qui cena alle nove di sera. «Abbiamo avuto una giornata impegnativa, si sarà scordato.» Si pente delle proprie indelicate parole subito dopo averle pronunciate.

Il viso pulito e attraente di Elke si indurisce appena mentre lei sibila una sola parola: «Impossibile».

«Scusa, non intendevo...»

Si spostano nel soggiorno con le due finestre che affacciano sul vigneto sul retro. L'arredamento della stanza è dignitoso ma un po' antiquato. Lo sguardo di Tanino si fissa sul paralume di seta rosa di una lampada a stelo nell'angolo fra lo sparecchiatavola in stile inglese e una *dormeuse* con lo schienale in capitonné. Niente mobili Ikea né polvere in giro, l'idea che se ne trae è quella della casa di una vecchia zia rimasta chiusa per vent'anni dopo la sua morte. Non c'è nulla che ricordi Rottensteiner in quell'ambiente.

Si domanda come spiegare a Elke che oggi suo padre e lui sono stati presi a calci in culo con tale forza da far dimenticare facilmente anche a un genitore attento la cena con sua figlia, ma decide di soprassedere.

«Non c'è niente da preoccuparsi, tornerà presto.»

Le sue parole non sembrano rasserenare la ragazza, che si siede su una poltrona vicino alla stufa. Tiene i gomiti sulle ginocchia e avvicina le mani alle piastrelle in maiolica decorata per scaldarle. Tanino muore dalla voglia di radersi e buttarsi sotto una doccia bollente, dimenticare tutta la merda che ha dovuto mandar giù, ma qualcosa lo trattiene. Si accomoda sulla poltrona libera, dall'altro lato della stufa.

«Tuo padre è un ottimo poliziotto. Non devi stare in pensiero.»

«Hanno detto in televisione che c'è stato un nuovo omicidio. So che state indagando su quello.»

A Tanino scapperebbe quasi da ridere se un moto di rabbia non gli ruggisse in petto, ma si sforza di non lasciarsi andare. Non vuole fare passi falsi con la ragazza e tantomeno compromettere gli equilibri tra i suoi nuovi coinquilini. Elke giochella con lo sportello della stufa, lo sguardo perso nelle braci.

«Lo so che mio padre è in gamba, ma era molto tempo che non lo vedevo tanto assorbito dal lavoro. Lui tende a trascurarsi quando è così impegnato e... e non deve.»

Il tremito nella voce e le orbite arrossate attorno all'ambra degli occhi denunciano un turbamento che va oltre la norma. Tanino intuisce che ci dev'essere un particolare che gli sfugge, un tassello che gli manca per completare il mosaico Rottensteiner. Probabilmente più d'uno.

«Che intendi? Si dimentica di mangiare?» La banalità della domanda è cercata per indurre una reazione, ma Elke non è una sciocca né una chiacchierona e lui è pur sempre un estraneo.

«Anche» taglia corto. «Anche.»

Alla fine sotto la doccia ci arriva e ci rimane per un bel pezzo. Grazie al cielo il bagno è diverso dal resto della casa e dotato di un box moderno e confortevole. Il getto caldo del soffione riconcilia Tanino col mondo e caccia via almeno per qualche secondo il gelo accumulato nelle ossa durante la giornata. Non si tratta solo del freddo atmosferico, ma di quello umano che ha potuto sperimentare negli ultimi tempi.

È ormai trascorsa una settimana dall'incursione di Seelaus

durante quella riunione. Si erano precipitati sul luogo del delitto per verificare la notizia e avevano trovato proprio quel che speravano di non trovare. Era davvero ancora opera del "Cacciatore di uomini soli", come lo avevano ormai battezzato i giornali dopo aver scartato il più banale "Strangolatore di Bolzano".

Avevano trovato Armin Rech legato sul divano di casa sua, soffocato con la solita fascetta. Stavolta l'assassino aveva aggredito la sua vittima colpendola prima alla nuca con un oggetto che non era stato ritrovato, l'aveva tramortita per potergli infilare al collo il suo cappio speciale. Dai primi rilievi, come al solito, non sembrava fossero state rinvenute impronte o altre tracce organiche e, nonostante la zona residenziale dov'era avvenuto l'omicidio, non c'erano telecamere in quel tratto di strada. L'unica certezza era che Christian Troi non c'entrava niente. L'ipotesi di un complice o di un *copycat* non aveva alcun fondamento concreto e di danni, seguendo la pista dell'architetto, ne avevano già fatti fin troppi. Troi era stato rilasciato due giorni dopo con tante scuse e altrettante minacce da parte sua di intentare una causa civile. Il questore e il prefetto, messi alle strette dal ministero e dalla stampa, si erano imbestialiti e avevano preteso immediatamente che venisse sacrificata qualche testa. Sarebbe stato logico rimuovere pure quell'imbecille di Baffino, visto che l'esagerata attenzione sull'arresto sbagliato era stata promossa grazie alla patetica conferenza stampa nella quale il commissario Gabriele Freni si era divertito a pavoneggiarsi e a sparare illazioni come fuochi d'artificio anche se non erano ancora stati trovati riscontri oggettivi. Ma Freni era il protetto del questore, mentre a loro non li proteggeva manco la Madonna. A meno di non voler identificare la Guidi con la Madonna, il che comportava un notevole sforzo di immaginazione e di blasfemia. La Guidi comunque non si era certo sprecata a coprire le spalle sue o di Karl e in fondo erano stati proprio loro due a entrare illegalmente nell'abitazione di Troi e a condurre di fatto l'intera operazione, rivelatasi poi un buco nell'acqua.

Il clima era diventato sempre più pesante col passare delle ore, anche perché ormai le indagini sembravano girare a vuoto. Prima della fine dell'orario d'ufficio del sesto giorno dal ritrovamento di Rech, erano stati convocati dal capo della Mobile. Proprio mentre Bruno Biondi, con la sua invidiabile faccia di bronzo, continuava, come se nulla fosse accaduto, a blaterare via Skype delle sue intuizioni sullo schema dell'omicida: «Come avevo previsto, il nostro predatore ha alzato la posta aggredendo fisicamente un uomo più facoltoso e in salute delle prime due vittime».

Come avevo previsto. La freschezza di certa gente ha dell'incredibile.

Angelica Guidi li aveva ricevuti nella sua stanza giusto per una questione di forma e non si era dilungata in convenevoli, questo andava riconosciuto a suo merito. Quando avevano chiuso la porta, si era limitata ad alzare le spalle. «Sapete già quello che sto per dire. Mi dispiace molto, ma non posso agire altrimenti: devo sollevarvi dall'incarico.»

Karl non aveva fatto una piega. «Hai altro da aggiungere o possiamo andare?»

«Quello che penso lo sai, non c'è bisogno di ripeterlo. Per me sei libero di fare quel che credi, ma non ti aspettare coperture. Sta a te.»

«Non me le aspettavo neanche prima e a quanto pare avevo ragione.» Rottensteiner si era voltato senza aggiungere altro ed era uscito.

Tanino aveva scambiato uno sguardo fuggevole con la dirigente, lei si era morsa un poco il labbro inferiore. «Gli stia dietro… se può.»

Erano andati via insieme senza salutare nessuno, camminando rapidi, in un silenzio che Barcellona aveva preferito non prolungare troppo: «Dove andiamo?».

Karl si era arrestato di colpo, come se non si fosse nemmeno accorto di essere in compagnia. «Tu da nessuna parte. Io devo controllare delle cose.»

Da quando aveva sentito il nome della nuova vittima, in effetti, Rottensteiner aveva viaggiato con il pilota automatico inserito. Nei giorni successivi aveva agito come in uno stato di trance ininterrotta, quasi stesse seguendo un personalissimo filo di ragionamenti che nemmeno adesso, dopo l'esclusione dall'indagine, era stato scalfito. Sì, decisamente a Tanino mancava qualche tessera del puzzle.

Non sapendo dove andare a sbattere la testa aveva provato a ripercorrere tutto a ritroso, con l'idea di verificare qualche elemento trascurato o trovare una nuova pista da battere. Gli era venuto in mente il kimono da judo trovato nell'armadio di Agostinelli e aveva chiesto a Giulia se nelle sue foto avesse inquadrato la targhetta col drago che ricordava di avere visto cucita al suo interno.

Lei lo aveva apostrofato con una battuta che a Tanino ricordava qualcosa, forse un film: «Ti hanno messo fuori. Stanne fuori. O ti fanno fuori».

Gli era sembrato di leggere una certa ironia nel suo tono. Però la foto, seppure solo dal video del suo computer, gliel'aveva mostrata lo stesso. Sotto il disegno di un drago nero di cui aveva conservato memoria, c'era anche la scritta che aveva dimenticato: "Kokuryū". Ci aveva messo mezz'ora per scoprire che si trattava di un dojo di arti marziali trasformatosi nel tempo in palestra per sole donne. La vecchia società non esisteva più e i due ex soci si erano trasferiti a Roma da anni. Pista fredda. Di più non era riuscito a concludere.

19.

«*Gimme gimme gimme a man after midnight. Won't somebody help me chase the shadows away. Gimme gimme gimme a man after midnight. Take me through the darkness to the break of the day.*»

Conosce la strada a memoria, la piega di ogni tornante. Tanto quanto le canzoni di quella vecchia cassetta incastrata nel mangianastri ormai da una vita. Sorpassa in velocità un furgoncino in curva. Il bosco scorre da un lato, il guardrail, tempestato di catarifrangenti, sul dirupo dall'altro. Le luci della città sono un unico bagliore al sodio solcato dai tre fiumi che formano un'immensa bacchetta da rabdomante in cerca di qualcosa che non c'è. Parcheggia all'imbocco dello sterrato che scende nella boscaglia verso la tettoia di fronde dove lascia di solito l'auto. Il percorso è una lingua di fango ghiacciato, sassi aguzzi e rami. Prende lo zaino dal sedile del passeggero e si avvia a piedi. Tra quegli alberi ce n'è uno, ormai morto, in cui è stato scolpito un volto arcigno e barbuto, i rami più alti sono adornati di campanelli. Tintinnano nell'oscurità. Dal cruscotto estrae una torcia militare. Segue il cono di luce. C'è odore di neve nell'aria. Incespica e scivola, ma il sentiero per lui non ha segreti e dunque non cade mai. Quando arriva alla baita, prima di entrare, spegne la torcia e solleva lo sguardo al cielo. La Via Lattea sfregia la volta come un'antica cicatrice.

Sfila gli stivali. Accende la legna nella stube e rimane a osservare il fuoco che la divora, accucciato sui calcagni. Dà qualche colpo di mantice, poi chiude lo sportello e lascia che l'ambiente si scaldi. Le lampade a spirito diffondono una luminosità ambrata. Va a pisciare in balcone, il gabinetto a caduta dà su una falesia. Il gelo gli divora la pianta dei piedi. Quando ritorna, si toglie i calzini umidi e li appoggia sul muro del camino. Il calore aumenta e pulsa. Sfila il maglione e si aggira inquieto per la stanza. Il legno cigola sotto i suoi passi. Si blocca come se avesse fiutato qualcosa. Afferra senza pensarci il pialletto manuale e si accanisce su un angolo del pavimento. Quindi procede con lentezza, all'indietro, coprendo un'area sempre più larga. Leviga, pialla, toglie le schegge. Estrae quello che resta di vecchi chiodi arrugginiti. Il tempo scorre. Le fiammelle si affievoliscono nelle lampade, le costellazioni si avviano lente al tramonto e delicati fiocchi di neve cominciano a scendere dal cielo.

Quando è riuscito a ripulire, lisciare e incerare con dedizione più di un metro quadrato di assi, si ferma. Gli occhi cerchiati di rosso. Le ginocchia a pezzi. Le mani indolenzite, graffiate. Gonfie. La stube è una fornace. Ha bisogno d'aria. Esce in canottiera e jeans, i piedi nudi sul velo di neve che ricopre il sottobosco. Il respiro è una ragnatela nell'aria congelata. Sente la pelle fumare, i denti battere, i nervi accartocciarsi. Le colpe del passato proiettano ombre lunghe. I fantasmi hanno l'ombra? Lascia che il freddo lo trapassi come uno stiletto, lascia che le ossa s'infradicino di brina. Se solo potesse restare lì per sempre, farsi ricoprire dalla galaverna, ingoiare dalla neve. La soluzione sovrassatura nel tubo di vetro del barometro Fitzroy accanto all'ingresso si sta addensando con rapidità. I cristalli si arrampicano l'uno sull'altro come frattali impazziti. C'è chi la chiama tempesta di vetro, una tempesta geometrica in vitro che ne preannuncia un'altra, quella vera.

Le medicine mantengono l'equilibro. Una pillola al giorno e tutto è calibrato, nitido, a fuoco, ma cosa succede quando c'è bisogno di sfocare le immagini in primo piano per osservare il paesaggio? Sono giorni che Karl salta il suo appuntamento con le pasticche e il bicchiere d'acqua del mattino. Sono giorni che cerca di distinguere le figure sullo sfondo. I pensieri si accavallano veloci, non ha molto tempo, prima che se lo portino via, prima che un altro Karl si impossessi di lui e mandi tutto a quel paese. Ma deve ragionare in fretta, alimentare la fucina del pensiero e delle ossessioni. È la prima volta che lo fa consapevolmente.

Ha mandato un messaggio a Heinz, uno dei suoi più vecchi amici, che è in vacanza a Trinidad. Gli ha chiesto di fermarlo prima che sia troppo tardi. Gli ha chiesto una settimana. E gli ha dato il numero di Tanino, uno di cui ci si può fidare. Fino all'altro giorno sperava che dall'altro capo del mondo Heinz avesse letto il testo. Ma ora le cose si stanno sfocando a dovere, ora è veloce, rapido, a un passo dal caos rivelatore. Ma anche così, il sonno è un buon avversario. Quando pensi di averlo battuto ti stende. E Karl si addormenta sull'asse di legno sopra la stube, sotto la finestrella, il cielo stellato oscurato dalle nuvole. Le medicine uccidono i sogni, ci si sente come una goccia di caffè che scivola su un piatto bianco. Questa notte, però, i sogni vogliono rendergli omaggio e si affastellano e si accatastano e si mescolano. E il ladro da strapazzo nell'auto ha gli occhi colmi di paura sotto i colpi dell'estintore con cui gli sta sfondando il parabrezza. E il garage in cui lo ha ammanettato salta in aria. E un giovane poliziotto finisce in coma e quando si sveglia non ci vede più. E sua moglie lo ha appena lasciato. E la notte del Sacro Cuore le montagne hanno gli occhi di brace di migliaia di falò, è il Sudtirolo che brucia, sono i tralicci che saltano, le bombe in città. È sua madre che è italiana. È suo padre, che, sì, lo ha chiamato Karl in onore di Marx, che è tedesco. E gli sguardi d'odio. E ancora, avanti e indietro nel tempo, i sogni se ne sbattono del passato e del presente, i mesi da infiltrato, i discorsi sulla patria e sulla morte, quella degli altri, i terroristi giovani che guardano a quelli vecchi, i militanti nuovi e quelli che hanno mollato come Rech, come Meinl. E tra loro una donna, un viso, una massa di capelli biondi intrecciati, una testa di Medusa che penzola nella cornice di un cappio. Si sveglia. Ha bisogno d'acqua. La priorità ora è quella di fresare un'asse particolarmente ostinata.

Quattrocento metri di quota più in basso, Tanino si rigira nel letto. Rottensteiner ha un vecchio televisore in bianco e nero, senza telecomando e senza decoder. Trasmette solo onde elettrostatiche. Elke è tornata a casa della madre facendogli promettere che l'avrebbe chiamata non appena il padre fosse rientrato.

Ha provato a leggere qualcosa per ingannare il tempo, ma

la maggior parte dei libri è in tedesco, ha provato a giocare col solitario del telefono, ma niente, non riesce a addormentarsi, eppure la sua camera, che si affaccia sul vigneto, è confortevole e silenziosa. Stare sdraiato lo tormenta, il piumone lo soffoca. Gli sembra di avvertire ogni istante sudargli addosso. L'insonnia, gli diceva sempre suo nonno che ne soffriva, è la malattia della cattiva coscienza. A lui è capitato di rado di subire il martirio delle notti in bianco, ma quella frase bizzarra buttata là dal vecchio quando lui manco sapeva cosa significasse la parola "coscienza", gli è scoppiata nelle orecchie quando l'ha ripetuta a bassa voce tra sé. Meglio alzarsi.

Se fosse a Roma uscirebbe, un posto aperto dove farsi una birra e quattro chiacchiere con qualche anima di buontempone alla deriva lo troverebbe di certo. In cucina scova del tè verde e delle tisane prossime alla scadenza. Mette un pentolino sul fuoco. L'infuso si espande come fumo liquido nell'acqua bollente. Si aggira per il salotto in pantaloni del pigiama e t-shirt, manico della tazza tra le dita, sorbisce piccoli sorsi cercando di non scottarsi le labbra. L'orologio a cucù segna le quattro.

La notte in viale Druso è densa, trapunta di lampade troppo deboli per penetrarla. Non riesce a darsi pace. Sprofonda nel divano, sorseggia la tisana amara. Potrebbe mandare un messaggio a Daniela. Dubita sia sveglia e in ogni caso dubita che gli risponderebbe. Mette mano al telefono. Non si sa mai. Magari la timida ragazza di parrocchia riserva delle sorprese... Scuote la testa e lascia perdere. Non dormire alimenta l'immaginazione, anzi l'affama. Il cancello cigola, ma lo scatto delle chiavi nella serratura non arriva. In un soffio Tanino è già in piedi. Rumore di passi che mordono la ghiaia e girano attorno alla casa. Vuoi vedere che dopo gli zingari don Salvo gli ha mandato qualcun altro a scassargli le palle? Ora basta.

Infila gli scarponi nuovi e il maglione. Prende la Beretta dall'ultimo cassetto dell'armadio. Scende le scale e imbocca il corridoio che porta sul retro. Socchiude la porta. L'aria è umida e tagliente. Oltre il piccolo vigneto, tra le assi della rimessa, filtra una luce arancione. Striscia lungo il muro che delimita la proprietà, l'arma in mano, puntata verso il basso. Serra il calcio, quando dall'interno provengono clangori metallici e un tonfo. *Figghi'ì buttana.*

Si avvicina alla piccola costruzione. È stanco e provato, perciò prima di spalancare la porta e spianare il revolver, in uno scampolo di lucidità, spia l'interno da una fessura. La luce a soffitto tremola, qualcuno si muove oltre le scansie cariche di barattoli di vernice, attrezzi, casse e il tavolo da lavoro, è chinato ai piedi di un armadio di metallo, sembra alla ricerca di qualcosa, coperto da una catasta di legna e da una motocicletta sotto un telone. Un secondo di buio, poi la lampadina ronza e torna a illuminare la rimessa. L'uomo si alza in piedi, sposta con foga alcuni attrezzi dallo scaffale più in alto e li butta a terra. Barcellona mette la sicura e apre la porta. «Cazzo. Karl, m'hai fatto scantare.»

E quando Rottensteiner si volta, Tanino si scanta davvero.

I capelli unti in disordine, la barba incolta che ricorda un paio di favoriti ottocenteschi, le occhiaie in cui sprofondano due buchi neri. «Mi serve la fresatrice.»

Tanino si sorprende con la bocca aperta, il palato secco. «La fresatrice? Ma che? A quest'ora?»

«C'è tanto da fare ancora.»

«Stai bene?»

Rottensteiner scopre i denti. «Perché? Certo. Hai parlato con mia moglie?» Ha un fremito alla radice del naso. Le sopracciglia mobili formano due angoli acuti. «Vuol sapere se prendo le medicine? O sei tu che lo vuoi sapere? E anche se avessi smesso? Non ne ho più bisogno.»

«Quali medicine, Karl che…?»

«Se bombardi un metallo di radiazioni, suona. Hai mai sentito il suono dell'oro? Dell'argento?» Rovescia a terra una cassetta piena di attrezzi. Il fragore è assordante. Per un secondo restano immobili a fissarsi, poi qualcosa nello sguardo di Rottensteiner si ammorbidisce. «Sto solo cercando di terminare un lavoro.» Si volta e sposta una morsa e un flessibile.

Tanino esita, mentre ripensa a quel poco che gli ha detto Elke, alla sua preoccupazione, a Moretti che dà del matto al collega. A quanto pare non è un modo di dire. Cazzo. «P… posso aiutarti? A terminare il lavoro, intendo?»

«Ecco. Ecco.» Solleva una fresatrice e in volto gli si dipinge un ghigno. Gli angoli della bocca tra i peli sono lo scatto di una tagliola. «Te ne intendi di falegnameria?»

«Be'…»

Non lo lascia finire. «Vado.»

«Dammi il tempo di prendere il giubbotto e arrivo.»

«Non c'è tempo.» Si gratta il mento immerso nella barba. «Vai, ma fai veloce.»

La Volvo è parcheggiata poco lontano, in una stradina sul retro tra i capannoni artigianali di viale Europa. C'è profumo di pane appena sfornato. Tanino ignora perché Rottensteiner abbia lasciato l'auto lì, ma immagina che chiederlo non servirebbe a nulla. E adesso?

Karl spinge il nastro nell'autoradio: «*I open the window and I gaze into the night. But there's nothing there to see, no one in sight. There's not a soul out there. No one to hear my prayer. Gimme gimme gimme a man after midnight. Won't somebody help me chase the shadows away*».

«Abbasso il volume, ok?»

Rottensteiner lo lascia fare e parte. Seconda, terza, quarta. Imbocca la rotonda di via Sorrento a velocità sostenuta. Tanino si tiene alla maniglia sopra la portiera. La città è deserta. La lancetta del contachilometri sale. Quando passano davanti al Monumento alla Vittoria con gli enormi fasci littori, Karl biascica qualcosa. Barcellona ha gli occhi incollati alla strada. Deglutire fa male. In prossimità della funivia di San Genesio, l'auto scarta in curva. Risalgono una strada tutta tornanti che in alcuni punti è sopraelevata. Il guardrail non sembra poi così robusto e le preghiere chi se le ricorda più? Poi Rottensteiner scala la marcia, rallenta e si infila in un bivio mezzo nascosto tra gli alberi, superano uno spiazzo di ghiaia e prendono un viottolo dissestato su cui scivolano e sbandano. A Tanino viene quasi da vomitare, apre di un dito il finestrino. La sterrata illuminata dai fari è spruzzata di neve e gli pare di sentire un suono di campanelli. La follia è contagiosa? Sotto una tettoia di fronde imbrigliate dal gelo, Karl spegne il motore e scende. Prende una torcia e la fresatrice dal sedile posteriore. Tanino tira il freno a mano e smonta dall'auto. Trattiene un conato. Il freddo gli spacca le ossa. Segue il collega fino alla baita, cercando di non mettere i piedi in fallo e scivolare sulla neve. Benedice gli scarponi che si è appena comprato. Quando arrivano, le fiammelle delle lampade a spirito sono ridotte al minimo. Deve averle lasciate accese prima di uscire, roba da dare fuoco a tutto. La stube è ancora calda. Tanino si siede sul panchetto accanto al muro del camino. Accoglie il calore dei mattoni come un atto d'amore. Rottensteiner è sparito in corridoio, un refolo gelido si insinua nella stube per poi tornare da dov'era venuto, come se una porta sull'esterno fosse stata aperta e richiusa in fretta, quindi succede di nuovo e Karl in maniche di camicia compare con due cavalletti di legno, un'asse e la fresatrice manuale. Sistema tutto in un angolo. Aziona il motore a batteria e comincia a sagomare il legno sul lato più corto. Tanino lo guarda lavorare per quasi un'ora. Poi la batteria si esaurisce e Karl smette, così come ha cominciato. «La fresatura è importante.»

«Sì, molto importante, certo. Mi dici che succede adesso?»

«C'è un fantasma.»

«Dove? In questa casa?»

«No.»

«Nel bosco?»

«No, quelli sono innocui. C'è un fantasma in città. Uno di quelli che ammazzano, Tanino, ammazzano, hai capito?»

«Non proprio. Secondo te il nostro assassino è un fantasma?»

Non risponde. Gli tremano le labbra, poi si mette a camminare in circolo. «Devi aiutarmi, vuoi aiutarmi?»

«Mi sembra di avertelo dimostrato, no?»

«Pensi anche tu che sia matto? Come Moretti? Come gli altri? Se sono matto, per me va benissimo.»

«Se va bene a te, va bene anche a me, ma non credo che a Elke vada bene. Mi sembrava molto preoccupata per te…»

Rottensteiner si blocca, quasi gli si incrociano gli occhi. C'è qualcosa di ferino in lui. Si siede a terra, gambe incrociate nella segatura. «Ho la testa in fiamme, genau, Tanino, in fiamme. Devi contattare Heinz.»

«Chi?»

«Heinz Muhr, un amico.»

«E dove lo trovo questo amico?»

«A mollo nel mar dei Caraibi.»

«Karl, concentrati, cazzo.»

«Forse ti contatterà lui, non lo so, quello che so è che devi ricordarti questo nome: Nusser. Ok?»

«Non ci capisco più una minchia. Heinz, Nusser… Karl, forse dovremmo andare… In ospedale… Non stai bene.»

«Moritz Fink e Karin Nusser. Ok? Lei li conosceva, li conosceva tutti e due.»

«Chi?»

«Karin Nusser li conosceva. Karin Nusser che si è impiccata.»

«Ok, ok. Karin Nusser che si è impiccata.»

«No, non sto bene. Lo so. Avevo… ho bisogno di vedere le figure sfocate per capire. Vorrei solo dormire ora. Nello stipetto sopra i fornelli di là. Dammi venti, trenta gocce di EN prima che ci ripensi…»

Venti minuti dopo si addormenta così, seduto, con la schiena contro la parete di legno, accanto ai cavalletti. Tanino lo adagia a terra, gli mette un cuscino sotto la testa e una coperta addosso. Cazzo, anche lui ha bisogno di dormire. Prende il cellulare dalla tasca, sono quasi le sei e mezzo del mattino. Non c'è campo. Trova quello di Karl nella tasca del giubbotto gettato su una panca. Nessun segnale. Cerca il numero di Heinz in rubrica e lo annota sul suo telefono. Prende un'altra coperta dalla struttura di legno sopra la stube e se la mette addosso. Esce. Si fa luce con la torcia di Karl. Ha ripreso a nevicare. I fiocchi scendono radi. Risale con cautela il sentiero, quando arriva vicino alla Volvo si sposta col telefono in mano, gli occhi sulla barra del segnale, quando finalmente appaiono due tacche, prova a chiamare. Staccato. Prende a calci un sasso esagonale che spunta dalla neve. I campanelli risuonano tra gli alberi. Di nuovo. Fantasmi... *chi mmi hannu malanova*. Se questo Heinz è davvero ai Caraibi o sulla Luna starà dormendo il beato sonno dei giusti e degli ignari. Non resta che aspettare un po' che il fuso orario sia più clemente. Sta per tornare alla baita, la neve scende delicata, ma cambia idea e si infila nella Volvo, si tira la coperta fino al mento. Pensa Tanino, pensa. Vuole mandare un messaggio a Seelaus per chiedergli di fare una ricerca su questa Nusser, ma non sa se può fidarsi. Il dito scorre sullo schermo, finché il sonno lo assalta all'arma bianca e lui cede.

Quando riapre gli occhi, il parabrezza è bianco. Scende dalla macchina. Un suono insistente lo ha svegliato, un suono che riverbera ancora e proviene dal pavimento dell'auto dove gli è caduto il cellulare. La bocca impastata, la testa pesante. Lo afferra. Il numero è quello che ha digitato solo due ore prima. Guarda il telefono come fosse un oggetto alieno. Aggrotta la fronte, poi il suono smette. Richiama subito. La voce all'altro capo è scolpita nell'alcol e nelle sigarette. «Tanino?»

«Eh? Sì. Heinz?»

«Sono salito sul primo aereo per l'Italia, sono a Roma, sto prendendo il volo per Bolzano. Sei con lui?»

«Sì, alla baita.»

«Come sta?»

«Non l'ho mai visto così. Non bene, comunque. Ora dorme.»

«Ci vediamo a casa sua tra un'ora e mezza. Trascinati dietro Karl, dovessi legarlo, *gell*?»

«Sì, ma... Ah, finirò al manicomio e mi sa che ci troverò tutti quanti voi... *Ghel. Ghel.*» Non sa bene che significhi, ma risponde lo stesso.

«Ho provato a chiamarti prima ma non prendeva, stavo per sentire Elke, poi ho deciso di partire subito, non volevo metterla in mezzo. Spero non sia troppo tardi.»

«Troppo tardi per cosa?»

«Per farlo tornare indietro, no?» Sembra quasi divertito, ma non può essere: uno che attraversa l'Atlantico di corsa e senza preavviso, si prende il disturbo solo se è molto, ma molto preoccupato. «Ho già sentito chi di dovere, mi fornirà tutto quello che ci serve, olanzapina, ziprex, e compagnia bella in serata. Se riesci, intanto, somministragli del litio, lo trovi nel suo appartamento. Devo chiudere adesso, l'hostess che mi guarda male è una vera bellezza, ma temo che morda.»

Barcellona appoggia il gomito sul tetto bagnato della Volvo e guarda il cielo rischiarato dall'alba. È color polvere.

20.

Rottensteiner dorme ancora vicino alla parete accanto alla Stube ormai fredda. Ha calciato via la coperta che Tanino gli ha messo addosso, le mani sono aggrappate al cuscino come se stessero trattenendo qualcuno che scappa. Ha la fronte solcata da una ruga di concentrazione, non dev'essere un sonno sereno, il suo. Tanino gli appoggia una mano sulla spalla e comincia a scuoterlo dapprima in modo lieve, poi con ritmo crescente fino a quando il collega non apre gli occhi: due cocci di vetro fissi e impassibili.

«Dobbiamo andare, Karl... Karl?»

Rottensteiner resta immobile, abbassa le palpebre per un infinito istante e le rialza mostrando la medesima assenza di espressione. Le labbra screpolate si schiudono e lasciano uscire un refolo di voce: «Dove?».

«A casa.»

Gli occhi ruotano in alto e di lato. «Sono già a casa.»

«A casa in città.»

«Perché?»

Tanino si gira per un attimo verso la stube. «C'è freddo, qui.»

«Io non sento freddo.»

Perché sei un maledetto crucco fuori di testa. Ricorrendo a tutta la sua scarsa pazienza risponde: «Io sì, sento molto freddo. È ora di andare, dài».

Gli passa un braccio attorno alla schiena e lo aiuta ad alzarsi e a infilarsi il maglione e la giacca. Mentre Tanino chiude la porta della baita, Karl avanza di qualche passo verso la Volvo, poi si ferma in attesa, ingobbito. Sembra invecchiato di dieci anni in una notte.

«Se guido io mi sa che ci ammazziamo.»

Meno male che se n'è accorto. Tanino gli passa accanto. «Ci penso io, sta' tranquillo.»

Guida lungo i tornanti con la stessa cautela con la quale parla al collega, un flusso costante di piccole sciocchezze per evitare che il silenzio si addensi nell'abitacolo. Gli racconta della Sicilia, di una vecchia fidanzata, degli incarichi a Roma, del corso di guida veloce alla scuola di polizia. «Io mi credevo che ti facevano andare in una bella pista apposta con i birilli, i copertoni accatastati e tutto, e invece la prima volta ci caricano in tre su 'sta vecchia Alfa truccata e ci buttano in tangenziale a duecento all'ora. In tangenziale, capito? Con l'istruttore che continuava a urlare: "Accelera accelera accelera!". Roba da arrestarlo, altro che!»

Rottensteiner guarda fuori dal finestrino e non risponde nemmeno a monosillabi, ma Tanino prosegue il suo monologo fino al maso di viale Druso, senza mai una pausa, come se da questo, dal non lasciare pause al pensiero, dipendesse la sorte di entrambi. Una volta in casa, lo molla in soggiorno e con la scusa di preparare un tè va in bagno e fruga nell'armadietto dei medicinali, fino a che non trova una scatola con la scritta "Litio Carbonato 300 mg". Non è un esperto di medicina, ma sa che il litio si usa per gli scompensi psichici, le forme maniacali di eccitazione e depressione e altra roba che non va d'accordo con il loro mestiere. Preferisce non pensare troppo al guaio in cui si è messo a fare coppia con questo squinternato.

Quando gli serve il tè in una tazza cilindrica verde stretta e lunga, gli mette in mano anche una pillola.

Rottensteiner lo guarda come si sentisse tradito. «Non avevi freddo, vero?»

«Certo che sì, sono un terrone.» Tanino si accorge che il ritmo di respirazione di Rottensteiner diventa via via più sincopato, come se gli stesse arrivando un attacco d'ansia.

«Non devi prenderla per forza se non vuoi, ma sarebbe meglio... Elke è in pensiero.»

Tanto vale giocarsi la carta patetica. Karl però non la prende bene. Scaglia la capsula. Poi sembra pentirsene, si alza e si mette a girare in tondo per la stanza, tormentandosi le mani. «Tu hai parlato con mia moglie, di' la verità. È mia moglie che te l'ha detto, sempre così lei, a parlarmi dietro, a ficcare il naso. Tutti contro, mi mette. Sempre!»

Tanino decide di cambiare tattica. Gli si para davanti, bloccandogli il passo. «Sentimi bene, biondo. Io non sono tua madre e non sono il tuo medico. Tua moglie manco so chi è. Siamo colleghi e ti aiuto per questo, fine della storia.»

Rottensteiner abbassa lo sguardo. «Abbiamo lasciato la fresatrice alla baita» sussurra. In quel momento squilla il citofono.

Heinz Muhr riempie l'ingresso con la sua mole da pilone di rugby. Peserà almeno centotrenta chili per un metro e novanta. Il trolley che regge senza sforzo nella mano sinistra sembra lo zainetto di uno scolaro. L'incarnato, sotto la zazzera grigio cenere, gli conferisce un aspetto insolito. Le sue sembianze infatti, dal colore degli occhi ai tratti del volto sorridente e aperto, sono quelle tipiche di un tedesco o di un irlandese, ma al posto del colorito latteo che ci si aspetterebbe c'è una maestosa e incongrua abbronzatura caraibica.

Tanino si sente preso dai turchi mentre questo tizio enorme gli stringe la mano scuotendola forte in su e in giù e gli assesta una pacca sulla spalla che basterebbe la metà per mandare all'ospedale uno meno robusto. Barcellona è alto un metro e ottantasette per novantotto chili e non è abituato a sentirsi piccolo. Le rare volte che questo accade, rimane frastornato per qualche secondo, come se il mondo intero avesse cambiato dimensione, e di solito si mette sulla difensiva. Con Heinz Muhr però non si può, perché è un fiume in piena. Si libera in un gesto della valigia e del piumino nero, sotto il quale porta ancora bermuda e una maglietta arancione con la serigrafia di un surf e di un teschio messicano, e si avvia a grandi passi in corridoio verso il soggiorno. Prima di entrare si volta verso Tanino e pronuncia a bassa voce una sola parola: «Litio?».

«Non ha voluto.»

Il gigante annuisce serio. «Ti riconosce?»

«Credo di sì, ma non ne sono sicuro. Prima ha attaccato tutta una predica su sua moglie che io manco conosco.»

Muhr grugnisce e muta di nuovo espressione aprendosi in un sorriso da orecchio a orecchio mentre entra nella stanza: «Carlito, che mi combini?!».

Rottensteiner nel frattempo sta trafficando con lo sportello della stufa, ma la frase quasi urlata dall'amico lo fa girare. A Barcellona sembra che sul volto del collega si dipinga per un attimo un'espressione di vergogna. Karl fissa il gigante appena entrato, quindi si guarda attorno sconsolato, come se solo in questo momento si fosse accorto di dove si trova davvero e, forse, delle proprie condizioni. Abbassa gli occhi e siede in poltrona, le mani aggrappate ai braccioli. «Sei tornato.»

«Così pare, Carlito, e ho un sacco di roba da raccontarti.»

Barcellona si mimetizza con la tappezzeria nell'angolo più lontano della sala, mentre Heinz Muhr si perde in dettagliati resoconti delle sue esperienze turistiche ai Caraibi quasi fosse la cosa più naturale del mondo. Donne, bevute, immersioni, attacchi di dissenteria, tutto fa brodo e intanto il tempo passa. Dopo un'ora e mezza Muhr sta ancora parlando e si è fermato solo una volta per chiedere un bicchiere d'acqua che non ha nemmeno bevuto. Barcellona, una volta capita la suonata, si è messo comodo.

«Carlito, ti giuro, un altro mondo. Non c'è giorno laggiù che non mi dia dell'idiota per come tiro avanti qui a dannarmi l'anima appresso ai miei pazienti... Vero è che dopo quindici giorni di quei ritmi cominciano a prudermi le mani.» Si gratta la testa. «Forse l'ozio non è per me...»

A quanto pare, Muhr predilige la stessa tattica che Tanino

ha utilizzato per istinto fin da stamattina, ossia riempire ogni spazio di chiacchiere e digressioni, evitare di far montare il silenzio e tenere impegnata almeno una frazione dell'io consapevole di Rottensteiner. Dopo qualche tempo, Karl si rilassa sulla poltrona, non partecipa al monologo dell'amico ma lo segue e sembra distrarsi dalle sue ossessioni, quali che siano. Le braccia, in precedenza irrigidite sui braccioli, ora sono molli e abbandonate con le dita a sfiorare il pavimento. Muhr prende dalla borsa degli snack energetici al cioccolato. Ne scarta uno e passa gli altri a Tanino e a Karl che in principio rifiuta, ma finisce col cedere alla brusca insistenza dell'amico: «Non rompere i coglioni, hai bisogno di mandare giù qualcosa, dài!».

Poi toglie una coppia di pasticche da due blister diversi che ha tirato fuori da una tasca laterale del bermuda e le passa a Rottensteiner insieme al suo bicchiere d'acqua ancora intonso. Karl le manda giù senza storie, un gesto che rivela consuetudine. Tanino adesso ha la sicurezza che sia tutta una strategia, dall'inizio alla fine, il racconto interminabile, il bicchiere d'acqua non bevuto, lo snack: lo sta curando senza farglielo pesare.

«... E insomma, questo tipetto magro, fra tutte le persone che c'erano nel locale, non si avvicina proprio a me? Mi stringe la mano e mi dice: "Noi ci conosciamo". E io gli rispondo: "No, non credo". E quello, sornione, mi cita il nome di un bar gay e insisteva, pure. Forse con l'abbronzatura sono più affascinante, *gell.*»

Rottensteiner continua a non rispondere, ma stavolta solo perché si è addormentato. Muhr gli si avvicina e gli pizzica le guance, poi rivolge un cenno a Barcellona. Lo issano e lo spostano sul divano, in modo da metterlo disteso.

«Dormirà per un pezzo, beviamoci una birra.» Il gigante si avvia verso la cucina, grattandosi il sedere.

«Che gli hai dato?» domanda Barcellona.

Sono seduti al tavolo di formica della piccola cucina dividendosi una Paulaner da 66 e un pacchetto di arachidi che Heinz si è portato dietro. Non sono nemmeno le undici del mattino.

«Un antipsicotico e un ansiolitico. Per bloccare eventuali deliri e rilassarlo.»

«Sei il suo psichiatra?»

«Sono un suo amico *e* sono uno psichiatra, ma non ci siamo conosciuti per questo.» La pausa che segue mentre Muhr vuota il bicchiere, dopo tante chiacchiere, a Barcellona sembra ancor più rinfrescante della birra. Ne approfitta per mettere ordine nei pensieri in modo da formulare le domande giuste. La prima è la più scontata: «Che gli è preso? È bipolare?».

Heinz Muhr piega la testa di lato con una piccola smorfia. «Non esattamente. Molti anni fa ha avuto un esaurimento e un periodo di depressione profonda. Da allora è stato occasionalmente soggetto a fasi di instabilità, ma gli basta seguire un protocollo farmacologico e la cosa non ha ripercussioni.»

«E allora questa crisi?»

Muhr scrolla le spalle. «Ha smesso di prendere il litio.»

«Perché?»

«Non ne ho idea...» Un'altra pausa nella quale sembra che il medico cerchi di elaborare un'ipotesi. «Alle volte... alcuni interrompono per riprendere contatto con l'origine del loro male. Ne sono attratti. Come se tornando indietro alla malattia potessero recuperare una parte di sé a cui non vogliono rinunciare.»

«E...?»

«Da un punto di vista scientifico e terapeutico è un'idiozia. Stanno male di nuovo e basta, però capita. Lui ha almeno avuto la lucidità di avvertirmi prima perché potessi fermarlo in tempo. È stato razionale, a suo modo, sapeva che a Trinidad, quando sono in giro con Hansjörg, passo giorni e giorni senza collegarmi alla realtà, ma mai troppo. Ha calcolato il tempo della mia sbronza in modo che lo ripescassi prima di andare a fondo. Mi ha manipolato, il che per certi aspetti è un buon segno. Adesso ha bisogno di riposo assoluto per qualche giorno e di ripristinare la terapia con qualche aggiustamento temporaneo... State lavorando a qualcosa di impegnativo?»

«Stavamo... Ora non più.»

«Meglio così. Gli certificherò un disturbo del sonno prescrivendo una settimana, forse due, di riposo assoluto. Non è il caso che vada al lavoro per adesso.»

Barcellona aggrotta la fronte, come se sentisse un campanello d'allarme, un campanello che annuncia guai. «In questura non ne sanno niente, vero? Lo curi in privato...»

«Avrebbe un mucchio di problemi burocratici.»

Barcellona sente il sangue andare alla testa. «*Io* avrò un mucchio di problemi!»

Muhr sospira e distoglie lo sguardo per un attimo, poi torna a fissarlo. «La sindrome di Karl è una psicosi lieve, ma se la cosa venisse ufficializzata dubito che conserverebbe il posto. Nessun dirigente di polizia ci tiene a mandare in giro armato qualcuno che vede i fantasmi se si dimentica di prendere le pillole.»

Ancora 'sti minchia di fantasmi.

Cara Heidi,

mi manchi tantissimo, mi manca il tuo consiglio, il tuo sorriso, la tua capacità di guardare al mio mondo da un punto di vista diverso. Da oggi ho deciso di scriverti, anche se non leggerai mai le mie parole, così almeno io avrò una direzione e mi sembrerà di avere anche un senso. Le cose in famiglia vanno al solito, incasinate e noiose. Si potrebbe pensare che il casino porti almeno movimento, sorprese, se non addirittura allegria e divertimento. Il casino di casa mia invece è pure noioso. Sempre la stessa gente che dice sempre le stesse cose, litigi continui e tutto un gran prepararsi per poi non andare mai da nessuna parte.

A scuola c'è questo ragazzo della sezione B, Gregor, che ha un anno meno di me, ma è carino da morire e nemmeno stupido. Gira per i corridoi strascicando gli anfibi, sempre da solo, con l'aria strafottente. Quando mi vede, però, cambia espressione, almeno così sembra a me. L'altro ieri ha fatto tutta una manovra per parlarmi, come per caso. Io ero al distributore di bibite del terzo piano e l'ho visto sfilare dietro il gabbiotto dei bidelli per arrivarmi davanti. Mi ha chiesto se avevo da cambiare, ma non ne avevo. Gli ho offerto un po' della mia Coca. «Non è che ti schifi?» ha chiesto e io ho risposto di no. Allora ne ha bevuto un sorso piccolo e ha sorriso.

21.

Da giorni ormai nevica sulle Alpi a bassa quota e le montagne intorno alla città sono bianche fino quasi alle pendici. A Bolzano la neve non è ancora arrivata, ma il riflesso dei pendii candidi dona una luce irreale, radioattiva, che sembra ingrandire e rendere più netto ogni dettaglio. Tanino ha la sensazione che il freddo si possa quasi toccare, che sia un ingombro fisico, un ostacolo da saltare, un muro contro cui sbattere. Mentre sale le scale della questura, gli occhi dei colleghi addosso abbassano la temperatura ancora di più. Come se ce ne fosse bisogno. Ha lasciato Rottensteiner con Elke nel sonno chimico degli ansiolitici, e adesso quasi lo invidia. Nessuno baderà al suo permesso per malattia: con l'estromissione dall'incarico in corso, lo prenderanno come un gesto di ripicca. Mancano pochi giorni a Natale ormai, ma l'unico regalo che si aspetta è un bel pacco di sorrisi ipocriti e forse una sospensione ufficiale dal servizio con trattenute dallo stipendio, ci mancherebbe solo questo.

Siede alla sua postazione senza niente di cui occuparsi e si guarda intorno, qualche collega sostiene il suo sguardo e lo ricambia. Riceve persino una pacca sulla spalla dal Faina, altri fanno finta di niente.

Freni compare in fondo alla sala e disegna nell'aria un cerchio con l'indice. «Signori, briefing col professor Biondi. Subito.» Ha un tono imperativo, adesso comanda lui. Lui e Biondi, bella coppia. Fingere di essere impegnato al computer mentre i colleghi si alzano uno per uno e si avviano in sala riunioni, gli costa.

Di chi posso fidarmi?, si è chiesto stamattina prima di uscire di casa. Avrebbe bisogno di confrontarsi con Karl su questo, ma non è ancora possibile, dovrà agire da solo, affidarsi all'istinto. Adesso che lui e Rottensteiner sono formalmente fuori dall'indagine, bisogna muoversi con cautela. Di chi fidarsi, allora? Forse della Guidi e di Giulia Tinebra. Del Faina e magari anche di Seelaus. Moretti sì e no. Stop. E anche su questi qui, se l'atmosfera si riscalda, non è il caso di contare troppo.

Al suo terminale iconizza la schermata di *Hearts* e accede al database dei casi archiviati.

Karin Nusser. «Karin Nusser che si è impiccata» ha detto Rottensteiner. Se si è impiccata, qualcosa in archivio dev'esserci per forza. Nella stringa di ricerca digita il nome e il sistema individua un file. Chi cazzo mi porta a me?, pensa Barcellona, ma quel gesto da capetto di Baffino, il suo atteggiamento spocchioso, gli fanno cliccare sul tasto di download senza quasi accorgersene. La maschera che si apre però è deludente: "Non si dispongono delle credenziali adeguate per accedere al file richiesto". Spinge via la tastiera e si abbandona sullo schienale della poltroncina: ci hanno messo poco a limitargli l'operatività.

Dopo una mezz'ora i colleghi tornano ai loro posti. Lui non chiede, loro non dicono, ma capisce lo stesso che si stanno concentrando sulle poche prove materiali. Cercano ancora di seguire la traccia delle fascette, chi le distribuisce, dove l'assassino ha potuto comprarle. Seelaus seleziona qualcosa come due supermercati, un Brico e altri tre o quattro rivenditori. È una pista troppo dispersiva, assurda. A metà mattina Tanino lo vede dirigersi alla macchinetta del caffè in corridoio e lo segue. Infila la monetina nella fessura mentre Seelaus sorseggia dal bicchierino guardando fuori dalla finestra del corridoio.

«Non arrivate da nessuna parte seguendo quelle fascette, lo sai, vero Martin?»

Seelaus lo fissa di sbieco con quelle sue pupille intermittenti continuando a bere. «Non sono più affari tuoi, no?»

Barcellona annuisce con stanchezza. Il tentativo con questo tizio di carta vetrata non poteva avere altro esito.

«E comunque ora comandano i due cazzoni, che ci vuoi fare?»

Tanino quasi non crede alle proprie orecchie. La battuta di Martin sembra un'apertura, una possibilità. Decide di insistere. «Ci sono altre strade.»

Il collega non batte ciglio, immobile col bicchierino di carta vicino alle labbra. In attesa.

«Ho un nome: Karin Nusser. C'è un fascicolo archiviato, ma non ho modo di accedervi.»

La pausa che segue gli sembra non finire mai.

«Hai una mail privata?»

Tanino gli dà l'indirizzo.

Seelaus accartoccia il bicchierino e lo getta nel cestino

dell'indifferenziata. «Ti arriverà un messaggio. Non aprirlo e non stamparlo qui.» Si allontana.

Di ritorno alla sua postazione, trova Moretti ad attenderlo. Per un istante teme che si sia accorto dell'abboccamento fra lui e Seelaus, ma l'ispettore ha altro per la testa.

«Barcellona, ho un compito per te.»

«Ispettore, sono qua.»

«Ieri c'è stata una rissa con accoltellamento al parco della stazione. Pakistani contro nordafricani, a quanto pare. Al Brennero li rimbalzano e questi invece di andare a rompere le palle in Germania rimangono qui. Come al solito siamo sotto organico, ma bisogna reagire subito e stroncare tutto prima che si organizzino in bande come gli albanesi o gli afgani. Di cose del genere se ne occupa Karl, di solito, ma visto che non c'è, vai a fare due chiacchiere col ragazzo che si è preso una rasoiata. Sta ancora in ospedale, è algerino. Parli francese tu?»

«Poco.»

«Poco è meglio di niente.»

In pausa pranzo Tanino prende il volo e si infila in un internet point di via Dante gestito da due ragazzi cingalesi. Quando vede la mail proveniente da un indirizzo che non riconosce, quasi non ci crede. Martin Seelaus sarà pure ricoperto di carta vetrata ma è uno a posto.

Apre l'allegato e si ritrova davanti un pdf di sessanta pagine, il dossier Karin Nusser. Tanta roba per un semplice suicidio. Lo stampa e cancella sia il file sia il messaggio. Si ferma in una cartoleria a comprare una cartelletta dove riporre i fogli e risale verso il Museion, il bar del museo, ricavato nella vertiginosa costruzione liscia di vetro e acciaio sulla piazza minimalista rivolta a ovest e sul parco. È quello dove Rottensteiner lo ha portato quando hanno interrogato Martell, il loro primo sospettato, ma non è un posto dove i colleghi si fermano spesso, dunque va bene per lui. Entra e si piazza a un piccolo tavolo in fondo al locale, ordina un toast e un'acqua minerale e solleva la copertina della cartelletta.

Il primo documento è il referto del medico legale che ha esaminato il corpo di Karin Nusser, di anni sessantuno, ritrovato senza vita il 27 dicembre del 2011 nella sua abitazione di via Peter Mayr. Il cadavere, stando alla relazione, presentava palesi segni di asfissia meccanica violenta, a cui veniva ricondotta la causa della morte, pienamente compatibile con i dati del ritrovamento. Poche pagine più avanti, il verbale redatto dagli agenti intervenuti sul luogo riferisce del cadavere della donna appeso a un gancio sul soffitto dell'appartamento. La corda presentava un nodo scorsoio grossolano e la Nusser non recava altri segni di contenzione, per esempio a polsi o caviglie. La sedia che giaceva rovesciata nella stanza, come fosse stata scalciata dalla suicida, era di altezza compatibile con quella da cui pendeva il corpo. Il cadavere era stato ritrovato dagli operai che stavano procedendo a lavori di ristrutturazione commissionati dalla stessa deceduta. Ironia della sorte, proprio il giorno della tragedia doveva essere predisposto il collegamento elettrico per il lampadario da appendere a quel gancio.

Barcellona volta pagina. La stella del logo della Repubblica italiana e la dicitura Ministero dell'Interno sovrasta una relazione scritta in un carattere tipo Courier pastoso e a tratti un po' sbavato. Il documento originale probabilmente non era stato battuto al computer ma alla vecchia maniera, e infatti la prima informativa risale al 21 marzo del 1991. Vent'anni prima del suicidio. Dopo qualche riga, Tanino si accorge che si tratta di un testo scritto da un agente infiltrato che riferisce dati e impressioni relativi a quelle che definisce "persone attenzionate", fra cui Karin Nusser e il marito Moritz Fink. A quanto pare i due, pur non essendo mai stati incriminati, risultavano in assiduo contatto con soggetti di primo piano nell'ambito dell'attivismo irredentista, alcuni tra i fondatori di Ein Tirol, già presenti nel disciolto Comitato per la liberazione del Sudtirolo, erano fra i maggiori sospettati degli attentati esplosivi del 1988 alla sede RAI, alla condotta della centrale idroelettrica di Lana e di altri ancora. Un gruppo composto da uomini e donne di varia età ed esperienza, veterani e giovani teste calde, tutti accomunati dall'odio per la cultura italiana e dalla fissazione per l'indipendenza del Sudtirolo.

In particolare, Karin Nusser promuoveva iniziative di sostegno e assistenza in favore di detenuti per reati connessi all'irredentismo, comprese istanze per la loro scarcerazione rivolte ai presidenti delle repubbliche italiana e austriaca. In apparenza nulla di illegale, ma l'agente estensore del documento ipotizzava che simili attività coprissero la preparazione e la realizzazione di possibili futuri attentati. Fra i nomi delle persone coinvolte a vario titolo nel giro spiccavano quelli di Werner Meinl e di Armin Rech, la prima e la terza vittima del killer.

Barcellona trattiene il respiro. Conosce quella sensazione, non vuole assecondarla troppo per timore che si riveli solo un falso allarme dettato dalla fretta, dall'ansia di ottenere risultati, ma non può ignorarla: è l'istinto che gli segnala di essere sulla pista giusta. In fondo assassini e poliziotti appartengono alla stessa specie, i predatori.

La cameriera gli chiede se ha bisogno di qualcos'altro e Tanino ordina un cappuccino, continuando a sfogliare il dossier. Nei primi mesi del 1992, Nusser e Fink proseguono la loro attività di sostegno a quelli che loro considerano prigionieri politici. A quanto pare, promuovono anche iniziative di distensione e avvicinamento con alcuni nemici storici di Ein Tirol, in particolare con membri del MSI. La Nusser, secondo l'infiltrato, riteneva che se fossero riusciti a predisporre un'istanza di scarcerazione col benestare del partito leader della destra nazionale italiana, questa sarebbe stata accolta, o almeno avrebbe avuto maggiori possibilità. L'iniziativa, però, crea malumori e spaccature nel movimento.

Tanino trattiene di nuovo il fiato, questo potrebbe essere il collegamento fra Meinl, Rech e l'altra vittima, Mariano Agostinelli, il tossico neofascista. Si ricorda ancora la frase che gli ha detto Rottensteiner in proposito: «Irredentisti del Sudtirolo e fascisti italiani non li vedrai mai insieme». Forse si sbagliava. O forse l'assassino è proprio qualcuno a cui questo sodalizio non è andato giù. Ma perché aspettare quasi venticinque anni per agire, allora?

Le informative si interrompono a metà del 1992 senza preavviso, senza altre evidenze che testimonino la chiusura delle indagini o altre conclusioni di qualche tipo. L'ultima relazione riguarda un altro suicidio. Per un istante, Barcellona ha l'impressione che si tratti di un documento relativo alla morte della Nusser, perché le modalità sono molto simili, ma il testo è scritto in un altro carattere e la data è del 7 luglio 1992. La suicida si chiama Christine Fink, era la figlia di Karin Nusser e Moritz Fink e aveva diciassette anni. Anche lei si era tolta la vita impiccandosi, nella stessa casa, forse nella stessa stanza, in cui sua madre compirà quegli stessi gesti diciannove anni dopo. La relazione è molto sbrigativa in merito, non è allegato nemmeno il referto autoptico. La causa viene attribuita genericamente a disagio adolescenziale "in nessun modo connesso con la presunta attività sovversiva dei genitori". La vita della ragazza forse non interessava a chi indagava sui suoi genitori, ma Tanino Barcellona non riesce a liberarsi di quel fremito, di quella sensazione di aspettativa. E se fosse tutto collegato? Una concatenazione di eventi di morte. Qualcuno che dà la colpa a quei tre uomini per il suicidio della ragazza e poi per quello della madre. Una vendetta consumata dopo più di vent'anni è improbabile, ma non si può mai sapere. In questo caso il padre sarebbe il primo della lista.

Non resta che fare due chiacchiere con Fink. Consulta l'elenco telefonico online dal cellulare. A Bolzano sono una quindicina, nessun Moritz. In provincia quasi cinquanta, nessun Moritz. Chiama l'Azienda Sanitaria Locale, se non è nei loro registri, allora non vive più in Alto Adige. Dà le sue credenziali. Nessun Moritz, puttana la miseria. Manda un messaggio a Seelaus.

22.

Assan Matoub ha diciassette anni ed è in Italia da qualche mese. Niente famiglia e poche amicizie strette al volo nel centro di accoglienza dove è stato reclutato per un paio di lavoretti in cantieri edili più o meno legali, poi è finito risucchiato nella zona grigia nella quale gravitano molti clandestini in attesa di regolarizzazione. Ha un'ampia fasciatura al fianco sinistro e al torace, dove è stato raggiunto dalla lama del suo aggressore, pakistano secondo le voci che girano.

La camera dell'ospedale è piantonata da un carabiniere. I due compagni di stanza di Matoub occupano i letti più vicini alla finestra e fingono di pensare agli affari loro anche se è evidente che non è così. Da quando Barcellona è entrato nella stanza, non si sono persi una parola del suo francese approssimativo e dell'italiano altrettanto zoppicante del ragazzo. Assan è piccolo di statura, ha il volto butterato e la magrezza tipica degli adolescenti unita a quella di chi non è mai stato abituato a fare pranzo e cena nello stesso giorno. Poco più che un bambino, però con i muscoli definiti, probabilmente resi tonici dai lavori di fatica che non gli sono mai stati risparmiati.

Barcellona in francese si ricorda soprattutto come si chiede "Vuoi ballare" e altre piccole frasi da rimorchio, inutilizzabili qui, ma da qualche parte deve pur cominciare: «Les Pakistanais, non? Qu'est-ce qu'ils veulent?».

Il ragazzo abbassa lo sguardo sul suo fianco fasciato, quindi lo dirige verso la finestra. Sembra che gli sfugga un piccolo sorriso. «Ils voulaient me tuer.»

E grazie, pensa Tanino. Almeno non nega che erano pakistani. «Pourquoi?»

Matoub torna a puntare su di lui gli occhi piccoli e sbuffa piano: «Les Pakistanais... Qui les comprend?».

C'è una flemma gentile e intensa nel suo modo di fare, che si addice poco a uno di quell'età. Forse dipende dalla cultura di provenienza, un atteggiamento levantino, o da tutte le cose che deve aver già visto e che lo hanno fatto invecchiare in fretta, in ogni caso a Barcellona quella flemma piace.

«Je regardais une fille...» continua Assan, e va bene che questo qui è simpatico, ma non è il caso che se ne approfitti rifilandogli una storiella di femmine e gelosia.

«Niente cazzate» lo interrompe brusco Tanino, sicuro che in italiano queste parole le capisce. Poi indica le fasciature, scurite dal sangue all'altezza del fegato e del polmone destro. Ferite potenzialmente letali. «Lo hai detto tu, ti volevano ammazzare. Pour une femme...» Gli passa l'unghia del pollice come se fosse un coltello sulla guancia e sulla coscia. Poi torna a indicare le ferite e conclude: «Pour l'argent». Il concetto forse è grezzo, il suo francese non gli permette di più, ma Assan ha ricevuto il messaggio: per aver guardato una ragazza al massimo ti sfregiavano, se hanno cercato di ammazzarti c'entrano i soldi.

Assan Matoub ora guarda il soffitto e respira piano e a fondo. Non ha altro da dire, ma Barcellona sì, e decide di usare ancora l'italiano insieme a un po' di mimica: se vuole capire, capisce.

Si avvicina di un passo al letto e si china appena sopra il paziente. Gli punta addosso l'indice. «Sei clandestino. E sei in arresto.» Accompagna l'ultima frase col gesto delle manette. «Dopo questa storia ti mandano a casa di sicuro.» Gesto. «E nel frattempo magari *les Pakistanais* ci riprovano. Ma se parli con me...» gesto, «vediamo se ti posso aiutare.»

Assan si volta dall'altra parte.

Guardando le luci intermittenti della pulsantiera dell'ascensore mentre scende a piano terra, Tanino avverte un piccolo morso alla bocca dello stomaco. Quando si era mosso per andar via, Assan lo aveva richiamato con un gesto muto, poi a bassa voce gli aveva sussurrato poche frasi. In italiano. «I pakistani chiedono soldi ai negozi cinesi, i miei amici difendono i cinesi.» Ha detto così, *difendono*, come se il servizio fosse gratis. «Io mai fatto niente, ma *Algériens, Tunisiens*... tutti amici, andiamo in giro.»

Alla fine gli ha dato un nome, Yassin Fatnassi, era lui che volevano ammazzare in realtà. Il capo di questi disperati. Barcellona ha annuito, si è segnato il nome e ha promesso che tenterà quel che può per aiutarlo, ma quel che può sarà poco, lo sa già. Di solito non ha grandi problemi a mentire, il suo mestiere a volte lo richiede, ma mentire a un poveraccio pesa di più. Se quel poveraccio è un bambino, ti senti una schifezza, anzi lo sei.

***

La Yamaha sulla ciclabile lungo la strada di fronte alla caserma militare sembra quella della Tinebra. Il casco infilzato sullo specchietto. Via Vittorio Veneto è un viale desolato e desolante, schiacciato tra la campagna e il monte, che collega la zona dell'ospedale al quartiere benestante di Gries. Complessi residenziali, masi e poco altro. Tanino rallenta. L'autobus dietro di lui è un muro verde pisello in avvicinamento. Mette la freccia e imbocca la curva a gomito di via della Vigna. Accosta poco oltre l'edicola votiva. È una strada chiusa. Case basse e graziose circondate da siepi. Scende e torna sulla via principale.

La moto non ha il bloccadisco. Barcellona avvicina la mano al motore. Tiepido. Quasi freddo. Chiama Pavan in questura. La collega non c'è, ma la targa coincide. Il Faina non ha bisogno di controllare, se la ricorda. Figurarsi. Si fa dare il numero di Giulia. Non è raggiungibile. È tentato di chiamare di nuovo Tullio. Se le hanno rubato la motocicletta, è il caso di recuperarla. Un'occasione per conquistarsi almeno un grammo della simpatia della collega. Forse. Come se non avesse abbastanza cose per la testa.

Uno scampanellio insistente squarcia l'aria. Due ciclisti lo puntano velocissimi, riesce a spostarsi appena in tempo e mandarli a quel paese che sono già lontani nei loro ridicoli giubbotti fosforescenti. Torna alla macchina smadonnando: «Vidi tu si pozzu moriri mmistutu i 'na bicicletta. Che cazz'i città. Le risate che si farebbero i colleghi di Roma...».

«No, vaffanculto tu!»

La voce proviene da un parcheggio condominiale sulla sinistra, oltre una ridda colorata di bidoni per la raccolta differenziata.

«Hai capito? Lasciami in pace. Lasciami vivere.»

Un tonfo sordo. Un casco rotola in strada. Tanino ha ancora la mano sulla maniglia dello sportello quando, nel grigiore invernale, una figura esile con una fiamma di capelli arancioni compare da dietro i cassonetti camminando all'indietro. Incespica, fa una giravolta per mantenersi in piedi, ondeggia e poi inchioda lo sguardo in quello di Tanino. Le occhiaie, il trucco pesante: nero che ingoia e amplifica le gocce di smeraldo degli occhi. È una bellezza sciupata, sconvolta, ma è pur sempre una bellezza. Anzi, Tanino pensa di non aver mai visto una ragazza così bella. E familiare. Fa quasi paura.

«Che cazzo hai da guardare?»

E ti pareva.

La giovane lo supera, ha un incedere scostante, ma sostenuto. Indossa un eskimo troppo grande per lei. La voce di Tanino esplode in una nuvola di condensa: «Ha bisogno di aiuto?».

Prima di sparire su via Vittorio Veneto, quella creatura di fuoco e carta velina gli mostra il medio senza girarsi e scompare così come è venuta.

Barcellona si massaggia le tempie e si volta verso la Golf. Giulia Tinebra ha appoggiato il casco recuperato da terra sul cofano e lo fissa con rabbia. O disgusto. O paura. O vergogna.

«Non dire niente.»

Tanino alza le mani e piega la testa di lato. Sfodera un sorriso sghembo. Non capisce granché. «La moto…»

«Non.»

«L'ho vista lì e…»

«Dire.»

«Ho pensato che l'avessero…»

«Niente.»

«… rubata e allora ho chiamato il F…»

«Non dire niente, cazzo! Niente.» Giulia china la testa. Sembra sia sul punto di piangere.

Barcellona le si avvicina.

La voce della collega si fa sempre più sottile: «Niente. Niente. Non dire».

Allunga una mano verso di lei. Braccia incrociate sul petto, testa bassa. «Sta' zitto. Non mi…»

Le posa la mano sulla spalla.

«Toccare.»

Giulia si sottrae al contatto, si accovaccia sul gradino del marciapiede e si abbraccia le gambe. Il mento sulle ginocchia.

Tanino le siede accanto e passano almeno un paio di minuti in silenzio prima che lui ci riprovi: «Giulia. Fa freddo, perché non ci prendiamo qualcosa. Una cioccolata calda…».

L'altra solleva la testa. Gli occhi sono fessure.

«Un tè? Un caffè?»

Le trema il labbro.

«Un Vov? Caldo? Con la panna?»

Giulia inspira. Una piccola smorfia. «Ma dove vivi? Sarà dagli anni Settanta che non si vede più il Vov.»

«Se manco eri nata negli anni Settanta.»

«Neanche negli Ottanta, se è per questo.»

«Ah. Sembri più vecchia.»

«Mmm.» Gli restituisce un mormorio sovrappensiero: ha già la testa altrove.

Ma lui non demorde: «Dài che scherzo. Sarai nata nel….».

Conta con le dita. «Non prima del 2000, no?» Si alza in piedi e le porge la mano per tirarla su.

«Madonna con tutte 'ste moine da coglione.»

Moine da coglione. È un punto di partenza almeno.

Giulia afferra il braccio di Tanino e si tira su dirigendosi alla moto. «Basta galanterie, intesi?»

Galanterie. Meglio.

«Diventa ridicolo a lungo andare.»

Gli ha appena dato del coglione ridicolo, ma per qualche strano motivo lui lo prende come un complimento.

Lei aggancia il secondo casco alla sella. Sale sulla Yamaha. Ha pianto, si vede e non fa nulla per nasconderlo. Prende un paio di guanti dalla tasca del giubbotto. Mette in moto, toglie il cavalletto. Sfila il casco dallo specchietto. Lo tiene tra le mani.

Tanino si gratta il collo in imbarazzo. Giulia infila il casco, esita prima di abbassare la visiera. «Ti devo un Vov, seguimi. Un Vov… da dove le tira fuori?»

La Golf segue il lampo cobalto della moto. Tanino nota che Giulia si guarda attorno, ma dell'altra ragazza non c'è traccia. Sarà salita su un autobus, avrà chiesto un passaggio o si sarà infilata da qualche parte tra le case. Superano di poco la piazza e posteggiano dalle parti dell'abbazia. Non sono lontani dalla casa di Troi. Giulia lo porta in un bar pasticceria. Una ciurma di bambini capitanata da una mamma martire fa un chiasso discreto.

Si siedono a un tavolino e la Tinebra ordina: «Due Vov caldi con la panna».

«Scherzavo.»

Lei sfoggia un'ironia sofferta. «Troppo tardi. Saranno schifosi, ma devi prenderti le tue responsabilità.»

«Già.»

L'imbarazzo appesantisce l'aria. Solo l'arrivo dei due bicchieri roventi, pieni di roba gialla sormontata da una nuvola bianca, li salva. Giulia solleva il suo mimando un brindisi. «Alla tua.»

«Salute.»

Bevono. Tamponano le labbra con un tovagliolo di carta. La Tinebra accenna una risata. Tanino la segue. «Perlomeno riscalda…»

«Togliamoci il dente.»

«Senti, non è necessario.»

«Va bene così. Sei un estraneo e sulla gentilezza degli estranei si può sempre contare.»

«Be'…»

«Era una citazione. Una canzone che riprende un brano teatrale. Giorgia me la ripeteva sempre. L'esperienza non le ha dato certo ragione, però ci ha creduto. Forse per una volta posso crederci anch'io. In fondo sembri gentile e avrai la cortesia di ascoltarmi e dimenticare tutto subito dopo.»

Tanino non ritiene di dover ribattere e ingolla il Vov in un sorso. È zuccheroso con un fondo acido. Dallo stomaco, in effetti, si irradia calore.

«Ricordi quando siamo andati alla casa d'accoglienza Asilum? Mia sorella, Giorgia, è stata loro ospite diverse volte. Per anni. La prima ci è finita a diciassette. Io ne avevo quindici allora… Dovevi vederla, era bellissima. La vita non è stata gentile con lei.»

«Droga?»

Giulia annuisce. «Crack. Faceva la modella a Milano, da lì la cocaina e, da quando le cose hanno cominciato a girare male, la base. È tornata qui anni dopo a leccarsi le ferite, sempre portata in palmo di mano da nostra madre, che fingeva di non accorgersi, mentre lei, di giorno in giorno più sfatta, ci rubava in casa. Fino a che non ho retto più a vederla in quello stato e l'ho denunciata.»

«Hai denunciato tua sorella? Cazzo.»

«Eh, cazzo sì. Mio padre a quel punto l'ha buttata fuori di casa. Non ne voleva sapere più niente. Nel frattempo ero entrata in polizia e sono riuscita a farla accogliere all'Asilum. Non l'ho mollata mai. Le sono stata vicina... La direttrice mi vedeva lì ogni giorno. Appena staccavo dal lavoro andavo da lei e lei in cambio mi odiava, anche se... Poi, vabbè le cose...»

«Le cose, cosa?»

«Ha ripreso a farsi. Si è messa a battere. Ho chiesto ad Antonio... l'ispettore Moretti, una mano per tirarla fuori dal giro. Mi ha mandata subito da Karl. È anche grazie a lui se non è morta di overdose in uno squallido monolocale dietro la stazione... Per quel che ne so, ora dipinge, frequenta giri di artistoidi veneti e vivacchia tra Verona e il Lago di Garda. Ogni tanto quando le serve qualcosa torna, come oggi. Sono andata a prenderla in stazione, l'ho portata a pranzo fuori città. Voleva dei soldi. Più di quelli che le ho dato. Abbiamo litigato, quasi mi scende in corsa dalla moto. È sempre peggio. Mi manda fuori di testa.»

Barcellona scuote il capo. «Tossici. Tutti ugua...» Si pente ancora prima di aver concluso la frase.

Gli occhi di Giulia diventano azoto liquido. «Nessuno è uguale a nessuno. Mai.»

«Scusa. Non volevo...»

Le lentiggini vengono attratte dalla forza gravitazionale del naso arricciato, poi il viso sembra distendersi. «Scusa tu. Hai ragione. Sono tutti uguali. E tu? Perché eri da queste parti?»

«Lavoro. Moretti mi ha mandato a parlare con un povero cristo in ospedale. Una storia di bande rivali e coltellate. Stavo tornando a casa.»

«Ma non vivi da Karl?»

«Pavan. Te l'ha detto lui? Ma che chiedo a fare? Sì, sto da Karl. Se vuoi sapere come sta...»

«No. Me lo dirà lui quando e se vorrà. È che...»

«Che?»

«Che ci mettevi di meno a fare l'altro giro.» Giulia prende il portafogli dalla tasca del giubbotto e si alza.

«Non ci pensare nemmeno...»

«Anche la gentilezza degli estranei ha un limite. Pago io, Barcellona. Così compro anche il tuo silenzio.»

«Muto sono. Specialità sicula.»

Gli sembra di scorgere un sorriso senza ombre sulle labbra della Tinebra, ma è solo un attimo. Anche lei, come tutti in questa storia, ha i suoi fantasmi.

***

Dalla soglia della stanza in penombra, il corpo di Rottensteiner, immobile sul letto, sembra non respirare nemmeno. La bottiglia d'acqua e le scatole di medicine sul comodino a Tanino ricordano la camera da letto di sua madre. Elke lo incrocia nel corridoio e in silenzio si dirigono in salotto, sedendo ai due lati della stufa.

La ragazza ha l'aria stanca, la pelle candida è ancora più pallida del solito; il sentiero verde di una vena le solca la tempia destra. Ha un volto talmente delicato e bello che a Tanino pare quasi strano vederlo dal vivo, a un metro di distanza, e non nella pubblicità di un cosmetico.

«Non hai l'aria di aver dormito molto.»

Elke piega la testa verso l'altra stanza. «Meno di lui sicuro.»

«Gli capita spesso?»

Risponde di no con un cenno. «L'ultima volta ero una bambina.»

Tanino sorride. «Cioè, tipo cinque anni fa?»

Lei non coglie l'ironia e prosegue: «Me lo ricordo che andava avanti e indietro da una parete all'altra, per ore, borbottando parole che non capivo. A volte urlava o rideva, mi spaventava e insieme provavo una tenerezza immensa. Credo sia stato allora che ho deciso di studiare medicina... Volevo aiutarlo. Adesso ci sono quasi, l'anno prossimo vado all'università, ma forse scelgo psicologia, come Sonja».

«Una tua amica?»

«La dottoressa Keller, l'hai conosciuta alla cooperativa dove lavoro, ricordi? Abbiamo legato molto, è simpatica, testarda, e aiuta davvero un sacco di gente.»

«E psicologia ha meno esami di medicina, giusto?» Tanino le scocca un'occhiata sorniona ed Elke si apre in un sorriso.

«Giusto.»

Sente acuto il desiderio di una sigaretta e d'istinto porta la mano al pacchetto, poi resta impigliato nello sguardo d'ambra di lei. «Ti dispiace se...»

«Solo se me ne dai una.» Tanino le porge il pacchetto e poi da accendere, Elke dà una boccata profonda e si abbandona sullo schienale della poltrona.

«Ma non dirlo a Vati.»

«Quanto voglio bene a mia madre!»

Elke sgrana gli occhi e Tanino si spiega meglio: «È un modo di dire nostro, mia madre è pure morta... Insomma, nel senso che terrò la bocca chiusa con tuo... come lo hai chiamato?».

«Vati, papà.»

Tanino si alza dal divano, prende il taccuino dalla tasca del giubbotto, si risiede e aggiunge alla lista: "Fati – papà".

Elke si sporge in avanti a controllare. «Con la V. Si scrive Vati: papà. Vater: padre.»

«Vater... Come cesso, giusto?» Alla risata di Elke, Tanino solleva gli occhi dalle pagine cariche di parole in tedesco e italiano e si accorge di come le loro teste siano vicine. Ha un buon profumo.

Il suono del campanello però spezza la tensione e gli fa realizzare quanto sia idiota anche la sola idea di flirtare con la figlia minorenne di uno squilibrato in fissa con le fresatrici che dorme nella stanza accanto. Qualunque Vati lo prenderebbe giustamente a calci in culo, figuriamoci questo Vati qui.

La ragazza apre lo sportellino della stufa e getta dentro la sigaretta prima di andare ad aprire.

Heinz Muhr riempie la stanza con la sua mole e i modi sopra le righe. Aggredisce lo spazio attorno a sé come un turista caciarone o un pompiere. Getta il piumino sul divano. Sotto, veste un completo grigio di buon taglio ma sgualcito e slabbrato neanche ci avesse dormito dentro, il che potrebbe anche essere, dato il tipo.

«Dieci ore filate allo studio, mi sono sorbito. Dopo un mese che ero via i pazienti non finivano più.» Si toglie anche la giacca, che atterra sopra il piumino. La camicia celeste è bagnata alle ascelle e sotto i capezzoli. Suda come fosse estate piena e Tanino quasi lo invidia.

«Dorme ancora?»

«Lui sì, e ora che sei arrivato anche tu, tocca a me. Vado da mia madre, ma chiamatemi per qualunque cosa. Promesso?» Elke sparisce oltre la soglia.

I successivi dieci minuti Muhr li dedica a controllare le condizioni di Karl con gesti talmente delicati e trattenuti che Tanino non avrebbe mai creduto potessero appartenergli. Quando escono dalla stanza, Heinz gli strizza l'occhio. «Aperitivo?»

Da quella prima birra condivisa al tavolo di cucina, Heinz ha preso a battezzare "aperitivi" le pause della cura dell'amico e ha provveduto a rifornire il frigo di casa Rottensteiner di birra, vino bianco, speck e formaggio e la dispensa di pane secco.

Mentre il medico taglia generose porzioni con un coltello che sembra la scimitarra di Sandokan, Tanino cerca di ricostruire il puzzle Rottensteiner e riparte da dove si è interrotto poco fa.

«Elke dice che non gli capitava da anni. Ma l'esaurimento da cui è cominciato tutto a quando risale?»

Heinz fa tintinnare la bottiglia contro quella di Tanino. «Non ti ho ancora parlato di quando ci siamo conosciuti, vero? Che tu ci creda o no, al tempo lui era più alto di me. Avevamo tredici anni, primo giorno di scuola. Istituto tecnico Heinrich Kunter. Sembravano tutti fighi e supercriminali tranne noi, che eravamo due nani straccioni capitati per caso alle superiori. Ci siamo fatti subito simpatia. La simpatia dei disperati, bere o affogare, tempo una settimana eravamo inseparabili. Era il 1979, erano tutti fissati con l'heavy metal, i giubbotti di pelle e droghe varie, a me piacevano Boney M e i Ricchi e Poveri, a Karl il country, figurati che vita sociale avevamo... Ci prendevano in giro, poi un giorno un tizio di quarta passa il segno. Era pomeriggio, fuori dal cancello della palestra, niente professori in giro. Per qualche motivo che nemmeno ricordo, questo qui mi prende di punta, mi spinge contro il muro. Era troppo grosso, perciò mi rannicchio e mi preparo a prenderle, ma arriva Karl.»

«E lo ha massacrato.»

Heinz scuote la testa: «Era troppo grosso anche per lui, era enorme quel bastardo, mi piacerebbe pizzicarlo adesso, vorrei proprio vedere... Comunque Karl raccoglie un coccio di vetro e gli urla dietro, quello si gira e lui che fa?».

«Lo colpisce.»

«Manco per idea. Si passa il coccio sotto l'attaccatura dei capelli e prende a sanguinare come un agnello a Pasqua, poi comincia ad avvicinarsi al tipo, che intanto era rimasto a bocca aperta. Neanche due passi e quello si è dileguato.» Heinz prende un sorso dalla bottiglia appena stappata e la svuota. «Questo per dire che Karl non è mai stato tanto giusto di testa. A un congresso non userei proprio questi termini, ma il senso è quello. Non puoi mai davvero stabilire quando comincia un disagio; gli eventi che lo scatenano sono solo pretesti, non cause, l'unica causa vera è la chimica. Poi, certo, rischia di diventare una questione filosofica, in fondo la chimica è lo strumento con cui Dio ci tiene al guinzaglio.»

«E allora parlami di questo guinzaglio. Se devo continuare a lavorare con lui voglio almeno capirci qualcosa.»

Muhr stappa un'altra bottiglia e si sistema meglio sulla sedia. «E va bene. A parte, diciamo così, le stranezze e gli eccessi, il primo episodio lo ha avuto all'inizio degli anni Novanta. Era sotto stress per via di un'indagine.»

«Quella sulle bombe degli irredentisti?»

«Esatto, ma non so molto. In pratica non ci vedevamo mai perché lui lavorava sotto copertura dietro a questi altri matti.»

Tanino ha un'epifania: «Intendi che si era infiltrato nel gruppo?».

«Esattamente. È stato in quel giro per un sacco di tempo, fino all'esaurimento, appunto. Fingere di essere qualcun altro, stringere rapporti, carpire la fiducia altrui e nel frattempo mentire sempre, tradire le persone con cui trascorri tutto il tuo tempo... Possono anche essere criminali, ma la sostanza non cambia: nessuno può entrare e uscire a piacimento dalla propria identità, dalle emozioni che vive, senza pagare conseguenze psichiche. Lui le ha pagate alla grande. Nell'estate del '92 per fortuna mi è venuto a cercare. Si era fissato che si sarebbe trasformato in una mosca, sai come nel film? Da lì in poi è precipitato e ci son voluti mesi per recuperarlo, e del bello e del buono per tenere la cosa riservata...» Muhr alza la testa e si interrompe di colpo.

Ingobbito sulla soglia della cucina, Karl lo fissa con gli occhi ridotti a due fessure. «Che ci fai qui, Heinz?»

23.

Dunque l'agente infiltrato che scriveva le informative inserite nel fascicolo della Nusser era Rottensteiner. L'interruzione dell'indagine e di quelle informative sarebbe dovuta all'esaurimento nervoso del suo collega, che non ha più potuto proseguire l'incarico. Mentre guida nella periferia meridionale della città, però, Barcellona si rimastica in silenzio le informazioni emerse negli ultimi due giorni e ha la sensazione che il crollo di Karl potrebbe avere avuto origine da qualcosa che è accaduto durante l'operazione. Un qualcosa che, ricorsivamente, lo ha portato anni dopo a ricreare le condizioni della sua crisi nella speranza di far affiorare un dettaglio dalla memoria. Quel dettaglio è il nome di Karin Nusser, il legame con le vittime.

La spiegazione psicologica fornita da Heinz Muhr – l'incapacità di Karl di sopportare il peso e l'ambiguità del ruolo di infiltrato come vera causa dell'esaurimento – è valida a livello teorico ma a lui interessano i fatti, quelli che lo psichiatra ha liquidato sbrigativo come "pretesti", ma che sono cruciali in un'indagine, anche se non aggiungono nulla dal punto di vista clinico.

Tanino si è andato a rileggere il dossier e si è segnato i nomi dei due operai che hanno trovato il corpo della Nusser. Non molto, ma almeno è un punto di partenza. Al telefono, Fabrizio Mercurio, l'unico dei due che ha rintracciato, gli ha dato appuntamento a un indirizzo di San Giacomo, appena fuori Bolzano. È una villetta monofamiliare, modesta ma dalle linee gradevoli, con vasi di ciclamini alle ringhiere dei piccoli balconi. L'uomo che gli apre la porta è di bassa statura con un grosso naso rosso da bevitore, ma ha un piglio vigoroso. Nessuno accoglie con piacere la polizia, per nessun motivo, mai. Mercurio però sembra fare eccezione, gli stritola la mano e lo introduce in un salottino che sembra quello delle bambole, ogni mobile e soprammobile è di misura ridotta rispetto alla norma. Anche la moglie, subito spedita in cucina a preparare un caffè che Barcellona non è riuscito a rifiutare, è una donnina di non più di un metro e mezzo dai modi timidi. Il marito, invece, timido non lo è proprio. Barcellona gli ha accennato al telefono il motivo della visita – «Una piccola verifica connessa a un altro caso, perderemo solo cinque minuti» – e a lui adesso evidentemente non dispiace rievocare quello che dev'essere stato l'evento più emozionante della sua vita. Senza badare tanto al particolare che quell'emozione è legata al ritrovamento di una morta ammazzata. Questo tizio si troverebbe a meraviglia con la signora Nives, la vedova impicciona del condominio di Oltrisarco.

«E chi se la dimentica più? Io la signora me la sono sognata la notte per un mese di seguito, all'epoca, e ancora adesso ogni tanto mi capita. Tutta grigia in faccia e con la lingua di fuori, povera donna.»

«Che tipo era?»

«Oh, una energica, sempre in movimento, sa quelle che fanno cinque cose tutte insieme e altre dieci le progettano? Che pare che la terra gli brucia sotto i piedi e star fermi è perdita di tempo? Per dire, la settimana prima, lavorando al massetto delle camere da letto, nella stanza in fondo abbiamo trovato un'intercapedine con dentro una scatola piena di foto, agendine, cose così, e quando gliel'abbiamo data, dalla sua smorfia si capiva che non ne poteva proprio più di quelle cianfrusaglie. La casa, per esempio, era ancora bella, ben tenuta, ma lei aveva voluto ristrutturare lo stesso. Non che a noi operai ci dava una gran confidenza, ma mi ricordo che al vecchio Kohler, buonanima, il titolare della ditta, gli raccontava di averci troppi ricordi per venderla, però bisognava pure rinnovarsi, a un certo punto, ripartire. Mah, la gente parla parla… Perché dovresti ristrutturare casa e poi ammazzarti così? Che senso ha?»

Barcellona prende un appunto, sistemandosi sulla poltroncina troppo angusta per le sue natiche da rugbista mancato, e gli dà silenziosamente ragione: se pensi a risistemare casa, ti ci vedi anche a viverci dentro, hai una proiezione di te nel futuro. Che c'entra allora impiccarsi? Gli viene un pensiero. «A che piano era l'appartamento, se lo ricorda?»

«Sarà stato al quinto o al sesto. Lo scarico per la risulta, fuori dalla finestra, avevamo dovuto farlo bello lungo.»

***

Ironia della sorte, la prima volta che un superiore qui gli dice bravo è proprio quella che Barcellona si vergogna di come ha agito. Il nome del capetto algerino, estorto con promesse fumose in ospedale al ragazzo ferito, gli ha fruttato l'elogio di Moretti che ha colto l'occasione di mollare il caso a quelli della prima sezione, che si occupano di crimine organizzato. A loro il compito di stroncare la gang nordafricana nascente. Un lavoretto di merda in meno.

Ha chiesto all'ispettore se c'è modo di aiutare Matoub, visto anche quel che rischia se si venisse a sapere che ha parlato, ma Moretti si è stretto nelle spalle, massaggiandosi lo scalpo lucido. «È una causa persa. Niente permesso, niente lavoro, invischiato in attività criminali...»

«Però è minorenne e fino a prova contraria le coltellate se l'è solo prese.»

Moretti gli ha risposto senza nemmeno guardarlo: «Me l'hai data tu, la prova contraria, mona. E poi mica dobbiamo fare un processo, qui. Non ci perdere il sonno, quello è legno storto, lo sai tu e lo so io».

Giulia ha assistito alla scena seduta alla sua scrivania e mentre Tanino le passa accanto lo trattiene chiedendogli di Karl: «Non risponde al telefono. Devo preoccuparmi?».

«Aveva difficoltà a dormire, ultimamente. Credo che il medico gli abbia prescritto qualche sonnifero.»

Tanino torna alla sua postazione e si dedica allo schermo del computer. Cerca online informazioni su Karin Nusser, ma a parte qualche notizia relativa al suo passato e alla sua morte non trova nulla che non conosca già. Si appoggia con le braccia dietro la testa allo schienale della sedia che scricchiola. Troppi pensieri in mente, poco da fare e tanta voglia di menare le mani. Meglio staccare la spina, per il momento. Distrarsi. Sfoglia nell'archivio informatico interno il dossier legato ad Assan

Matoub, scorre le foto di alcuni pregiudicati algerini e tunisini. Uno di loro è ricercato: Yassin Fatnassi, il capo della banda, una faccia paciosa e rotonda, sembra tutto tranne che un criminale, un po' come Pablo Escobar. Niente, per quanto provi a concentrarsi su altro, non ci riesce. Mettere il culo in mezzo alle pedate è la sua specialità, e tanto non ha molto altro da fare. Si volta verso il Faina che sta riordinando una pila di scartoffie. «Senti, Pavan...»

«Cosa?»

«Tu eri già qui negli anni Novanta?»

«Mmmmm.»

«Sì?»

«Arrivato fresco fresco da Rovigo nel '91.»

«Ah.»

«Perché?»

«Mi sai dire che faceva Rottensteiner nel '92?»

«Di preciso non lo so, era tipo sotto copertura, io non lo conoscevo ancora, mai visto in questura, naturalmente. Quello poi fu anche l'anno delle bombe nel rione popolare. Ero giovanissimo e mi sono cagato addosso.»

«Bombe?»

«Niente che tu non possa trovare in rete.»

«Be', grazie.»

«Ti risparmio la fatica. Qualcuno aveva messo degli ordigni nel rione Don Bosco, il quartiere a maggioranza italiana. Si pensò subito a Ein Tirol, ma poi venne fuori che era stata opera di uno squilibrato. Non che quelli di Ein Tirol fossero normali...»

Tanino avvicina la sedia a quella di Pavan. «E Karl?»

Il Faina abbassa la voce e si guarda attorno. «Karl, cosa?»

«Che c'entra con le bombe?»

«C'è stata una brutta storia... Senti, io non... Non ho niente contro Karl, anzi lo considero un amico, al contrario di molti qui dentro.»

Barcellona aggrotta la fronte. Gli dovrà un favore pure il Faina? «Pavan... Tullio, sto cercando solo di capirci qualcosa. Voglio aiutarlo anch'io, lo sto facendo, ma ci hanno sbattuto in panchina e non è facile. Sono fuori dai giochi, fuori dalla stanza dei bottoni, non so nulla di come sta andando l'indagine, non partecipo alle riunioni operative, ignoro che sta succedendo e non ho accesso ai rapporti di Freni e ai profili tracciati da Biondi.»

«Buono quello.» Il Faina si guarda attorno con atteggiamento carbonaro. Si rimette a impilare fogli e riordinare cartelle e abbassa il tono: «Non so i dettagli. Sono voci, perciò non ti assicuro che sia tutto vero, ma sembra che una sera Karl abbia combinato una cazzata madornale».

«Che tipo di cazzata?»

«Sssssss.» Pavan muove la mano dall'alto verso il basso. «Parla piano.»

Barcellona si sente uno stupido, ma lo asseconda. «Che cazzata?»

«Ora tu lo conosci così, ma all'epoca Karl era uno tipo Mel Gibson in *Arma letale*, Gene Hackman nel *Braccio violento della legge*, Clint Eastwood nell'*Ispettore Callaghan*, Charles Bronson nel *Giustiziere della notte*... Hai presente? Gli somiglia pure...»

Se Pavan solo sapesse quello che ha passato negli ultimi giorni con Karl... Tanino continua ad assecondarlo anche se non ha capito a chi dovrebbe somigliare, se dovesse scegliere forse sceglierebbe Mel Gibson.

«In che senso?»

«Nel senso che non ci pensava due volte a far saltare i denti a un borseggiatore o minacciare uno spaccino con una pistola alla tempia, roba così.»

«Uhm.»

«Libero di non crederci, ti dico solo quello che ho sentito. Il nostro comune amico si considerava un cowboy. Il look era già quello, sì… Insomma una sera per qualche motivo, c'è chi dice che la moglie gli avesse appena chiesto il divorzio…»

«Non è possibile. Sua figlia non era manco nata, Faina, dài, su.»

«Te l'ho detto, sono solo voci.»

«Vabbè, le voci non mi interessano. Che è successo?»

«Sssssss.»

«Ok, ok.»

«Figurati che secondo alcuni ha un'altra famiglia in Canada…»

«Tullio, vuoi scippare bastonate?»

«Ok, ok. Per colpa del lavoro era fuori di testa e dopo aver rischiato la pelle alla roulette russa in una bisca clandestina nella cantina di un night club…»

«Mi stai prendendo per il culo.»

«Sì.» La sua risata è un risucchio strozzato con cui mostra i denti da roditore.

«Lasciamo perdere… è meglio.»

«No aspetta.» Non ha ancora finito di ridere. «Aspetta. Uhhhh, uhhh.» Si asciuga una lacrima con un fazzoletto di stoffa granata stirato alla perfezione. Alcuni colleghi si voltano a guardarlo, poi tornano alle loro occupazioni.

Tanino sospira. Questo è andato quanto quell'altro, ma cosa c'è nell'acquedotto di questa città? Acido? O sarà che bevono troppo? O forse che si sposano tra loro… «Scusa, di dove hai detto che sono i tuoi?»

«Non l'ho detto. Badia Polesine. Tutta la mia famiglia viene da lì, pure mia moglie. Perché?»

«Niente, va' avanti. Senza bische e roulette russe varie, perdio.»

«Sono solo voci, però. Non garantisco…»

«Tullio, ho capito.»

«Per farla breve e senza fronzoli.»

«Bravo.»

«C'è chi sostiene che durante l'incarico speciale Karl abbia avuto una storia con qualcuno che doveva tenere d'occhio, poi qualcosa è andato storto, ha avuto un esaurimento e stava pure per mollare indagine e lavoro. Una notte era in giro a farsi passare la luna storta e vede un tizio sospetto che si infila in un garage, lo segue, lo becca mentre tenta di rubare un'auto, lo ammazza di botte, lo ammanetta alla macchina e se ne va, perché non può portarlo in questura senza rischiare di far saltare la copertura. Qualcuno chiama il 113 per le urla e quando arrivano una bomba salta per aria proprio lì vicino. Quasi ci scappa il morto, uno dei due colleghi è finito in coma non mi ricordo per quanti giorni, poi si è ripreso, ma ha perso la vista. È tornato al suo paese e non se n'è saputo più nulla. Insomma, se Rottensteiner era già fuori di melone, la cosa di certo non lo ha aiutato.»

***

Il primo colpo crepa il parabrezza, il secondo lo sfonda. L'estintore finisce la sua corsa sulla schiena dell'uomo rannicchiato sul sedile. Lui allunga la mano all'interno del veicolo e sblocca la sicura. Salta giù dal cofano, il tacco degli stivali riecheggia nel garage, apre la portiera dell'auto, afferra l'occupante per il colletto e lo trascina fuori, a terra. Gli pianta una rotula sullo sterno. È pronto a colpirlo, poi si ferma. Non sono le lacrime o le urla a bloccarlo, solo questa volta non ne vale la pena. Prende le manette dalla tasca interna del giubbotto di jeans. Lo lascia attaccato alla maniglia della porta della 131. Risale la rampa. Il vento soffia su via Genova sollevando foglie secche e cartacce. La cabina telefonica più vicina è all'incrocio con ponte Palermo. Solleva il colletto foderato di lana bianca, chiude l'ultimo bottone. Sono quasi le tre, per strada non c'è nessuno. Il freddo è secco come una lama. La cornetta del telefono è sudicia e, quando pronuncia il suo cognome, dalla bocca gli esce una nuvola di condensa. Sì, sa tutto delle grida che vengono dal garage di via Genova 15. No, non sa chi ha chiamato, ma i condomini non devono aver gradito la sveglia nel cuore della notte a suon di lamiere percosse, vetri fracassati e urla. Sì, che mandino una pattuglia in fretta, prima che arrivino i carabinieri. C'è sempre qualcuno che chiama anche il 112. Il rapporto lo farà domani. Ora è stanco, Rottensteiner non è mai stato così stanco. Nemmeno quando non ha dormito per trentasei ore con l'amfetamina che gli divorava lo stomaco aspettando invano in macchina un contatto. No, così stanco, mai.

Il cielo è limpido, i semafori lampeggiano e lo scroscio del fiume è rumore bianco. Alcuni boati, tuoni senza lampi, rimbombano sulla città. All'apertura del primo bar ci vuole ancora molto. Il caffè dovrà aspettare. È tutta la notte che gira come una iena in gabbia per il quartiere, forse è arrivato il momento di buttarsi sotto una doccia calda e di lasciare che le ossa si riscaldino un po'. Forse. A tornare a casa non ci pensa quasi mai.

Prima non se n'era accorto, ma ora si rende conto che le nocche della mano destra sono spellate e arrossate, sul punto di sanguinare. Cammina. In lontananza una sirena taglia l'aria verso viale Druso. Pompieri nei pressi della caserma. Un altro tuono e un altro ancora. È una cosa rapida e subito dopo l'atmosfera torna tranquilla, di nuovo. I passi negli stivali da cowboy risuonano sul marciapiede. Supera e incrocia una serie di strade intitolate a città italiane, percorrendo una geografia schizoide: Cagliari, Brescia, Belluno, Udine, Sassari, Alessandria, Parma, Milano. Si infila tra giardini, palazzi e garage. Sale le rampe di scale che portano sul cavalcavia pedonale. Le vetrine sono nascoste dalle serrande abbassate. Imbocca la discesa verso via Sorrento. C'è un'unica finestra illuminata al quarto piano di un casermone. Quell'unico brandello di vita nel grigio dell'edilizia agevolata lo riscuote dalla fantasia di essere l'ultimo uomo sulla terra come in un episodio di *Ai confini della realtà*. Le gambe lo portano inesorabilmente verso casa.

La costruzione è bassa, si incunea di sbieco tra un capannone della zona artigianale, un cantiere edilizio e un vigneto, delimitata da un muro scalcagnato e una rete arrugginita. Una parte della vigna è sua. Spinge il cancello cigolante. Quando la madre è morta, il padre l'ha seguita poco dopo e gli ha lasciato la casa ereditata dal nonno. È uno dei pochi masi cittadini rimasti in piedi sul lato meridionale di viale Druso. Dovrebbe potare meglio i rami del pino che ostruiscono una parte dell'ingresso, dovrebbe fare molte cose. Cerca le chiavi sotto lo sguardo del crocifisso a grandezza naturale che sovrasta la parete con la scala esterna accanto all'ingresso. Il bagliore arancione dei lampioni del viale che filtra tra gli alberi ne sottolinea gli addominali, le costole, le clavicole, il mento e gli zigomi. Sul portone di legno ci sono ancora le tre iniziali dei Re Magi tracciate col gesso molti anni prima.

Va in bagno. La doccia può aspettare, prende dall'armadietto dei medicinali la scatola del Tavor. Si versa un bicchiere d'acqua. Lo posa sul piano di vetro del tavolino in salotto. Butta il giubbotto sulla poltrona, sfila gli stivali, accende la tv in bianco e nero e si lascia cadere sul divano, mentre i golfisti provano il loro swing su un canale jugoslavo. Ingolla due pillole, si scola l'acqua in un sorso e si stende. Fissa il soffitto mentre il bagliore del televisore dilata e restringe le ombre della stanza.

Quando si sveglia sono le undici passate e lo schermo trasmette un'edizione speciale del telegiornale locale. Nella notte qualcuno ha fatto saltare in aria la parte italiana della città.

***

Il nevischio farinoso caduto durante la notte sfreccia in raffiche improvvise sollevato dal vento. Barcellona stringe la sciarpa al collo e raggiunge di buona lena Rottensteiner che lo aspetta di fronte all'ingresso del duomo. Ha il volto sciupato, la barba ormai folta e le occhiaie, ma lo sguardo è presente. Indossa un giubbotto in pelle di montone che ha visto tempi migliori e porta un cappello di lana nero calcato sulla fronte. Quando Karl ha telefonato non gli ha dato spiegazioni, ha solo chiesto di incontrarlo a fine turno. A uno dei due leoni a guardia del portone manca la mandibola.

«Ehi.» Le mani restano in tasca.

Qui non ci si bacia sulla guancia ogni volta che ci si incontra, anzi non ci si bacia proprio. Se va bene ti danno la mano.

«Ehi.»

«Fink si occupava di trasporti. Organizzava i pullman di turisti tedeschi per il mercatino di Natale e per turisti italiani diretti all'Oktoberfest.» Rottensteiner taglia corto senza perdersi in convenevoli.

«Perché parli al passato?»

«Perché ho chiamato la sede in Austria e mi hanno detto che la ditta non è più sua. Non hanno potuto dirmi altro.»

«Mi hai fatto venire per questo? Per dirmi che Fink forse è andato in pensione?»

«No. Ti ho fatto venire perché ho chiesto un po' in giro. Alois, quello della bancarella del vin brulé, mi ha spiegato che gli autisti sono sempre gli stessi da anni e spesso si fermano da lui o da qualcun altro per fare quattro chiacchiere, scaldarsi e mangiare qualcosa a un prezzo di favore.»

Barcellona accende una sigaretta. «A che ora arrivano i pullman?»

«Sono già arrivati. Andiamo.»

Il Natale è vicino e la folla si accalca nelle stradine attorno a piazza Walther, le bancarelle di legno simili a chalet sono in piedi da settimane, Karl e Tanino si infilano in un cortile interno aperto per l'occasione tra la piazza principale e la stretta via della Mostra con enormi abeti addobbati di palle e festoni giganteschi. Una torma di bambini corre e si accalca sui giochi di legno. I turisti sciamano lenti e chiassosi. Una babele di lingue e dialetti copre le canzoni natalizie diffuse dagli altoparlanti. Si dirigono verso una bancarella da cui proviene un fumo speziato di chiodi di garofano, cannella e vino cotto. L'uomo dietro il banco confabula con Karl poi indica tre tizi che mangiano in piedi attorno a una grossa botte.

Il più anziano del terzetto sta addentando un currywurst annegato nella senape. È di Vipiteno e parla italiano. Moritz Fink secondo lui era un tipo tutto d'un pezzo, non dava troppa confidenza ai dipendenti anche se era generoso, ma guai a parlare di politica, lo ricorda con rispettoso affetto. Ha fatto una brutta fine. L'Alzheimer se l'è mangiato vivo giorno dopo giorno. Lui e altri due vecchi autisti sono andati a trovarlo alla clinica Birkermaier di Innsbruck anni fa. Era ancora in sé, anche se perdeva colpi. Ha ceduto la ditta, ha garantito ai suoi dipendenti di continuare a lavorare per la nuova proprietà, che per inciso non è poi così larga di manica. Dopo la visita li ha ringraziati e ha chiesto loro, anzi intimato, di non tornare mai più. Lo stesso, a quanto pare, ha fatto con sua moglie Renate. Di cognome Neulichedl. Una bavarese. No, non hanno mai più visto nemmeno lei. Deve essersi rifatta una vita in Germania. Era più giovane, molto più giovane di lui, l'avranno vista sì e no tre volte in un decennio.

Si salutano stringendosi la mano.

I due poliziotti si avviano tra la folla verso la piazza.

«Il nostro Fink si è davvero risposato dopo la Nusser...» Tanino lascia la frase in sospeso. «Cazzo, quello è Fatnassi.»

Si fa largo tra la gente, puntando dritto sul tunisino ricercato, ma talmente spavaldo da aggirarsi per il mercatino. Karl lo segue lasciandosi distanziare e quando Barcellona si volta un secondo per capire se sia dietro di lui, il collega è già sparito, forse inghiottito dai turisti. Non importa, fende la folla grazie alla sua stazza. Quel malacarne merita di finire in questura a calci nel culo. È a una decina di metri, quando l'uomo si accorge di lui. Il sorriso gli si smorza sul volto rotondo, sente puzza di sbirro, gira i tacchi e affretta il passo. Tanino scatta e Fatnassi corre, spinge le persone, una signora dalla risata cristallina cade a terra, la gente si scansa. È veloce il bastardo. Attraversa la piazza zigzagando tra le casette di legno, sta per scartare verso via Stazione, ma un gruppo di ragazzini occupa tutto lo spazio. Esita un secondo, quindi imbocca via della Rena. Aumenta la falcata.

Tanino è costretto a fermarsi quando una coppia di anziani molla gli ormeggi da una bancarella e gli attraversa la strada. Riparte come un razzo e infila la stradina, riesce a vedere l'uomo in fuga a una ventina di metri dove la strada piega verso sinistra all'ingresso della galleria commerciale che la collega con la piazza. Fatnassi supera un uomo che porta la bici a mano, lo spinge di lato con una spallata e afferra la bicicletta prima che cada. Barcellona corre. Fatnassi salta in sella, fa tre pedalate sul selciato umido quando viene scagliato a terra da un pugno che lo colpisce sull'orecchio. Dagli altoparlanti lungo la strada echeggiano le note di *White Christmas*. Karl è uscito di corsa dalla galleria, saltando tre a tre i gradini della scalinata addobbata di vischio. Fatnassi è a terra, incastrato tra le ruote e il telaio, qualcuno urla, qualcuno si scansa e resta a guardare.

Tanino si avvicina e col fiato corto cerca di farsi sentire da tutti. «Polizia.»

Karl si avventa su Fatnassi, i denti scoperti, i capelli arruffati. Lo tiene a terra con la mano sinistra alla gola e un ginocchio sul petto. Il tunisino non riesce nemmeno a gridare, mentre la scocca d'alluminio e gli ingranaggi del cambio gli strappano la carne della schiena. Karl solleva il braccio destro, pronto a colpire, Fatnassi chiude gli occhi e mormora qualcosa tra le lacrime.

«Karl.» La voce di Barcellona è ferma, anche se deglutire gli costa fatica.

Rottensteiner si volta a guardarlo, la fronte corrugata, le narici dilatate, gli occhi brutali. Esita un secondo, poi si alza, sollevando Fatnassi per il bavero senza sforzo apparente, come fosse un gambo di sedano. Lo spinge verso Tanino, che lo ammanetta.

Rottensteiner se ne va poco prima che arrivi la volante che porta via Yassin Fatnassi sotto lo sguardo curioso di alcuni passanti. Meglio non farsi vedere. Barcellona parla con i colleghi, li raggiungerà in questura più tardi, ha bisogno di prendere aria. Ritorna sui suoi passi verso piazza Walther. Si aggira frastornato tra le bancarelle, le luci colorate e gli odori di cibo. A Giusi piacerebbe. Deve ancora dirle che il Natale lo passerà a Bolzano. Conoscendola, insisterà per andare a trovarlo. Dovrà fare leva sul suo senso del dovere familiare per convincerla a restare a Messina con i genitori e i parenti, e prima o poi dovrà trovare il modo di sistemare le cose tra loro, anche se lei non è affatto stupida e lui non la sente da giorni.

Indugia pigramente davanti ad alcuni angioletti di ceramica, alle statue del presepe di legno, quindi passa oltre. La ragazza dietro il banco dei dolci sta tagliando delle minuscole fette di torta al cioccolato e dei quadrati di strudel da offrire agli avventori. Tutto è luminoso e accogliente, i turisti sembrano felici. Poi lo sguardo gli cade sul muro esterno di uno stand poco più in là, da cui spuntano piume e ciuffi ispidi di pelo. Si avvicina. Animali impagliati dagli occhi di vetro, campanacci, coltelli col manico di corno e le lame tirate a specchio, grotteschi cappelli di feltro adorni di piume multicolori, teste intagliate di spauracchi e, sulla parete di fondo, maschere demoniache di cuoio e pelo con corna d'ariete e cervo che lo osservano dalle orbite vuote. Quando i bambini passano lì davanti, ammutoliscono e gli adulti ridono forzatamente.

C'è qualcosa di familiare in quei ghigni, qualcosa di sepolto nella sua memoria, un lontano richiamo alla brutalità primitiva. Resta incantato davanti allo spavento. L'uomo seduto dietro il bancone si limita a pressare il tabacco nella pipa, poi accende il braciere fissandolo. Sulle guance, favoriti sale e pepe d'altri tempi e un accento indefinito in bocca. Indica la maschera al centro, pelo lungo bianco che pende stopposo da un muso orsino allungato, un palco di corna di cervo accerchiate alla base da becchi di gallo e una barba di piume grigiastre. «Vuole provarla? È una maschera da Krampus di inizio Ottocento, originale.»

Tanino parla senza pensare e si stupisce da solo della risposta. «Sì.»

C'è un sentore di cuoio antico, grappa rancida e pece secca, prima che gli occhi raggiungano l'altezza delle fessure sormontate da lunghe piume simili ad antenne di falena, il buio è denso come catrame, il rumore caotico si attenua fino a diventare una ronzante litania. Il respiro amplificato ha il suono di una galassia che ruota. Avverte il peso della maschera sulla sommità della testa e sulle spalle. Guardare fuori di lì è come sbirciare il mondo dalla propria caotica ferocia. Le luci sono festoni lattei, le persone solo ombre che si fondono e si ammassano. Piega il collo in avanti, da quell'angolatura riesce a scorgere solo i bambini con le facce trasfigurate da un terrore paralizzante. L'odore è penetrante, alcolico. È tutto al rovescio, in negativo. Proprio come la città in cui è capitato. Gli sembra di essere in una palla di vetro con la neve, solo che quando la scuoti la neve è nera. Dà le spalle alla bancarella e si imbatte in uno specchio. Adesso fai paura, Tanino, spaventati anche tu.

La sfila con fatica, è paonazzo. Il fiato corto. La allunga all'uomo dietro il banco. Parla solo per cortesia, anche se vorrebbe andarsene subito: «Quanto costa una cosa del genere?».

«Oh, non è in vendita.»

24.

La Golf esce dall'autostrada a Vipiteno e segue la statale che sale fino al Brennero, supera la stazione ferroviaria e un centro commerciale e infine attraversa il confine sotto lo sguardo di un poliziotto austriaco armato fino ai denti. Tanino non osa controllare il termometro, la strada è una lingua d'asfalto nel bianco. Le gomme invernali, alla fine, sono servite. Superano Matrei e passano sotto il ponte Europa, circondati da abeti e pini imbiancati. Non ci sono molte auto in giro. Non hanno scelto di allungare la strada di più di un'ora solo per evitare il traffico, ma perché il confine sull'autostrada è blindato. Vienna vorrebbe costruirci un muro e per ora si limita a riempire il passo di uomini in assetto di guerra, uomini che chiedono i documenti, che registrano le entrate e le uscite, che prendono nota. Loro preferiscono passare inosservati. Meglio allungare ed essere scambiati per turisti del sesso o del gioco in cerca di un bordello o di un casinò, che lasciare tracce. Salgono, scendono, è tutto una curva, costeggiano l'autostrada. La neve si dirada. Innsbruck sembra una bomboniera. La radio passa quella che lui ha sempre chiamato *Light Fandango*, uno di quei brani che tutti conoscono, ma di cui nessuno ricorda come si intitoli e di chi sia. Tanino allunga la mano e smorza il volume già basso. Quel pezzo, comunque, non gli è mai piaciuto. Karl ha dormito fino a dopo Bressanone, poi con gli occhi, lucidi e infossati, gli ha indicato la strada con lo stesso calore nella voce di un navigatore satellitare.

I corridoi di villa Birkermaier hanno un vago odore di canfora e lavanda, devono aver appena lavato i pavimenti. Per il resto, sembra più un albergo alpino che una casa di cura.

Karl scambia qualche parola con un addetto alla reception. Sarà che parlano in tedesco, ma a Tanino il suo tono sembra di nuovo sicuro. Anche nei gesti, elargiti con parsimonia, c'è fermezza. E pure il viso del collega, mentre attraversavano le strade di Innsbruck, gli è parso meno tormentato. Forse la sua mente lavora a compartimenti stagni a seconda delle situazioni, adesso è il momento di alzare la soglia di guardia, di concentrarsi. Si è accorciato la barba, che ormai è solo un'ombra bluastra sul mento e sulla mascella, spuntato i baffi e sfoltito le basette. I capelli tirati all'indietro sono in ordine, anche se alcuni ciuffi ribelli si ostinano a rompere le righe. E di nuovo, appena lo vede scoprire i denti in una smorfia, riappare quella sensazione di avere a che fare con un essere ferino.

Quando ha telefonato per avere informazioni su Moritz Fink, era ancora stanco e mortificato dalle medicine, ma Barcellona ha colto uno sprazzo di quella ferocia pronta a emergere e a riscattarlo. Un uomo distrutto e salvato dalla sua stessa missione, chissà, forse anche lui prima o poi finirà così o magari invece come Moretti, vecchio e disilluso. Sia come sia, finirà male solo se prenderà le cose troppo a cuore. Ha sentito il bisogno di chiamare Giusi, di farsi confortare da una voce amica, comprensiva, materna. Poi ha lasciato perdere. Giusi, Loredana, Daniela... Mentre le immagini dei loro volti e dei loro corpi gli accendevano di calore e di ansia il basso ventre, Rottensteiner finiva di parlare in ostrogoto con Innsbruck. E così, eccoli lì, che si spacciano per vecchi allievi e poi amici di Moritz dei tempi della scuola agraria di Laimburg venuti a trovarlo dopo tanto tempo. Lo sguardo della donna che li accompagna è impassibile eppure li sta chiaramente giudicando: che razza di amici sono quelli che hanno il coraggio di presentarsi solo ora? Gente che ha paura della malattia, che ha paura di subire la stessa sorte.

I tacchi degli stivali di Karl rimbombano sull'impiantito e causano l'unico rumore che interferisce con la quiete del quarto piano della clinica. Oltre le finestre, i larici ondeggiano spinti dal vento, spruzzando di neve i vetri. Non sanno cosa aspettarsi. Al telefono, a Karl non hanno detto nulla. La donna che li precede si ferma con la mano sulla porta, parla con Karl sotto voce e lui si rivolge a Tanino nello stesso modo.

«Dice che per anni la sua demenza si è mantenuta stazionaria, ma ormai si aggrava ogni giorno che passa.» Il sussurro è una litania, la mano si muove appena, la maniglia ancora a metà del suo percorso. «Fino a qualche mese fa non ricordava i nomi dei familiari, li confondeva, non sapeva dove si trovava e quando. Si arrabbiava e si placava nel giro di pochi minuti senza apparente motivo.» Karl annuisce, la donna va avanti. Rottensteiner traduce: «Ha mollato... E ora ha bisogno di assistenza per vestirsi, mangiare, andare in bagno. L'Alzheimer è una brutta bestia».

Tanino parla piano, si sente come fosse in chiesa: «Ma capisce qualcosa? O siamo venuti qui per niente?».

Karl chiede, si rabbuia e traduce ancora: «Può esprimere emozioni attraverso il viso».

«E ce lo dice solo ora?»

La donna lo guarda, poi guarda Karl, ma lui si limita a indicare la porta col mento. «Ci sta preparando a incontrarlo. Al telefono non ci avrebbero mai detto queste cose... Privacy.»

Barcellona si guarda attorno, come se qualcuno potesse capirlo. «Privacy, figurati... Ci hanno lasciato entrare a vederlo senza chiederci nulla.»

«All'ingresso mi hanno detto che non viene nessuno da anni, tranne noi e una signora qualche mese fa. Non sanno chi fosse.»

Tanino sta per dire qualcosa, ma alla fine la caporeparto abbassa del tutto la maniglia e apre la porta. Entra per prima, si guarda attorno nella penombra creata dagli scuri, accende una lampada dalla luce gentile e si congeda mormorando qualcosa mentre indica un pulsante per chiamarla.

Moritz Fink è seduto in poltrona, con un plaid sulle gambe; qualcuno, mentre salivano le scale, deve averlo preparato. Indossa una camicia azzurra e un cardigan grigio, da sotto la coperta spuntano un paio di pantofole di pelle rossa, quasi marrone. La bava agli angoli della bocca si è addensata in piccoli triangoli di colla vinilica, le mani solcate da vene spesse sono preda di impercettibili tremiti e gli occhi ridotti a bilie di vetro che scrutano il vuoto. Ha una settantina d'anni, ma ne dimostra almeno venti di più. Si avvicinano, è rasato di fresco, la sua pelle sembra quella di un cane spelacchiato. La calvizie è divorata dalla lentigo. Puzza di sapone e muffa.

«Herr Fink? Moritz?»

Niente, nessuna reazione.

Tanino lo fissa con la curiosità di un entomologo alle prese con un tafano. Si gratta dietro l'orecchio, quindi si passa la mano dalla fronte agli occhi, come volesse lavare via la stanchezza accumulata. L'Alzheimer di Fink è un ostacolo insormontabile, ma Karl non desiste. Barcellona non capisce nulla di quello che gli sta dicendo se non qualche nome.

«Moritz, erinnern sie sich an ihre Frau Karin?»

L'altro sbatte le palpebre un paio di volte. Uno spasmo gli squassa lo zigomo sinistro, ma lo sguardo è vitreo. C'è una lacrima appesa all'angolo dell'occhio. Impossibile stabilire se sia una semplice reazione corporea lubrificante o se qualcosa o qualcuno sopravvive in quel guscio inerme.

«Und Christine? Erinnern sie sich an ihre Tochter Christine?»

Non ci giurerebbe, ma il tedesco di Rottensteiner sembra ancora più aspro e arrotato, anche se non alza mai la voce. «Moritz? Wissen sie was zu ihrer Familie passiert ist?»

Al vecchio trema il labbro inferiore, una pallida ombra gli attraversa il volto. Le iridi verdi, annegate nella sclera gialla, sembrano iniettarsi di un sentimento simile al disprezzo più che alla benevolenza, poi, in quegli occhi sgranati e opachi, un altro brandello di coscienza sembra perdersi per sempre e la stanza si riempie di odore di merda.

Evitano l'ascensore e scendono le scale. Tanino guarda l'orologio: se partono adesso in un paio d'ore sono a Bolzano. Segue Rottensteiner fino alla hall e oltre, verso una sala dalle grandi vetrate con alcuni divani e poltrone dove Barcellona prende un pacchetto di biscotti al cacao dal distributore automatico.

Karl si limita a una bottiglia d'acqua. «Gli ho chiesto se si ricordava della moglie e della figlia e se sapeva cosa fosse successo.»

«Avevo intuito. Senti, non pensi che sarebbe il caso di avvertire i colleghi di qui? Insomma, mi pare chiaro che la malattia esclude Fink dai sospetti, ma non ancora dalle possibili vittime. Anche lui potrebbe essere sulla lista nera del nostro uomo, visto il suo passato. Se abbiamo ragione, è questo il filo rosso che collega tutto... Non è che per caso ti devono dei favori anche da queste parti?»

«Se lo voleva morto, sarebbe morto da un pezzo. Siamo entrati senza problemi, no? Potrebbe fare lo stesso chiunque ed è la vittima perfetta. Non si muove, non urla...»

«Questo non significa niente. Quello segue un suo schema, ha un elenco di persone da eliminare in un certo ordine. Il fascio tossico per esempio, Agostinelli, finora pare un caso a parte, no? Eppure deve entrarci anche lui. Sorvegliando Fink, magari siamo fortunati e la polizia austriaca lo prende con le mani nel sacco. Non lascerei niente di intentato, ma dobbiamo sbrigarci.»

«C'è un solo modo sicuro, allora.»

«Passare dalla gerarchia. Di nuovo la Guidi, non me lo dire, cazzo.»

«Oppure facciamo una telefonata anonima, ma figurati se ci danno retta.»

«Andiamo bene. Le parli tu?»

Rottensteiner annuisce rigido. «Le parlo io.»

«Mi chiedo anche chi sia la donna che è venuta a trovarlo qualche mese fa... Sono decenni che se n'è andato dall'Italia.»

«Appunto. Si era rifatto una vita in Austria. Sarà stata Renate, la nuova moglie, o un'altra donna, una convivente, un'amica...»

«Di questa Renate ci sarà una traccia nell'anagrafe austriaca, no? Potremmo chiedere a Martin di fare un tentativo anche in questa direzione.»

Con l'odore di merda ancora nelle narici, Tanino preme l'acceleratore. Si lasciano Innsbruck alle spalle con un pugno di mosche. Poco prima del confine, mentre risalgono la serpentina di curve sotto il ponte Europa, ripensa al viso marmoreo di Fink, l'idea di mandare Karl a bussare di nuovo dalla Guidi è frustrante. Batte una mano sul volante. «Qui giriamo in tondo. Hai ragione tu, abbiamo a che fare con i fantasmi.» Osserva il collega per un istante quindi torna a fissare la strada.

Karl ha un'espressione vigile, tesa. «I fantasmi sono roba da matti, ma le tracce che si lasciano dietro, no.»

Tanino si domanda se ha appena udito un embrione di battuta. Se è così, o Rottensteiner sta migliorando o le cose stanno precipitando. Non sa che dire e comunque non ne ha il tempo, Karl armeggia col cellulare e lo porta all'orecchio. Aspetta la connessione, poi parla in tedesco con qualcuno. Barcellona, al solito, afferra solo poche parole. Il collega riattacca.

«Be'?»

«Ho chiamato Martin.»

«Seelaus?»

«Sì.»

«E rieccoci alle pinze: tutto devo tirarti fuori. Allora?»

«Gli ho chiesto di fare un controllo.»

«E?»

«Aspetto la risposta.»

«Malanova... Che tipo di controllo, se non ti spiace?»

«A maglie larghe in rete, per articoli giornalistici o altre ricorrenze. Ma anche tasse di successione, atti notarili, roba del genere. Moretti ha i contatti giusti per queste cose, ma per il momento è meglio rivolgersi a Martin. Ne caverà qualcosa anche lui.»

«Non ti fidi di Moretti?»

«Non voglio coinvolgerlo.»

«E Seelaus, sì?»

«È diverso.»

«Perché mai?»

«Antonio sta per andare in pensione, ha già i suoi grattacapi, non gli servo pure io tra i piedi. Non voglio se ne vada con qualche macchia che non avrebbe il tempo di cancellare.»

«Capisco. Gli hai detto anche della questione dell'anagrafe?»

Karl guarda fuori dal finestrino, sembra rivolgersi al suo riflesso: «Sì, ci vorrà un po' per quello, i server degli enti pubblici austriaci non collaborano, dice lui...». Dopo una pausa di un paio di minuti, se ne esce così: «Secondo te il male ha una sostanza? Un'origine? Ha delle radici?».

Ci risiamo. Tanino non sa se dargli corda, cambiare discorso o tacere. Alla fine decide che è meglio concentrarsi sulla guida.

«Elke mi ha raccontato di un libro di cui hanno parlato a scuola, voleva che lo leggessi anch'io, come tutto quello per cui si entusiasma. È un saggio sul processo a Eichmann, il burocrate nazista che ha amministrato la macchina organizzativa dello sterminio. Un ragioniere, un contabile della morte... Il male non ha sostanza, non c'è niente da cercare o da capire. Non ci sono profondità oscure da scandagliare. È limpido, cristallino. Banale.»

«Karl, te lo chiedo senza mezzi termini: ti senti bene?»

«Ho preso le medicine, se è quello che ti interessa.»

«Allora non ti seguo.»

«È tutto sotto il nostro naso, ma non lo vediamo. Cerchiamo la soluzione di un enigma che non ha sostanza se non la sua banalità. Non siamo attenti, o forse lo siamo troppo. Vediamo un cerchio all'orizzonte senza accorgerci che in realtà è una sfera.»

«O viceversa.»

Rottensteiner abbassa lo sguardo, come se cercasse qualcosa tra gli Stetson. «O viceversa, Tanino, genau, o viceversa.»

Sono così stanca. Stanca della scuola, di Gregor e delle sue scenate patetiche, di quella stronza di matematica, di quelli che cercano di fare colpo sgasando con la moto mentre attraversi la strada, che pensano di essere fighi perché sono punk e suonano nella cantina della nonna ogni venerdì. Città ridicola, sono nata in una città ridicola in una provincia grottesca, di cui sembrano tutti andare fieri tranne me. Un posto di dementi, a cominciare da casa mia. Con quegli sfigati che vanno e vengono e passano le serate a riempirsi la bocca di scemate senza senso. Parole vuote a cui danno una tale importanza… orgoglio, identità, lotta. Ogni sera, ogni notte a parlare, progettare, litigare in salotto mentre cerco di fare i compiti nell'altra stanza o di dormire o di morire per i cazzi miei e invece no, ancora e ancora e ancora. E mi va pure bene finché mi lasciano in pace in cameretta e non mi dicono: "Chris che ne pensi tu di questo e di quello, che ne pensano quelli della tua generazione?". E io mi immagino di rispondere: "Pensano che dovete morire male tutti quanti così la smettete di rompere". E invece annuisco, fingo di essere timida e stupida… Così almeno mi lasciano stare.

25.

Il curatore testamentario di Karin Nusser è lo studio notarile Achmüller.

Vengono fatti accomodare in una sala d'attesa con vista sulle guglie, le torrette, i tetti e i bovindi di via Talvera. Tanino non fa in tempo a finire l'articolo di fondo del giornale locale sulla trasformazione della città, l'ondata di violenza tra immigrati fuori controllo, le bande di ladri di biciclette di lusso e il "Cacciatore di uomini soli", che la segretaria li richiama: il notaio può riceverli.

Il notaio Achmüller gira intorno alla scrivania di noce intarsiato e avanza per stringere loro la mano. «Piacere. Prego, accomodatevi.» Indossa un paio di scarpe con tacco vertiginoso su cui si muove bene, ma non a suo agio, e un tailleur bianco con gonna sotto il ginocchio che non le rende giustizia. Quando parla, la voce roca è lana di roccia, si chiama Barbara, ha i capelli biondi raccolti in uno chignon, gli occhi di un curioso colore mielato con screziature verdi e Tanino, ancor prima di sedere su una delle due poltrone chester rosso ciliegia, si è già innamorato.

«Come posso aiutarvi?»

Rottensteiner è più pronto a rispondere, perché il modo in cui il notaio arrota le erre a Tanino muove qualcosa dentro e lo rende contemplativo. «Abbiamo bisogno di notizie sulle questioni ereditarie di Karin Nusser, che il suo studio ha seguito qualche anno fa. I nomi della signora Nusser e del marito sono venuti fuori nel corso di un'indagine e vorremmo qualche delucidazione. Beneficiari dei lasciti, notizie connesse, tutto quello che le viene in mente può essere d'aiuto.»

La donna annuisce congiungendo i polpastrelli davanti alle labbra piene. «Famiglia molto sfortunata, quella. Erano clienti di mio padre prima di me e per quel che ricordo non hanno mai avuto una vita facile. Riguardo alle disposizioni testamentarie, gli atti sono pubblici e non ho alcuna difficoltà a mettervene una copia a disposizione, così potrete consultarli con calma. Sulle questioni personali, capirete che motivi deontologici mi impongono di non rilasciare dichiarazioni ufficiali, tuttavia, dato che purtroppo le persone che vi interessano non sono più in vita, possiamo fare una chiacchierata. Nessun verbale, però.»

«Ci basta la chiacchierata.» Barcellona sorride un po' troppo e se ne accorge. Per recuperare terreno affonda il primo colpo: «Moritz Fink, il marito della signora Nusser, non è ancora morto, non ha obblighi nei suoi confronti?».

Barbara Achmüller irrigidisce appena il labbro superiore in quella che sembra una smorfia contenuta di disprezzo. «Il signor Fink non è mai stato un cliente dello studio e non risulta fra i beneficiari del testamento.»

«Come mai?»

Il notaio abbassa la voce di un tono, ora ha quasi un timbro maschile: «Immagino conosciate la storia. La loro unica figlia, Christine, si è suicidata nel '92, aveva diciassette anni». Per un attimo perde lo sguardo oltre le teste dei poliziotti, in una tela appesa alla parete che raffigura un promontorio aggettante su un mare ondoso, ma si rianima prima che i due facciano altre domande. «A quell'epoca Nusser e Fink erano già divorziati, io ancora nemmeno lavoravo, ma ricordo bene il fatto; mio padre me ne parlò sconvolto. Il signor Fink si risposò soltanto un mese dopo la morte della ragazza. Nemmeno la delicatezza di osservare un periodo di lutto minimo per la figlia. Qualunque cosa sia successa tra loro, doveva essere grave, non penso si siano mai più parlati. E naturalmente lui non è stato menzionato nelle ultime volontà della signora Nusser.»

Rottensteiner si schiarisce la voce: «E allora a chi sono andati i beni della signora?».

«Come le dicevo, i dettagli potrete vederli direttamente nei documenti. Così, a memoria, credo che il grosso, immobili e depositi bancari, sia andato a un ente privato non lucrativo, una onlus.»

«Tutto in beneficenza? È questo che ci sta dicendo?» Rottensteiner è scettico, come se un'azione simile non corrispondesse al ricordo della donna che conosceva.

«Quasi tutto. Il resto, che era pochissima roba comunque, è andato alla sorella. Una sola scatola, nemmeno troppo piena, ho provveduto io stessa all'imballaggio. Karin Nusser era morigerata e non amava vivere nel passato, aveva pochissimi effetti personali, un paio di vecchie collane di scarso valore, non più di una decina di foto, perlopiù di lei e della sorella da piccole in vacanza con i genitori. Nulla del suo passato più recente, eccetto un diario, penso fosse della figlia.»

Karl e Tanino si scambiano uno sguardo, la domanda parte all'unisono: «Non lo ha letto?».

«Solo qualche riga per inventariarlo prima della spedizione. Non sarebbe stato etico andare oltre e comunque non era niente di che, sembravano piccole annotazioni da adolescente.»

«Un'adolescente che si era tolta la vita.» La frase di Rottensteiner viene fuori secca, come lo sfiato di una rabbia inespressa che stupisce Barcellona e indispettisce la Achmüller.

«Ispettore, io sono un notaio, non un poliziotto. Erano passati vent'anni da quel suicidio e di certo c'era già stata un'inchiesta. Non avevo alcun motivo per andare oltre nella lettura, né sarebbe stato opportuno.»

Sì, bella inchiesta, pensa Tanino ricordando le poche parole del rapporto di Rottensteiner che liquidavano il fatto come di nessuna attinenza con l'indagine sul terrorismo in corso. Ma cerca comunque di correggere il tono inquisitorio del collega: «Nessuno la accusa di niente, dottoressa, ci mancherebbe. È solo che qualche notizia in più ci sarebbe d'aiuto. Che può dirci della sorella di Karin? Dove la troviamo?».

«Non la trovate. È morta anche lei circa tre anni fa in un incidente d'auto. Una famiglia sfortunata, ve l'ho detto. Aveva studiato in Austria da ragazza, poi si era trasferita a Zurigo, non so molto altro. Si vedevano poco, credo che non andassero d'accordo.»

«Ci sono disposizioni testamentarie di questa sorella? Le ha curate lei?»

«Heidi Nusser viveva in Svizzera e lì è morta, dunque lì si

è aperta la successione. Posso contattare lo studio che se n'è occupato, perché si sono rivolti a noi per il trasferimento dei beni, ma non ho seguito direttamente la pratica, non so darvi dettagli.»

Rottensteiner si alza in piedi. «Ci dia il recapito dello studio e ci pensiamo noi. E se fa predisporre una copia del fascicolo con i documenti alla sua segretaria, lo passo a prendere appena possibile, compatibilmente con i vostri impegni.»

«Domani o al massimo dopodomani sarà pronto.»

Mentre si avviano alla porta, a Barcellona viene un'ispirazione: «Un'ultima cosa. La signora Nusser era una vecchia cliente di suo padre. Posso chiederle come l'ha acquisita?».

Il notaio non ha bisogno di pensarci: «Erano amici fin dall'università».

«La signora Nusser era laureata in legge?»

«Non ha terminato gli studi, aveva altri interessi... politici perlopiù.»

«Sarebbe possibile parlare anche con suo padre? Potrebbe essere interessante il punto di vista di qualcuno che la conosceva da tanto tempo.»

Barbara Achmüller, la mano già sulla maniglia della porta, fa un sorriso breve come una coltellata: «È possibile, sì, ma... Mio padre era una persona particolare già da giovane, adesso che è in pensione da qualche anno certe sue... *umoralità* si sono accentuate. Sarebbe preferibile che vi accompagnassi».

«Per noi va benissimo... Se mi dà il suo numero le faccio uno squillo, così le rimane in memoria e può chiamarmi quando parla con suo padre.» Il trucco è vecchio quanto la telefonia cellulare, ma la donna non fa una piega e ancora una volta Tanino si mostra più contento di quanto vorrebbe.

Per le scale Rottensteiner si richiude di nuovo nel mutismo che negli ultimi giorni, dopo la crisi, è diventato impenetrabile, e al quale Tanino reagisce parlando ancora più del solito per compensare.

«Cominciano a esserci troppi morti in questa storia, non ti pare?»

Karl scrolla le spalle.

«Si suicida la figlia, si suicida la madre, la sorella se la piglia un incidente d'auto. Mettici il padre rincoglionito... O questi hanno il malocchio o qualcosa non va... No?»

Rottensteiner entra in auto senza degnare di un cenno Tanino, che si stipa a sua volta nell'abitacolo.

«Insomma, se questa pista ha un senso, tutta la faccenda del serial killer finisce in una minchiata colossale. Non c'è nessun predatore pazzo omicida, ma qualcuno che ha un piano preciso collegato a questa storiaccia, una vendetta magari.»

Rottensteiner sbuffa, le parole gli rotolano fuori dalle labbra dischiuse appena: «Una vendetta di chi? Del padre con l'Alzheimer che manco sa più come si chiama? La gente muore, punto e basta. Se ti vuoi scopare la Achmüller accomodati ma non ci ricamare su un'indagine».

Tanino accusa il colpo. Ma non è per quello che ha chiesto di incontrare il vecchio notaio, ne è certo anche se non sa perché. Guarda i fiocchi bianchi adagiarsi molli sul parabrezza. Alla fine, la neve è arrivata fino in città. Al contatto col vetro riscaldato dall'interno si disfano in una pappa dai riflessi azzurrini. Un passaggio repentino da uno stato all'altro, come l'umore indotto dai farmaci del suo collega, esaltazione, depressione e ritorno: «Ci hai portati tu fin qui, l'idea è tua e a me non sembra male».

Karl ingrana la marcia e si immette nel traffico: «Il male non sembra mai male».

26.

Finisce di compilare le ultime scartoffie che gli sono piovute addosso per l'arresto di Fatnassi, si tira indietro sulla sedia stirandosi, non c'è più nessuno nell'open space. La luce al neon gli fa prudere gli occhi. E anche questa è andata. Sta per alzarsi quando Baffino entra a passi spediti con un sorriso falso sulle labbra. «Bel lavoro, Barcellona. Bel lavoro. Forse poco pulito, ma bello. Era un po' che davamo la caccia a quella feccia... E lui se ne va pure a spasso al mercatino di Natale come fosse niente. Quella gentaglia non ha limiti.»

Tanino ha solo voglia di andare a casa e taglia corto: «Già».

«Barcellona, lasciatelo dire, non capisco perché ti incaponisci a frequentare certe persone. Insomma non mi dispiacerebbe metterti a lavorare sul caso grosso, un punto di vista un po' diverso ci farebbe comodo. Potrei parlarne col questore.»

«Diverso in che senso? Sto bene così, comunque grazie.»

Freni si liscia i baffi. «Be', uno sguardo esterno, fresco di chi è appena arrivato ed è abituato a muoversi in un altro modo...» Alza le mani e indietreggia verso la porta. «Ma d'accordo. Non insisto.»

Tanino annoda la sciarpa. «Non è abbastanza esterno lo sguardo del dottor Biondi?» Indossa il giubbotto. Non fa in tempo a tirare su la cerniera lampo che l'altro si ferma sulla soglia. «Dài, che ti accompagno alla macchina. Sto andando via anch'io.»

Imboccano il corridoio, Baffino gli arriva alle spalle. La sommità della testa è una massa di capelli foltissimi e neri, tranne per una macchia bianca di mezzo centimetro sulla parte sinistra che sembra il risultato di un candeggio sbagliato.

Scendono le scale.

«Certo che questi stanno esagerando.»

«Questi chi?»

«Questi, questi. Vengono qui, dormono al caldo, mangiano e bevono meglio di me e di te e poi fanno quello che gli pare e noi a correre come i matti. Bolzano non era così.»

«Sarà...»

«Come sarà? Bistecche e contorno e hanno anche il coraggio di rimandarle indietro se è carne di maiale. Calci nel culo.»

«Vorresti fare cambio con loro?»

«Non dico questo. Lasciamo perdere va', a stare col matto finisci a ripetere i suoi stessi discorsi. Non è che mi diventi pure comunista?»

«E dove si è mai visto uno sbirro comunista? Noi siamo tutti fascisti, no?»

Freni si stringe nel cappotto dal taglio sartoriale, tiene aperta la porta a vetri che dà sul parcheggio. «Prima le signore.»

Si avviano a passi spediti verso le auto.

«I fascisti in realtà sono tutti froci.»

Il collega infila una mano in tasca. Le frecce dell'Audi ammiccano e illuminano per un istante di arancione il pigro nevischio che cade dal cielo. «Be', anche tu sei uno sbirro...»

«Per me non vale, io sono siciliano. Hai mai sentito di un siciliano frocio?» Tanino sale sulla Golf, chiude la portiera, gira la chiave e parte lasciando Baffino accanto alla sua bella berlina color antracite. Testa di cazzo.

Sta scavalcando ponte Druso quando il telefono squilla, lo prende dalla tasca del giubbotto e risponde tenendolo fra la guancia e la spalla senza guardare lo schermo. Cambia marcia. Sarà Giusi, è già pronto ad accampare scuse per non averla chiamata, ma la voce femminile non è quella della sua fidanzata all'altro capo d'Italia. Non la riconosce subito e, quando lo fa, si irrigidisce e senza mettere la freccia accosta nello spiazzo poco lontano dal bar di don Salvo. Ecco, è il momento, questa volta lo trasferisce davvero. Si passa una mano sul volto, spalancando la bocca per poi chiuderla di scatto. «Mi dica, dottoressa.»

«Come vanno le indagini?»

«Ho appena finito con le ultime dichiarazioni relative all'arresto...»

«Non quelle.»

«Non capisco.»

«Barcellona, so benissimo che il passante anonimo che ha fatto cadere Fatnassi dalla bicicletta agevolando l'arresto non era un passante, come so benissimo che state lavorando al caso dei tre omicidi.»

«Mi scusi, dottoressa Guidi, ma non capisco di cosa parla, davvero.»

«Barcellona, Gaetano...»

Nemmeno sua madre l'ha mai chiamato Gaetano.

«Rottensteiner mi ha appena chiamato, nonostante sia in malattia, chiedendomi di intercedere con la polizia di Innsbruck per mettere sotto sorveglianza un tizio ricoverato in casa di cura... Mi dica solo se state facendo progressi.»

Tanino resta ad ascoltare l'elettrostasi che li divide. Cerca di soppesare i pro e i contro di ogni possibile risposta. «Sì, credo di sì, ma...»

«Bene.»

Il silenzio si prolunga, Barcellona allontana il cellulare dall'orecchio per guardare lo schermo. La Guidi è ancora in linea, sta per dire qualcosa, quando la sua voce lo richiama all'ascolto. «E lui come sta?»

«È... È complicato.»

«Lo so.»

«Dottoressa, senta...»

«Cosa?»

«No, niente.»

«Mi farò viva io, ma se dovesse esserci una svolta...»

«Ho capito.»

Sta per salutarla, ma ha già messo giù.

Una mano guantata bussa sul vetro e gli fa prendere un colpo. Daniela con un cappuccio orlato di pelo ride del suo spavento e gli indica di abbassare il finestrino. «Con chi eri al telefono, con la tua fidanzata?»

Il sorriso di Tanino si allarga solo su un lato del viso. Che giornata.

La ragazza gira intorno all'auto ed entra. «Ho staccato cinque minuti fa, ti ho visto qui davanti che parlavi al telefono e, be', ecco. Non lo so.» Si porta una mano alla bocca, la sua risata è cristallina. «Senti, ti va di accompagnarmi a casa? C'è freddo e la fermata del 6 è un po' lontana... Insomma, ti va?»

Nel buio dell'abitacolo intuisce appena il rossore delle sue guance. «Se non vuoi, va bene lo stesso...»

Barcellona non sa bene cosa dire, guarda il telefono come gli fosse caduto tra le mani dal cielo. Rimette in tasca il cellulare, allunga il braccio dietro il sedile del passeggero, si volta verso il lunotto e accelera in retromarcia. Daniela apre un po' la cerniera del giubbotto, un vago sentore di sudore e un profumo di agrumi gli solleticano il naso.

La formica del pianale della cucina è fredda e quando Daniela ci appoggia le natiche le contrae di scatto per qualche istante, poi lo attira a sé e non ci pensa più. Non si è sfilata la camicia a quadri e i calzini di lana color avorio le arrivano morbidi sotto le ginocchia. La pelle olivastra delle gambe è tesa e cela i muscoli tonici di chi sta in piedi tutto il giorno. Tanino si è tolto tutto, le afferra la parte bassa delle cosce e le spinge verso il bancone, lei lo asseconda, gli posa una mano dietro il collo e con l'altra lo guida dentro di sé senza mai smettere di guardarlo negli occhi. Tanino entra piano e un po' alla volta, fino a quando lei non gli serra la morsa sul collo. La luce della cappa è calda e soffusa. Oltre i vetri appannati della portafinestra che dà sul balcone, nevica. Le appoggia il mento nell'incavo del collo e voltandosi vede il suo riflesso. Daniela ha sollevato la testa, i suoi gemiti sono appena udibili. Sente le sue unghie scendergli sulle scapole, quando chiude gli occhi però vede

Barbara Achmüller. La immagina mentre gli spinge la testa tra le gambe con quel sorriso che è un enigma. Si ferma, si sfila, Daniela sta ansimando, ha gli occhi lucidi e le guance rosse, le afferra i fianchi, la fa scendere, la fa voltare e la prende da dietro. Lei deve stare in punta di piedi. Vengono assieme.

Dieci minuti dopo, Daniela torna dal bagno mentre lui si riveste e mette su un tè, l'imperatore giallo, una miscela profumata al mandarino, spezie e bergamotto. Mezz'ora dopo è in coda nel traffico sulla strada di casa.

Trova Karl nella rimessa, sta armeggiando con un'asse spessa e grigiastra lunga due metri. «Aiutami, già che ci sei.»

«Buonasera anche a te.» Tanino lo aiuta a posarla su due cavalletti. Pesa molto più di quello che sembra. «Si può sapere che stai facendo?»

«Devo scartavetrarla.»

«Certo. Stupido io.»

Rottensteiner prende una scatola dagli scaffali, ci guarda dentro e la rimette a posto, poi va al tavolo da lavoro, si china e da sotto prende un'altra scatola. La apre, scartabella tra i fogli di carta vetrata fino a quando non trova quello giusto. Lo taglia in due e ne porge un pezzo a Barcellona. «Movimenti circolari, mi raccomando. E mettici un po' di forza.»

Tanino lo fissa per qualche istante. «Dobbiamo farlo a mano?»

«Sì.»

«Sì, certo. Ovvio.»

«La levigatrice è rotta e ho lasciato il flessibile su alla baita. E per quello che ho in mente, è meglio a mano.»

«Che ci vorresti fare?»

Karl indica altre assi simili di legni diversi. «Un tavolo.»

«Senti, mi ha chiamato la Guidi.»

Rottensteiner si abbassa e osserva il filo dell'asse. «Sì?»

«Sì.»

«Che voleva?»

«Metterci fretta.»

«Bene.»

«Bene?»

«Significa che Freni, Biondi e compagnia non stanno cavando un ragno dal buco. Lei non c'entra nulla con loro, è stata una decisione dei piani alti, è lì che hanno messo insieme quella squadra. Se noi riusciamo a capirci qualcosa, ci userà a suo vantaggio. Il questore sta per andare in pensione e lei mira al suo posto. Tutto chiaro?»

«E se non arriviamo a niente?»

«Resta tutto così. Lei in ogni caso vince, o perlomeno non perde nulla.»

«Sì, ma perché secondo te è un bene?»

«È una specie di assicurazione sul lavoro...»

«Insomma per ora non mi trasferiscono a Malles.»

«Direi di no. Il vantaggio per noi è che possiamo muoverci con una certa libertà, senza che nessuno venga a romperci le scatole.»

«Come no, parlane con Baffino.»

Karl sfrega alcune asperità e soffia via la polvere senza commentare.

Tanino prende un foglio di carta vetrata e se lo rigira in mano. «Ci sono un paio di cose che devi aiutarmi a capire.»

«Se posso.»

«Puoi. Quando eri sotto copertura...»

Rottensteiner smette per un secondo di levigare, solleva lo sguardo dal legno e poi si china e riprende il suo lavoro.

«Hai mai incontrato Karin Nusser?»

«Mmm.» Si ferma di nuovo, si raddrizza, butta la carta sulla tavola. Gli occhi inchiodati in quelli di Tanino. «La Nusser gravitava attorno a un gruppo di ex terroristi che avevano fatto il loro tempo e che non c'entravano con il mio incarico, ma sì, è successo che venisse in contatto con loro e con me. Questioni politiche, la vecchia guardia che prova a ragionare con la nuova... Senza risultato, come sempre.»

«E Christine?»

«Christine cosa?»

«L'hai mai incontrata, intendo?»

«La ragazzina?»

«Non che tu fossi poi molto più vecchio.»

«No. Non l'ho mai incontrata e non capisco dove vuoi arrivare.»

«Girano certe voci su di te.»

«Tu dai retta alle voci?»

Tanino vorrebbe rispondere di no, ma tace. Karl va verso lo scaffale e si mette a cercare qualcosa. «Qui non c'è. Vedi se trovi l'olio di lino nella scansia là in fondo. È un barattolo di metallo con l'etichetta color cartone... Secondo le voci, avrei avuto una storia con qualcuno e avrei mandato a puttane la mia copertura, gell? E tu pensi che sia la Nusser? O sua figlia? E magari, perché no, credi anche alla faccenda del Canada.»

Tanino osserva la parete in fondo alla rimessa. «Io...»

«Tu?» Un altro soffio sul legno.

«Niente, Karl, niente. Non penso niente. Dimmelo tu che devo pensare.»

«Trovato?»

«No.»

«Prova nell'armadio con l'anta a rete nell'angolo lì dietro.»

«Ok.» Barcellona apre la porta e scruta tra gli scaffali, ci sono diversi barattoli e scatole. Ne sposta un paio, ne prende uno, l'etichetta dice "Trementina". «Ma c'è scritto olio di lino?»

«Sì.»

Sposta un pacchetto di plastica trasparente e lo appoggia sul ripiano accanto, infila la mano e prende uno dei barattoli sul fondo: olio di lino. Lo posa e riprende il pacchetto per rimetterlo a posto. Le narici si dilatano e un calore intenso gli brucia in petto.

«Allora lo hai trovato, sì o no?»

Barcellona deglutisce. La lingua pesa un quintale. Le tempie pulsano. Raccoglie le forze e parla come dovesse gonfiare un canotto con un soffio: «Sì. Arrivo». Si rigira il pacco con le fascette nautiche tra le mani. Stessa marca, stessa misura inusuale. Quindi lo rimette a posto. Respira, Tanino. Respira.

Quando torna da Karl sente il labbro superiore pulsare e il cuore zoppicare. Spinge il barattolo verso di lui lungo l'asse. Rottensteiner lo apre, prende un pennello, lo immerge nel liquido ambrato e lo passa sull'angolo che ha appena finito di scartavetrare.

Barcellona esita, infine sente la sua voce parlare: «Sono

stanco morto e ho fame. Vado a prepararmi qualcosa prima di buttarmi in branda». Si volta e se ne va.

Rottensteiner riprende a spennellare. «Scheiße.»

Mentre si prepara un toast, Tanino ripensa a Daniela e a Barbara. Per un attimo si immagina a spogliarla e accarezzarla ovunque, poi, non sa bene perché, immagina di farlo con la maschera da demone addosso. Scuote la testa e sgrana gli occhi, cercando di scacciare quell'immagine. Il tostapane fuma e l'odore di bruciato lo richiama all'ordine. Il pane nel piattino è scuro, quasi nero, e il formaggio colato oltre i bordi si solidifica rapido. E se davvero Karl avesse avuto una storia con Christine? Il tarlo che gli rodeva subdolo la mente, dopo il racconto del Faina, era che ci fosse stato qualcosa tra lui e Karin Nusser, non con sua figlia, ma non aveva pensato che in fin dei conti, all'epoca, la differenza di età non era poi così accentuata. Diciassette lei, ventisei lui. Addenta il toast. Forse potrebbe parlarne con Heinz. Scuote la testa, dubita che lo psichiatra gli dirà mai nulla che possa mettere in difficoltà l'amico. E se la morte della ragazza c'entrasse con tutto il resto? Poi, come una lama che squarcia la carne tenera di un agnello, lo atterrisce l'immagine del pacchetto di fascette. Karl glielo aveva anche detto: «Ce le ho pure io». Tanino Barcellona sei troppo stanco. Scopare quella cara ragazza mentre pensi a un'altra ti ha fatto male, ti immalinconisce e ti avvelena il pensiero.

Dà l'ultimo morso e quando si volta verso il salotto scorge la sagoma di Rottensteiner appoggiata allo stipite della porta. «Cazzo. M'hai fatto scantare.»

«Non era mia intenzione. È rimasto del pane?»

«S-sì. Vuoi che ti prepari un toast?»

«Un po' meno cotto del tuo, per cortesia.»

«Karl...»

«Tanino, ci sono affari che è meglio lasciare come sono e comunque non c'entrano con questa faccenda. Accontentati di questo.»

Barcellona sistema il pancarré imbottito di speck e fontina nel tostapane e regola il timer in modo che scatti prima. «Ok, chiaro. Cambiamo discorso... Hai parlato un po' con Elke? Era molto preoccupata per te durante il tuo... Be', hai capito.»

«Sì. È scossa e mi guarda con sospetto. Sua madre le avrà fatto una testa così. Ci vorrà tempo, ma si sistemerà tutto. Elke ha le spalle larghe.»

«Questo è poco ma sicuro.»

Entrambi sanno che le cose non sono così semplici.

27.

Elke sembra sorpresa che suo padre si sia presentato con Tanino alla cooperativa, a metà fra il sollievo di rivederlo in pista come se non fosse successo niente e il timore di dover assistere da un momento all'altro alla lacerazione del tessuto di apparente normalità e flemma chimica che lo tiene insieme. A maggior ragione per la richiesta che le viene rivolta, con tutta evidenza relativa all'indagine in corso e forse all'ossessione che solo una settimana fa lo ha mandato fuori di testa come un tempo. Pure, si sforza di far finta di niente e risponde alla domanda: «È in laboratorio, mando Andreas a chiamarlo».

Tira su la cornetta del telefono al banco ricevimento, ma Karl alza una mano. «Andiamo noi.»

Il laboratorio di falegnameria si trova al piano terra oltre una porta tagliafuoco blu, al lato della quale è appeso un estintore. È un ambiente ampio, di circa cinquanta metri quadrati, privo di finestre ma dotato di feritoie al soffitto e una doppia porta antipanico dai vetri opachi azzurri che lasciano filtrare luce. L'intera superficie è ingombra di cavalletti che reggono assi grezze, parti di mobili in costruzione e un tappeto uniforme di trucioli e segatura per terra. Ci sono solo due persone. Un ragazzo munito di guanti e occhiali protettivi manovra una levigatrice a disco avanti e indietro su quello che dovrebbe essere il ripiano di un tavolo quadrato. Il vecchio Martell, all'altro capo dello stanzone, è alle prese con la rifinitura dell'intarsio di uno sportello sul quale passa ripetutamente un panno imbevuto di un liquido oleoso che versa da un flacone retto con la mano mutilata.

Martell interrompe il lavoro, alza lo sguardo e li osserva farsi strada tra la carpenteria affastellata in giro. China il capo di lato in un saluto silenzioso.

Tanino indica il ragazzo e la voce di Martell tuona rapida oltre il rumore della levigatrice: «Daniel, vai a prenderti un panino che devo parlare con questi signori».

Il ragazzo spegne l'attrezzo, si sfila occhiali e guanti e scompare oltre la porta. Martell si allontana a sua volta dal mobile al quale stava lavorando e siede su uno sgabello accanto a un banco da lavoro, i due poliziotti prendono posto sulla panca di fronte.

«Non sembri sorpreso di vederci.» A differenza del loro primo incontro, Karl gli dà del tu e non lascia spazio ai convenevoli. Se questo sia o meno un buon segno, l'interlocutore dovrà capirlo decifrando l'espressione impassibile del suo inquisitore. In macchina, tanto per cambiare, Rottensteiner è stato in silenzio per tutto il tempo, rimuginando come se Barcellona non ci fosse. Poteva andarci anche da solo, a questo punto, ma Tanino gli aveva fatto promettere di aspettarlo a fine turno. Non che avesse gran desiderio di rivedere Frank

Martell, anche se gli fa simpatia, ma preferisce tenere d'occhio il collega.

«Mi pare di averlo già detto. Leggo i giornali. Da quando ho saputo della morte di Armin Rech, ero sicuro di rivedervi.»

«Cominciamo da lì, allora.» Karl spiega un foglietto sul legno grezzo del bancone e lo spinge verso l'uomo. «Dov'eri in queste date e a questi orari?»

Martell fissa il foglietto a sopracciglia aggrottate, senza toccarlo: «20 novembre, 2 dicembre dalle 19 alle 23... Sono i giorni e le ore degli omicidi del Cacciatore di uomini soli, giusto?». Senza attendere risposta tira fuori dalla tasca posteriore un portafoglio di pelle scura e lisa e vi fruga dentro con la mano sana, estraendone un calepino.

«Ti segni le attività della parrocchia, Frank?»

«È il calendario del Bolzano... E se non sbaglio... Ecco qua.» Due delle tre dita superstiti della mano sinistra inchiodano le piccole pagine annotate. «Ero alla partita. Ci sono andato direttamente da qui. Tutte e due le volte. Siete sfortunati.» Il sorriso di Martell si allarga sugli incisivi scheggiati.

«Qualcuno può confermarlo?»

«Decine di persone. Sono uno dei tifosi più vecchi, ormai mi conoscono.»

Rottensteiner annuisce ma non sembra convinto. «Pensavo che per il Bolzano tenessero quasi solo i fasci italiani.»

Martell scrolla le spalle. «Ci ho giocato da ragazzo e allora c'erano altri modi per marcare il territorio... Sono rimasto affezionato ai colori, più che altro, e comunque oggi è un po' diverso.»

«Tu giocavi, una volta?»

«Da ragazzino. Ma mai sul serio, avevo altri interessi. Poi a vent'anni, questo...» Tira su la mano sinistra. «E ho smesso, ma il tifo mi è rimasto, è un buon passatempo per un vecchio che ha imparato a limitare il proprio raggio d'azione. Al massimo vai in trasferta di qualche chilometro.»

Tanino non trattiene la domanda indiscreta: «Che ti è successo alla mano? Giocavi in porta?».

«Giocavo in difesa... E sono certo che il tuo collega lo sa che mi è successo. La versione ufficiale è che ho combinato un casino con dei fuochi d'artificio e in un certo senso non si allontana molto dalla realtà, ma ormai è passato così tanto tempo che non importa più a nessuno.»

«Karin Nusser te la ricordi?»

Le pupille del vecchio si dilatano appena, come se cercasse immagini nel buio della memoria. «Sì.»

«Che puoi dirci di lei?»

Martell tira fuori dal taschino della camicia un pacchetto di caramelle e ne offre, senza successo, ai due poliziotti prima di ingollarne un paio. «Ci aiutava. Quelli come me, quelli che combattevano per un Sudtirolo indipendente, erano sempre benvenuti a casa sua. Era un posto di scambio di idee, c'era entusiasmo, almeno fino a un certo punto... Durante il processo per le bombe del 1988 fece di tutto per tenerci fuori di galera, istanze, appelli, raccolte di firme e di fondi per pagare le spese legali. Tempo sprecato, ma aveva tanta energia, era bello starle intorno.» Sorride.

«Anche Rech e Meinl le stavano intorno?»

«Pure troppo.»

«In che senso, avevano una relazione intima?» Tanino ha

sempre più la sensazione che questa sia la pista giusta, ma che la politica non c'entri niente.

«La Nusser con quei due coglioni? Per piacere! Le stavano appresso perché volevano influenzarla. Avevano questa specie di rapporto privilegiato con uno dei pezzi grossi del Movimento Sociale Italiano, pensa te che merde. Volevano preparare una richiesta congiunta di scarcerazione per un certo numero di attivisti con l'appoggio della destra italiana, sostenevano che così c'erano più possibilità di riuscita, la pace sociale e cazzate del genere.» Martell pare sul punto di sputare.

Tanino usa il poco che ha capito dalle lezioni di Storia contemporanea del suo collega: «Irredentisti e fascisti insieme? Ci credevano davvero?».

«Loro non so, io nemmeno per un secondo. Non penso che la cosa abbia portato a nulla, comunque. Di certo non per me. A me fecero il processo, mi misero dentro nel '92 e chi s'è visto s'è visto.»

«E Christine, la figlia della Nusser, te la ricordi?»

La smorfia di disgusto sul labbro del vecchio si addolcisce di colpo. O almeno così pare a Tanino. «Certo che me la ricordo: una cara bambina... Non si meritava la fine che ha fatto.»

«Tu che cazzo ne sai?» Rottensteiner si mostra più aggressivo di quanto a Tanino sembri utile, date le circostanze.

«Poco. All'epoca ero già dentro da qualche mese, ma nessuna ragazzina merita di finire così. O no, ispettore?» Frank tira fuori dalla tasca dei pantaloni un pacchetto spiegazzato di Camel e se ne accende una, stavolta senza offrire. Soffia il fumo in direzione del cartello vietato fumare e Tanino si accorge che la conversazione è arrivata al capolinea.

***

«Scusa, ma se giocava in difesa a che gli servivano le dita della mano sinistra?»

Rottensteiner allunga il passo nel corridoio che porta alla stanza della dottoressa Keller. «Non ragionare da italiano.»

«Cosa?»

«Senza offesa: ragioni da italiano. Quello parla di una partita e tu pensi subito al calcio, ma siamo a Bolzano e lui stava parlando di hockey. Le dita gli servivano per reggere la stecca.»

Barcellona aggrotta la fronte. Hockey? C'è davvero qualcuno che va alle partite di hockey? «Perché, a Bolzano a calcio non gioca nessuno?»

«Sì, ma molto meglio a hockey.» La porta di Sonja Keller è aperta, ma lei non c'è.

«È andata ad allenarsi alla Salewa.» Elke li sorprende alle spalle. «Se vi serve consultare i registri come l'altra volta, posso pensarci io.»

«Gioca a hockey pure lei?» Tanino si rivolge a Rottensteiner ma guarda sua figlia, che rimane per un attimo interdetta.

«Hockey? Perché? È una scalatrice. C'è questo show room di attrezzature da alpinismo con pareti da allenamento, e lei ci va spesso.»

«La Keller si arrampica? Ma quanti anni ha?»

«Boh? Sessanta, tipo, e devi vedere come fila. Un paio di volte sono andata con lei e mi ha staccato subito. Andava su come uno stambecco. In questi giorni mi ha promesso di portarmi alla nuova mostra sul Tibet al museo della montagna a Castel Firmiano. Visto che sto da te per le vacanze di Natale, perché non ci vieni anche tu, Vati?»

Tanino intanto si perde a guardare la foto sulla scrivania che aveva notato l'altra volta, quella col Cervino sullo sfondo. Gli viene in mente sua zia Concetta, che avrà più o meno l'età di Sonja Keller. Se la immagina appesa a una parete artificiale da scalata, stretta nell'imbragatura come una soppressata. Una cosa impossibile, zia Concetta pesa almeno ottantacinque chili e l'unico sport che ha mai praticato nella vita è stato il salto in lungo a scuola, come gli avrà raccontato cento volte. Nel senso che il professore di ginnastica glielo ha fatto provare un giorno in seconda media e le ha detto: «Brava». Fine dello sport di zia Concetta. La gente di montagna non è come noi, no, c'è poco da dire, pensa Tanino, questi sono abituati alle intemperie, condizioni di vita estreme che ti temprano, noi abbiamo il mare caldo e la caponata, che ne possiamo capire? E soprattutto, che ce ne fotte?

Di nuovo in macchina, Rottensteiner sembra essersi immerso ancora nel suo limbo di silenzio, ma Barcellona non ci sta.

«A me i tempi di questa storia non mi tornano, il passato di tutta questa gente ha troppe zone d'ombra. Non pare anche a te?»

Karl sospira, come se rispondere gli costasse: «Sai che novità, il passato ha zone d'ombra anche se sei un bambino».

Tanino insiste: «Prendi l'ex marito della Nusser, Moritz Fink. Va bene che si erano già lasciati da un pezzo, ma ti pare possibile che a questo qui muore una figlia, per giunta suicida, e lui si risposa il mese dopo? Che razza di merda è uno così? A meno che...» Lascia la frase a mezz'aria, assorto in un pensiero, come se stesse cercando di dargli forma prima di proseguire.

Rottensteiner abbocca: «A meno che, cosa?».

«A meno che... Intendiamoci, sarebbe una merda comunque, ma già più comprensibile: a meno che non sia lui il padre. E in questo caso col padre vero sarebbe bene scambiare due chiacchiere.»

«Ti stai facendo un film in testa.»

«Certo, è un'ipotesi di indagine, le ipotesi funzionano così, poi uno verifica, ma intanto giriamolo 'sto film. Metti che Martell magari, o qualcun altro di quell'ambiente, abbia avuto una relazione con Karin Nusser. Hai visto come ce ne ha parlato il vecchio? La adorava, è chiaro.»

«Non significa niente, lei si batteva per l'indipendenza del Sudtirolo e per la libertà degli indipendentisti, lui era un indipendentista bombarolo. L'hai capito come le ha perse quelle dita, no? Ammirava una che si batteva per salvargli il culo. Ma da qui ad ammazzare la gente...»

Barcellona scuote la testa. «Ricordi quello che ha detto della Nusser? Aveva tanta energia, era bello starle attorno. E come ha liquidato Meinl e Rech quando abbiamo chiesto se avessero avuto una relazione con lei? Due coglioni che non avrebbero mai potuto toccarla. Non era solo ammirazione quella di Martell, e probabilmente ce n'erano anche altri di indipendentisti innamorati della bella attivista che si dava così tanto da fare per la loro causa. Comunque, metti che lei rimane incinta e finge che la bambina sia del marito. Ecco spiegato perché Moritz Fink, quando scopre di essere cornuto e padre per finta, lascia la moglie e si rifà una vita, arrivando perfino a fregarsene quando la ragazzina si uccide, tanto da non cambiare nemmeno i suoi piani di matrimonio.»

«La tua telenovela non chiarisce perché Karin Nusser si sia ammazzata vent'anni dopo, né perché oggi muoiano Meinl, Rech e Agostinelli. Senza contare che Martell a quanto pare ha un alibi per tutti e tre gli omicidi.» Rottensteiner guida pianissimo, come sempre quando parla, mentre riprende a nevicare.

«Potrebbe avere un complice.»

«Difficile, se è davvero una storia di vendetta. I complici li trovi nelle faccende di soldi.»

«Una cosa per volta...» Tanino tira fuori il taccuino dalla tasca posteriore dei pantaloni contorcendosi nell'abitacolo. Col ginocchio urta il cruscotto e dall'autoradio della Volvo ripartono gli ABBA. *Dancing Queen*.

«Scheiße!» Rottensteiner armeggia inutilmente con l'aggeggio e Tanino batte col dito su una pagina del taccuino e prosegue: «Ecco qua, ricordavo di averlo segnato quando ho parlato con Fabrizio Mercurio, l'operaio che ha trovato il corpo della Nusser appeso nella casa in ristrutturazione. Pochi giorni prima del suicidio, in una specie di nascondiglio nella vecchia stanza di Christine avevano recuperato una scatola con foto e quaderni che hanno consegnato a sua madre. Mercurio non si spiegava come fosse possibile che una donna così volitiva si fosse ammazzata proprio quando aveva deciso di ristrutturare l'appartamento, e in effetti ha ragione. Uno non si mette gli operai dentro casa se ha intenzione di suicidarsi, o se è depresso a tal punto da arrivare a farlo. Magari però in quella scatola la Nusser aveva trovato qualcosa che l'ha gettata nella disperazione, forse proprio il diario della figlia. Oppure c'entra il dissidio con la sorella di cui accennava il notaio, chissà?».

«O magari sono tutte monate.» Rottensteiner infila il mignolo destro nella fessura del mangianastri fino a che gli ABBA non si zittiscono con un versaccio.

Tanino mette via il taccuino. «Monate o no, io, tanto per essere sicuri, un salto allo stadio di hockey a parlare coi capi della tifoseria ce lo farei. E "Scheiße" non occorre che lo aggiunga alla lista di parole tedesche...»

28.

Nonostante due aspirine, il mal di testa che la sera prima gli ha rovinato l'incontro con Daniela è ancora lì. Quando è tornato a casa, Karl non c'era, gli ha lasciato un messaggio con cui gli dà appuntamento alle nove di sera per andare allo stadio del ghiaccio a verificare l'alibi di Frank Martell. Il pomeriggio in questura non finisce mai. I minuti sembrano gocciolare da un rubinetto lasco. Che disastro, Tanino. Che disastro. Ed è solo l'inizio. Guarda l'orologio. Cerca di mettere in equilibrio una biro sull'orlo di un bicchiere di carta.

La Tinebra riceve una telefonata, ha un brusco scambio di battute e chiude la comunicazione sbattendo con malagrazia il cellulare sul fascicolo aperto sopra la scrivania. Da dietro, Tanino osserva le sue spalle ampie sollevarsi e abbassarsi al ritmo del respiro. Ne deduce che sta cercando di riprendere il controllo. Alla fine recupera il telefonino e si alza, dirigendosi alla porta. Moretti, in fondo alla stanza, le rivolge un cenno, come a chiedere cos'ha. Giulia scuote la testa e sillaba una parola senza emettere suono, Moretti annuisce e lei è già scomparsa in corridoio. Il labiale Tanino non lo legge bene, ma è abbastanza sicuro che la parola fosse "Giorgia". Il tempo gli sembra scorrere sempre più lento, quasi fosse imbottigliato nel traffico del lungotevere all'ora di punta. E qua non c'è manco il Tevere… Nemmeno Pavan si è visto oggi. Al diavolo. Si alza e imbocca le scale.

Le nuvole scorrono lasciando intravedere sprazzi di cielo cagliato. Tanino prende un respiro profondo, gli sembra di doversi tuffare da dieci metri d'altezza in acque torbide. Esce a piedi dal cortile della questura, tiene premuto il tasto centrale del telefono e chiede all'assistente vocale di chiamare Giusi. La conversazione corre sul filo che divide l'intimità dall'imbarazzo, entrambi fingono che le cose siano le stesse di sempre, come se si fossero sentiti la sera prima. Entrambi sanno che non è così. Qualcuno dovrà ricucire lo strappo creato dal silenzio. Qualcuno dovrà fare il primo passo, ma non ora. Evitano anche di parlare del Natale, di dove lo passeranno e con chi, anche se mancano pochi giorni ormai. Lei ride alle battute di lui, ed è sincera. Tanino la immagina sul divano con le gambe piegate sotto le natiche mentre gli parla. Si incammina sul ponte addobbato a festa, ma quando arriva a metà, rallenta e si ferma a guardare il torrente. Dall'altra parte c'è il bar dove lavora Daniela. Torna sui suoi passi e si dirige senza una meta precisa verso il centro città. Cumuli di neve sporca e foglie marce corrono in parallelo alla strada. Il Faina gli ripete ogni giorno che sono anni che non nevicava a Bolzano e ora lui lo dice meccanicamente anche a Giusi. Quando arrivano a parlare del tempo e delle diversità tra il Nord e il Sud è chiaro che hanno esaurito i convenevoli. Sarebbe il momento di parlare d'altro, ma si salutano in una piccola gara a chi mitraglia più volte ciao.

Tempo fa ci sarebbe stato anche un "Ti amo" e un "Io di più" in mezzo, ma nessuno dei due si azzarda e alla fine rimangono a corto di parole e c'è solo il beccheggiare della linea e il suono di un messaggio in entrata, poi lei mette giù. La sua foto scompare dallo schermo. Barcellona è al centro di un piccolo giardino con un paio di altalene, poco distante dalla caserma dei carabinieri e dalla questura, si stringe il setto nasale tra indice e pollice. Sorride amareggiato. «Scheiße.» Gli viene da ridere, anche se senza gioia.

Sta per mettere il cellulare in tasca quando scorre il menu dei messaggi in arrivo. Numero sconosciuto: "Fa' attenzione alla sete di vendetta di chi ti sta attorno".

Lo rilegge più volte, come se ci fosse da decifrare un codice complicato, quindi si guarda attorno. Le auto sono in colonna al semaforo prima di svoltare sul ponte, un uomo sta raccogliendo gli escrementi del suo cane sul marciapiede e un ragazzo in tuta nera aderente e scarpe color smeraldo gli passa accanto di corsa per poi superare alcuni orchestrali che si fumano una sigaretta nei pressi dell'ingresso dell'auditorium.

In meno di due minuti è di nuovo in ufficio. Punta dritto alla scrivania di Seelaus, appoggia le mani al piano del tavolo e aspetta che Martin sollevi lo sguardo ballerino su di lui. Non sa mai come, ma si sforza di ancorare i suoi occhi a quelli dell'altro. «Senti, se dovessi rintracciare un numero nascosto, come procedo?»

«Dipende.»

«Dipende… Ma si può?»

«Quanta fretta hai?»

Gli mostra il telefono. «Il contenuto del messaggio è riservato, confidenziale, insomma...»

«Non mi importa del messaggio... Dai qua. Ho un paio di minuti liberi.» Collega il cellulare di Tanino al computer, apre il terminale e digita qualche stringa di codice. «Il numero è associato a una scheda ricaricabile internazionale, di quelle che compri dai pakistani.»

«A chi è intestata?»

«Ad Abdul Aziz, cioè nessuno.»

«In che senso?»

«Non ti chiedono né documento né altro per venderti la Sim. In caso di controllo registrano la vendita a un nome di comodo. Abdul Aziz, residente a Karachi, è uno dei nomi più usati. Come dire Joseph Mayr da noi...»

Tanino ripensa al messaggio. A come è scritto. Parla tra sé: «Se a comprare la Sim non fosse stato uno straniero...».

«Puoi girare per tutti gli internet point di Bolzano e provincia e provare a chiedere se c'è chi si ricorda di aver venduto una Sim a qualcuno che non sia un immigrato, sempre che voglia dirtelo...» Le pupille a intermittenza guizzano sarcastiche dallo schermo al volto di Barcellona.

Seelaus ha ragione.

Ha ancora un po' di tempo prima della partita di hockey allo stadio del ghiaccio in zona industriale.

Freni entra nell'open space scortato da una scia di profumo. Si siede all'estremità della scrivania di Tanino, prende un temperamatite, lo lancia in aria e lo riprende per poi rimetterlo a posto. «Allora, hai pensato a quella cosa?»

«Non credevo di doverci pensare.»

«Ogni lasciata è persa, caro il mio Barcellona, ogni lasciata è persa. Ma se preferisci startene qui a correre dietro alle scimmie…»

Moretti sta improvvisando un origami con un vecchio scontrino quando solleva la testa dal suo tavolo. «Freni, piantala.»

«Scusa, Antonio, non pensavo fossi sensibile al problema.» Mostra gli incisivi in un sorriso cannibale e strizza l'occhio a Tanino mentre indica il vecchio ispettore con un cenno del capo.

«Sono sensibile ai discorsi del cazzo. Una tassa esosa, ecco cosa ci vorrebbe sulle cazzate.»

«Liberissimo di pensarla come vuoi. Ma sia io che te sappiamo che se non dovessimo star dietro a loro e a tutti quelli che arrivano, potremmo dedicarci ad altro.»

«Guarda che l'indice di criminalità è sceso rispetto all'anno scorso e a quello prima ancora.»

«Mi fai morire Moretti…»

«E tu mi fai girare i coglioni. Levati di torno va', che per ora non vedo grandi risultati. Scimmie o non scimmie, c'è ancora un assassino a piede libero. O sbaglio?»

Martin non sembra interessato allo scambio, le sue dita continuano a muoversi tra tastiera e mouse. L'aria è diventata pesante. Tanino vorrebbe sparire, ma Baffino resta immobile al suo posto, abbassa lo sguardo e rotea una caviglia come per accertarsi che il cuoio delle scarpe sia ancora impeccabile come quando le ha lucidate. Moretti si allontana dalla scrivania, infila il cappotto e imbocca l'uscita. «Buona serata a tutti.»

Freni si volta di nuovo verso Barcellona. «Dolce e Gabbana.»

Tanino sgrana gli occhi. «Eh?»

Baffino si alza e si dirige a sua volta verso la porta. «Sono siciliani e sono froci.»

«Ma quando mai, lo sanno tutti che fanno finta solo perché nella moda se non sei frocio non sei nessuno. E comunque quello alto non è siciliano.»

«Pensaci. Il tempo sta per scadere. Tic, toc. Tic, toc.»

Ecco, pure l'uscita di scena a effetto ci mancava. 'Sto testa di minchia.

***

I Graz 99ers battono i Bolzano Foxes quattro a uno. All'uscita del Palaonda, un gruppo di tifosi si riunisce attorno al furgone dei würstel per mangiare, scolarsi qualche birra e scaldarsi un po' nel livore della sconfitta.

Rottensteiner punta dritto verso un quarantenne ben piazzato biondo cenere, occhi celesti e naso porcino che se ne sta un po' in disparte ad armeggiare col cellulare. Gli arriva allo sterno. Poco più che un nano. Tanino deve chinare la testa in un gesto cortese, c'è abituato come tutte le persone molto alte.

«Leveghi.»

«Ci conosciamo?»

«No.» Karl gli mostra una foto di Martell. «Conosci quest'uomo, invece?»

Leveghi lancia uno sguardo verso la veranda del furgone e i funghi a gas che riscaldano un paio di tavolini dove alcuni ragazzi con le teste rasate stanno divorando il loro hot dog.

«Mi serve solo sapere se lo hai visto di recente. Poi puoi tornare dai tuoi amici.»

«E se volessi tornarci ora?» Alza la voce e i due smettono di masticare.

Barcellona non ha ancora capito se l'odore che proviene dal furgone gli stimoli l'appetito o la nausea. Sta per dire qualcosa, quando Karl lo anticipa. La voce più fredda della notte. «Allora?»

Il biondo prende la foto con un sospiro, tira fuori un paio di occhiali con la montatura verde dalla tasca del giubbotto, li inforca e li sfila in un attimo senza esitare, la foto non la guarda nemmeno. «Ok capo… È Frank. Da qualche tempo si vede spesso alle partite, è sbucato dal nulla mesi fa. Strano che stasera non sia qui.»

Quando Tanino apre bocca, una nuvola di vapore avvolge le sue parole. «Non lo avevate mai visto prima?»

«No, ma ho scoperto che è uno della vecchia guardia. Giocava con mio zio Werner nelle giovanili, me lo ha raccontato lui.»

«Frank?»

«No, no. Mio zio. Una volta ne abbiamo parlato. Quando non è in tribuna, Frank è di poche parole. Solo una volta si è fermato a bere una birra e mi ha detto come si chiamava. Se è tutto, avrei una certa fame.»

«Contro il Salisburgo e contro il Fehervar c'era?»

«C'era eccome, faceva un casino d'inferno.»

Karl ripiega la foto, la mette via e senza aggiungere altro se ne va. Tanino ringrazia Leveghi e lo segue.

Montano in macchina e imboccano la strada di casa. Non

può evitare di scrutare il profilo del collega. Lo stomaco come un puntaspilli.

Chi sei Karl Rottensteiner? Le parole che vorrebbe suonassero ironiche suonano solo impacciate. «Sei la cortesia in persona.»

«Mmmmm.»

«E la loquacità. Chi è questo Leveghi?»

«Un ex giocatore che fa la radiocronaca delle partite. Sa tutto di tutti.»

«Senti, Karl, quando pensi di tornare al lavoro? So che non te ne frega niente, ma in molti cominciano a chiedersi dove sei finito.»

«Non prima di aver chiuso questa faccenda. Ho chiesto a Heinz un altro certificato medico da mandare alla Guidi. Non avrà da ridire, stanne certo.»

«Figurarsi... E se non la chiudessimo?»

«La dobbiamo chiudere. In un modo o nell'altro.»

«Che significa in un modo o nell'altro?»

«Il male, Tanino. Il male va affrontato. Anche se ritorna, ogni giorno, ogni minuto, ogni secondo. Non possiamo lasciare che ci confonda per sempre...»

Andiamo bene. Sempre meglio. «Torniamo a casa?»

«Ti lascio lì.»

«E tu?»

«Vado alla baita.»

29.

Benito Amilcare Andrea Gennaia ha appena finito di riordinare la libreria della sede di partito. I nuovi militanti non capiscono un cazzo, lasciano i volumi in disordine, sono senza disciplina intellettuale, fingono di sfogliare quello che dà loro da leggere per accontentarlo, ma hanno solo voglia di menare le mani. Sono giovani, come lo è stato lui. Solo che adesso le cose sono cambiate e oltre a pestare qualche rosso c'è da rottamare la politica dall'interno. La città è invasa dagli stranieri, in provincia il partito di maggioranza pensa solo ai suoi elettori, i contadini delle valli col Mercedes, e lascia il capoluogo nella merda. Gli italiani dei quartieri operai, al solito, masticano amaro. Ed è lì che Gennaia e camerati raccolgono voti, non di certo in centro o a Gries tra radical chic e crucchi. È da lì che Gennaia viene, dalle strade di Don Bosco e del quartiere Europa, dal rione delle semirurali costruito dal Duce negli anni Trenta e scomparso qualche decennio fa, con le casette tali e quali a quella natia di Mussolini, che il padre di Gennaia ha omaggiato battezzando il figlio con tutti i suoi tre nomi. Pure se all'anagrafe l'ha registrato con la virgola, che le firme troppo lunghe sono una rottura di palle. Il salto dal Fronte della gioventù al Fronte veneto skinhead lo ha compiuto più rapidamente di uno schiocco di dita quando aveva quindici anni. Dalla militanza nella tifoseria del Bolzano hockey e del Verona calcio alla militanza politica, ci ha messo due schiocchi. Alla fine è arrivato il partito che aspettava da sempre e Gennaia ha cominciato a frequentare le prime riunioni fuori sede, a Roma, dove le cose sono molto diverse, dove si fa sul serio. E mentre si candidava al consiglio di quartiere, trasformava il magazzino dell'attività di famiglia nella sede bolzanina del movimento. Anche lui, all'inizio, si limitava a pestare qualche ragazzino con la maglietta del Che in compagnia di altri due o tre debosciati, anche lui ha combinato diverse cazzate, anche grosse, poi ha conosciuto i camerati giusti, che al tirapugni affiancavano i libri. Libri che nemmeno suo padre aveva mai letto quando era in politica. Più pagine sfogliava, più capiva, più capiva, più cresceva e lasciava agli altri le risse di strada. Ora che è in consiglio comunale, sa che deve bilanciare l'essere sopra le righe della propaganda e una certa condiscendenza verso l'opinione pubblica più moderata. Non si tratta di calarsi le braghe, ma di strategia e tattica. Conta solo l'obiettivo politico. Se lo ripete spesso. In condominio è gentile con tutti, anche con la famiglia di fricchettoni comunisti della porta accanto, manda i suoi a ripulire il cimitero militare dalle erbacce, a raccogliere fondi e coperte per il terremoto in Centro Italia, ad aiutare le vecchiette ad attraversare la strada, al volontariato nella croce bianca. Non che i ragazzi siano delle educande, alle volte se c'è l'occasione di un po' di ginnastica li lascia fare, se c'è qualche bociazza bene del liceo classico che canticchia una canzone partigiana per strada, non può certo impedire loro di strapazzarlo, anche se poi a giustificarsi con i media deve sempre pensarci lui. Ma i giovani camerati hanno bisogno di sfogarsi, se no finisce che il testosterone va alla testa e si prendono a cinghiate tra loro ai concerti *oi!* Ora che è pieno di negri ce ne sarebbero di occasioni, ma l'opportunità politica non lo consente, i riflettori sono puntati sul movimento, passare per razzisti va bene, ma deve essere sotto traccia, perciò l'ordine è niente immigrati. Gennaia, anche se reprime il pensiero, in cuor suo sa, come lo sanno i militanti più facinorosi, che far saltare i denti a un liceale è una cosa e mettersi contro un afgano, un albanese o un tunisino è tutt'altra. A perdere i denti e l'onore non sarebbe la faccetta nera. Si rigira tra le mani un saggio degli anni Settanta: *Mussolini, spada dell'Islam - Il duce difensore dei Musulmani.* Lo mette nella stessa fila in cui trovano posto alcune dispense sulla questione palestinese. Roba difficile da spiegare alle nuove leve, anche se nessuno ha mai chiesto nulla. In bagno, segue con l'indice le rughe sulla fronte, spalanca la bocca e storce il muso. Abbassa le palpebre inferiori e osserva il colore. L'anemia va tenuta sotto controllo. I capelli, quei pochi che gli sono rimasti, vanno rasati. Rimbocca le maniche, i tatuaggi stanno sbiadendo, e riempie le mani a coppa d'acqua per lavarsi la faccia, come potesse sciacquare via i segni dell'età. È ora di andare a casa. Un rapido e svogliato saluto romano ai due camerati che bighellonano nella sala bar bianca, rossa, verde e nera della sede e si va, che Brego, il cane, è a casa da troppe ore e se non ha pisciato per terra gli starà esplodendo la vescica.

Il 3 arriva poco dopo. Meglio così, di aspettare al freddo non ha proprio voglia. È l'ultima corsa. Lancia un'occhiata attorno, ci sono solo cinque pakistani, bengalesi, cingalesi o quello che sono, puzzolenti e ciarlieri sui sedili posteriori. Si siede all'altro capo dell'autobus e appoggia la testa al finestrino gelato. Le luci della città scorrono sfocate dal nevischio acquoso, come la sua coscienza, sfocata dai compromessi. «La fedeltà è più forte del fuoco» ripete tra sé come un mantra atono.

I palazzi di calcestruzzo rigato con il giroscale esterno a forma di piffero sono un cortese regalo di cui l'edilizia popolare ha omaggiato Bolzano negli anni Settanta. Sono finiti anche in una mostra fotografica che ha fatto il giro del mondo con gli edifici più brutti della storia dell'architettura. Gennaia vive all'ultimo piano e, in fondo, a lui quella mostruosità è sempre piaciuta. È un luogo distintivo del rione di cui va orgoglioso. Gli piace dirlo con una certa enfasi sfrontata nelle interviste quando gli chiedono del quartiere: «Vivo nei pifferi», come a sottolineare le origini operaie e italianissime. Case brutte per poveri italiani progettate da architetti ricchi tedeschi. Il padre aveva una piccola azienda, ma la politica era la sua vera occupazione, e lui in fabbrica non ci ha mai messo piede. Ma sono i simboli a plasmare il reale. Lo ha letto da qualche parte, in uno dei libri più ostici che gli avessero mai passato, roba filosofica. Lui è interessato alla storia, non alla metafisica. Le menzogne della prima possono essere smantellate a colpi di saggi e ricerche libere dai paraocchi ideologici della sinistra, dall'egemonia culturale dell'élite ebraica. La metafisica invece è solo e soltanto una colossale puttanata, con tutto il rispetto per i camerati che ci si arrovellano. C'è poco da spiegare, l'essenza delle cose sta nella sacra trinità che rende l'uomo degno di vivere: Dio, patria e famiglia. E la figa, certo. Ride sempre quando fa questa battuta ai novellini, anche se cerca di trattenersi.

Fuori dall'ascensore, non c'è luce nel corridoio, le lampadine devono essere saltate all'improvviso tutte assieme. Un cortocircuito forse. Deve chiamare l'amministratore, che tanto se non ci pensa lui, non ci pensa nessuno. Al barlume dell'insegna sopra l'uscita di sicurezza affacciata sul piffero, prende il cellulare dalla tasca per usarlo come torcia. Quindi estrae le chiavi, ne infila una nella toppa e apre la porta. Il dolore alla nuca è intenso e inaspettato. Gennaia vacilla, sbatte le palpebre, si accascia contro il muro, lotta con tutte le forze per restare cosciente, ma il vuoto è invitante come le cosce di una ragazza di primo pelo. Sente una stretta alla trachea, solleva la mano e la porta al collo. L'ultimo suono che sente è l'abbaiare frenetico di Brego.

Quando riapre gli occhi, la testa è una supernova appena collassata, la sagoma china su di lui è incorniciata da una luce giallastra e brandisce una lama. Il pugno non ha spinta e non arriva alla mascella.

Gennaia cerca di prendere fiato disperatamente, deve bere dell'aria. La forbice scende e lui non ha la forza di reagire. Inspira col naso, la bocca è un urlo congelato. Poi percepisce il tocco del metallo sulla carotide. E l'aria arriva. La ingoia avido a secchiate. Il fricchettone comunista della porta accanto si lascia scivolare all'indietro fino a sedersi sulla soglia dell'appartamento, le forbici da cucina nella mano destra, la fascetta che gli ha appena tagliato via dal collo nella sinistra. Brego latra eccitato, leccando la mano del suo padrone.

Karl Waldner è un figo. A parte la giacca con le frange e gli stivali da cowboy, ovvio. L'unico di tutta la compagnia di giro di mia madre. Si vede che c'è arrivato per caso e non gliene frega niente. Alla fine gliel'ho detto che li odio tutti e lui non ha fatto una piega. «Lo so» mi ha risposto, «è normale.» Mi ha invitata a pranzo fuori un sabato che non sapevamo dove sbattere la testa nessuno dei due, ma niente di sentimentale, due amici e basta, parlarci è facile, sa ascoltare. È quasi l'unico ormai con cui riesco ad avere uno scambio, ora che pure con Martina è un po' che non ci pigliamo.

«Falli incazzare» mi ha detto, «coi vecchi è l'unica.» Ma quelli si incazzano solo per la politica. «E tu falli incazzare per la politica, allora!»

Ci sono questi ragazzi nuovi che ho conosciuto, italiani. Gli altri li schifano per le loro idee soprattutto, ma a me non sembrano male, pure loro sempre a parlare di politica ma almeno riescono anche a divertirsi. Ai miei non piaceranno per niente e già solo questo vale il prezzo del biglietto. Così pensavo... e invece niente pure là. Benny addirittura è figlio di un politico con cui mia madre sta cercando di collaborare per non so che progetto. Niente, non si arriva da nessuna parte. Però Benny è simpatico...

30.

Visto dall'interno, l'edificio d'acciaio e cristallo con la forma di un'aquila stilizzata è ancora più assurdo che da fuori. Non lo sa nemmeno perché è venuto proprio qui, ma sa che ha bisogno di pensare, e Tanino non è mai stato capace di pensare restando seduto. A scuola, i compiti in classe erano una via crucis che si concludeva sempre col mal di testa e un cinque e mezzo di voto quando era fortunato. Pensare va bene, ma tenendo impegnati il corpo e le mani. Aiutare di nuovo Karl nei lavori di restauro della baita avrebbe potuto anche funzionare, se non fosse stato che è proprio lui, Karl, l'oggetto delle sue riflessioni.

L'idea gli è venuta quando ha sentito che la dottoressa Keller qui si allena regolarmente e che lo fa anche Elke. Se va bene per un'anziana psicoterapeuta e per una ragazzina, nemmeno lui dovrebbe avere problemi, anche se ha provato solo una volta trascinato da un collega esaltato quando stava a Milano. Proprio a Elke ha chiesto qualche dritta in più, ricevendo ogni istruzione necessaria, ma adesso, ai piedi di questa parete sintetica bianca e gialla irta di spuntoni e avvallamenti multicolore, non è più così sicuro dei suoi mezzi. Si aspettava di poter scegliere fra pendenze diverse, tra cui qualcuna più dolce, ma l'unica opzione qui è fra una parete verticale e, più su sulla destra, una addirittura aggettante, buona forse per l'Uomo Ragno. La struttura è racchiusa in una specie di arco di trionfo moderno e squadrato, schermato da una immensa parete modulare in lastre di plexiglass, che dà sulla montagna luccicante di neve sotto la luce chiara della mattina. Il sole è riapparso dopo giorni, ma non è destinato a durare a lungo.

Barcellona si volta e vede un bambino bardato di tutto punto che lo fissa in attesa del suo turno.

Chi mmi hannu malanova... Tanino abbassa lo sguardo su di sé e si sente ridicolo con la cintura da arrampicata stretta sul pantalone della tuta della polizia, così inadeguato rispetto agli indumenti tecnici che sfoggiano tutti, ma vabbè, tanto la gente di montagna bada alla sostanza. Fissa l'autobloccante alla corda e tuffa la mano nel sacchetto di magnesio appeso sopra il sedere. I primi appigli sono meno traumatici di quanto pensasse. I suoi novantotto chili non sembrano gravare troppo sulle scarpette sagomate che temeva si sarebbero sfondate al primo sforzo. Invece reggono benissimo, fanno presa e proteggono quanto basta la pianta del suo piede quarantasei senza privarla di sensibilità.

Ieri sera Seelaus gli ha mandato tutta la documentazione che ha finalmente ottenuto dall'anagrafe austriaca. Sono lenti ma molto coscienziosi, gli hanno fornito tutto l'albero genealogico di Moritz Fink con parenti e affini fino alla quarta generazione. Per fortuna Martin lo ha chiamato subito dopo per spiegargli il succo, così si è risparmiato la fatica. Come gli avevano anticipato i suoi ex dipendenti e il notaio Achmüller, Fink si era in effetti risposato, ma la moglie lo ha lasciato più di dieci anni fa e si è trasferita da tempo negli Stati Uniti col nuovo compagno, un avvocato d'affari di Boston. Seelaus ha controllato con l'ufficio immigrazione americano ed è sicuro che la signora non torni in Italia da almeno due anni. La pista Fink a quanto pare finisce qui e la visita che l'uomo ha ricevuto qualche settimana fa alla casa di cura dove ormai vegeta è destinata a rimanere uno sterile mistero.

Tanino in fondo se l'aspettava, non è questo ciò che gli tiene impegnata la mente per ora. Il suo vero problema adesso è il dubbio, un dubbio che non sa a chi confidare. Martin si è rivelato efficiente, ma non è tipo con cui ci si possa confrontare a quattr'occhi.

La mano destra rischia di perdere presa e Barcellona sposta il peso sul lato opposto del corpo per staccarla, passarla di nuovo nel magnesio e riprendere l'appiglio con maggiore sicurezza.

L'ombra che lo accompagna ormai da molti giorni non se la leva dalla testa. È per questo che con Rottensteiner, dopo l'interrogatorio di Martell, ha ricamato così tanto sulla storia di Christine Nusser. Parlandogli della ragazzina suicida, con tutte quelle ipotesi campate in aria, più o meno consapevolmente voleva provocare una reazione nel collega. Adesso se ne rende conto con chiarezza. Da quando ha letto l'informativa con cui Karl, al tempo del suo lavoro sotto copertura, aveva liquidato in quattro e quattr'otto la morte di Christine come ininfluente per le indagini, o meglio da quando ha saputo che quell'informativa l'aveva scritta proprio lui, qualcosa ha cominciato a non quadrare. Karl ha tanti difetti, questo è certo, ma non gli sembra superficiale sul lavoro. Eppure quel rapporto lo era, e proprio su una questione così delicata come il suicidio di una diciassettenne. Questo particolare non torna, non torna affatto.

Ormai Tanino è a una ventina di metri da terra e le mani cominciano a dolergli, i polpastrelli sono diventati di colpo più sensibili, il che sembra essere di qualche aiuto nel saggiare la bontà di una presa, ma lo fa sentire anche più fragile, più prossimo al limite fisico della sua resistenza alla fatica e al dolore. Abbassa lo sguardo e il vuoto sotto di lui lo colpisce. Non sta scalando una falesia alpina sferzata dal vento, ma venti metri visti dall'alto, anche in una palestra, destano più impressione di quanto gli piaccia ammettere. Una goccia di sudore dalla fronte cade giù e Tanino, rialzando gli occhi, vede alla sua destra il bambino di prima salire senza sforzo: se non si dà una mossa, il moccioso lo supererà. Prima una mano, poi l'altra acchiappano manciate di magnesio e l'arrampicata riprende.

Il peso corporeo adesso lo avverte eccome, ma non è quello il fardello di cui si vorrebbe liberare. Per alleggerirsi però ha bisogno dell'aiuto di qualcuno, visto che in questa città da solo ancora non cava un ragno dal buco, non è il suo ambiente. Con Seelaus non può parlarne, è bravo, ma tanto varrebbe discutere con quella parete. L'ispettore Moretti aspetta solo la pensione e non vorrà sentire cazzi, la Guidi si para le spalle e comunque è troppo vicina a Karl, il Faina è pure un bravo cristo, ma Tanino ormai ha capito che lo chiamano così perché è un po' fesso. Non resta che Giulia Tinebra, e in effetti pare la scelta migliore. È in gamba, sveglia e tutta d'un pezzo. Una che ha denunciato la sorella pur di salvarla non è tipo da tirarsi indietro di fronte a scelte difficili. E poi li ha avvertiti quando il commissario Freni stava cercando di fregarli per la faccenda di Christian Troi. Ha dimostrato di essere leale. Peccato che dovrà chiederle di non esserlo, stavolta.

Nella foga di battere il ragazzino, Barcellona si è spinto troppo sotto alla parete in contropendenza, che adesso deve superare per arrivare in cima. Avrebbe bisogno di un ancoraggio a cui fissare la corda, ma non ha la più pallida idea di come fare. In fondo si tratta di un paio di metri al massimo, prima che la pendenza si inverta di nuovo. Se le scarpette da arrampicata non lo tradiscono, com'è stato finora, può riuscirci issandosi anche solo con le braccia. Punta bene i piedi agli appoggi sicuri che ha individuato, affonda le dita della destra nel magnesio e si slancia verso il prossimo appiglio, ma la mano d'appoggio perde presa e Tanino si ribalta scalciando a testa in giù mentre il freno autobloccante arresta di colpo la caduta. La cintura gli serra l'inguine e il sangue gli va alla testa insieme al panico, mentre rimane a penzolare come un salame in cantina.

***

Gli occhi verdi di Giulia Tinebra lo squadrano da capo a piedi mentre Barcellona svuota in un sorso la tazzina al bancone di un bar poco frequentato, dove ha insistito per portarla non appena è comparsa in questura a metà mattina. Meglio stare alla larga dalla cicoria, stavolta. Lei non ha ancora toccato il caffè offerto da Tanino, anche perché prima che glielo servissero, lui ha sganciato la bomba: «Ho bisogno del tuo aiuto…

per una verifica su Karl». La rossa ha incassato in silenzio, dischiudendo appena le labbra con gli angoli rivolti all'ingiù.

«Non mi fraintendere, non voglio giocare sporco con lui, è già strano di suo, ma questa storia lo sta mandando letteralmente in pezzi e sono sempre più convinto che c'entri un'indagine che ha condotto in passato, sotto copertura. Ne parlo con te proprio perché mi hai detto che ti ha aiutato. È l'occasione per rendergli il favore.» Le ha elencato le sue perplessità, il sospetto che Karl potesse aver avuto una storia con Christine Nusser, o con la madre, e che quando la ragazza si era uccisa lui potesse essere andato fuori di testa. I tempi coincidevano, visto che Rottensteiner aveva lasciato l'indagine poco dopo la morte della giovane.

E adesso la collega lo soppesa con lo sguardo, facendolo valere un centesimo. «Cristo.» La voce di Giulia è poco più di un sospiro, ma per Tanino è sempre meglio del silenzio. «E io che temevo un invito a cena e già mi preparavo a mandarti a cagare...»

Non è proprio un complimento, ma almeno non gli ha sputato in faccia.

«Non hai provato a parlargliene, prima?»

«Ho cercato di affrontare il discorso più volte, ma diventa subito silenzioso o evasivo. Lo sai com'è, no? E mi sembra che vada sempre peggio...» Tanino omette di raccontarle del crollo psichico che Karl ha avuto subito dopo l'omicidio di Rech, per un residuo di discrezione nei confronti del collega, come pure non accenna al messaggio anonimo che ha ricevuto e al timore crescente che Rottensteiner possa entrarci col Cacciatore di uomini soli, ma non ce n'è bisogno.

La Tinebra si allaccia il giubbotto. «Lasciami fare qualche accertamento. Ci vediamo a ora di pranzo.» Esce senza salutare e senza avere toccato il caffè.

Poco prima dell'una del pomeriggio, Giulia ricompare vicino alla scrivania di Tanino e gli rivolge un cenno col capo. I due escono senza parlare dall'ufficio e poi giù in strada.

«Dove vuoi mangiare?»

Giulia gli porge il casco con la delicatezza con la quale un rugbista passerebbe la palla a un pilone lanciato verso la mischia. «Non andiamo a pranzo, abbiamo da lavorare. E niente pranzo con te fino a quando non si chiarisce questa storia, perché per quanto ne so potresti solo essere uno che inguaia i colleghi.» Accende il motore e dà gas.

Tanino manda giù zitto e monta dietro.

Alla prima accelerazione lungo via Marconi però si maledice per non aver preso l'auto. Giulia guida in maniera fluida la sua Yamaha R1 blu cobalto, come se il traffico fosse un problema altrui, e di certo non ha il gas leggero. Barcellona è appollaiato sullo strapuntino con le gambe piegate in alto, che cerca disperatamente una maniglia a cui aggrapparsi o un santo a cui votarsi, ma non ce ne sono e dunque bestemmia e, per non attaccarsi alla schiena di lei come se fosse la fidanzata del motociclista, artiglia la sella con le unghie e contrae gli addominali fino a diventare paonazzo, che tanto con il casco non si vede.

«Dove andiamo?» Urla per superare il rumore del vento, ma Giulia non risponde, come se non lo avesse sentito. Quando Barcellona sta per ripetere la domanda, però, una voce calma gli rimbomba nelle orecchie, chiara, come se gli partisse da dentro il cervello.

«Non c'è bisogno di gridare, i caschi hanno l'interfono integrato. Andiamo ai Piani, oltre la stazione. Ho fatto un paio di verifiche, il referente di Rottensteiner per l'operazione sotto copertura conclusa nel '92, quello a cui inoltrava i rapporti e con cui si confrontava, è morto da anni, era già alle soglie della pensione all'epoca, ma i documenti ci sono ancora anche se non sono stati informatizzati. Tocca recuperarli in un archivio esterno dov'è stata conservata la roba più vecchia di vent'anni che riguarda indagini chiuse e declassificate.» La Tinebra parla senza alterazioni della voce, come se guidare quel bolide non le costasse alcuno sforzo. Con un impercettibile movimento congiunto di manubrio e bacino, scarta una Lexus e si beve il rettifilo di via Mayr Nusser a una velocità che Barcellona preferisce non conoscere.

«Non è strano che l'indagine di un infiltrato sia stata declassificata?»

«No, se non è arrivata a niente.»

La staccata successiva, stavolta, costringe Tanino a stringere i fianchi della collega per non essere sbalzato in avanti. Vorrebbe dire qualcosa, ma la moto ondeggia verso destra per poi piegarsi dal lato opposto impegnando una rotonda, e Tanino riesce appena a emettere un uggiolio, che di certo Giulia ha avvertito nell'interfono senza che sembri importargliene. Sono di nuovo a manetta in via del Macello prima che lui possa riprendere fiato. Altri cinque minuti così e morirà, ne è certo, ma dopo una nuova frenata e una seconda rotonda i copertoni mordono l'asfalto e la moto si ferma davanti a un edificio grigio a un piano che sembra uno dei tanti magazzini del Mercato

Generale, i cui capannoni gialli si distendono a poche decine di metri di distanza.

Barcellona si sfila il casco piano, l'aria fredda gli punge la nuca sudata. «Ma tu guidi sempre così?»

«No, quando sono da sola a volte vado un po' forte.» Gli occhi verdi lo fissano senza alcun cenno di ironia.

«Comodo l'interfono» dice lui tanto per dire qualcosa.

«Un regalo inutile di mia madre. Per me e mia sorella... non li uso quasi mai.» Si avviano verso l'edificio e salgono i tre scalini ai piedi della porta.

«Giulia...»

La trattiene appena per un braccio e lei lo rassicura: «Il servizio è gestito da una società esterna, ma viene coordinato da un collega che conosco. Lascia parlare me.»

L'ingresso è occupato quasi per intero da un gabbiotto prefabbricato, dietro il quale un uomo di mezza età con un maglione caffellatte troppo stretto per la sua pancia beve da una tazza di plastica nera, tenendo gli occhi corrucciati fissi al video di un terminale.

«Hansi, come te la passi?» Nella voce della donna adesso vibra una nota argentina che non le aveva mai sentito. Il panciuto alza gli occhi e la sua espressione si addolcisce di colpo.

«Giulietta, che sorpresa!» Le erre arrotate di Hansi, si scopre a pensare Tanino, non gli fanno lo stesso effetto di quelle del notaio Achmüller due giorni fa, ma all'uomo di sicuro fa effetto Giulia.

«Cosa ti serve?»

«Scartoffie naturalmente. Una vecchia indagine sul terrorismo chiusa nel 1992.»

Hansi annuisce con un ampio cenno d'assenso. «Lavorate con Rottensteiner, giusto? L'avrei chiamato fra poco, ho trovato un altro faldone di documenti che ieri mi era sfuggito. Ci pensate voi?»

Manca poco che a Barcellona cada la mandibola sul linoleum blu del pavimento, Giulia invece reagisce con prontezza: «Perfetto. Tira fuori anche tutto il resto, però. Dobbiamo ricontrollare alcuni dettagli. Ci sistemiamo in sala consultazione.» Quando l'archivista si allontana, i due si guardano senza parlare. Non ce n'è bisogno.

Cinque minuti dopo, Hansi entra nella stanza spoglia dove i due colleghi sono già seduti a un lungo tavolo ovale di noce. Spinge un carrellino con sopra tre faldoni. «Quello in cima è l'unico che Karl non ha consultato.»

«Grazie, Hansi, ne avremo per un po'» lo congeda lei.

Rimasti soli cominciano dai primi due faldoni, uno a testa, lasciando per ultimo quello indicato dall'archivista. Non sono sicuri di cosa cercare, perciò dovranno controllare ogni documento. Senza che nemmeno se ne accorgano, passano due ore. La maggior parte dei voluminosi incartamenti in realtà è composta da veline burocratiche di nessun interesse e le informative compilate dall'infiltrato sono in numero minore di quanto si aspettassero, soprattutto verso la fine.

Tanino le raggruppa per ordine di mese, mettendole in fila sul tavolo. Christine Nusser si è suicidata il 7 luglio 1992 e Rottensteiner ha lasciato l'indagine poco dopo, ma a parte l'ultimo, laconico, rapporto in cui si escludeva l'importanza del suicidio della ragazza, che Barcellona conosce per averlo già letto in allegato al fascicolo di Karin Nusser, non ce n'è nessuno che parli di Christine.

«Non è un po' strano, secondo te?»

Giulia si stringe nelle spalle. «Non direi. Karl era infiltrato per tenere d'occhio gli irredentisti, Karin Nusser, il marito, gli altri del loro giro. La figlia era una ragazzina, non c'entrava niente, perché perdere tempo con lei?»

Tanino non è convinto, scorre i singoli gruppi di documenti. «Guarda qui. L'indagine è durata alcuni anni. Per ogni mese, a ritroso fino a dove possiamo risalire, ci sono quasi sempre otto informative, una media di due a settimana, tranne che per luglio, visto che Karl lascia l'indagine poco dopo, e per i mesi di aprile, maggio e giugno. In aprile ce ne sono sette, a maggio sei e solo due per giugno e luglio. E considera che proprio a maggio scoppia una bomba che Karl, nel rapporto successivo all'evento, definisce "di probabile matrice terroristica". L'attenzione doveva essere massima e invece... Da quel momento solo un paio di rapporti.»

La Tinebra scuote la testa. «Me la ricordo, quella bomba, anche se ero una bambina. Il terrorismo non c'entrava, dopo qualche giorno venne fuori che era stata opera di un pazzo.»

«Però è strano lo stesso, no? Due rapporti a settimana per anni e quando ci si avvicina al suicidio di Christine Nusser, diminuiscono?»

Lei si massaggia la base del naso strizzando gli occhi e taglia corto: «Vuoi che lo dica io o lo dici tu?».

«Potrebbe averli presi Karl ieri.»

«Potrebbe, sì, molto probabile, ma cosa c'era in quelle informative?»

Tanino tira a sé l'ultimo faldone. «Magari troviamo la risposta qui dentro.» Slaccia i legacci e suddivide la documentazione in due pile, una per ciascuno. Quasi subito si accorgono con stizza che si tratta soprattutto di documentazione amministrativa per l'economato: rimborsi spese e simili.

Barcellona si abbandona sullo schienale e sbuffa, ma Giulia, al contrario, si illumina. Le efelidi sulle sue guance sembrano fremere. «Aspetta un attimo... Le richieste di rimborso sono corredate dalla fotocopia del documento che le giustifica, scontrini, fatture, ma anche dal rapporto del periodo che vi fa riferimento, in modo che il referente possa verificare l'attinenza delle spese all'indagine prima di passare i soli documenti fiscali all'economato. Ci sono le copie di alcune informative...» Scartabella i sottofascicoli fino a trovare i mesi che le interessano. Per maggio, giugno e luglio del 1992 non c'è nulla, ma le informative di aprile ci sono tutte, e sono otto, non sette. Giulia prende quella mancante, l'ultima del mese, e la legge con Tanino.

26 aprile 1992

Dagli accertamenti fin qui eseguiti lo scrivente ha potuto appurare che Nusser Christine, figlia dei sospetti in osservazione Nusser Karin e Fink Moritz, non ha alcun ruolo nelle attività e nelle frequentazioni dei genitori e che anzi la stessa si pone in posizione conflittuale e fortemente critica rispetto ai medesimi sopra indicati, anche probabilmente in ragione di una prevedibile contestazione adolescenziale.

> Ciò mi ha indotto ad avvicinare la predetta al fine di far aumentare la conflittualità in seno alla vita domestica dei Fink-Nusser, ritenendo di poterne ricavare utili spunti d'indagine. Sono riuscito pertanto in breve a guadagnare la fiducia di Nusser Christine e in occasione di mio invito a pranzo della stessa, di cui allego ricevuta, le ho suggerito di frequentare ambienti dell'estrema destra italiana, presenti e attivi nel liceo frequentato dalla suddetta, in modo da irritare i genitori. La medesima Nusser Christine mi ha però riferito che i suoi genitori, per vie traverse informati della cosa, non hanno finora mostrato significative reazioni. Riservo seguito.

Rottensteiner aveva spinto nelle braccia dei fascisti italiani la figlia adolescente degli irredentisti sudtirolesi, sperando di portare l'inferno in casa di Karin Nusser. Altro che relazione sentimentale. Ecco cosa cerca di nascondere Karl, ed ecco il collegamento fra gli irredentisti morti e la terza vittima Mariano Agostinelli. Tanino è pronto a scommettere che tra le frequentazioni di estrema destra della ragazza ci fosse proprio lui. Finalmente in questa storia comincia a intravedersi un filo conduttore, ma il prezzo è fin troppo alto, perché quel filo è proprio il suo collega.

Quando ritornano all'aria aperta è ormai buio e fa un freddo bastardo, tanto per cambiare, ma asciutto. Camminano a testa bassa, in silenzio, fino alla Yamaha e Giulia si china per staccare il bloccadisco, aiutandosi con la luce del cellulare perché la moto è parcheggiata in una zona poco illuminata. L'adrenalina scatenata dall'aver trovato una buona pista è rovinata da ciò che gli indizi potrebbero significare. Tanino è deluso, arrabbiato e gli fa male la testa. Anche Giulia però, a giudicare da come impreca sul lucchetto che non si apre, è scossa.

Parla lei per prima, con il casco in mano e il bloccadisco nell'altra: «E adesso?».

Tanino non ne ha idea, ma improvvisa: «Voglio risalire ai tizi che ha frequentato la ragazza. Magari qualche suo vecchio compagno di scuola si...».

«Ce lo possiamo fare un giro su questa bella moto?» La voce sottile e sgradevole proviene da uno spilungone che si è materializzato dal buio alla destra della Tinebra. Non deve avere neanche trent'anni, ma ne dimostra dieci di più: testa pelata di forma appuntita, barba incolta, bocca storta sotto il naso aquilino, sembra un tossico disegnato da Andrea Pazienza. Al suo fianco c'è un tizio più vecchio e tarchiato con una zazzera di capelli ricci e un rottweiler al guinzaglio.

Tanino guarda alle loro spalle e tutto intorno: nessun altro in giro. Questi due coglioni li hanno scambiati per una coppietta da rapinare in scioltezza. Sospira. «È meglio che ve ne andate.»

«Dacci le chiavi e ce ne andiamo. Sai, il cane deve mangiare...» Stavolta è il riccio a parlare.

Tanino sta per qualificarsi, ma poi cambia idea. Uno sguardo d'intesa con Giulia, che rilassa le braccia lungo i fianchi, e si rivolge allo spilungone: «Lo sai che c'è?».

«Cosa?» Il cane comincia a tirare la catena, all'erta.

«Sei sfortunato, perché oggi tu sei quello che paga per tutti.»

Barcellona non finisce nemmeno la frase, che Giulia ha già tirato un calcio in pieno muso al cane con la punta dell'anfibio, proiettandolo a tre metri di distanza, poi colpisce il riccio al volto con la mano appesantita dal fermadisco. Quello si accascia e comincia a sanguinare a cascata dal naso ululando peggio dell'animale.

L'altro intanto sferra un pugno a Tanino, che si abbassa e risponde con un montante alla mascella. Pure lo spilungone finisce per terra, privo di sensi. Barcellona avrebbe preferito tirargliene altri due, ma contro uno svenuto gli pare brutto. Il cane guaisce tenendosi a distanza.

«Chiamiamo una volante?»

Giulia guarda i balordi a terra con lo stesso sentimento che riserverebbe a due pozze di vomito, quindi sale in sella alla moto. «Fanculo pure a loro. Monta.»

31.

Giulia ci ha messo meno di dieci minuti senza scomodare nessuno. Gli schedari e il database del servizio informatico sanitario non li ha nemmeno presi in considerazione. Il social network ha tutto quello che le serve. Il social network sa. Sa che Martina Waldboth era in classe con Christine Fink e che tra tutte le ex compagne del liceo è l'unica che ancora ha un pensiero digitale per lei a ogni anniversario dalla sua morte. Una frase, un disegno di un angelo, il video di una canzone, un fiore animato. Tanino è stupito, non dalla velocità né dalla facilità con cui l'ha trovata, ma dalla prima e unica domanda che la Tinebra gli ha rivolto prima di mettersi alla tastiera. Quale liceo linguistico, italiano o tedesco? Ogni scuola ha il suo doppio nell'altra lingua in questa città di fulminati. Come gli assessorati, due per ogni ambito, a volte tre, perché c'è pure una terza lingua qui, quella di alcune valli dolomitiche, il ladino. Posti di lavoro, ha commentato la collega senza scomporsi. Barcellona ha pensato a Roma e a Messina. Forse non sono poi così fuori. O forse lo sono talmente tanto da "aver fatto il giro". Martina Waldboth lavora da anni in un teatrino in pieno centro che si dedica perlopiù al cabaret, al jazz e al teatro off.

Se lo aspettava più grande, ma d'altronde se si chiama "Piccolo teatro Carambolage" ci sarà una ragione. Sul palco incorniciato da tende rosse c'è un letto in ferro battuto circondato da manichini, bambole e specchi. Un uomo sbatte piano la testa contro una paratia, un altro con un calice vuoto in mano sembra sul punto di svenire contro una colonna, prima di buttarsi disperato sul letto. Tanino non ha avuto il tempo di dare un'occhiata al cartellone, ma se è avanspettacolo allora lui l'umorismo tedesco non lo capisce.

«Fassbinder.»

Un'altra parola da aggiungere al taccuino? Si volta. Capita davvero di rado che non debba abbassarsi per guardare una donna negli occhi. Se portasse i tacchi, sarebbe lui a dover alzare lo sguardo. Il blu delle vene le scorre a filo della pelle lattea. Le mani paffute sono sproporzionate, troppo piccole. Ha un'espressione da cocker spaniel e l'accento spigoloso, di chi mastica poco l'italiano, anche se non sbaglia una virgola. «Una cosa sperimentale: Le lacrime amare di Peter, e non di Petra von Kant, questa volta... Signor Barcellona? Martina Waldboth. Ci sono le prove, non ho molto tempo, mi spiace davvero. Se vuole possiamo fare un altro giorno.»

«Ah, piacere. Non le ruberò che qualche minuto, giuro, posso offrirle un caffè?»

Il macchiato è buono. L'egiziano dietro al bancone del bar di fronte al teatro sa il fatto suo.

«Sa che mi ha spaventato?»

«E perché mai?»

«Non capita spesso...»

«Di essere chiamati dalla polizia.»

«Già.»

«Come le ho detto al telefono, mi serve solo qualche informazione. Non ha nulla da temere.»

Tanino sfodera il suo sorriso più rassicurante, lei esita, poi cede le armi. «D'accordo. Come posso aiutarla?»

Barcellona sceglie di essere diretto e brutale: «Christine Fink».

Martina impallidisce ancor di più, come se il fard diventasse borotalco. «Christine? Cosa?» Allontana il macchiato. La tazza è ancora piena. La radio trasmette un altro di quei pezzi maledetti che tutti conoscono ma di cui nessuno ricorda l'autore... *Don't stop thinking about tomorrow*. Come fosse facile. Ha già abbastanza problemi con il passato per pensare al domani.

La donna con un sorriso mesto punta il dito verso gli altoparlanti sul soffitto. «Fleetwood Mac.»

Ecco, appunto. «Ho bisogno di sapere che frequentazioni aveva al liceo.»

«Ma perché?»

«Martina.» Tanino sta per mettere la mano sulla sua, poi si blocca e si limita ad appoggiare l'indice sul manico della tazza. «La prego, mi aiuti. Per Christine.»

«Ma dopo, dopo tutti questi anni...»

«Non le pare che sia ora di fare chiarezza? Di rimettere le cose al loro posto? È l'unica che sembra ricordarsi di lei.»

Abbassa lo sguardo sul tavolino che li separa, come per

contare i granelli di zucchero caduti sul piattino. «Le dispiace se torniamo in teatro? Ho tanto da lavorare ancora per stasera...»

«Nessun problema.» Barcellona rivolge un cenno all'uomo dietro il bancone. Lascia dieci euro sul tavolo e li indica. «Siamo a posto così.»

Martina parla con un tecnico di palco, mentre digita sul tablet. Si scambiano alcuni cenni del capo, quindi torna da Tanino, che l'aspetta in fondo alla sala. «Mi scusi ancora, ma ci sono davvero molte cose da sistemare prima dello spettacolo...»

Indugia e Barcellona decide che è il momento di incalzarla. «Non voglio rubarle altro tempo. Mi racconti quel che ricorda dell'ultimo periodo e me ne vado.»

«Era il 1992.»

«Sicura?»

«Come potrei dimenticarlo? Sono i ricordi dell'adolescenza, quelli indelebili. Proprio come oggi, c'era un assassino in libertà, eravamo tutte terrorizzate, nessuna usciva di casa di sera, ma io e Cri siamo andate lo stesso a vedere i Cure a Innsbruck, senza dire niente ai nostri genitori. È scoppiato un mezzo casino... Non lo scorderei nemmeno dopo un lavaggio del cervello. Era il tour di *Wish* ed è stata una delle ultime volte che siamo uscite assieme.»

«Perché?»

«Perché lei ha cambiato giro.»

«In che senso?»

«Si era messa a frequentare dei ragazzi italiani e all'epoca non… Non che ci sia nulla di male, eh, mio marito è italiano, ma…»

«Ma?»

«Ma erano dei nazi.»

«In che senso?»

«Skinhead. Fascisti. In quel senso lì. A me non piacevano, non volevo saperne nulla di loro. Penso volesse fare un dispetto ai suoi. Poi scoppiò una bomba in città, credo fosse maggio. Quando successe, per un po' tutti pensarono che c'entrassero gli irredentisti e tutti sapevano delle simpatie dei genitori di Cri. A scuola hanno cominciato a evitarla.» Un sospiro sincopato le strozza la gola. Le tremano le labbra e gli occhi si inumidiscono. «Anche io l'ho messa da parte, non me lo perdonerò mai. Era cambiata, non mi parlava nemmeno più e aveva ragione. Ho provato a ricucire lo strappo, ma non ho fatto abbastanza. Non ho voluto fare abbastanza. Un giorno l'ho sentita piangere dietro la porta del bagno della scuola. Sono rimasta seduta lì fuori finché non è uscita, aveva dei segni sul collo che copriva con un foulard e dei brutti lividi in faccia. Mi ha chiesto se potevo aiutarla a mascherarli col trucco. Per dieci minuti siamo tornate le amiche di sempre.»

«Le ha detto chi era stato?»

«Sì. L'avevano menata in due, i vigliacchi. E uno era Gennaia, quello che oggi è in comune. Quando ho visto la foto sul giornale durante le elezioni mi è venuta la nausea.»

«E l'altro?»

«Non ricordo.»

Tanino ripensa ai libri che ha trovato a casa di Agostinelli, a quello che ha detto Günter il Bersagliere. Infila le idee come perline su un filo e non ha più alcun dubbio, la sequenza degli omicidi gli si dipana davanti come una formula matematica a cui finalmente sia stato aggiunto il fattore mancante. Le mostra una foto sullo schermo del telefono. «Mariano Agostinelli?»

Il cuore di Martina perde un battito. Si siede come se un intero cosmo le fosse crollato nell'anima all'improvviso. «Ago. Lo chiamavano così, genau.» Scoppia a piangere. Il tecnico sul palco si volta e le dice qualcosa in tedesco da lontano, lei solleva una mano in un cenno ondeggiante. Il kajal le cola lungo le guance.

Barcellona le porge un fazzoletto.

32.

Le finestre della villetta monofamiliare sono buie ormai da più di un'ora mentre, sotto l'irradiazione incerta del lampione, i fiocchi vorticano come uno sciame d'api impazzite. Rottensteiner si mantiene a distanza dal cono di luce e cammina piano avanti e indietro per favorire la circolazione del sangue inibita dal gelo. La barba di nuovo lunga gli protegge il viso dal vento tagliente. La fronte e le orecchie sono riparate da un passamontagna di lana blu floscio e deformato dal tempo. Avrebbe potuto aspettare in auto fino all'ultimo momento, ma per qualche motivo preferisce il freddo.

Si avvicina alla porta secondaria a lato del garage e armeggia per quasi un minuto. L'autorimessa puzza di olio motore ma non c'è nessuna auto. Respira a fondo un paio di volte, anche se non ce n'è bisogno, si sente già calmo. La pagherà, lo sa bene. E non gliene importa niente.

***

Sulla questura sembra incombere una cappa di immobilità, come se tutti quanti aspettassero un evento non definito, ma di certo negativo. Tanino si avvicina alla postazione di Seelaus, che al solito è assorto nello schermo del computer e non alza lo sguardo ballerino. Ormai non ci fa più caso.

«Devo rintracciare un tizio che si chiama Benito Gennaia, legato all'estrema destra.»

Martin si discosta dalla tastiera e si appoggia allo schienale della poltroncina. «Nientemeno.»

«Perché, è famoso?»

«Devi chiedere alla Guidi.»

«Per Karin Nusser non mi hai rimbalzato dal capo. Sono cambiate le disposizioni?»

«Chiedi a lei.» Seelaus si rituffa nelle righe di codice del video, o in una qualunque altra diavoleria che Barcellona non capirà mai. Quel che capisce però è che non otterrà nient'altro da lui.

Giulia non c'è. Nel corridoio incontra il Faina e lo prende al volo sotto braccio. Se c'è qualcuno lì dentro che riuscirà a fare sbottonare, è lui. Decide di giocare in attacco. «Che ha combinato 'sto Benito Gennaia?» domanda a bassa voce.

Pavan incrocia il suo sguardo e a Tanino pare che un barlume di consapevolezza gli attraversi gli occhi, ma è solo un attimo. «Questo non lo so, ma qualcosa avrà combinato se il nostro uomo lo ha aggredito.»

Barcellona trattiene a stento un "Minchia". «Il killer? Ma è sicuro che è stato lui?»

«La Guidi ha dei dubbi, ma data la situazione non era il caso di stare a guardare, no?» Il Faina annuisce alle sue stesse parole, pensieroso di chissà quali pensieri, e Tanino arriva alla conclusione che gli aveva già prospettato Martin: deve parlare con Angelica Guidi, anche se non gli va. Si avvia lungo il corridoio fino alla stanza del primo dirigente, bussa, ma la porta è chiusa. Prende il cellulare e richiama il numero dall'agenda.

La dirigente risponde al secondo squillo. «Barcellona, mi dica.»

«Dottoressa, dobbiamo parlare di quella questione...»

«Ha novità?»

«Sto seguendo una pista ed è venuto fuori il nome di Gennaia.»

La Guidi lo interrompe: «Mi raggiunga. Ci vediamo alla Don Milani... la scuola in zona Lido.»

La Don Milani è una scuola elementare in viale Trieste. Tanino posteggia la Golf di fronte, nel parcheggio davanti allo stadio di calcio e a fianco dell'edificio razionalista rosa salmone dalle forme arrotondate con scritto "Lido", e rimane per un attimo perplesso a guardarlo. Dall'altra parte del viale, un paio di solerti nonni dotati di paletta regolano il traffico a beneficio dei bambini appena usciti dalla materna e dalle elementari.

Angelica Guidi, stretta in un piumino sagomato lungo al ginocchio, sfrutta i nonni anche lei e raggiunge Tanino in rapide, eleganti falcate. Si salutano con un cenno del capo.

«Cosa ci fate con un lido in un posto dove manca il mare?»

La dirigente si volta verso la mole rosa che ricorda la poppa di una nave da crociera alla fonda: «Tutto quello che fate voi in Sicilia, eccetto il bagno in mare. Ci sono delle piscine molto belle, anche coperte, le provi, ma non adesso che ho fretta».

Si mette spalle al lido a controllare l'entrata dell'istituto. «Fra poco Fabian e Verena escono da scuola e ho promesso di portarli da McDonald's prima del tennis. Cos'è questa storia di Gennaia?»

«Frequentava Christine Nusser, la figlia di un'attivista per il Sudtirolo, Karin Nusser. Nel giro della Nusser c'erano Meinl e Rech. Agostinelli invece era amico di Gennaia. La ragazzina si è suicidata nel '92, sua madre nel 2011: il collegamento fra tutte le vittime del serial killer passa da loro. Ora abbiamo trovato un nesso, ne sono sicuro: questo tizio non è un folle, ha un piano. In questura ho sentito che Gennaia è stato aggredito da qualcuno che potrebbe essere lui.»

«In questura la gente parla troppo.» La Guidi sbotta mentre continua a tenere d'occhio l'entrata della scuola. «L'altro ieri ci è arrivata una chiamata dal suo vicino di casa, che lo ha salvato da un'aggressione. Lui è convinto che sia stato il serial killer, ma Biondi ha dei dubbi. L'assalto è stato molto più approssimativo del solito e infatti non è riuscito, per fortuna.»

«Con tutto il rispetto, dottoressa, io a Biondi manco la munnizza mi fiderei a lasciargli buttare.»

La donna ha un piccolo moto di riso subito trattenuto. «Barcellona, resti tra me e lei, nemmeno io mi fido molto del nostro profiler, ma stavolta i dubbi li ho anch'io. Benito Gennaia è da sempre un estremista di destra, legato a doppio filo ad ambienti di gentaglia. Ormai è diventato consigliere comunale, grazie al padre che negli anni Ottanta e Novanta era un pezzo grosso del MSI, ma rimane una mela marcia in un cestino di frutta marcia. L'elenco di quelli che non perderebbero l'occasione di dargli una ripassata è lungo così. Non mi stupirebbe se approfittasse della situazione di tensione che c'è al momento in città per suoi fini personali. In ogni caso, visto anche che si tratta di un politico, abbiamo avviato la prassi applicativa di protezione.»

«Vorrei parlargli.»

La Guidi sospira e una smorfia di stanchezza le attraversa il volto spigoloso. «Devo chiedere al Servizio centrale di protezione, la farò contattare da uno del loro nucleo operativo regionale, un agente della Digos: Andrea Gobbetti. Rottensteiner lo conosce benissimo... A proposito, come va con Karl?»

Tanino sfugge allo sguardo della dirigente e si mette anche lui a fissare l'entrata della scuola. «A volte non è facile...»

«Non è mai stato un uomo facile.»

Non sai quanto, pensa Barcellona mentre un bambino e una bambina di circa otto anni attraversano la strada e corrono ad abbracciare il suo capo.

Tornato a casa, Tanino vorrebbe qualcuno con cui parlare, meglio Elke, visto che Karl non è un campione di conversazione e comunque se lo vedesse dovrebbe chiedergli chiaro che diavolo sta combinando. In ogni caso, non c'è nessuno e Rottensteiner ha il cellulare staccato da ieri, perciò il problema non si pone. In frigorifero non è rimasto granché, ma in fondo Tanino non ha fame, anche se sono ormai le tre del pomeriggio e lui nemmeno si ricorda quando ha mangiato l'ultima volta. Deve scegliere fra due yogurt senza grassi di Elke e un'insalata vecchia da mandar giù senza pane, così preferisce accendersi una sigaretta. Prende il telefono, valutando se è il caso di chiamare Giusi (anche qui forse è meglio la sigaretta) e proprio in quel momento il telefono vibra e sul display appare un numero sconosciuto in entrata.

«Barcellona?»

«Chi parla?»

«Sono il collega Gobbetti, mi ha contattato la dottoressa Guidi.»

«Hai qualcosa per me?»

«Meglio se ci vediamo. Dove sei?»

Nemmeno dieci minuti dopo, due energumeni sul metro e novanta si fronteggiano all'angolo del maso di Rottensteiner, poi decidono di entrare nel bar minuscolo e anonimo dall'altro lato della strada e ordinano due birre al bancone.

«Come funziona, mi portate voi da lui o ci fate incontrare in un terzo posto?»

Gobbetti fa una smorfia come se gli fosse presa una botta secca di gastrite. «Preferiamo sempre un luogo neutro, ma stavolta non si può.»

«Perché?»

L'agente della Digos esita e poi scarta di lato con lo sguardo. «Non sappiamo dove sia.»

«Nel senso…»

«Nel senso che ce lo siamo perso, Barcellona! Potrebbe anche essersi allontanato di sua volontà dalla località protetta, ma certezze non ne ho. L'unica è che non è più dove l'avevamo messo.»

Malanova… «E dove l'avevate messo, tanto per sapere?»

Gobbetti piega la testa e rimane in silenzio.

«Avanti Gobbetti, tanto ormai…»

«A Trento. Un quartiere della prima periferia.»

«A Trento... Pavan una volta mi ha detto che per uno di Bolzano Trento è come dire la peste.»

«TN. Terroni del Nord. Difficile però che Gennaia ne faccia una questione di gusti.»

«Ma non li sorvegliate tutti h24?»

Gobbetti si massaggia le tempie, ha l'aria di uno che non dorme da un pezzo: «Sì, col cazzo. Siamo in otto in tutto il nucleo operativo e nemmeno esentati dal servizio ordinario. Una volta messo in sicurezza, a meno di esigenze particolari, il soggetto viene monitorato una o due volte al giorno e fine della storia. Questa cosa sarà una cascata di merda per tutti».

«Lo state cercando?»

«Massima allerta, ma finora tracce zero. Il tuo socio invece dov'è, manda avanti te per il lavoro sporco?»

«È in malattia, non lo vedo da due giorni.»

«Ieri lavorava e stava benissimo.»

«Lo hai visto?» Barcellona drizza le antenne.

«Un tè veloce al chiosco dietro la stazione. Voleva informazioni su un tale.»

«Chi?»

Gobbetti piega di nuovo la testa di lato, senza rispondere.

«Minchia, Gobbetti, lavoriamo insieme io e Karl!»

«Virginio Leveghi.»

«Il cronista di hockey? L'abbiamo interrogato l'altro giorno.»

«Ecco, vedi? Verificava che non avesse vecchi legami con estremisti di destra, quell'ambiente è pieno così.»

«E ne aveva?»

«No. Ma perché non lo domandi a lui?»

«Ha il cellulare staccato da ieri.»

«Quando ci siamo visti ce l'aveva scarico infatti, gli ho prestato il mio perché doveva chiamare la figlia. Di sicuro lo trovi su alla baita che armeggia coi suoi attrezzi e si sarà scordato di caricarlo, lì sopra non c'è nemmeno la corrente elettrica. Ti conviene andarlo a prendere e inventarvi qualcosa: qui se non ci muoviamo la merda finisce in faccia a tutti.»

Anche il telefono di Elke è staccato. Di nuovo da solo in casa di Rottensteiner, sprofondato nella poltrona davanti al camino spento, Tanino si chiede se non sia il caso di seguire il consiglio di Gobbetti e andare a cercarlo alla baita. Non da solo, comunque. Sta per chiamare Giulia Tinebra, quando sul display appare un numero che ha memorizzato pochi giorni fa, e l'ansia che gli stava montando si trasforma di colpo in una specie di languore.

«Notaio Achmüller buon pomeriggio.»

«Se mi chiami Barbara facciamo prima. Sempre che tu non abbia niente in contrario.»

«Barbara, va benissimo.» Tanino inghiotte a fatica un bolo di sorpresa e soddisfazione.

«Mio padre potrebbe riceverti adesso, a meno che tu…»

«No, nessun impegno.» Trenta secondi dopo è già in macchina.

33.

«I poliziotti non vanno in vacanza nemmeno a Natale?»

La battuta di Barbara Achmüller gli ricorda che oggi è il 23, l'antivigilia, e con tutto quel che ha avuto per la testa negli ultimi tempi non si è nemmeno ricordato di controllare i turni o di accordarsi con i colleghi per chiedere qualche giorno. D'istinto scrolla le spalle, tanto ormai è andata.

«Manco ho chiesto. Sono l'ultimo arrivato: quest'anno mi toccherà lavorare a Natale e capodanno.»

«Nei secoli fedele.»

«Quelli sono i carabinieri... Ma la musica è la stessa, fai quello che devi.»

La donna sbotta in una breve risata. «*Fai quello che devi.* Solo uomini duri in polizia, vero?»

Tanino non è sicuro che lei si aspetti davvero una risposta, dunque sta zitto, che è comunque una risposta da uomo tutto d'un pezzo. In effetti, la mania di scimmiottare John Wayne non è poi così rara dalle sue parti. La Achmüller si diverte a giocarci, evidentemente, e a lui non dispiace. Come potrebbe? Mentre guida verso la collina di Santa Maddalena, sopra

Rencio, le lancia un'occhiata di traverso. È molto differente da come gli è apparsa la prima volta. Allo studio il tailleur le stava benissimo anche se sembrava fosse di qualcun altro, era una divisa, adesso indossa jeans consumati, stivali con un tacco moderato, una camicia di tessuto spesso e grigio sotto un giubbotto imbottito di pelle sul quale i suoi capelli biondi, raccolti in una coda di cavallo alta, risaltano ancor meglio. Di profilo, la linea delle sue labbra è più intransigente, lascia intuire un carattere fermo, stemperato solo da un senso dell'umorismo sfrontato.

«Prendi la salita a sinistra.»

Tanino obbedisce, svolta su per un viottolo ripidissimo e di nuovo benedice le gomme da neve che Rottensteiner lo ha convinto a montare. L'asfalto ghiacciato di quando in quando fa pattinare le ruote, ma nel complesso l'auto è stabile. «Tuo padre vive davvero qua sopra?»

«Non ti ci porto mica per imboscarci.»

«E io chissà che mi credevo...»

«Per certe cose sono comodista. Preoccupati solo se ti invito a casa.»

Non le manca certo l'iniziativa, pensa Tanino. Attraente e sfacciata, un connubio raro, peccato dover lavorare. Sempre su indicazione di lei, girano a destra. Stavolta il sentiero è sterrato e si inoltra fra i larici del bosco in una discesa con pendenza se possibile più elevata della salita appena scalata. Nemmeno per imboscarsi con miss Universo si spingerebbe fin qui con la neve. Dopo una cinquantina di metri, la stradicciola si allarga in una radura dove sono parcheggiate una vecchia Rover e una Punto. Il giardino antistante la villa, nonostante la stagione, è rigoglioso ma poco curato, la vista su Bolzano vale quasi lo sforzo di arrivare, la casa è assurda. Bella ma assurda. Un palazzotto ardesia irto di guglie e torrette con rivestimenti in rame inverdito incombe sullo spiazzo come una dimora delle favole, una via di mezzo tra un castello incantato e la casa di marzapane della strega di Hansel e Gretel. Invece di dirigersi all'entrata principale, Barbara gira a passi rapidi attorno all'edificio, con Tanino che le va dietro.

«A quest'ora sarà di sicuro nell'*orangerie*.»

Barcellona non sa bene cosa sia un'*orangerie*, ma quando si ritrova a camminare in mezzo a file di alberelli da frutto e piante esotiche riparate da una elegante struttura in vetro e ferro battuto comprende trattarsi di roba da ricchi che lui avrebbe più semplicemente definito serra.

Un uomo alto, di spalle, in calzoni di fustagno e una felpa macchiata di terra sta potando qualcosa che potrebbe essere un ciliegio spennacchiato. Quando si gira, senza che né Tanino né Barbara abbiano proferito parola, li valuta per un istante con aria di sufficienza, poi senza sorridere piega la testa di lato e fa un cenno di invito con la mano armata di cesoie.

«*Saluton!*»

«*Saluton, paĉjo*» gli risponde a tono la figlia. «Tanino, ti presento mio padre, Herbert Achmüller.»

«Piacere notaio, sono Gaetano Barcellona.» Tende la mano verso le cesoie, ma la ritrae quando si accorge che l'uomo non ha alcuna intenzione di porgergli la sua.

«*Bonvenon hejmen sinjoro Barcellona.*»

Andiamo bene... «Ehm, grazie, mi scusi ma non parlo ladino, non credo di avere afferrato...»

Padre e figlia scoppiano a ridere entrambi. L'incarnato rosa chiaro dell'uomo diventa più intenso e gli occhi azzurri brillano. Nonostante debba avere più di settant'anni, trasmette un'impressione di forza fisica e di avvenenza. E somiglia molto a sua figlia.

Barbara Achmüller dà una pacca scherzosa sulla spalla di Barcellona. «Come ti viene in mente?»

«*Mi ne estas Ladinulo, sinjoro Barcellona, mi estas civitano de la mondo.*»

E fino a qui… Dall'aria divertita e complice che legge sul volto di Barbara, Tanino intuisce che non dev'essere la prima vittima di questo giochetto. Il notaio butta il tronchesino su un tavolaccio addossato alla parete interna della serra, che è anche il muro perimetrale dell'abitazione principale, si strofina le mani sul fondo dei pantaloni ed entra in casa da un passaggio interno continuando a parlare senza voltarsi. Zoppica, ma molto velocemente.

«*Bonvolu, ni iru supren.*»

Mentre salgono le scale, Barcellona trattiene per un braccio la Achmüller, rivolgendole un'espressione interrogativa e ricevendo in risposta una scrollata di spalle e un bisbiglio: «Te l'avevo detto che era un tipo particolare. Capacissimo di parlare tutto il tempo così».

Malanova, ma tutti a mmia!

Al piano nobile, Tanino viene introdotto in uno studio odoroso di tabacco da pipa. L'atmosfera è classica e raccolta: *boiserie* e scaffali di libri antichi alle pareti ben illuminate dalla portafinestra a bovindo in corrispondenza della scrivania d'epoca con piano di opalina. Il notaio indica una poltroncina in velluto minuscola di una coppia posta di fronte al camino spento. «*Prenu segxon.*»

Tanino si siede, o per meglio dire si incastra fra i braccioli, sempre più perplesso. Barbara prende posto sull'altra poltroncina di fronte. Il notaio rimane in piedi e agguanta da una piccola rastrelliera una pipa grande come una calibro .9, cominciando a caricarla di trinciato mentre si appoggia con la schiena alla cornice in marmo del camino.

«*De kie vi estas?*» Per una frazione di secondo padre e figlia si guardano e a Barcellona sembra di leggere una piccola nota di rimprovero nell'espressione di lei. «Da dove viene, signor Barcellona? Il suo nome e l'accento non mi sembrano tipici di queste valli.»

Il muto rimprovero filiale ha funzionato. In lingua italiana la voce dell'uomo suona più dura. Ha la stessa erre arrotata della figlia, ma molto meno sexy.

«Sono messinese, ma ho girato parecchio. Comunque orgogliosamente siciliano, direi.»

Il vecchio aggrotta le sopracciglia. «Perché orgogliosamente?»

«Be', le radici, la cultura delle mie origini» bofonchia sulla difensiva Tanino, «cose così... Lei no?»

«No, io no.» L'uomo dà una lunga tirata alla pipa e mordicchia il bocchino. «Quindi per lei la Sicilia è meglio, diciamo, del Molise o di qui.»

«Con tutto il rispetto per il Molise...» Ma che vuole, questo?

«Immagino dunque che apprezzi la poesia dei suoi conterranei Guido delle Colonne e Cielo D'Alcamo.»

«Mai avuto passione per la letteratura.»

«La storiografia di Michele Amari sui Vespri, allora. Visto che ci tiene alla cultura siciliana.»

«Papà, non cominciare!» Barbara riprende il padre, ma Tanino non ci sta a lasciarsi difendere.

«Notaio, io già a scuola i professori li mandavo a quel paese per molto meno e sono diventato poliziotto perché così le domande le faccio io.»

Herbert Achmüller alza le mani e si apre in una piccola risata. «Non si offenda, la prego. Con la vecchiaia si riducono così tanto le occasioni di divertirsi che non ho resistito a provocarla un po'.»

«Si immagini.»

Il notaio rovescia il contenuto del fornelletto nel camino, sbattendolo contro l'alare. «La sostanza però resta. Sa che lingua parlavo prima?»

«Non era ladino, a quanto ho capito.» Barcellona si rilassa sullo schienale della poltrona. Magari adesso che il vecchio si è sfogato si può cavarne qualcosa.

«Esperanto. Conosce?»

«Vagamente. Una lingua inventata, no?»

«Preferisco chiamarla una lingua pianificata. È inventata, certo, ma grammatica e lessico sono presi dal patrimonio linguistico mondiale, lingue romanze, germaniche, slave, ma anche non indoeuropee.»

«Un gran mischione.»

«Un gran mischione, sì. In cui nessuno si sente messo da parte o troppo protagonista. Un mischione per imparare il quale bisogna confrontarsi con l'altro all'ennesima potenza e allontanarsi da sé. Le radici, l'orgoglio identitario, il bagaglio della tradizione… Tutte balle. Inutili e pericolose. Sono socio da anni della Fondazione esperantista italiana e ora che sono in pensione cerco di diffondere l'Esperanto in ogni modo. È come diffondere la fratellanza.»

Minchia, uno sano di testa mai! «E ci riesce?»

«Ovviamente no, la gente è troppo fissata con l'identità. Vuole sempre riconoscere i propri difetti in quelli di una comunità e farli passare per "inestimabile patrimonio culturale". Gli dà sicurezza annusarsi la pipì a vicenda, come i cani: così credono di sapere chi sono e dove vanno. Sono nato e cresciuto qui, in un posto in cui il fuoco etnico ti brucia l'anima fin dalla culla, so di che parlo. Ma il fatto che sia un tentativo impossibile non significa che non sia doveroso insistere. Come diceva Beckett: "Ho provato. Ho fallito. Non importa, riproverò. Fallirò meglio".»

Tutto interessante, pensa ancora Tanino, però adesso basta. «Un punto di vista ammirevole, ma se posso permettermi, prima che si faccia tardi, vorrei capire se può darmi qualche dettaglio inedito su Karin Nusser. Barbara le avrà anticipato il motivo della mia visita, immagino.»

«Oh, ma ne stiamo già parlando. Viene sempre da lì, l'ossessione per l'identità. Tedeschi contro italiani, italiani contro tedeschi, ancora e ancora. Per Karin era una malattia, per lei i suoi erano tutti eroi e gli altri aguzzini e traditori. Ci si è rovinata la vita, ha lasciato l'università, si è impegolata in un matrimonio sbagliato, sempre appresso a quella ridicola associazione votata a difendere i compagni accusati di terrorismo, a chiederne inutilmente la scarcerazione, a progettare manifestazioni idiote, a proteggere assassini. Ci ha perso anche la figlia, per questo, e la sorella.»

Tanino alza una mano per frenare il fiume di parole: prima niente e ora troppo. «La figlia lo so, è probabile si sia suicidata per un disagio legato anche a quello, ma la sorella che c'entra?»

«La figlia l'aveva persa prima che si uccidesse, in realtà, e in questo c'entra anche la sorella. Heidi Nusser era molto diversa da Karin. Se n'era andata a studiare a Vienna ai tempi dell'università ed era rimasta a vivere all'estero, in Svizzera, ma amava l'Italia, non soltanto il Sudtirolo. E amava la nipote, che tornava sempre a trovare, avevano un bel rapporto. Heidi e Karin litigarono proprio per questo. Heidi non sopportava che la sorella crescesse Christine in quell'ambiente carico di odio etnico. Fu proprio al culmine di uno dei loro litigi, l'ultima volta che Heidi tornò in quella famiglia, che per ripicca fece scoppiare la bomba, per così dire, tanto per rimanere in tema di irredentismo.»

«A che si riferisce?»

«Karin me ne parlò sia in qualità di amico sia di professionista e solo per chiedermi consiglio sulle sue questioni ereditarie. Per questo non ne ho mai parlato ad anima viva, ma ormai la verità non può nuocere a nessuno. Litigarono, come le dicevo, sul modo di educare Christine. Heidi contro Karin e Moritz insieme, fino a che Heidi, in un accesso di rabbia, per zittire Moritz si lasciò scappare che non era lui il vero padre della ragazza. Può immaginare come andò a finire... Heidi non mise più piede in quella casa e Moritz si separò da Karin. A Christine non vennero date spiegazioni, ma in un colpo solo perse il padre e la zia senza capire perché. Come vede, un grande scompiglio, e tutto per questioni di identità, etnia, discendenza. Chi è arrivato prima, chi è figlio di chi. Idiozie che rovinano la vita delle persone.»

Mentre il notaio parla, Tanino si riproietta in testa quel film che aveva girato e che Karl gli aveva stroncato alla prima visione. Necessita di qualche correzione di trama, ma nemmeno poi tante. Il padre di Christine non è Moritz, ma qualcun altro, uno che bazzicava il giro della Nusser, uno che potrebbe essere Frank Martell, per esempio.

«Sa anche chi era il vero padre di Christine?»

«No e non credo l'abbia rivelato a nessuno. Lo conosceva Heidi, evidentemente, ma anche lei ormai non c'è più. Di certo lo saprà.»

Figurarsi se poteva essere così facile.

Barbara Achmüller, che fino a quel momento è rimasta assorta a seguire le parole del padre, irrompe a gamba tesa nella discussione: «Non voglio certo insegnarti il mestiere, Tanino, ma a questo punto mi viene in mente che Karin aveva lasciato i suoi soldi a una onlus, mentre le foto di famiglia e il diario della figlia a Heidi. Forse una specie di risarcimento emotivo postumo. Magari avevate ragione voi e quel diario avrei dovuto leggerlo tutto, forse c'erano indicazioni sul vero padre di Christine».

«Peccato che non sappiamo ancora dove siano finiti i beni di Heidi Nusser.»

«Dovreste invece. Ho contattato lo studio di Zurigo che ha curato la successione e mi hanno mandato una copia del testamento. L'ho stampata e allegata al fascicolo che il tuo collega è venuto a prendersi.»

Tanino perde un battito, ma cerca di non darlo a vedere. «Vuoi dire Karl Rottensteiner?»

«Il cowboy che era con te l'altra volta. È ripassato due giorni dopo, di mattina, e si è preso le copie degli atti che avevo preparato. Che c'è, anche la polizia funziona come ogni altra burocrazia? La mano destra non sa cosa fa la mano sinistra?»

Barcellona sforza un sorrisino e abbozza: «Già, qualcosa del genere... Ma tu lo hai letto il testamento? Ricordi qualcuno dei beneficiari?».

La donna si picchietta la tempia destra. «Quando un'informazione entra qui dentro non esce più. E in questo caso è facile. Il beneficiario è solo uno ed è la stessa onlus a cui aveva lasciato tutto anche Karin Nusser, la cooperativa Aurora, con sede qui, a Bolzano.»

Al sentir nominare la cooperativa di recupero dove lavorano Frank Martell e la figlia di Karl, Tanino avverte quasi un capogiro. «Senti, riesci a tornare da sola da qui? Mi è venuto in mente che devo sbrigare una cosa.»

***

Due giorni dopo, di mattina. Due giorni dopo la visita allo studio di Barbara Achmüller significa l'indomani dell'aggressione a Benito Gennaia. Ossia quando Karl è rimasto fuori tutto il giorno e gli ha dato appuntamento alle nove di sera per parlare con i tifosi di hockey. E dopo lo ha mollato di nuovo per salire alla baita. O almeno così gli ha raccontato.

Barcellona guida troppo veloce lungo i tornanti di Santa Maddalena, ma non se ne accorge neanche mentre riflette. Il collega, senza dirgli nulla, ha ritirato i testamenti di Karin e Heidi Nusser che collegavano questa storia alla cooperativa

Aurora. Subito dopo ha fatto sparire le informative che collegavano lo stesso Karl a Gennaia in un'indagine di vent'anni fa. Poi sono andati insieme a verificare l'alibi di Martell. Che Leveghi ha confermato. Ma in fondo Leveghi chi cazzo è? Da lui ce lo ha portato Rottensteiner. Per quanto ne sa Tanino, potrebbe essere un altro che gli deve un favore.

Le curve scorrono una dopo l'altra e le gomme stridono sull'asfalto a tratti ghiacciato, mentre le luci della città si avvicinano. Gli ronza in testa una frase che gli ha detto Karl per liquidare la sua ipotesi di un complice che coprisse Martell: «Difficile, se è davvero una storia di vendetta. I complici li trovi nelle storie di soldi». Forse non è così difficile, invece.

Riprende il ragionamento. Un altro giorno ancora e Leveghi ricompare nell'indagine. Rottensteiner chiede informazioni su di lui a Gobbetti, il suo amico della Digos. Ma che bisogno c'era? Nessuno, Tanino ne è sicuro ormai, era solo una scusa per incontrare Gobbetti, parlare del più e del meno.

Come fai a rintracciare qualcuno che è stato appena trasferito in località segreta dal Servizio centrale di protezione? In pratica è impossibile, quell'indirizzo non lo conosce nessuno, tranne quelli che ci hanno portato il testimone. Ma se tu conosci uno degli otto agenti che in questa regione costituiscono il Nucleo operativo del servizio protezione, cioè quasi di sicuro uno di quelli che hanno accompagnato Gennaia, allora lo puoi invitare a bere un tè e chiedergli in prestito il cellulare perché il tuo è scarico. Così, mentre lui è appoggiato al bancone, tu ti allontani col suo telefono, fingendo di volere un po' di privacy per chiamare tua figlia, e quando non ti vede guardi nelle impostazioni di sistema e individui le localizzazioni del giorno in cui è avvenuto il trasferimento. Non sarà difficile individuarlo, perché si tratterà di un indirizzo fuori città, perciò appena trovi un indirizzo di Trento sai che è quello giusto. Figlio di puttana.

Nella penombra dell'abitacolo, lo schermo del cellulare si illumina. Nella casa di marzapane non c'era campo e i messaggi arrivano a pioggia.

34.

Giusi. Non ora.

Daniela. Non ora.

Loredana. Ecco ci mancava pure lei, che non si faceva sentire da quando Tanino ha lasciato Roma. Non ora.

Ma che è, si sono messe d'accordo? Maledetto Natale. Lascia perdere i loro messaggi. Legge solo quello in arrivo da numero sconosciuto: "Guardati le spalle". Ma vaffanculo. Pochi minuti dopo imbocca l'ingresso del parcheggio della questura. Il buio arriva presto. La luna anche. Infila la scalinata a due, tre gradini alla volta. Al piano dell'open space incrocia Moretti sulla porta. «Antonio, hai visto la Tinebra? Ha il telefono staccato.»

Se l'ispettore è stupito dall'impeto di Tanino, non lo dà a vedere. «È andata al poligono mezz'ora fa. Permetti una domanda?»

«Sì, sì, se posso...» Ma fai in fretta.

Moretti solleva di mezzo centimetro il mento. La bocca si piega come stesse per sputare una ciunga, come dicono da queste parti, Barcellona si pente di avergli risposto di sì. Freni apre la porta dal lato opposto dell'ufficio, entra circondato da tre poliziotti di cui Tanino non ricorda mai la combinazione nome-cognome. Moretti gli scruta le pupille, quasi volesse misurare le gradazioni di nocciola del suo iride. «Tu, che sei giovane... Cosa diavolo è un Mötley Crüe?»

Barcellona sente le palpebre sfarfallare. Freni e i suoi si stanno avvicinando. «Cosa?»

«Mio figlio, quello più piccolo, ha scarabocchiato tutto lo zaino con la scritta "Mötley Crüe".»

«Ah, capito. Mi pare fosse un gruppo degli anni Ottanta. Capelloni, roba metal...»

«Metal... Grazie. Non solo è mona, ma è anche del tutto fuori moda. Isa, mia moglie, dice che è normale, che è l'adolescenza. La verità è che lo abbiamo avuto tardi e ora siamo troppo vecchi per stargli dietro...»

Baffino e la sua corte passano oltre, si limitano a un cenno e proseguono il loro abboccamento sulle scale. Moretti blocca la porta col piede prima che sbatta. «Dov'eri? Biondi, Freni e i suoi non sono stati con le mani in mano. Stanno tirando anche loro le somme. Cercano Rottensteiner per chiedergli chiarimenti su quell'operazione sotto copertura degli anni Novanta...»

«Ma...»

«Karl ha qualche santo in paradiso, anzi qualche creatura angelica, ma non dura mica per sempre. Non guardarmi con quella faccia da pesce lesso, sembri mio figlio. Sai dov'è il poligono, no? Muoviti, va'.»

Attraversa la città illuminata a festa, supera Gries, imbocca via Vittorio Veneto verso l'ospedale. C'è un po' di coda. Sbatte la mano sul volante. Si incolla al paraurti di un enorme SUV bianco che viaggia alla velocità di un bradipo. Prova a richiamare Giulia: staccato. Starà ancora sparando. Ne approfitta per fare qualche tentativo, anche se prevede che sarà solo un altro buco nell'acqua. Chiama Heinz Muhr, che non vede Karl da quando si sono incontrati tutti assieme l'ultima volta. Elke: non raggiungibile pure lei. Sarà alla cooperativa. Cerca il numero in rete, mentre è fermo a un semaforo di cui non capisce l'utilità. Andreas, il giovane della reception cotto marcio per la ragazza, risponde al primo squillo. Elke non c'è. L'ultima volta che l'ha vista è stato qualche giorno fa. Stava andando alla mostra sul Tibet al Museo della Montagna. Già che c'è, chiede di Martell. Non si è visto. Figurarsi. Scatta il verde. Riattacca senza salutare. Il SUV svolta verso l'ospedale, Tanino imbocca la salita che porta al poligono. Parcheggia, scende di corsa le scale che corrono lungo un muro giallo a rombi arancioni. Mostra il documento al piantone e imbocca l'ingresso dell'area di addestramento. A quell'ora non c'è nessuno. Giulia è in piedi davanti al bancone dell'ultima corsia. Cuffie in testa. Esplode due, tre, quattro colpi. Poi armeggia con la vecchia pulsantiera meccanica. Tanino la affianca con le mani sulle orecchie. Non un centro. Ma almeno ha colpito dentro i confini della sagoma. Lei sfila le cuffie antirumore.

Lui la anticipa: «Poteva andare peggio».

«Poteva andare meglio. La pistola non è il mio forte... Se lo dici a qualcuno ti sparo.»

«Visti i risultati, non è un granché come minaccia.»

«Sai mai che miro alla testa e prendo le palle. Che vuoi?»

Barcellona si guarda attorno. «Sei l'unica di cui possa fidarmi... Anche più di me stesso. Ho bisogno che tu mi stia a sentire e mi dica se sono completamente andato, ma non abbiamo molto tempo. Non credo di essere l'unico ad aver fatto un ragionamento simile.»

«Spara.» Torce le labbra carnose in una smorfia, come le venisse da ridere alla sua stessa stupida battuta. Le efelidi le volano come vespe attorno agli occhi.

«Prima di pronunciare anche solo una parola, ascoltami fino in fondo.» Vorrebbe prendere un bel respiro, come un apneista pronto ad affrontare le profondità marine, ma il fiato gli viene fuori ancor prima che possa riordinare i pensieri e capire da dove cominciare. «Credo che il nostro assassino sia Frank Martell e che Karl gli stia coprendo le spalle.» Alza una mano in via preventiva, ma la Tinebra non batte ciglio. «Seguimi: quando Karl era sotto copertura deve averlo conosciuto e forse sono diventati amici, o forse no. Quello che importa è che Karl ha conosciuto Christine, la figlia di Karin Nusser meglio di quanto voglia lasciarci credere. A un certo punto ho pensato che potesse anche essere suo padre, ma la differenza di età non ci stava... Poi ho capito: Martell è il vero padre di Christine. Karl ha spinto la ragazza nelle braccia di alcuni fascistelli italiani tra cui Gennaia e Agostinelli per destabilizzare la famiglia Nusser, per dividere e comandare, per, be', per qualche motivo del genere, lo abbiamo letto nella sua informativa. Ma quelle teste di minchia le hanno fatto qualcosa, qualcosa di male. Mettici poi che Moritz Fink ha abbandonato la famiglia dopo aver scoperto dalla sorella di Karin di essere un cornuto, mentre Karin aveva in testa solo la politica. La ragazza si suicida nell'indifferenza generale. Karl ha un senso di colpa devastante… Anni dopo, quando esce dal carcere, Martell va a lavorare nella stessa cooperativa alla quale Karin Nusser aveva lasciato tutti i suoi soldi. La stessa cooperativa alla quale un paio di anni fa arriva anche il lascito testamentario della sorella di Karin, Heidi Nusser. Pochi beni, ma fra questi c'è il diario di Christine e così in qualche modo Frank Martell ne entra in possesso, lo legge e scopre la verità sulla morte di Christine, della sua unica figlia naturale. Non ha nulla da perdere e si dedica anima e corpo alla vendetta. Elimina tutti gli attori del copione usando delle fascette serracavi, un metodo che gli consente di strangolare le vittime usando una sola mano, visto che l'altra è mutilata. Così assomiglia a un'impiccagione, la stessa sorte di Christine e di sua madre. E Karl in qualche modo lo copre. Forse per espiare le sue colpe… Sempre per lo stesso motivo, lo sta aiutando con Gennaia. Solo lui poteva scoprire dove lo avessero portato per proteggerlo ed è andato a prenderlo. Dobbiamo fermarlo e dobbiamo farlo prima di Baffino.»

Giulia aspetta qualche istante. «Posso?»

Tanino annuisce, le guance rosse come dopo una corsa.

«Primo: è stato Karl ad andare da Martell per interrogarlo e ti ha pure portato con lui, no?»

«Be', sì, ma forse voleva evitare che lo interrogasse qualcun altro, prima o poi sarebbe successo. E ha portato me, perché sono l'ultimo arrivato, quello che non ci capisce una minchia di 'ste faccende dell'irredentismo. In questo modo lo ha avvertito senza destare sospetti.»

«Va bene. Secondo: gli alibi di Martell sembrano solidi.»

«Karl può averli manipolati. I registri di entrata e uscita della cooperativa, e quel Leveghi, il cronista di hockey, io non lo conosco, tu sì?» Giulia non risponde. «Magari deve dei favori a Karl, non sarebbe né il primo né l'ultimo.»

«Mi sembra un po' debole come argomentazione. Forse Martell è andato alle partite di hockey per avvicinare Gennaia, tutti sanno che frequentava l'ambiente della tifoseria. Come siete arrivati alla famiglia Nusser?»

«È stato sempre Karl a dirmelo...»

«E perché mai te lo avrebbe detto, perché portarti sulla pista giusta?»

«Be', perché quando lo ha fatto non era... proprio in sé. Forse era combattuto, la crisi stessa che ha avuto poteva dipendere da questo sdoppiamento interiore. Mi ha fatto dei discorsi sul male che...»

«Crisi o non crisi, non ha senso.»

«E allora perché Karl è andato a prendere Gennaia e poi è scomparso?»

«Non puoi sapere se le cose siano andate così.»

«Su questo ho pochi dubbi... Karl ha incontrato con una scusa un collega della Digos che fa parte del Nucleo operativo del servizio protezione ed è riuscito a scoprire dove si trovava la casa sicura.»

«Ha rischiato molto. E non è da Karl, te lo assicuro. Credono che sia matto come un cavallo, ma da quando ho preso servizio ho sempre visto davanti a me un uomo che sa il fatto suo. C'è qualcos'altro sotto. Qualcosa che ci sfugge. Perché sta agendo così? Non si può prendere una rotta del genere di punto in bianco, navigando a vista. È troppo. E sa che verrebbe scoperto in breve. La prova è che tu sei qui.»

«E allora?»

«Forse Martell lo ricatta in qualche modo, e c'è una sola cosa con cui si può ricattare Karl Rottensteiner.»

«Cazzo. Non voglio nemmeno pensarci.»

«Dove credi sia andato?»

«Ho fatto qualche telefonata per scrupolo, ma non è servita a nulla. O è alla baita o non ne ho la più pallida idea.»

«Perché non sei andato subito lì, allora?»

«Volevo prima la tua opinione.»

«La mia opinione è che dobbiamo correre.»

L'aria nel parcheggio del poligono è fredda e pulita. La luna è sfocata, promette pioggia, o altra neve. Col buio le montagne imbiancate sembrano stringere ancor di più l'imponente morsa attorno alla città. L'ora di cena si avvicina, il traffico si sta diradando, ma per arrivare alla baita ci vorrà almeno mezz'ora se non di più. Giulia infila il casco, inforca la moto e gli fa cenno di sedersi dietro.

«Manco morto. Ti seguo in auto.»

Giulia piega la testa di lato.

«Anzi tu segui me, visto che non sai dove sia la baita. Muoviamoci.»

35.

Benito Gennaia è legato col nastro telato. I polsi stretti ai braccioli, le caviglie alle gambe di una pesante sedia di legno grezzo. Attorno alla vita, un'altra passata abbondante lo assicura alla spalliera, e ancora una bella dose gli tiene chiusi gli occhi e la bocca. Mugola, forse piange di paura, nel buio. Nessuna delle lampade a olio e a gas è stata accesa da quando è calata la sera e anche la stufa in ghisa è rimasta spenta per l'intera giornata, nonostante la temperatura sia diventata sempre più rigida col calar del sole.

Si è fatta l'ora che gli è stata indicata per abbandonare il prigioniero al suo destino. Apre la porta e supera il piccolo ballatoio, gli stivali affondano nello spesso strato di neve ormai ghiacciata: ha smesso da un po'. Rottensteiner ha avuto tutto il giorno per riflettere, ma gli è mancata la lucidità e perlopiù è rimasto a vegetare, a guardare Gennaia tremare e pisciarsi addosso. Non gli ha fatto né caldo né freddo, forse perché non prende i farmaci ormai da tre giorni. Una cosa però ce l'ha ben chiara: Tanino aveva ragione quasi su tutto.

Una furia nera gli sale dentro, si dibatte come una belva

in gabbia. Karl avverte un crepitio nel fitto e si avvicina al limitare del bosco attorno alla baita. Urla un nome. «So chi sei, so che sei qui!»

I secondi scivolano via piano, come lumache fuori da un bicchiere. Dapprima è solo un ispessimento nel buio della boscaglia, infine l'uomo esce da dietro un abete, un'ombra slanciata. Si avvicina, accendendosi una sigaretta e il bagliore arancione conferma quel che Karl aveva già intuito. L'uomo si ferma a tre metri di distanza, senza una parola. È Rottensteiner a parlare: «Fai quello che devi, ma ricordati: se le succede qualunque cosa, ti vengo a prendere anche all'inferno».

Si allontana lungo lo stretto sentiero sterrato che risale per più di duecento metri per arrivare alla macchina. Al termine della salita, nel colmo di un tornante vede il muso oblungo e scuro della Volvo, e oltre, a qualche decina di metri, intuisce sotto la luce lunare la macchia lattea di una Golf che conosce ormai bene. Non è l'auto dell'uomo che ha appena minacciato, quella dev'essere qualche curva più su. Abbassa la testa ed è come se l'anima gli si spaccasse dentro il petto col rumore di una noce sotto una pressa. Le tracce nella neve sono ancora fresche: partono dallo sportello lato guida dell'auto e conducono sul sentiero che si inoltra nella boscaglia girando tutto attorno alla baita. Vuole arrivare da dietro, a scanso di sorprese. Bravo Tanino, anche lui al suo posto avrebbe agito così. Purtroppo però non è al suo posto.

***

Il faro della Yamaha è l'occhio di un ciclope nello specchietto retrovisore. Gli sta incollata dietro, come volesse spingerlo, ma più veloce di così su per i tornanti ghiacciati della strada per San Genesio non può andare. Non ricorda bene a che altezza si dirami la sterrata che scende nei boschi, cerca un segno familiare in ogni angolo di bosco, muretto, cartello su cui posa gli occhi, poi mette le quattro frecce, rallenta, accosta appena incontra un piccolo slargo. Giulia gli è accanto, quando abbassa il finestrino l'aria gelida gli brucia le guance. «È qui?»

«Lo abbiamo appena superato… L'incrocio era quello. Credo.»

«Come sarebbe a dire credo?»

«Ci sono venuto una volta sola. Lasciami dare un'occhiata.» Scende. L'asfalto sembra traslucido sotto la luna. Tanino cammina con cautela per una cinquantina di metri accanto al guardrail, fino a quando si interrompe all'altezza della stradina tra gli alberi, per poi ricominciare poco oltre. Fa un cenno con la mano e ritorna indietro a passi rapidi.

«Ci siamo. Comincia lì e scende nel bosco fino ad arrivare a un piccolo spiazzo dove Karl lascia sempre l'auto, dopo bisogna proseguire a piedi lungo un sentiero tutto radici e sassi. Con la moto non è il caso di andare troppo in là…»

La Tinebra lo segue adagio e quando la strada diventa impraticabile per la Yamaha, si ferma accanto a un grosso larice. Blocca la ruota e aggancia il casco alla sella, accanto all'altro.

«Arriviamo allo spiazzo e vediamo.» Solleva un anfibio e lo indica. «Spero tu abbia scarpe impermeabili.»

D'istinto Tanino abbassa lo sguardo. Aveva messo i mocassini per incontrare Barbara Achmüller. Testa di minchia.

«Hai delle borse di plastica?»

«Ma che è, una moda bolzanina?»

«Eh?»

«No, niente. Sì, dovrei averne qualcuna nel baule.»

«Non serviranno a granché, ma per un po' ti terranno all'asciutto i piedi, se guardi dove li metti.»

Si sente ridicolo, ma Giulia ha ragione. Infila i sacchetti ai piedi, li annoda. Per il sinistro, che è un po' meno grande, ha recuperato un elastico da qualche parte nel cruscotto, assieme a una torcia che dà alla Tinebra, lui userà quella del cellulare. Galantuomo, prima di tutto. Premuroso ed elegante. Suo nonno sarebbe fiero di lui, nonostante i sacchetti ai piedi. Le apre la portiera e la invita a entrare con un gesto plateale: «Prego, signorina».

Lei lo degna della stessa occhiata che riserverebbe a una scimmia allo zoo.

Tanino guida come si trovasse su un tappeto di uova di quaglia tra buche, neve e ghiaia. Se la ricordava più breve. L'unica conversazione in corso è quella tra la plastica dei sacchetti, l'acceleratore, il freno e la frizione. Le fronde degli alberi sfiorano il tetto e piano piano le piante li circondano. I fari scrutano la massa di aghi di pino e cumuli di neve che va stringendosi, poi, superato un dosso, inquadrano la Volvo sotto le fronde. Barcellona si ferma senza movimenti bruschi, tira il freno a mano e spegne il motore. Lì sotto è ancora più freddo.

Alla luce della luna, indica il passaggio che si insinua tra gli alberi. «Eccolo.»

«Dividiamoci.» La voce di Giulia è un roco sussurro. «Io passo a valle e tu a monte.»

«Vuoi dire che dobbiamo infilarci nel bosco?»

«Cos'è, hai paura del buio? È meglio evitare sorprese. Cerca di tenere sempre il sentiero alla tua destra e attento a dove metti i piedi, potresti finire in un corso d'acqua ghiacciato.» Non aspetta la replica, torna indietro di qualche passo e con la torcia cerca un varco tra le piante, scavalca uno steccato rudimentale e sparisce fra i tronchi. La luce balena tra fronde e rami, poi viene ingoiata dall'oscurità.

Tanino imbocca il sentiero e con la torcia del cellulare cerca un'apertura a sinistra. Ne scorge una oltre un muro di terra alto un metro e mezzo. Si aggrappa a un abete con la mano libera e sente il guanto appiccicarsi alla corteccia resinosa. Posa un piede oltre una radice e si issa. Il chiarore lunare fa scintillare le chiazze di neve gelata come polvere di diamante e lo aiuta a orientarsi tra le sagome scure. Si inoltra in salita per una ventina di metri e appena può svolta a destra. Punta la luce a terra, quindi la solleva verso l'alto. Gli alberi sono immobili. Il silenzio assoluto è rotto solo dal crepitare dei suoi piedi e dal suo fiato corto. Inciampa un paio di volte, ma riesce a non cadere. Non è stata una buona idea. Per niente. Avanza, sente i nervi tendersi e i muscoli irrigidirsi. Il freddo se ne infischia del suo giubbotto imbottito e gli cola sulle ossa. Ogni respiro è una sberla sui denti. Le gengive sono in fiamme. Si solleva un alito di vento, un tintinnio metallico serpeggia tra gli alberi. Si guarda attorno. La brezza soffia più intensa. Una polvere gelida e tagliente si solleva da terra e cade dai rami. Il suono impazzisce, è sottile, ma si propaga e riecheggia. Non capisce da dove arrivi. La strada è sbarrata da un grosso tronco caduto.

Barcellona sale di un'altra decina di metri e si inoltra nella boscaglia alla ricerca di un nuovo varco. Lo scampanellio sembra provenire da tutte le direzioni. Il cellulare gli scivola, la luce funziona ancora. Sfila il guanto e lo riprende da terra. La mano brucia. I sacchetti sono ridotti a brandelli e gli sono solo d'intralcio. Li strappa del tutto senza sfilarli dalle caviglie. Avanza, suda, vorrebbe togliere il giubbotto, ma si guarda bene dal farlo. Forza Tanino, un passo alla volta, ma in fretta. I campanelli si sono chetati, il vento si è placato, quando arriva a una piccola radura. Le stelle incrostano la volta sopra la sua testa. Cerca un passaggio tra i pini, punta la torcia. Fra i tronchi, due occhi rossi lo scrutano.

Il cellulare gli cade di nuovo. Questa volta però la torcia si spegne. Si sente come quando ha indossato la maschera da Crampus al mercato, tutto si confonde: le luci, le ombre, la ragione e la ferocia, la lucidità e la paura. Vorrebbe prendere la pistola, ma non riesce a muoversi. I rami si animano, incoronano un'ombra enorme che esce dalle tenebre. Tanino riesce solo a deglutire. Non ha mai visto niente del genere. Niente di così bello. Il cervo lo fissa. Il muso regale umido, circondato dal vapore. Poi si volta e sparisce nel bosco, così come è apparso: senza rumore. Gaetano Barcellona da Messina si ricorda di respirare.

Il telefono è sporco e bagnato, ma funziona. Lo asciuga sul pantalone e prosegue. Una folata, i rami ondeggiano e di nuovo quel suono metallico. Per un momento si chiede se non rimbombi solo nella sua testa. Se ha fatto bene i suoi calcoli, dovrebbe cominciare a scendere. Muove un passo su un lastrone di ghiaccio e lo ritira appena in tempo, prima che la superficie si crepi e si copra d'acqua. Scavalca il canale. I piedi sono umidi e non sente quasi più le dita. Si aiuta con la mano libera, mentre punta la torcia nel sottobosco. Chissà Giulia come se la cava? Avanza e si ritrova in un'altra piccola radura, il tintinnio la avvolge come una bolla sonora. Al centro c'è un grosso albero morto, i rami scheletrici si protendono verso il cielo, dalle giunture pendono festoni, piume, campanelli e stracci, prigionieri scintillanti della galaverna. Nel tronco c'è un volto scolpito, arcigno e barbuto.

Poggia le mani sulle ginocchia, ha il fiato corto e tanta voglia di sedersi, di abbandonarsi contro quel legno secolare, di lasciare perdere tutto. Mostri, fantasmi, demoni e uomini, i peggiori di tutti.

Sputa per terra, la saliva è un bolo rovente. Raccoglie le forze e riparte. Trova un sentiero naturale che costeggia un canalone. Scivola e si rialza un paio di volte. Tra gli alberi, più sotto, intravede il profilo della baita. Avanza con cautela, non si accorge del salto: poco più di trenta centimetri. Quanto basta per cadere. Il ginocchio si torce e diventa un puntaspilli. Trattiene l'urlo, ma non le lacrime.

Inspira, espira. Inspira, espira, Tanino.

Il palmo sinistro si appoggia al suolo irto di radici. Un ultimo sforzo prima del vero salto nel buio.

Fa per rialzarsi, ma dal nulla una forza inarrestabile lo schiaccia per terra. Il ginocchio cede di nuovo e l'urlo, stavolta, esplode rauco liberando dolore e paura insieme. Tanino cerca la Beretta, ma una mano più rapida della sua gliela sfila dalla fondina e la getta lontano.

Con la furia della disperazione compie un mezzo giro facendo perno sulla spalla e afferra il suo assalitore per i capelli, cerca di centrargli il naso con una testata, ma quello si volta, offrendo il profilo contro la luce lunare. Barcellona non è stupito, ma trovarsi davanti la faccia impassibile del suo compagno mentre lo aggredisce è comunque un trauma. La gomitata alla tempia nemmeno la vede arrivare e quando si riscuote, la sagoma buia e spessa di Karl Rottensteiner si erge contro il cielo, impugnando una pistola. Due spari echeggiano nell'oscurità.

***

Due spari echeggiano nell'oscurità, provenienti dalla baita. Rottensteiner ha un sussulto, ma continua a tenere l'arma puntata sul collega. La voce gli viene fuori in un sibilo affannato: «Non sei venuto da solo… Chi altro c'è?».

Tanino ansima, recuperando le forze, e tace. Sono a un'impasse.

Karl agita la pistola e alza il tono: «Chi c'è perdio?!».

«Sparami e scopritelo da solo, stronzo.»

Rottensteiner esita, strizza gli occhi, poi si mette in piedi e comincia a correre a perdifiato verso la baita. Tanino recupera la sua arma, lo segue, ma non riesce a spingere altrettanto forte sulle gambe, per via del ginocchio, e rimane distanziato di qualche metro.

Quando irrompono senza alcuna precauzione dalla porta principale, Martell è a terra, colpito al petto, col sangue che inzuppa le assi di legno dell'ingresso, mentre Giulia cerca di salvare Gennaia forzando con le mani la fascetta che gli stringe il collo. Sono finiti a terra anche loro e i risucchi strozzati con cui l'uomo prova disperatamente a immettere aria nei polmoni non hanno grande successo, è cianotico. Alla luce della lampada a gas, il sangue gli cola nero dalla bocca, ma non gli sono ancora scoppiati i polmoni, è solo il labbro spaccato, probabilmente da Giulia quando gli ha strappato il cerotto per lasciarlo respirare meglio.

Tanino vede Karl che fruga rapido in un vassoio portaoggetti sulla mensola del camino e ne tira fuori un taglierino arancione. Lo tiene sotto tiro, ma Rottensteiner non lo degna di uno sguardo e si avvicina all'uomo che si dibatte tra gli spasmi, tagliando di netto la fascetta serracavi. Gennaia inspira con violenza e tossisce sputando sangue e muco; Giulia si ritrova in mano la fascetta e si rilassa per un istante, poi si porta le mani alla testa. Karl si gira e si avventa su Frank Martell, gli tasta l'arteria a lato del collo, quindi anche lui, con lentezza, si porta la mano destra sulla fronte, accasciandosi sull'impiantito accanto al cadavere. Un verso gutturale che sembra provenirgli dalle viscere scuote il corpo di Rottensteiner e riempie la stanza con sempre maggior forza, un lamento, il ringhio spaventoso di una belva ferita che si rifiuta di morire. Si rialza ed esce fuori, ma dopo qualche passo ricade nella neve e urla nel buio.

Tanino si guarda intorno, cerca di mantenere la calma, cerca di ragionare e di interpretare la realtà circostante, perché resta ancora qualcosa da comprendere, qualcosa di importante. Tutto ciò che sa e che adesso vede suggerisce un'unica risposta: a Karl della vendetta non importa nulla, perché non è la sua vendetta.

Lo raggiunge all'esterno e lo tira su per le spalle, scuotendolo. «Quando l'ha presa, Karl? Quando ha preso Elke?»

L'altro non sembra comprendere le parole di Barcellona, o forse non gli importa più nulla di capirle.

Tanino lo colpisce in faccia due, tre volte, a mano aperta. «Non è tempo di scirocco, Karl, *sbigghiti*, svegliati, pensa a tua figlia! Quando l'ha presa Martell, quando?!»

La voce è lontana, ma c'è: «Tre giorni fa». Tiene la testa china.

«Da quand'è che lo aiuti?»

«Da quando l'ha presa...» Rottensteiner si fruga in tasca e tira fuori il telefono. Glielo porge con un messaggio aperto di tre giorni fa: è una foto. Elke adagiata su un letto con gli occhi chiusi. Su un tavolino accanto al letto si vede un ordigno rudimentale collegato a un timer. Il testo del messaggio è secco ed esplicito: "Trova Benito Gennaia e portalo alla tua baita il 23 sera. O la bomba scoppia a mezzanotte. Il tempo scorre".

Il messaggio successivo, inviato due minuti dopo, recita: "In caso di scrupoli". E in allegato c'è un'altra foto, una pagina scritta a mano, in tedesco, calligrafia femminile. Tanino immagina già a chi appartiene e di cosa parla. Il diario di Christine.

«Non importa più. Martell è morto e io non so dove sia Elke, dove sia la bomba, e sono le undici e un quarto...»

«Ascoltami.» Rottensteiner prova a divincolarsi con rabbia, ma Tanino gli prende la testa fra le mani, costringendolo a guardarlo. «Se tu lo copri solo da tre giorni, allora i suoi alibi reggono. Non li ha uccisi lui... Ma pensa al primo omicidio. Perché lo abbiamo escluso la prima volta?»

Un bagliore argenteo di luce lunare guizza finalmente negli occhi dell'uomo, che si alza in piedi come sollevato da una mano invisibile: «Quell'alibi non era per lui, *Scheiße*!».

Rientrano in casa, dove Giulia ha appena slegato Gennaia, sfinito e tremante, e gli ha buttato sulle spalle una coperta trovata in giro. Non sembra avere molta voglia di parlare. Tanino si volta verso Karl e sussurra: «Ti ha visto?».

Rottensteiner scuote appena la testa.

«Dobbiamo muoverci subito.»

Giulia indica Gennaia. «Non credo sia in condizione, è sotto shock.»

Tanino pensa in fretta. «Ok, prendiamo la macchina di Karl. Anzi no, dammi le chiavi della moto, che altrimenti arriviamo dopodomani, poi ci raggiungi con la mia auto appena possibile...» Abbassa la voce. «Tu non sai niente, ti ci ho portato io, una mia intuizione.»

La ragazza esita un secondo, quindi gli consegna le chiavi. «Se ci trovo anche solo un graffio, sei morto. E ricordati del bloccaruota!»

Con Tanino che zoppica ancora, si affannano su per il sentiero, si fermano un minuto nello spiazzo dove si trovano le auto e Rottensteiner prende un astuccio di cuoio dal baule della Volvo. Poi proseguono fino al punto in cui Giulia ha lasciato la moto. Il bolide riposa dietro il largo tronco di un larice e Tanino alla sua vista ha un brivido: sono anni che non guida una bestia del genere, che Dio o chi per lui gliela mandi buona.

Rottensteiner lo trattiene per un braccio. «Io non conosco l'indirizzo della Keller. Dove cazzo andiamo?»

Tanino prende i due caschi appesi al gancio dello strapuntino, attiva gli interfono bluetooth e ne passa uno al collega. Monta in sella, il ginocchio pulsa e strepita, ma fa il suo dovere, Barcellona stringe i denti, avvia il motore e dà gas, poi armeggia col cellulare, avvia una chiamata e se lo rimette in tasca. «Sali.»

Al rilascio della frizione la Yamaha dà uno strattone poderoso e la salita non è un problema anche se con la loro corporatura, il peso e il terreno ghiacciato, la cosa sembra un miracolo. Diffuso dagli interfono, il segnale di libero della chiamata risuona due, tre, quattro volte. Almeno squilla, è quasi mezzanotte e non era scontato.

«Spero che tu abbia un buon motivo.» La voce brusca di Martin Seelaus rimbomba nei caschi. «Anzi, un *ottimo* motivo.»

«Ascoltami bene, Martin. Sonja Keller. Mi serve il suo indirizzo, subito, e qualsiasi informazione riesci a trovare. Accendi il computer, ma non riattaccare.»

Il tono di Martin si fa quasi ironico: «Sì, accendere...». Il rumore di una tastiera riempie fin da subito il silenzio della linea, mentre all'esterno il motore della Yamaha ringhia. Tanino ogni tanto sbaglia una marcia, ma la guida lungo i tornanti si rivela molto più elastica di quanto temesse.

«Trovato: Sonja Z'Graggen Keller, via Penegal 7.»

«...»

«Ci sei?»

«Sì.»

«Via Penegal è a Gries nel caso non lo sapessi... Aspetta un attimo però...»

Tanino intanto ha preso confidenza con la moto e affronta le curve più aggressivo, piegando anche un po'. Karl stringe come può la base della sella con la destra e serra la sinistra sulla spalla di Barcellona, ma non fiata.

«Z'Graggen, questo nome mi suona...»

Rottensteiner interrompe la riflessione di Seelaus: «Credo fosse il marito. La Keller è vedova, ma lei è svizzera e lì le donne usano quasi sempre il cognome da sposate».

Martin sembra stupito: «Karl? Ma dov'eravate finiti... Aspetta un secondo, ecco, l'ho trovato: un articolo che avevo visto quando mi hai chiesto quel controllo sui Fink/Nusser. Parla dell'incidente in cui è morta Heidi Nusser. C'era un superstite, una sua amica, Sonja Z'Graggen».

Le luci della città sono sempre più vicine.

Tanino accelera ancora.

***

Sonja Z'Graggen Keller abita in una stretta palazzina beige a tre piani con tetto spiovente, immersa nella quiete di un quartiere residenziale a ovest del centro. Il portone in legno dipinto di verde e vetro, protetto da grate di ferro battuto in stile liberty, non dura nemmeno dieci secondi ai grimaldelli di Karl. Non accendono la luce nell'androne e salgono le scale con la torcia del telefono di Barcellona. La targhetta all'unica porta dell'ultimo piano recita "KELLER".

Tanino prosegue fino alla finestra che dà luce al pianerottolo, la apre e guarda all'esterno. La luna è ancora alta e luminosa, ma lo stesso non si vede un granché. Dovrebbe essere possibile camminare lungo il cornicione reggendosi alla grondaia fino alla finestra velata dalla tenda che dà accesso a una stanza di casa Keller, ma ovviamente la finestra è chiusa, siamo a dicembre e questa è Bolzano. Rottensteiner estrae di nuovo l'astuccio di cuoio. Proverà il grimaldello anche con la porta d'ingresso, ma è un rischio. È quasi certo che sia chiusa a più mandate e aprirla sarebbe lungo e rumoroso, se non impossibile. Se è in casa, la Keller avrebbe tempo e modo di azionare l'innesco della bomba che hanno visto in foto, e se invece non c'è nessuno e Martell avesse deciso di non usare un timer, avrebbe di sicuro collegato l'innesco alla porta. Tanino lo trattiene e sul cellulare apre Google Earth digitando il simbolo della localizzazione satellitare. L'immagine virtuale della terra comincia a ingrandirsi come sotto un teleobiettivo, fino a raggiungere il puntino azzurro che segnala la posizione del telefono. In meno di cinque secondi, hanno un'immagine in buona risoluzione del tetto dell'edificio visto dall'alto e si rendono conto che, girato l'angolo oltre quella finestra chiusa, c'è un terrazzo a livello.

Mancano quindici minuti a mezzanotte. Tanino si issa sul davanzale e va per primo, strisciando i piedi mezzi congelati sul cornicione e tenendosi ai pluviali. Ogni volta che allunga la gamba, la rotula lo fa imprecare tra i denti. È la seconda volta in meno di un mese che rischia di saltare giù da un palazzo di questa serena cittadina del cazzo e comincia seriamente a credere che Roma sia un posto molto più tranquillo. Superare l'angolo è la parte più dura e, per un istante che potrebbe essere fatale, le gambe gli tremano, ma appena un metro più in là c'è il parapetto del terrazzo. Fa segno col pollice in alto a Karl e scavalca. Dopo un lasso di tempo che gli sembra brevissimo, Rottensteiner lo raggiunge: deve aver passeggiato sul cornicione manco fosse un qualunque marciapiede. La testa matta di vent'anni fa ha preso di nuovo il sopravvento. Si avvicinano piano alla portafinestra scorrevole, che non è fermata. Aprono uno spiraglio e scivolano dentro una stanza ampia e buia.

L'ambiente è impregnato di un odore di canfora, come se qualcuno avesse abbondato con una pomata medicinale. Passato qualche secondo, gli occhi si abituano all'oscurità e le ombre prendono forma e volume, i confini si definiscono e i due possono azzardare qualche passo, lento, senza andare a sbattere contro un mobile. Si accorgono di essere in un soggiorno a pianta rettangolare; lungo i lati corti ci sono scaffali di libri e un vecchio televisore su un carrellino di vetro e metallo, al centro della stanza un tavolino basso con sopra un vaso e un servizio da tè e accanto un divano a L e una poltrona bergère. Un salottino anonimo, uguale a migliaia di altri, che non si addice molto a una donna di carattere come dev'essere Sonja Keller. Sul lato opposto alla portafinestra, si apre una porta a doppia anta che dà sul resto della casa. Il chiarore che proviene dal corridoio li guida a una stanza con la porta socchiusa. Si muovono piano, i passi attutiti da una stuoia acrilica dozzinale srotolata sul gres del corridoio. Dallo spiraglio si vede la sponda di un letto sul quale qualcuno riposa immobile. Tanino toglie la sicura alla calibro .9 e conta in silenzio con le dita della mano sinistra: uno… due… tre.

Rottensteiner spinge la porta e Barcellona si butta dentro a pistola spianata, seguito dal collega.

Cara zia, quella maledetta bomba ha distrutto tutto, anche se non l'ho nemmeno sentita esplodere, anche se ero lontana chilometri, anche se non ha ammazzato nessuno. E invece ha ammazzato me, mi ha annientato. Non so nemmeno dove trovo la forza di scrivere queste parole. Tutti hanno dato la colpa agli irredentisti, ovviamente, tutti. Tutti a puntare il dito sui miei e dunque su di me, a scuola l'irredentista sono io, la terrorista sono io. Gli amici hanno cominciato a evitarmi, nemmeno Martina ha più voglia di parlare con me. Poi tornando a casa Benny mi ha offerto un passaggio, sono salita sulla sua auto, c'era anche Ago, il suo inseparabile compagno di baldoria. E la mia vita di prima è finita. Non le voglio nemmeno cercare le parole per raccontare quello che mi hanno fatto. Piccola troia tedesca, questo solo ti meriti. E forse è vero... Alla cava di ghiaia sotto la strada per Sarentino. Dopo, ridevano. Ora so cos'è il dolore, lo squallore. Sono solo animali, maledetti animali.

Ma i miei sono ancora peggiori, loro e i loro amici. La mamma sta ancora a intrallazzare col padre di Benny e quando gliel'ho detto ha saputo solo stare zitta, con un'espressione schifata in faccia. Ha cominciato a tirare fuori scuse e scuse e scuse. Ma forse gli avevi fatto credere… Che cazzo gli avevo fatto credere, mamma?! Ci si sono messi pure i suoi amici, Werner e Armin, tutti a ripetere che si trattava di una cosa spiacevole. Spiacevole, Dio santo! Come se avessi perso l'autobus! E poi che il momento era difficile, che bisognava stare buoni, non fare troppo rumore… Dio che schifo che schifo che schifo. Fa schifo tutta questa brava gente. Fanno schifo loro e forse pure tu. Che mi hai abbandonata.

36.

Elke è adagiata sul letto, vestita ma senza scarpe, in apparenza addormentata. Sul cuscino, a pochi centimetri dal suo volto, è stato appoggiato un ordigno rudimentale composto da tre tubi di alluminio dalla cui sommità si dipartono dei cavi elettrici. A differenza della foto mandata a Rottensteiner, però, i cavi sono fissati a un vecchio cellulare Nokia e non a un timer. Tutto tenuto insieme da nastro da pacchi marrone. Sulla sponda opposta del letto, siede Sonja Keller in tuta tecnica da arrampicata, con una caviglia fasciata malamente da una garza macchiata di sangue coagulato. Ha i capelli sporchi, arruffati, e un telefono Nokia in mano, gemello dell'altro. Non guarda nella loro direzione, ma il suo pollice, che è posato al centro della tastiera.

«Cosa le hai fatto?» La voce di Rottensteiner è un rantolo non del tutto umano. C'è rabbia, sotto, ma anche una freddezza metallica che incute paura.

La donna alza lo sguardo, un'espressione indifferente, quasi distratta.

«Dorme.» La sua voce, al contrario, è un sibilo calmo. «Ho

dormito anch'io così a lungo, fino a quando quel diario non mi ha svegliata. A volte si rivolgeva a me, sapete? Come fossero lettere mai spedite. Cara zia, cara Heidi... In principio affettuosa, spensierata, poi delusa, poi angosciata, rabbiosa, sconfitta. Accusava me e i suoi genitori di quel che era successo, e sarebbe stato meglio avesse continuato, perché alla fine invece ha dato la colpa a se stessa. Sua madre non ha retto e, il cielo mi perdoni, è stata la decisione migliore che potesse prendere. Stava accadendo pure a me, volevo uccidermi, ma il destino ha deciso un altro giro.» Rialza la testa quasi sorridendo, forse ha avuto una fugace epifania. «C'eravate arrivati fino qui, no? Ero uscita con la mia migliore amica, una collega in pensione, sola al mondo, un po' come me. Era il periodo più nero, avevo appena ricevuto il diario di Christine e il rimorso per non averla saputa proteggere era un fuoco che mi consumava dall'interno. Sonja mi voleva tirare su, eravamo andate a mangiare fuori, dalle parti di Baden, ma avevamo finito per bere più che mangiare, soprattutto io ovviamente, e così al ritorno aveva voluto guidare lei. Bell'affare. Ci somigliavamo anche un po', come tutte le vecchie amiche in fondo, lei guidava la mia macchina, nessuno sarebbe venuto a piangerci... perciò quando in ospedale mi hanno chiamato signora Z'Graggen e mi hanno riconsegnato la borsa di Sonja con i suoi documenti, mi è parso un segno. Ero libera, potevo fare qualunque cosa, ero un fantasma. Quando mi sono presentata a Frank, pensava davvero che lo fossi, un fantasma. Del resto lo era anche lui, nessun futuro, niente da perdere, solo passato. Non ha mai avuto la mia rabbia, il carcere gli ha tolto anche quella, ma ha accettato di aiutarmi. Pensavo di cominciare da Moritz, ma quando sono andata a trovarlo ho capito che per lui vivere in quelle condizioni era peggio che morire. Da Meinl invece io e Frank siamo andati insieme. Però dopo siete venuti a fare domande e ho creduto fosse meglio che avesse un vero alibi per le altre volte, così ho proseguito da sola. Fino a Gennaia. Dovevamo aspettare che andasse in trasferta a Innsbruck coi tifosi di hockey, ma ancora una volta siete arrivati voi. Eravate vicini, lasciar passare ancora tempo era un rischio... E così ho commesso un errore, non sapevo avesse un cane.» Alza appena la gamba fasciata. «Tendine d'Achille andato. Abbiamo dovuto improvvisare, farci aiutare da lei, Rottensteiner. Darle la colpa e renderla complice era parte della vendetta, visto che era stato lei a spingere Christine nelle braccia di Gennaia... Come si può giocare così con la vita di una bambina? Ora che ha una figlia, sono sicuro che lo capisce. Purtroppo con la gamba così non potevo andare oltre, mi ha dovuto sostituire Frank, e visto che siete qui non dev'essergli andata bene. Dovrò continuare da sola, come al solito.»

Tanino decide di prendere l'iniziativa, prima che sia troppo tardi: «Gennaia è morto, non siamo arrivati in tempo, e l'ispettore Rottensteiner con questa storia conclude la sua carriera, è tutto finito Heidi, lascia stare quel telefono».

Heidi Nusser non sembra nemmeno sentirlo, si volta a guardare Elke, sempre addormentata. «Non avrei mai voluto deluderla. Elke mi è piaciuta fin dal primo momento, è così cara. Fra noi non doveva andare così... Ma quel che si inizia va concluso, e allora l'ho sedata. È curioso come le nostre azioni dipendano così tanto dal giudizio delle persone a cui teniamo e così poco dalla natura delle nostre reali intenzioni. In fondo il destino è un cerchio, non puoi sfuggire. È cominciata con una ragazzina delusa e spaventata e così finisce. Almeno le evito lo spavento.» Alza di pochi centimetri la mano che stringe il cellulare e un'esplosione rimbomba nella stanza.

Nella testa di Heidi Nusser sboccia un fiore rosso mentre il suo corpo inanimato si accascia all'indietro. Rottensteiner abbassa la pistola.

Tanino si avvicina al corpo senza vita, sfila dalla mano destra il piccolo Nokia e si accorge che è spento.

***

«Avevi ragione tu. Era una storia di fantasmi, questa.»

Nello spiazzo antistante il padiglione di medicina generale, mentre aspettano i risultati degli esami tossicologici fatti a Elke, Tanino si accende una sigaretta.

«Dammene una.»

«Ma se non fumi!»

«Non oggi.» Rottensteiner aspira dalla sigaretta come fosse una bombola d'ossigeno e si mette a fissare un punto dove il buio delle montagne rende la notte più spessa. Si rivolge a Tanino, ma non lo guarda: «Mi facevo di amfetamina, nel '92. Era l'unico modo per reggere la tensione del lavoro sotto copertura, quello stato di menzogna permanente... All'inizio serviva a combattere la stanchezza, a tirare dritto. Ma era come avere sempre una luce sparata in faccia. Finisce che ti abbaglia. Senza accorgermene avevo perso contatto con la realtà, mi sembrava tutto possibile, mi sentivo una specie di divinità abissale, potente e vendicativa. Heidi Nusser aveva ragione, giocavo con la vita delle persone, di certo ho giocato con quella di sua nipote, come fosse un soldatino. E non solo con lei. La sera in cui scoppiò la bomba, per caso sorpresi un ladro d'auto. Ero sotto copertura, avrei dovuto lasciar perdere, e invece lo riempii di botte e lo lasciai ammanettato alla macchina perché qualcuno se lo venisse a prendere dalla questura. Caso volle che la bomba esplose a pochi metri da lì, proprio mentre il collega stava completando l'arresto. Rimase cieco, grazie alla mia bravata. Poi Christine Nusser si uccise. Allora non conoscevo i particolari, ma ero certo che in qualche modo fosse colpa mia, e non avevo torto. Andai fuori di testa. La mia prima crisi grave. La mia vita e la mia carriera cambiarono. Per questo da allora non ho più lavorato in coppia con nessuno e mi facevo assegnare sempre robetta».

«Dalla Guidi.»

«Già.»

«Posso farti una domanda?»

«Cosa?»

«Tu e lei... avete...?»

«Il mio matrimonio è finito anche per questo... Fra i vari motivi.»

Faina sarà pure un po' scemo, ma non aveva poi tutti i torti...

37.

Una nuvola di vapore zuccherino le avvolge il volto spigoloso e quando preme il pulsante gli zigomi le si illuminano di azzurro. «Ha mai provato?»

«No.»

«È solo un palliativo, la prima volta che la batteria non funziona ti viene voglia di correre a comprare una stecca di Gauloises blu. È per questo che ho un cassetto pieno di batterie e caricatori.»

«Adesso mi dirà che lo fa perché cerca di prevedere tutto.»

«Se lo dice lei.»

«Senta, non volevo mancarle di rispetto...»

«Capisco. L'ho convocata perché tra meno di due ore si terrà la conferenza stampa. Solo lei sa come sono andate davvero le cose ma, non mi interrompa, non è questo il punto.»

Angelica Guidi va alla finestra, osserva il fiume attraverso il riflesso del suo sorriso. Tanto tempo fa qualcuno le ha detto che quando sorride sembra una iena. Quel qualcuno è molto lontano da lì, adesso. «Ho letto il suo rapporto, ma ci sono delle zone d'ombra e dopo la figuraccia rimediata con Troi, se c'è di mezzo la stampa dobbiamo andarci cauti.»

Tanino capisce bene che lei ne uscirà candida e profumata, mentre saranno Freni e Biondi a pagare i piatti rotti. Le osserva le spalle nervose, forti ma eleganti, da nuotatrice. L'odore dolciastro della sigaretta elettronica gli ricorda quello tentatore e nauseante dei dolci della fiera di paese di quando era piccolo.

«Mi corregga se sbaglio, Barcellona. Nel 1992 Christine Nusser è stata violentata da Benito Gennaia e Mariano Agostinelli, subito dopo l'esplosione della bomba che per un paio di settimane si pensò essere opera degli irredentisti. All'epoca si scatenò una caccia alle streghe e i due ragazzi, viste le simpatie politiche dei genitori di Christine, forse volevano darle una *lezione*. Christine finì per uccidersi a causa del trauma per la violenza subita e della rabbia nei confronti della madre e dei suoi collaboratori, Werner Meinl e Armin Rech, che preferirono mettere tutto a tacere piuttosto che rovinare i nascenti rapporti di distensione con la destra italiana, allora capeggiata dal padre di Gennaia.»

«È quello che è emerso dalle indagini. Come diceva lei, ci sono ancora alcune zone d'ombra che vanno verificate.»

La Guidi lo ignora. Batte le dita sul vetro, come volesse saggiarne la consistenza. Il cielo è grigio acciaio, il fiume ribolle in piena. «Karin Nusser superò il trauma, ma a quasi vent'anni di distanza ritrovò il diario della figlia mentre ristrutturava casa. Dopo averlo letto, non resse al senso di colpa e si suicidò, impiccandosi proprio come Christine.»

«Sì, ed è qui che entra in gioco...»

«Heidi Nusser, la sorella di Karin, che ha ereditato il diario e con esso il senso di colpa, ma la reazione è stata decisamente diversa, anche grazie al destino. Sbaglio?»

«No, non sbaglia, dottoressa. Il destino è un avvoltoio ripeteva sempre mio nonno, ma in quest'occasione credo...»

«Le blocco la metafora sul nascere, prima che sia troppo tardi. E per cortesia, in futuro mi dispensi dalle perle di saggezza di suo nonno, va bene? Il tempo stringe, ho bisogno di concentrarmi e raccogliere le idee.»

Tanino si passa la lingua sui denti e mastica amaro. Cosa ci fa lì? Perché deve starla ad ascoltare? Tanto, dopo quello che è successo se tutto va bene, tornerà alle intercettazioni. Statti zitto, Tanino. Statti zitto.

«Allora, Heidi venne coinvolta in un incidente stradale nel quale perse la vita una sua amica, Sonja Keller, ma per un fatale equivoco, nella confusione l'identità delle due donne venne scambiata, senza che la Nusser chiarisse l'errore. Avete capito come sia potuto succedere?»

Barcellona esita, vorrebbe piantarla lì a parlarsi addosso avvolta nel vapore, andarsene senza farsi sentire. «Abbiamo sentito le autorità svizzere e cercato di capirci qualcosa in più, sono state rapide ed efficienti, come da copione. Ci sono vari elementi che possono aver contribuito. Oltre a una vaga somiglianza tra le due donne, il fatto che fossero sole al mondo, che facessero lo stesso mestiere e che fosse Heidi a guidare l'auto di Sonja. E infine la patente di quest'ultima. Era l'unico documento che aveva nella borsa: una vecchia licenza di condurre, come si chiama in Svizzera, e nelle vecchie licenze di condurre non c'è la fotografia.»

«Sole al mondo... L'occasione perfetta per accedere a una

nuova vita, nella quale Sonja avrebbe potuto portare a termine indisturbata la vendetta di Heidi senza che nessuno potesse risalire a lei.»

«Sì, ed è così che la nuova Sonja è andata a lavorare proprio per la cooperativa di ex detenuti nella quale lavorava anche il padre naturale di Christine, Frank Martell.»

«E lo ha convinto ad aiutarla nel suo piano di vendetta. Si trattava di eliminare uomini soli, due dei quali, Meinl e Rech, avanti negli anni. Agostinelli era ormai un tossicodipendente all'ultimo stadio. Dunque Heidi Nusser ha avuto gioco facile. Martell l'ha aiutata col primo omicidio e ha contribuito a pianificare gli altri. Immobilizzare le vittime in casa loro e soffocarle con le fascette serracavi. Meinl colto nel sonno, Agostinelli sotto l'effetto di stupefacenti, Rech sorpreso e tramortito con una botta in testa. La stampa vorrà qualche dettaglio macabro da sbattere in prima pagina e di certo non mancano: li legavano e applicavano la fascetta quando erano ancora svenuti, per poi stringerla quando si risvegliavano, lasciandoli soffocare senza far fatica. Un sistema perfetto per una sessantenne, anche se molto in forma, e un uomo con una mano sola. E soprattutto, ma questo non lo dirò, una punizione che secondo loro era commisurata a quello che aveva subito Christine. Veniamo infine a Gennaia.» La dirigente si volta, appoggia la sigaretta elettronica sulla scrivania e fissa il nodo della cravatta di Tanino. «Qualcosa è andato storto con lui, ma sono riusciti a catturarlo di nuovo... Lei non sa come ci siano riusciti, immagino.»

Barcellona, finora rimasto con le mani dietro la schiena e le gambe divaricate, si mette quasi sull'attenti. «Nessuna idea, no... E ormai loro non possono più dircelo.»

«Mentre il fatto che Gennaia lo abbiano tenuto prigioniero nella baita di Karl è stato un puro caso, vero?»

«Avevano bisogno di un luogo isolato e la figlia di Karl, che lavorava alla cooperativa, probabilmente le aveva parlato del posto…»

«Così hanno sequestrato anche lei.»

«Una mossa azzardata.»

«Barcellona, sa come sono diventata capo della Mobile?»

«Lavorando duro, immagino.»

«Certo, lavorando duro. E abituandomi a mangiare merda. Un conto però è mangiare merda, un altro è bersi cazzate. Bevendo cazzate non si arriva lontano, dunque perché dovrei bermi le sue?»

Volgarità che stonano in quella sua parlantina affilata. Tanino sta per sorridere, anche lui un sorriso da iena, ma si morde una guancia e non dice nulla.

«Come pensavo. Lei e Rottensteiner siete fatti l'uno per l'altro. Era ovvio.»

Barcellona solleva un sopracciglio e se ne pente subito. La Guidi si siede con l'espressione di chi ha visto cadere le tessere del domino esattamente come aveva previsto. «Bene, dopo questa spiegazione lunga un chilometro, che con i suoi silenzi mi ha aiutato a mettere in ordine, le anticipo che il merito dell'operazione andrà in gran parte al commissario Freni… Baffino, come lo chiama lei, e alla sua squadra. Menzionerò naturalmente anche il prezioso contributo dell'esimio dottor Bruno Biondi.»

Tanino non crede alle sue orecchie. La donna che ha davanti è più pericolosa e imprevedibile di quanto potesse immaginare. «Naturalmente.»

«Sì, naturalmente, e per quanto la riguarda...»

Ecco. Intercettazioni, furti di capre in Val Venosta? Basta che finisce 'sto teatrino.

«Ho in mente un encomio speciale. Prima che dica qualcosa, lasci che la anticipi: sta pensando che do un colpo al cerchio e uno alla botte perché il questore se ne andrà in pensione l'anno prossimo e io mi sto già sedendo sulla sua sedia.»

«Io non penso niente.»

«Come tutti.»

«Posso rivolgerle una domanda?»

«Se c'entra con Gennaia, sappia che non farò il suo nome in conferenza stampa, anche se mi sarebbe piaciuto. Una scelta conservativa, diciamo così. Non è più perseguibile per il reato di stupro, che peraltro emerge solo dalle dichiarazioni reticenti del diario di una ragazzina, ma la sua immagine pubblica ne uscirebbe devastata.»

«E a lei che gliene importa?»

«A me niente, ma se viene fuori l'aggressione a Gennaia, si dovrà anche fare chiarezza sul modo in cui due vecchietti hanno fregato il Servizio centrale di protezione e il suo Nucleo operativo. E secondo me quel che emergerebbe non gioverebbe alla carriera di qualcuno di nostra conoscenza, giusto?»

«Ma...»

«Gennaia del resto non è stupido e ha preferito tenere un profilo basso. Non ha voluto dire nulla e non dirà nulla di quanto accaduto alla baita. Mi pare che la partita si possa chiudere così.»

«E quel bastardo la passa liscia un'altra volta, dopo tutto quello che è successo...»

«È la vita, Barcellona. Sono sicura che sa già come funziona. Può andare.»

Tanino annuisce, la Guidi apre il portatile prima ancora che sia uscito. Può sentirla mentre ripete le parole che legge sullo schermo: "L'intervento dei nostri agenti che, in sinergia con gli uomini e le risorse forniteci dal ministero, hanno portato a termine nel migliore dei modi un mirabile lavoro investigativo...".

Non gli resta che imboccare la porta.

«Barcellona?»

Si blocca con un piede già in corridoio e risponde senza voltarsi: «Sì, dottoressa».

«Buon Natale.»

38.

Un ultimo sguardo allo specchio, il nodo alla cravatta è a regola d'arte, la giacca e la camicia impeccabili. Il cappotto nuovo gli calza a pennello. Forse ha esagerato un po' col profumo. Faina esce dal cesso e lo guarda come se lo vedesse per la prima volta. «Che eleganza. Sei più in tiro di Freni, dove vai di bello?»

«Una cena… E tu?»

«Che domande, indosso il mio completo da Babbo Natale e rendo felici i bambini. Sono arrivati i parenti da Rovigo… Mia moglie ha preparato di tutto e di più, anche la trippa in brodo… Se vuoi passare a trovarci domani…»

«Ti ringrazio, ma ho già un altro impegno.»

«Be', passa quando vuoi, la nostra porta è sempre aperta.»

Ha ancora qualche ora prima dell'appuntamento. Fa quattro passi per il centro illuminato a giorno dai festoni. Consulta la mappa sul cellulare. Scavalla ponte Talvera, si ferma in un'enoteca, sceglie con calma tre bottiglie di rosso e una di bianco. Attorno a lui la gente sembra felice. Un gruppo di amici brinda e alza i calici nella sua direzione, lui ricambia con un cenno del mento e un laconico "Altrettanto".

Con Giusi ha già parlato, una conversazione al limite del formale, si sentiranno l'indomani. Daniela è con i parenti, si vedranno a Santo Stefano per riprendere il discorso da dove lo hanno interrotto, in cucina. A Loredana ha risposto con un messaggio, spiritoso ma breve. Dopo un giro dell'isolato, si ferma da Picchio per un caffè. Anche il bar è pieno di persone. L'attività principale della città prima della cena di Natale sembra essere quella di annegare nell'alcol. Si siede a un tavolino all'angolo, sfoglia l'«Alto Adige» e il «Corriere». Le notizie sono vaghe, ma nei prossimi giorni ci saranno titoli col botto. Guarda l'orologio e piano piano si incammina. Cosa starà facendo Karl? Elke doveva stare con lui durante le feste, per questo sua madre non si è preoccupata quando non l'ha vista rientrare. Come staranno gestendo la situazione? Ma soprattutto sono davvero affari suoi? All'uscita dal bar, il buio si è infittito. Le strade sono vuote, torna sui suoi passi verso il cuore della città e lo supera, si inoltra fra stradine residenziali verso il costone della montagna. Controlla l'indirizzo. Imbocca una salita ripida. Il ginocchio gli dà ancora qualche problema. Uno stiramento dei legamenti e una brutta botta, niente di che, ma fa male. Il numero civico è quello giusto. Ci sono due campanelli. Entrambi con scritto B.A. Controlla ancora il nodo della cravatta specchiandosi nel vetro del portone, si liscia la giacca sotto il cappotto, prende un bel respiro e suona. La serratura ronza. Attraversa un atrio con le pareti ricoperte di marmo. Sale tre gradini. Il portone a sinistra è aperto per metà. Bussa e si affaccia. «Ehilà.»

«Vieni, vieni avanti. Arrivo subito.»

Ah, quella erre.

Tanino entra, chiude la porta dietro di sé, appoggia la busta col vino a terra e si sfila il soprabito. Si sente un po' a disagio, come se indossasse uno smoking troppo inamidato, e quando lei compare dal fondo del corridoio, avvampa.

Barbara Achmüller, maglia da hockey di alcune taglie più grande che le arriva alle cosce, scaldamuscoli logori, Birkenstock e capelli tenuti disordinatamente assieme in uno chignon da una matita, gli rivolge un cenno con la mano. Sta masticando qualcosa.

«Appena in tempo. Ho aperto le patatine e stavo per friggere le uova.»

Tanino trattiene un sorriso, pensando con una piccola fitta di rimpianto alla pasta al forno di Giusi. Massì, chi se ne fotte. «Meno male che sono arrivato, allora.»

«Hai portato il vino?»

«Sissignora.»

«Bene, avevo in programma di farmi una maratona di serie tv. La prima stagione di *Breaking Bad*, un classico... O preferisci l'ultima di *Game of Thrones*?»

«Come vuoi tu, a me va bene tutto.»

«Ottimo. Poi se ti va possiamo anche fare sesso.»

Una gabbia di matti. Una gabbia di matti.

In cauda venenum.

Si abbandona al conforto del caffè amaro. Sul tavolo, attrezzi e pezzi di carta vetrata alla rinfusa. I vecchi Stetson riposano sotto la panca accanto all'ingresso. Ogni sorso è una boccata di tranquillità. Oltre la croce della finestra, una pernice bianca si alza in volo. I rami del pino ondeggiano, la neve si vaporizza nell'aria. Sfiora col calzino i numeri marchiati a fuoco sul pavimento: 1667. Lava la tazza e infila un ciocco di legno nella stufa.

Quando la sua ex moglie è arrivata all'ospedale in preda al terrore, Karl ha incassato la sua rabbia senza dire una parola. Elke ha protestato quando lo ha saputo, ma lui le ha sorriso e le ha risposto che prima o poi tutto si sistemerà, e che sua madre ha ragione. Prima di partire, la ragazza lo ha abbracciato con la forza e la disperazione dell'adolescenza. *Vati.* Lui l'ha stretta con delicatezza, ghiaia nella gola, occhi umidi, poi ha sorriso. «Bada alla mamma e salutami i nonni.»

«Non voglio trasferirmi. I miei amici sono qui… Tu sei qui. Non voglio. Non è giusto.»

No, non è giusto, ma è meglio così.

«Verrò a trovarti, dovessi scappare di casa.»

«Ci conto.»

L'ha osservata salire in macchina, la madre non si è degnata nemmeno di scendere. L'ha fissata negli occhi quando si è buttata sul sedile posteriore, indicando il telefono da dietro il lunotto. Ha guardato l'auto allontanarsi e sparire. Ha letto il messaggio. Labbra strette, le narici che si dilatano, si è ritrovato a piangere in silenzio nello spiazzo vuoto del parcheggio dello stadio.

È montato sulla Volvo e ha imboccato viale Trieste. Il baule pieno di utensili. Lo scatto dell'autoradio: «*Mamma mia, here I go again. My my, how can I resist you? Mamma mia, does it show again. My my, just how much I've missed you?*».

Aveva voglia di strappare via a forza la cassetta, di vedere il nastro marrone schizzare e spezzarsi. Aveva voglia di gettarla dal finestrino, che si frantumasse sull'asfalto. Ma ha solo ingranato la terza e ha risalito piano viale Venezia, lasciando che la musica riempisse l'abitacolo. Quando ha ridisceso la strada nel bosco, aveva già sentito tutto il lato B.

Il sole sta calando. Ha ripulito il legno del pavimento dal sangue di Martell e dal piscio puzzolente di Gennaia a colpi di ammoniaca. Ha arieggiato. Poi ha richiuso le imposte e la porta. Un altro ciocco nella stufa e si è steso sull'asse sopra la stube, quella sotto la finestra sul tetto.

Il cielo cambia colore, le costellazioni sorgono, compiono il loro percorso, le ore della notte si succedono. C'era una frase che sua figlia ripeteva sempre, con tutto l'entusiasmo della gioventù e della scoperta, quando studiava per il compito in classe di filosofia su Kant: «Il cielo stellato sopra di me, la legge morale dentro di me».

Ha fatto la cosa giusta? Ha riconosciuto il male? Ha fatto tutto quello che poteva per affrontarlo? Il sonno lo sorprende come una pietra lanciata in uno stagno. Un sonno senza sogni. Profondo, pesante, oscuro.

Qualche centinaio di metri più in alto lungo il sentiero, il telefono sul sedile della Volvo vibra. È un messaggio di Tanino. Ma non si tratta degli auguri per l'anno nuovo.

Ringraziamenti

Gli autori desiderano ringraziare, senza alcuna distinzione tra pregiudicate e incensurate, le seguenti preziose persone: Alessio Angelucci, Federico Angelucci, Igor Borghi, Paolo Brugarello, Flavia Califano, Mariana E. Califano, Barbara Colombo, Michela Concialdi, Cristina Cubeta, Germana Cubeta, Igor Falcomatà, Michael Gregorio, Mikhail "Mitch" Mauracher, Sonia Rodolfi, Frank Schmalz, Aldo Soliani, Gabriele Spadacci, Ruggero Stranieri.

nero

Nella stessa collana

1. Enrico Pandiani, *Un giorno di festa*
2. Bruno Morchio, *Un piede in due scarpe*
3. Roberto Perrone, *L'estate degli inganni*
4. Corrado De Rosa, *L'uomo che dorme*
5. Maurizio de Giovanni, *Sara al tramonto*
6. Daniele Autieri, *Ama il nemico tuo*
7. Piergiorgio Pulixi, *Lo stupore della notte*
8. Carlotto – De Cataldo – de Giovanni, *Sbirre*
9. Luca Crovi, *L'ombra del campione*
10. Andrea Cotti, *Il cinese*
11. Olivier Norek, *Tra due mondi*
12. Piero Colaprico, *Il fantasma del ponte di ferro*
13. Gianni Mattencini, *L'onore e il silenzio*
14. Enrico Pandiani, *Ragione da vendere*
16. Maurizio de Giovanni, *Le parole di Sara*
17. Gabriella Genisi, *Pizzica amara*
18. Roberto Perrone, *L'ultima volontà*
19. Giancarlo De Cataldo, *Alba nera*
20. Piera Carlomagno, *Una favolosa estate di morte*
21. Frédéric Dard, *Il montacarichi*
22. Piergiorgio Pulixi, *L'isola delle anime*